新潮文庫

シグマ最終指令

上巻

ロバート・ラドラム
山本光伸訳

新潮社版

7010

シグマ最終指令

上巻

主要登場人物

ベン・ハートマン……………ハートマン・キャピタルマネジメント役員
マックス・ハートマン………ベンの父
ピーター・ハートマン………ベンと双子の弟
アンナ・ナヴァロ……………司法省特別捜査課（ＯＳＩ）エージェント
アーリス・デュプリー………　　〃　　　課長
デビッド・デニーン…………司法長官室勤務。アンナの元部下
アラン・バートレット………内政遵法監視局（ＩＣＵ）局長
トレバー・グリフィス………暗殺者
ヤコブ・ゾンネンフェルド…反ナチス活動家
ユルゲン・レンツ……………レンツ財団会長

上巻

第一章

チューリヒ

「お待ちの間、お飲物をお持ちしましょうか？」

ベルボーイはほとんど訛《なま》りのない英語を話す引き締まった体つきの男だった。深緑色の制服の胸で真鍮《しんちゅう》のネームプレートが輝いている。

「いや、結構」ベン・ハートマンはかすかに微笑《ほほえ》み、そう答えた。

「本当によろしいのですか？　紅茶はいかがです？　コーヒーはどうでしょう？　ミネラルウォーターもございますが？」ベルボーイは勢い込み、彼の顔をじっと見つめた。チップをはずんでもらおうという腹づもりなのだ。「それにしても、車が遅れましてなんとお詫《わ》びしてよいものやら」

「いや、構わないから、本当に」

ベンはザンクト・ゴッタルドホテルのロビーにいた。格調高い十九世紀の建物で、裕福な国際ビジネスマン――この言葉が脳裏をよぎる度に、いいか、おまえのことだぞと、嘲《あざけ》るように自分に言い聞かせるのが彼の常なのだが――御用達《ごようたし》の宿である。チェックアウトを済ませた今、彼はぼんやりと考えていた。チップを渡せば、ベルボーイは荷物を運んだり、ベンガル人の花嫁よろしくいちいちあとをついてきたり、あるいは、空港へ行く車の到着が遅れていることをひっきりなしに詫びたりするのをやめるだろうか？どこの国でも、一流と呼ばれるホテルはそのようなもてなしを売り物にしている。しかし、しょっちゅう世界を飛び回っているベンには、それがわずらわしいお節介にしか思えない。これまで大半の時間をそのようなお節介から逃れることに費やしてきたのではなかったか？　しかし結局のところ、過剰な世話を焼かれること――特権階級の陳腐な儀式――に屈してしまうのだ。ベルボーイはそんなベンを見抜いていた――この客も苦労知らずのリッチなアメリカ人の一人にすぎないと。

ベン・ハートマン三十六歳。だが今日の彼は、年齢よりもはるかに年老いたように感じていた。昨日ニューヨークから到着したばかりでまだ体調のリズムが狂っているとはいえ、時差ボケのためだけではなかった。それは、今再びスイスにいることに関係していた。現在よりも幸福だった頃、彼はこの地を頻繁に訪れた。スキーで急滑降しては、車をぶっ飛ばしては、クールで杓子定規《しゃくしじょうぎ》な国民たちの中で熱き魂を感じていた。もう一度その魂を奮い立たせたかった。だが、無理だった。四年前、ピーター――一卵性の双子の弟であり、最高の親友――がこの地で死んで以来、スイスには足を踏み入れていなかった。今回の旅が良き日々の思い出を呼び覚ましてくれることを期待していたものの、思い出はやるせなさをつのらすだけだった。彼はここに来たことを後悔していた。クローテン空港に降り立つや、心は掻《か》き乱され、怒り、悲しみ、寂しさといった感情が胸の内で渦巻いたのだ。

しかし、そんな感情を表に出さないくらいの分別はわきまえていた。昨日の午後と今朝は、片手間ながら仕事もこなした。スイス・ユニオンバンクのドクター・ロルフ・グレンデルメイアーを表敬訪問したのだ。用件があったわけではないが、顧客には愛想を振りまいておかねばならない。ご機嫌伺いは仕事の一環なのだ。いや、正直なところそれこそがベンの職務であり、そういう役回りにすんなりと溶け込める自分に嫌気がさすこともあった。それは、偉大なるマックス・ハートマンの息子としての、そう、父によって築き上げられた巨大企業、ハートマン・キャピタルマネジメントの次期CEOとしての役割だった。

およそ国際金融業者に求められるものを、ベンはすべて備えていた。ブリオーニやキトンのスーツ、心を和ます笑顔、がっちりとした握手、そして何にも増して、まっすぐでひたむきな眼差《まなざ》し。それは責任感、人望、知性を伝えると同時に、全身から滲《にじ》み出ようとする倦怠感《けんたいかん》を隠してくれるものだった。

もっとも、今回はビジネスの用件だけでスイスへ来たわけではなかった。これからクローテン空港発の小型旅客機でサンモリッツに行き、上顧客である大富豪の老人とその細君、そして、その老人が言うところの美しい孫娘とスキー休暇を過ごす予定なのだ。老人の誘いは気軽なものとはいえ、執拗《しつよう》だった。デートの相手を紹介されることはわかっていた。これは、マンハッタンに勤務する見てくれが良くリッチな、〝結婚相手として望ましい〟独身男性に降りかかる危険の一つである。顧客は自分たちの娘や姪《めい》や従姉《いと》妹《こ》を、生涯の伴侶《はんりょ》として彼らに宛《あて》がおうとするのだ。さりげなくノーとは言い難い。一方で、彼は取引先に勤務する女性とデートをすることもあった。もちろん誰にも知られてはいない。いずれにせよ、マックスは孫の顔を早く見たがっていた。

マックス・ハートマン――博愛主義者、情熱家、そして、ハートマン・キャピタルマネジメントの創始者。ナチスドイツからの亡命者として、文字どおり裸一貫でアメリカへ渡った彼は、戦後間《ま》もなく投資会社を設立し、まさしく不屈の精神で十億ドル企業を築き上げた。現在は八十歳を越え、ニューヨーク州ベッドフォードの大邸宅で一人暮らしをしているものの、依然として経営者の地位にあり、その影響力はいまだ衰えていなかった。

父親の下で働くのは容易なことではない。しかも、投資銀行に興味がなく、〝資産配分〟や〝危機管理〟といった専門用語を耳にするだけでうんざりするのならなおさらである。

あるいは、金にまったく関心がない場合もしかりだ。ベンが思うに、金に対する興味とは、それを潤沢に持っている人間が享受《きょうじゅ》する贅沢《ぜいたく》である。そう、信託財産や民間学校はもとより、ウエストチェスター郡に広大な地所を持っているハートマン家の人間のような。ちなみに、ハートマン家はグリーンブリアーとその郊外にも、二万エーカーの敷地を所有している。

ピーターの乗っていた飛行機が墜落するまで、ベンは本当にやりたい仕事――すなわち教職に就いており、周りから匙《さじ》を投げられた子供たちを指導することに生き甲斐《がい》を感じていた。イーストニューヨークとして知られるブルックリン地区の厄介事の絶えない学校で、五年生を教えていたのだ。ほとんどが問題児だった。非行グループはもちろん、コロンビアの麻薬密売人さながらに武装している児童たちもいた。だが、彼らには親身になってくれる教師が必要だった。ベンは実際、子供たちの意を酌《く》んだ指導をし、彼らの人生に大きな影響を及ぼしたこともあった。

しかし、ピーターが死んだことにより、ファミリービジネスにかかわらざるを得なくなった。友人たちにはそれを死の床にいた母との約束と語り、彼自身もそう認識していた。だが、癌《がん》であろうとなかろうと、母の頼みは断れなかったに違いない。彼女のやつれた顔、化学療法の副作用で灰色になった肌、そして、目の下にできた傷のような赤い斑点《はんてん》が脳裏を掠《かす》めた。父よりも二十歳ほど若かった母のほうが先に逝《ゆ》くとは夢にも思っていなかった。〝きちんとした仕事をなさい。来《きた》るべき夜に備えて……〟彼女はそう言いながら気丈に微笑んだ。残りの大半は語られなかった。父はダッハウ(訳注　ナチスの強制収容所のあった街)を生き抜いた。そして息子を亡《な》くし、今、妻を失おうとしていた。どれほど強靭な精神の持ち主だろうと、耐えられないのではないか？

「あの人はあなたも失ったの？」母は囁《ささや》いた。その当時、ベンはエレベーターのない安アパートの六階に住んでいた。廊下には猫の小便の臭《にお》いが染《し》みつき、リノリウムの床はひずんでいた。原則として、親から金の援助は受けていなかった。

「聞こえてるの、ベン？」

「教え子たちが……」ベンはそう言ったものの、口調には諦観《ていかん》が滲んでいた。「あの子たちはぼくを必要としているんだ」

「あの人もあなたを必要としているわ」彼女は静かにそう答え、二人のやりとりは幕を閉じた。

そんなわけで彼は今、創始者の御曹司《おんぞうし》として、〝お得意さま〟を食事に誘ったり、持ち上げたり、褒め称《たた》えたりしている。教師時代にかかわってきた子供たちがかわいらしく思えるほどの〝超問題児〟を相手にしている施設で、こっそりボランティア活動にも従事している。片や、暇を見つけては旅行に行き、スキー、パラセーリング、スノーボード、ロッククライミングなどを楽しみ、さらに、シリアスな関係にならないよう細心の注意を払いながら不特定の女性とデートを繰り返している。

マックスは当面、引退できないだろう。

ダマスクの織物と重厚なウィーン風の調度品で統一されたザンクト・ゴッタルドホテルのロビーが、不意に鬱陶《うっとう》しく思えた。「外で待ちたいんだが」ベンはベルボーイに言った。深緑色の制服を着た男はとびきりの笑みを浮かべた。「もちろん結構ですとも。どうぞお好きなところでお待ち下さい」

ベンは屋外に出、真昼の陽光に目をすがめた。歩行者たちで賑《にぎ》わうバンホーフ通りを一瞥《いちべつ》する。リンデンバウムの立ち並ぶ麗々しい通りで、高級ブティックやカフェ、金融機関の入った石灰石の建物が軒を連ねている。ベルボーイが荷物を手に、すかさず後ろに歩み寄って来た。ベンは五十フラン紙幣を渡し、離れるよう身振りした。

「いえっ、これはどうもありがとうございます」ベルボーイは声をはずませ、驚いて見せた。

ホテルの左手にある丸石が敷かれた車寄せにリムジンが到着すれば、ドアマンが知らせてくれるはずである。もっとも、ベンは急いでいなかった。チューリヒ湖からそよ吹く風が心地よい。コーヒーやタバコの煙のにおい――かすかではあるが――が漂う、風通しが悪く暖房の効きすぎた室内にずっといたのだからなおさらだった。

買ったばかりのスキー、ヴォラン－Ti－スーパーズをコリント式の柱に荷物と並べて立て掛けると、通りの人波に目をやった。携帯電話に捲《まく》し立てている、はた迷惑な若いビジネスマン。浮かれ騒いでいる日本人観光客の一団。ビジネススーツを着た背の高いポニーテールの中年男。オレンジと黒の派手なユニフォーム姿で百合《ゆり》の箱を抱えている、高級生花チェーン店の宅配人。そして、フェスティナーのショッピングバッグを手にした、エレガントな装《よそお》いの若いブロンドの女が、ホテルのほうを眺め、彼をちらりと見た。束《つか》の間《ま》瞳《ひとみ》に宿った意味深長な光。時間があればなあ、ベンはそんなことを考えながら再び視線を泳がせた。数百ヤード向こうのレーヴェン通りから車の騒音がかすかに耳に届いた。近くで犬が吠《ほ》えている。紫色がかった奇妙な色調のジャケットを着た中年男が通り過ぎていった。チューリヒの街ではやや浮いている感がある。と、ベンと同年ぐらいの男がコーヒーショップの傍らを足早に歩いてくるのが目に止まった。どこかで見たことのある顔――。

いや、とてもなじみ深い顔。

ベンははっとし、目を凝らした。

あれは――こんな偶然はあり得ない気もするが――大学時代の親友ジミー・カバノーフではないか？　ベンの顔にまさかといった笑みが広がった。

ジミー・カバノーフとは、プリンストン大学で二年生のときに知り合った。もっぱらキャンパス外で学生生活を満喫していた男で、普通の人間ならむせかえるだろう両切りのタバコを平気で吸うばかりか、酒豪で鳴らしたベンですら太刀打ちできないほどの蟒蛇《うわばみ》だった。ニューヨーク州北西部のホーマーという小さな街の出身で、その地にまつわる逸話をよく語ってくれた。ある夜、テキーラのあとにビールを飲むことのメリットに関する講釈を終えたジミーは、続いて〝牛転ばし〟という郷里に伝わるスポーツの裏話を披露し、ベンは熱心に耳を傾けたものだ。手足が長く、機転が利《き》き、世慣れたこの親友は、冗談や洒落《しゃれ》、噂話《うわさばなし》のネタを豊富に持っていた。そして、何にも増して、ベンの知っている誰よりも生き生きとしていた。ロースクールやビジネススクールの入学試験の情報交換にやっきになっている大学院志願者。咥《くわ》えタバコに黒いスカーフ姿の気取ったフランス語専攻生。髪を緑に染めることで世間に反抗しようとしている麻薬で頭のいかれた不良学生——そういった連中とは対極のところにいたのだ。気負うことなく生きている彼をベンは羨《うらや》ましく思い、そういう人間と友達でいることが嬉《うれ》しく、いや誇らしいとさえ感じていた。よくあることだが、卒業後、二人の連絡はとだえた。ジミーは外交局のジョージタウンスクールへ行き、ベンはニューヨークに留まった。どちらも若き日々への郷愁に浸ることに興味はなかった。距離と時間が二人を引き離した。それでも、ジミー・カバノーフは、今のベンが口を利きたい数少ない人間の一人だった。

ジミー・カバノーフ——間違いなくジミーだ——が近づいて来る。値の張りそうなスーツの上に革のコートを羽織り、タバコを手にしているその姿が、今やはっきりと見て取れた。体型が変わったようだ。肩幅が広くなっている。だが、確かにジミー・カバノーフだった。

「まったく信じられないぜ」ベンは思わず声を上げ、バンホーフ通りに踏み出したものの、スキーを立て掛けたままにしていることに気づいた。ドアマンがいようがいまいが、置きっぱなしにはしておきたくない。スキーを持ち上げ、肩に担《かつ》ぐと、ジミーに近づいていった。赤毛の髪が色褪《あ》せて幾分後退し、かつてそばかすだらけだった顔にわずかに皺《しわ》が寄っている。二千ドルを下らないと思われるアルマーニのスーツ姿。それにしても、よりによってなぜこのチューリヒにいるのか？　不意に、二人の視線が合った。

ジミーが満面の笑みを浮かべた。片腕を広げ、もう一方の腕をトレンチコートのポケットに突っ込み、大股《おおまた》で近づいて来る。

「よう、ハートマンじゃないか」旧友は数ヤード先から声を張り上げた。「久しぶりだな！」

「やっぱり、おまえだったんだな！」ベンはそう叫び返すと同時に、旧友のトレンチコートの内側から鉄のチューブが突き出しているのを目にし、たじろいだ。サイレンサーの付いた銃身が腰元からまっすぐにこちらに向けられている。

おそらく悪ふざけだろう。この手の戯事《ざれごと》はジミーの十八番《おはこ》なのだ。だが、ベンが冗談で両手を挙げ、飛んでくるはずのない銃弾をかわそうとするや、ジミー・カバノーフの右手がかすかに動いた。紛れもなく、引鉄《ひきがね》を絞ろうとする動作だった。

続いて起こったことは一瞬の出来事だったが、時間は凍りつき、止まっているかのように感じられた。反射的にベンはスキーを振り下ろした。銃を払い落とそうとしたのだが、スキーは旧友の首を叩《たた》きつけていた。

次の瞬間——いや、同時に？——銃声を耳にし、傍らのショーウインドーが撃ち砕かれ、ガラスの破片が首筋に降りかかった。

いったいどういうことなんだ！

不意を突かれたジミーは体のバランスを崩し、苦痛の叫びを上げた。よろめきながら片手を伸ばし、スキーにしがみつこうとする。片手。左手だった。ベンは心臓に氷塊を押しつけられたような気がした。転倒する際、人間は無意識のうちに上体を支えようとするものである。両手を伸ばす、スーツケースやペン、新聞を手放す。転びそうになりながらも手放さないもの——いや、しっかりと握りしめているものなどほとんどない。

まさしくあれは実弾だった。

スキーが路面に打ちつけられる派手な音がした。旧友の顔を血が一筋伝っている。ジミーは必死に立ち上がろうとしていた。ベンはつんのめるように通りを一目散に駆け出した。

銃は本物だった。ジミーはベンを狙《ねら》っていた。

買い物客やランチに向かうビジネスマンの群れがベンの行く手を遮った。彼は人込みの中を縫うように進んだ。誰かにぶつかる度に怒声が上がる。それでも必死に走った。

いったい、何がどうなっているんだ？　こんなのは狂っている、狂気の沙汰《さた》だ！

振り返ったのは誤りだった。ペースが遅くなるのはもちろん、今はベンの顔そのものが彼を殺そうとしている旧友にとっての目印なのだ。不意に、二フィートと離れていないところにいた若い女の額が吹き飛ばされ、血飛沫《ちしぶき》が上がった。

ベンは恐怖で息が詰まった。

畜生！

いや、こんなことはあり得ない。これは現実ではなく、得体の知れない悪夢——。細長いオフィスビルの脇《わき》を駆け抜けるや、銃弾が大理石のファサードに穴を穿《うが》ち、足元に石の破片が飛び散った。ジミーは二本の足をしっかりと地につけ、ベンの五十フィートほど後方を走っていた。走りながら発砲しているにもかかわらず、その狙いは驚くほど正確だった。

あの男は俺を殺すつもりだ。いや、殺そうとしている。

ベンはだしぬけに右に、そして左に走った。そうしながらもスピードは緩めない。プリンストン大学陸上部時代、彼は八〇〇メートル走の選手だった。そして十五年後の今、逃げ切れるか否《いな》かはそのスピードを維持できるかどうかにかかっていた。スニーカーはランニング用のそれではないものの、構ってはいられない。目的地を定めることが必要だ。明確なゴールを、終着点を。それこそが鍵《かぎ》なのだ。考えろ、よく考えるんだ！　頭の中で何かがはじけた。一ブロックほど先に、ヨーロッパ最大級の地下ショッピングモールがあった。中央駅の階下に広がる消費の宮殿。駅の入り口から地下に続く、エスカレーター周辺の光景を思い浮かべた。地上の人込みを掻《か》き分けるよりも、そこから地下へ入り、階下を進むほうがスムーズに移動できる。地下街に隠れ場所を見つけられるかもしれない。それに、相手が本当に狂人でない限り、そこまでは追ってこないだろう。ベンは膝《ひざ》を高く上げると、ゆったりとしたストライドで力まずに走った。学生時代に体に染み込ませたスピードのリズムを思い出し、顔に当たる風だけを意識した。ジミーを撒《ま》いたか？　もはや足音は聞こえなかったものの、考えている余裕はない。ベンはただひたすらに走った。

フェスティナーのバッグを手にしたブロンドの女が携帯電話を折りたたみ、青いシャネルのスーツのポケットにしまった。小造りの顔をしかめ、血の気のない艶《つや》やかな唇をきっと結んだ。最初は、すべてが順調に——ぜんまい仕掛けのおもちゃのように規則正しく動いていた。あれはおそらく、ザンクト・ゴッタルドホテルの前に立っていた男だろう。年の頃は三十代半ば、彫りの深い顔に四角い顎《あご》、灰色混じりの茶色い巻き毛。そして淡いグリーンの瞳。感じが良さそうな、というよりはハンサムな男だった。だが、この距離から本人だと確信できるほどはっきりとした特徴を持った人物ではない。いずれにせよ、それはどうでもいいことだった。ガンマンが獲物の身元を確認できればそれでいいのだから。

とはいえ、今や事態は必ずしもスムーズに進行していなかった。ターゲットは素人《しろうと》である。プロを相手に逃げ延びられる可能性はほとんどない。だが、アマチュアであるが故《ゆえ》に、彼女には不安だった。彼らはミスをする。しかも、それは不合理な、予測のできないミスである。そういう無知こそが、つまり一貫性のない行動こそが、理に適《かな》った予測の裏をかくのだ。あの男がやみくもに逃げ回ったところで、死を先延ばしにするにすぎない。だが、結局、そのために時間を浪費することになる。あまり残されてない時間を。シグマ・ワンはいい顔をしないだろう。彼女は宝石のちりばめられた小さな腕時計に目をやると、再び電話を取り出し、ダイヤルボタンを押した。

地下街に通じるエスカレーターの前で立ち止まると、ベンは大きく息を継いだ。即断しなければならない。頭上の青い看板に〝地下一階ショップビル〟の文字が見える。下りエスカレーターはショッピングバッグを手にした買い物客や通行人で混雑していた。比較的空《す》いている上りを使うしかない。ベンはエスカレーターを猛然と駆け下りた。腕を組みながら並んでいる若いカップルを押しのける。驚く顔や怖《お》じ気《け》と嘲《あざけ》りの入り混じった表情が、視界をよぎっていく。

彼は今、地下街のメインストリートを突っ走っていた。靴底が黒いゴムの床を踏み鳴らす。胸の内に希望の光が見えたものの、間《ま》もなく掻き消された。そこいらじゅうで悲鳴と怒声が飛び交った。ジミーが彼を追い、取り囲まれたこの空間に入って来たのだ。宝石店の鏡張りのファサードに、銃口が吐き出す黄色い火花が映った。と同時に、銃弾が旅行書専門店の磨き込まれたマホガニーの壁板をぶち抜き、その下の安っぽいファイバーボードを引き裂いた。辺り一帯は大混乱に包まれた。傍らにいただぶだぶのスーツを着た老人が、喉《のど》を掻きむしりながらボウリングのピンのようにぐらつき、倒れた。シャツの胸が血塗《ちまみ》れになっている。

ベンはインフォメーションボックスの背後に逃げ込んだ。コンクリートとガラスでできた幅五フィートほどの長方形の構造物で、黒地に瀟洒《しょうしゃ》な白文字で記されたショップリストと、三ヶ国語で書かれた店内案内が立て掛けられている。ガラスの砕け散る音が聞こえ、インフォメーションボックスが撃たれたことを知った。一瞬後、間近で鋭い音が響くや、ボックスのコンクリートが砕け、足元に落ちた。

危機一髪！

キャメルヘアのトップコートに、洒落たグレーのキャップを被《かぶ》った体格の良い男が、ベンの脇をふらふらと通り過ぎるや、床に崩れ落ちた。胸を撃たれている。

大混乱の中、ジミーの足音を聞き分けるのは不可能だった。しかし鏡に映る銃弾の火花から相手の位置を判断する限り、追い詰められるのは時間の問題だ。コンクリートの構造物の背後から、ベンは六フィートを越す長軀《ちょうく》を立ち上げ、辺りに目を走らせ、別の防護壁を探した。

パニックは最高潮に達していた。メインストリートの前方は、悲鳴を上げる者、泣き喚《わめ》く者、逃げ惑う者、怯《おび》える者たちでごった返している。多くの人間が頭を低く下げていた。

二十フィートほど向こうに、地下二階に通じるエスカレーターがあった。この距離を無事移動できれば、階下に行ける。ここが運命の分かれ道になるかもしれない。いずれにせよ、これ以上悪い展開にはならないだろう——そのとき、傍らに倒れているキャメルヘアのコートを着た男の周りにできた血溜《ちだ》まりが目に止まり、ベンは心を変えた。駄目だ、冷静になれ！　この距離で撃たれないはずがない。いや待てよ……。

ベンは死んだ男の腕に手を伸ばし、死体を引き寄せた。続いて、死体から黄褐色のコートとグレーのキャップを剝《は》ぎ取った。ウエスタンユニオン付近で蹲《うずくま》っている買い物客たちの悪意の籠《こ》もった眼差《まなざ》しをひしひしと感じたものの、なりふり構ってはいられない。たっぷりとしたトップコートに腕を通し、キャップを目深《まぶか》に被った。生き抜くためには、エスカレーターに突っ走りたいという衝動に打ち勝たなければならない。引鉄に手をかけているガンマンがだしぬけに動くものに反応しやすいことは、狩猟の経験からわかっていた。彼はゆっくりと身を起こすと、出血している老人を装《よそお》い、体をくの字に曲げながらよたよたと歩き出した。徐々に敵の視界に入って行き、自分の姿をさらけ出す。エスカレーターに到達するまでは正体を暴《あば》かれるわけにはいかない。つまり、あと十秒ほどは。巻き添えを喰った第三者と判断されるなら、再び狙われることはないだろう。

心臓が早鐘を鳴らした。駆け出したいという衝動が腹の底から突き上げてくる。まだだ。彼は体を折り曲げたまま、おぼつかない足取りで進んでいった。不審を抱かれない程度に歩幅を広げながら。あと五秒。四秒。三秒。

通行人が散り散りになり無人になったエスカレーターの乗り口で、血塗れのトップコートを着た男はガクンと前へ倒れると、敵の視界から消えた。

今だ！

受動的であることは能動的であること同様に骨が折れる。ベンは全神経を集中し、両手で落下の勢いを防ぐや、体勢を立て直し、できるだけ静かにエスカレーターを駆け下りた。

階上から、怒りの叫びが聞こえた。ジミーが気づいたに違いない。一刻の猶予《ゆうよ》も許されなかった。

ベンは全速力で走っていたが、地下二階はまさしく迷路だった。構内の端まで続いている直線路はなく、道はいくつにも枝分かれしている。幅の広い通路の傍らには決まって、木とガラスでできたキオスクがあり、携帯電話、タバコ、時計、ポスターなどが売られていた。時間のある買い物客には楽しい街《フロアー》だが、彼にとってはまさに障害コースである。

とはいえ、その分だけ死角になる場所が多く、狙撃《そげき》が成功する可能性は低い。加えて、時間稼ぎができる。今、頭に思い描いているもの——盾《シールド》——を手に入れる程度の時間稼ぎが。

ベンは専門店——フォト・ビデオ・ガン、レストセラー・ブッシュハンドラング、プレゼンセンデ・スティックラー、マイクロスポット、キンダーブティック——の脇を突っ走った。ショーウインドー越しに、動物の剝製《はくせい》や、蔦《つた》の絡《から》んだ緑と金の木枠に収められた陳列品が掠《かす》めすぎていく。クロムとプラスティック枠に象《かたど》られたスイスコムの代理店。どの店も商品やサービスを派手に宣伝しているものの、今の彼には意味のないものばかりだった。と、前方右手、クレディスイス／フォルクスバンク支店の隣に、鞄屋《かばんや》を見つけた。ウインドー沿いに、ソフトレザーのスーツケースが山積みされている——

これじゃ駄目だ。欲しい品物《アイテム》は店の奥にあった。被覆した金属製のブリーフケース。被覆は、実用性を高めるとともに見栄《みば》えを良くするために施されるが、今はそれが役に立つ。いや、役に立ってもらわなければならない。ベンは店内に飛び込み、商品をひっ摑《つか》むや、駆け出した。店主が青ざめた顔に冷や汗を浮かべ、受話器に向かってスイスドイツ語で捲《まく》し立てた。しかし誰も追ってはこなかった。流血沙汰発生の噂《うわさ》はすでに広まっていた。

ベンは盾《シールド》を手に入れた。しかし、その代償として貴重な時間を失った。鞄屋を飛び出した瞬間、店のショーウインドーが蜘蛛《くも》の巣状にひび割れ、砕けた。追っ手はすぐそばにいる、その位置を確認する必要がないほどすぐ近くに。ベンはブリーフケースを頭の後ろに掲げ、十字形の広場の一端にある大型百貨店、フランスカティから出てくる買い物客の一団に突っ込んだ。誰かの足につまずいたものの、なんとか体勢を持ち直す。再び貴重な時間が……。

頭上で轟音《ごうおん》が鳴り響いた。銃弾がブリーフケースを直撃した音。銃弾の衝撃と筋肉の反動で腕ががくんと揺れる。ケースはハンマーで叩きつけられたかのように窪《くぼ》んでいた。被覆した表層は撃ち抜かれ、その下の金属も貫通される寸前だった。盾《シールド》はベンの命を救った。まさに紙一重の差で。

すべてが霞《かす》んで見えたが、自分の足が立錐《りっすい》の余地もない郷土資料展示広場に入ろうとしていることはわかっていた。依然として殺人鬼に追われていることも、もちろん承知していた。

人々は悲鳴を上げながら、身を伏せ、わななき、あるいは逃げ惑っていた——恐怖が、銃撃が、流血が、接近して来る。

ベンはパニックに陥った人込みに飛び込み、その渦に呑《の》み込まれた。さしあたって、銃撃はとだえている。ブリーフケースを手放した。それは諸刃《もろは》の剣だった。煌《きら》めくメタルの表面が彼の居場所を明かす目印となるのだ。

終わったのか？　ジミーは弾薬を切らしたのか？　それとも、装塡《そうてん》しているのか？　人波に揉《も》まれながら、ベンは迷宮のアーケードの非常口を探した。そこから脱出するつもりだった。ひょっとして、ジミーを撒くことができたのか？　だが、振り返らなかった。今は前進あるのみだ。

フランスカティ百貨店に通じる通路沿いに、粗木作りの黒っぽい看板が見えた。崩した金文字でカツケラー・ビアホールと記されている。その下に、奥まった入り口があり、〝クローズ〟と印字されたプレートが掛けられていた。

ベンはその店目掛けてダッシュした。同じ方面へ殺到する人波が彼の動きをカモフラージュする。看板の下にある中世風のアーチを通り抜け、誰もいない広々とした店内に駆け込んだ。鋳鉄のチェーンが天井から下がり、巨大なシャンデリアを支えていた。壁を飾っているのは、中世風の鉾槍《ほこやり》と中世の貴族を象った木版画だ。その基調は重厚な丸テーブルにも現れており、粗い彫り付けに、十五世紀の武具に対する職人の思い入れが滲《にじ》み出ていた。

店内の左側にカウンターがあり、ベンはその背後に回ると、激しく喘《あえ》いだ。服が汗に塗れ、心臓が信じ難いほどの速さで動悸《どうき》を打っている。実際、胸の痛みに身がすくんだ。カウンターの壁面を指で叩《たた》いてみた。ベニア板とプラスターの虚《うつ》ろな音が響く。銃弾を止められる代物《しろもの》ではない。体をかがめながら店内の隅のほうに移動し、石のアルコーブに身を潜めた。立った状態で一息つける防護壁だった。石の壁に凭《もた》れようとするや、そこに掛けられていた錬鉄のランタンに頭をぶつけた。思わずうめき声が漏れる。後頭部を痛めつけたばかりの照明器具に目を凝らした。電球を覆《おお》っている装飾用の笠《かさ》に黒い重そうな取っ手が付いており、壁面のブラケットから取り外せるようになっている。耳障《みみざわ》りな甲高い音をたてて、それは外れた。ベンは取っ手を握りしめ、ランタンを胸元に引き寄せた。

心臓の鼓動を静めながら、待ち構えた。彼は待つことの意味を心得ていた。グリーンブリアーで過ごした感謝祭の記憶が頭を掠める。マックス・ハートマンは息子たちに狩猟を覚えさせたいと思い、その指南役として、ホワイトサルファースプリングス出身でごま塩頭のハンク・マッジーが雇われた。狩猟など大したことではないだろう、とベンは高を括《くく》っていた。スキート射撃で腕を鳴らしてきたので、目と手の連携プレーには自信があったのだ。そんな胸の内をうっかり漏らすや、指南役の目つきが変わった。〝猟が射撃と同じだと思っているのか？　いいか、狩猟とは待つことなんだ〟マッジーはそう言うと、ベンを睨《にら》みつけた。もちろん、そのとおりだった。待つことは狩猟における最も難儀な要素であり、ベンの気性にそぐわない要素でもあった。

ハンク・マッジーとともに、ベンは獲物を待った。

そして今、彼が獲物だった。

どうにかして、立場を逆転しない限りは。

不意に、足音が接近して来た。ジミー・カバノーフが慎重に店内に足を踏み入れ、左右に目を走らせた。シャツの襟が引き裂け、首筋の傷口から血が滲《にじ》み出ている。トレンチコートが汚れていた。紅潮した顔が歪《ゆが》み、目には狂気が宿っている。

これは本当にあの友人なのか？　最後に顔を合わせて以来、この十五年間にジミーに何があったのか？　何が彼を殺し屋に変えたのか？

どうしてこんなことが起こっているのか？

ジミーの右手にはブルーブラックのピストルが握られていた。銃身に十インチほどのサイレンサーが装着されている。十五年前、射撃練習に熱中していたときの記憶から察するに、ワルサーPPK・a32だった。

ベンは息を殺し、アルコーブの奥に引っ込んだ。店内を一巡する旧友を視界に捕えたまま、ランタンの取っ手を握りしめ、身をかがめる。そしてだしぬけに、だがしっかりと腕に力を込めて、ランタンを投げつけた。鉄の照明器具は旧友の頭に命中し、鈍い音を打ち鳴らした。

ジミー・カバノーフは苦痛の叫びを上げた。獣の慟哭《どうこく》のようだった。膝《ひざ》ががくんと折れ、引鉄《ひきがね》が引かれた。

熱風がベンの耳元を掠めた。だが、今や彼は後退することも逃げることもなく、相手に突進するや、続けざまに殴りつけた。ジミーは倒れ、頭が石の床に叩きつけられた。深手を負ったとはいえ、男は強靭《きょうじん》だった。汗を滴《したた》らせながら立ち上がると、太い二の腕をベンの首に巻きつけた。ベンは必死に腕を伸ばし、銃をもぎ取ろうとしたが、サイレンサーを握り、銃口を相手のほうに向けるのがやっとだった。不意に銃声が轟《とどろ》き、激しい耳鳴りに襲われた。銃の憤戻《ブロウバック》しで顔が痛い。

喉《のど》を締めつけていた力が緩《うが》み、ベンは身を捩《よじ》らせ、相手の腕から逃れた。ジミーが床に崩れ落ちる。その額に穿たれた赤黒い穴を、気味の悪い第三の目を、ベンは呆然《ぼうぜん》と眺めた。安堵《あんど》と憎悪《ぞうお》の入り混じった念が、そして、これを境に何もかもが変わるだろうという思いが、いっしょくたになって押し寄せてきた。

第二章

カナダ、ノバスコシア州、ハリファックス

まだ夕方になって間もなかったものの、すでに宵闇《よいやみ》が迫っていた。身を切るような冷たい風が狭い路上を吹きすさび、丘陵から大西洋の荒海へと吹き抜けていく。灰色の通りに霧が立ちこめ、街を覆《おお》い、やがてすっぽりと包み込んだ。追い討ちをかけるように、霧雨が落ちてきた。大気に潮の匂《にお》いが混じっている。

緑がかった黄色い明かりが、灰色の羽目板を張った大きな家の壊れかかったポーチと磨《す》り減った踏み段を照らし出していた。黄色いフード付きのレインコートを着た人影がその明かりの下に立ち、ドアブザーを執拗《しつよう》に押しつづけている。やがて、錠の外れる音がし、風雨に傷《いた》んだドアがゆっくりとひらいた。

老人が顔を出し、じろりと睨《にら》んだ。皺《しわ》くちゃの白いパジャマに染《し》みのついた水色のガウンを羽織っている。窪《くぼ》んだ口元、血色の悪い弛《たる》んだ頬、灰色の潤《うる》んだ瞳《ひとみ》。

「はい？」老人は甲高いしゃがれ声で訊《き》いた。「なんの用かね？」ブルトン語の訛《なま》りが窺《うかが》えた。ノバスコシア沖で漁をしていた祖先、アカディア人の名残である。

「助けて下さい！」黄色いレインコートを着た男は叫んだ。やきもきした様子で足踏みをしている。「お願いします！　後生ですから、どうか助けて下さい！」

老人の顔に困惑の色が浮かんだ。来訪者は背こそ高いものの、まだ十代のように見えた。「きみは誰なんだい？」老人は訊いた。「どうしたというのかね？」

「ひどい事故に遭ったんです。大変なんです！　お父さんが……お父さんが死んだかもしれないんです！」

老人は小さな口をきっと結んだ。「それで、どうしろと？」

見知らぬ若者は手袋をした手を雨戸に伸ばしかけ、引っ込めた。「電話を貸して下さい。救急車を呼びたいんです。事故です、とんでもない事故なんです。車が滅茶苦茶《めちゃくちゃ》になりました。妹がひどい怪我《けが》を負っています。お父さんが運転してました。ああ、両親が！」若者の声がひび割れる。今や彼は外見よりも幼く見えた。「たぶん、お父さんは……お父さんは……」

老人の瞳から険しさが消えていった。ゆっくりと雨戸を押し開ける。「わかった。入りなさい」

「ありがとうございます」若者は声を上擦らせながら玄関に入った。「すぐに失礼します。本当に済みません」

老人は踵《きびす》を返すと、薄暗い居間へ行き、壁にある電気のスイッチをつけた。口をひらきかけるや、近寄って来た若者に両手で手を握りしめられた。ぎこちない感謝の仕草に思われた。若者の黄色いレインコートから老人のガウンに雨水が滴《したた》る。不意に、若者が手をぐいと押し出した。「な、なんの真似《まね》かね」老人は戸惑い、身を引いた。そして次の瞬間、床にどさりと倒れた。

若者は崩れ落ちた死体をしばし見つめた。伸縮自在の皮下注射針がついた小型の器具を腕時計から外し、レインコートの内ポケットにしまう。

室内に目を走らせ、旧式のテレビを見つけるや、スイッチを入れた。昔の白黒映画が放送されている。彼は仕事に取り掛かろうとした。その落ち着き払った様子に、ティーンエージャーらしさはまったく感じられない。

死体を持ち上げ、オレンジ色の古びたラウンジチェアに座らせる。腕を組ませ、頭をもたげ、テレビの前でうたた寝しているように見せかけた。

レインコートのポケットからペーパータオルを取り出すと、玄関ホールの松の床板に溜《た》まっていた雨水を拭《ぬぐ》い取った。開けっぱなしになっていた入り口のドアから外に目をやる。誰にも見られていないことを確認するや、若者はポーチに出、後ろ手にドアを閉めた。

オーストリア、アルプス山脈

　シルバーのメルセデスS－430が曲がりくねった急な山道を上り、クリニックのゲートに到着した。ゲート脇《わき》のブースから現れた警備員が乗客に目をやり、かしこまった口調で〝ご苦労様です〟と言った。身分証明書の提示は求めなかった。クリニックの主《あるじ》は顔パスで通行を許可されることになっている。車は環状の私道からスロープの敷地へと抜けていく。手入れの行き届いた芝生と刈り込まれた松の緑が、ところどころに吹き溜まった粉雪と鮮やかなコントラストを成していた。前方には、山頂の岩肌を白雪で覆ったシュネーベルク山がそそり立っている。車は背の高いイチイの木立を回り込み、人目につかない第二のブースにさしかかった。主の到着を察していた警備員がボタンを押し、ゲートバーを上げる。同時に別のスイッチに触れると、路上に突き出ていた鉄のスパイクが路面の下に引っ込んだ。許可なく入ろうとすれば、どんな車輛《しゃりょう》であれタイヤを破壊されるだろう。

　メルセデスは長い細道を走っていった。行き着く先は古い時計工場――二世紀前は宮殿だった場所――である。リモコンで信号が送られ、自動ドアがひらき、車は専用の駐車スペースに停止した。運転手が降り、ドアを開けるや、主はつかつかと玄関へ向かった。防弾ガラスの扉の背後に警備員が立っており、会釈《えしゃく》で出迎えた。

主はエレベーター――この古色蒼然《そうぜん》とした建物同様、その外観は時代がかっている――に乗ると、暗号化されたIDカードを差し込んでロックを解除し、最上階である三階へ向かった。そこで、それぞれのカードリーダーにIDカードを読み取らせ、三つのドアを通り抜け、会議室に入った。すでに他の者たちが磨き込まれた長いマホガニーのテーブルを囲んで座っている。彼は上座に腰を下ろし、一同を見回した。

「諸君」と口をひらいた。「大願成就《じょうじゅ》の日まであと数日となった。長い長い道のりに、ついに終止符が打たれるときが来た。きみたちの忍耐が報われ、設立者たちの夢が現実に変わろうとしている」

賛同のどよめきが場を取り巻き、彼はそれが静まるのを待った。「セキュリティに関しては、若干の反逆分子が残っているにすぎない。間《ま》もなく片づくだろう。だが、一つちょっと厄介な問題がある」

チューリヒ

ベンは立ち上がろうとした。しかし、足が言うことをきかない。吐き気を催し、床に蹲《うずくま》る。悪寒《おかん》と疼《うず》くような火照《ほて》りを同時に感じた。血が脈打つ音が聞こえる。恐怖の氷《ひょう》刃《じん》が胃の腑《ふ》に突き刺さっている。

何が起こったのか？　ジミー・カバノーフはなぜ俺を殺そうとしたのか？　この狂気の沙汰《さた》はいったいどういうことなのか？　あの男は発狂したのか？　十五年ぶりに突然ベンに出くわしたことがきっかけとなり、錯乱した脳の中で何かがはじけたのか？　なんらかの理由で記憶がねじ曲げられ、殺人へと駆り立てられたのか？

鉄臭いどろどろした液体が舌に伝い、唇に指を触れた。鼻血が出ていた。格闘中に怪我をしたのだろう。ベンは鼻から血を流し、ジミー・カバノーフは脳から血を吹き出している。

地下街の混乱は静まりつつあった。時折、悲鳴や苦悶《くもん》の叫び声が聞こえてくるものの、パニックは収まろうとしている。ベンは床に両手をついて体を起こし、どうにか立ち上がった。頭がふらついたが、出血のためではない。ショックのためだった。

ジミーの死体に目を向けた。今や、思考を巡らせられる程度には落ち着いていた。

二十一の時以来会っていなかった男がチューリヒに現れ、発狂して俺を殺そうとした。その男は今、この中世をモチーフとした時代がかったレストランで死んでいる。合点のいく解釈はなかった。おそらく、解釈しようと思うこと自体が無理なのだろう。

死体の頭の周りにできた血溜まりを慎重に避けながら、ジミーのポケットをまさぐった。最初にジャケット、続いてパンツ、最後にトレンチコート。何もなかった。身分証明書もクレジットカードもない。奇妙だ。まるで何が起こるのかを予測していたかのようだった。

そう、これは計画されていた事態なのだ。仕組まれていたことなのだ。

ブルーブラックのワルサーPPKが依然としてジミーの手に握られている。残りの弾数を調べておこう、そんな考えが頭を掠《かす》め、ベンは死体の手から銃を抜き取ろうとした。

ジミーが単独で動いていなかったとしたら？

仲間がいたとしたら？

ベンはためらった。ここは犯行現場である。法的なトラブルが起こった場合に備え、現場を維持しておくに越したことはない。

ゆっくりと立ち上がると、おぼつかない足取りで店の外に出た。通路にほとんど人気《ひとけ》はなく、負傷者の手当をしている救急隊員たちの姿が見えるだけだった。誰かが担架で運ばれている。

警官を探さなければ。

二人の警官——新米と中年の二人組——がベンを訝《いぶか》しげに見つめていた。マークトプラッツの食料品売場近く、ビジョースイスキオスクの傍らに立ち、チューリヒ警察と記された赤いショルダーパッチのついたネービーブルーのセーターを身に着けている。二人とも無線電話を持ち、ベルトのホルスターにピストルを携帯していた。

「パスポートを拝見させてもらえますか？」ベンが口をひらきかけたところで、若いほうの警官が遮った。年輩の警官は英語を話せないか、話す気がないかのどちらからしい。

「だからそんな場合じゃないんです」ベンは嚙《か》みつくように言い返した。「人が死んだんですよ。男が向こうのレストランで死んでいるんですよ、ぼくを殺そうと——」

「身分証明書はお持ちですか？」新米警官は断固とした口調で繰り返した。

「もちろんです」ベンは札入れから身分証明書を抜き取り、手渡した。

新米警官は疑わしそうな目つきで入念にチェックし、年輩の警官に差し出す。中年警官はおざなりに一瞥《いちべつ》し、ベンに押し返した。

「この事件が起こった際、あなたはどちらに？」新米警官が訊いた。

「ザンクト・ゴッタルドホテルの前で車を待ってました。空港へ向かうところだったんです」

新米警官はおもむろに一歩前へ踏み出した。眼差《まなざ》しに不審の色が滲《にじ》んでいる。「空港へ？」

「サンモリッツへ行く予定だったんです」

「で、その男が突然発砲してきたと？」

「旧友です。いや、旧友でした」

新米警官は片眉《かたまゆ》を吊《つ》り上げた。

「十五年振りに会ったんです」ベンは続けた。「彼はぼくに気づきました。懐《なつ》かしそうに近づいて来たんです。そしていきなり引鉄《ひきがね》を引いた」

「言い争ったのでは？」

「一言しか交わしてません！」

若い警官は目をすがめた。「会う予定だったんですか？」

「いいえ、まったくの偶然です」

「なのにその男は銃を持っていた。弾も入っていた」新米警官は年輩の警官に目をやってから、ベンに視線を戻した。「しかもサイレンサーまで装備していた。あなたがそこにいたことを知っていたとしか思えません」

ベンは苛立《いらだ》たしげにかぶりを振った。「何年間も話すらしてないんですよ！　ぼくの居場所を知るはずがありません」

「目的もなくサイレンサー銃を持ち歩く人間はいないんじゃないですか？」

ベンは言葉に詰まった。「それはそのとおりです」

年輩の警官が咳払《せきばら》いした。「ところで、あなたはどんな類《たぐい》の銃を持っていたんです？」

驚くほど流暢《りゅうちょう》な英語だった。

「いったいなんの話です？」ベンはむっとした口調で訊《き》き返した。「ぼくは銃なんか持ってません」

「だとしたら申し訳ないが、話が見えませんな。あなたのお友達は銃を持っていた。あなたは持っていない。なのに、どうして、あなたではなくお友達のほうが死んだのです？」

もっともな質問だった。ベンはかぶりを振りながら、ジミー・カバノーフが鉄のチューブをこちらに向けた瞬間を思い返した。ベンの一面――合理的な側面――がそれを悪ふざけだと判断した。だが、別の一面がその解釈を退けた。彼は即座に反応する準備を整えていたのだ。なぜなのか？　大股《おおまた》で近寄ってくるジミーの姿を頭の中で再現した。満面に浮かんだ笑み……そして、冷たい眼差し。笑顔には似つかわしくない鋭い視線。それは意識下で認めていたわずかなずれだった。

「さあ、その暗殺者の死体が転がっている場所に案内してもらいましょうか」年輩の警官が口をひらき、ベンの肩に手を置いた。宥《なだ》める仕草ではなく、もはや自由の身ではないことを告げる態度だった。

警官や報道陣が群がりはじめたアーケードを通り抜け、ベンは地下二階へ向かった。二人の警官がぴたりとあとをついてくる。カツケラーの店内に入ると、彼はアルコーブの前を指さした。

「それで？」新米警官が語気を荒らげた。

ベンは呆気《あっけ》に取られ、目を丸くし、ジミーの死体があった場所を見つめた。目眩《めまい》がする。驚愕《きょうがく》に身がすくんだ。そこには何もなかった。

血溜まりも死体も銃もなかった。ランタンは外されなかったかのごとく元の場所に置かれている。床はきれいで、塵《ちり》一つ落ちていない。

何も起こらなかったかのように。

「いったい……」ベンは喘《あえ》いだ。俺は気が狂い、現実を認識できなくなったのか？　だが、床やカウンターやテーブルのこの質感には覚えがある。これが手の込んだ策略だとするなら……いや、そんなはずはない。彼は複雑怪奇な世界に迷い込んでいた。

警官たちはいっそう訝しげに彼を見つめた。

「ぼくには」ベンは嗄《しわが》れたか細い声で呟《つぶや》いた。「説明できません。ぼくはここにいました。彼もここにいたんです」

年輩の警官が無線電話に向かって早口で話し、ほどなくして、別の警官が現れた。胸板の厚いもさっとした男だった。「飲み込みの悪い質《たち》なので、最初から整理させて下さい。あなたは地上の人込みを、続いて地下街を突っ走った。その途中で周りにいた人間たちが撃たれた。あなたは狂人に追いかけられたと言い、その男、つまり、そのアメリカ人のいるらしい場所へ我々を案内した。だが、そんな狂人はいない。いるのはあなただけだ。奇妙なアメリカ人のおとぎ話ですな」

「違う！　ぼくは真実を話しているんだ！」

「あなたの過去から飛び出してきた狂人がこの流血の惨事を引き起こした、あなたはそう仰《おっしゃ》っている」新米刑事が慇懃《いんぎん》無礼な口調で、静かに口を挟んだ。「しかしここに狂人は一人しかいません」

年輩の警官は胸板の厚い同僚とスイスドイツ語で話していた。やがてベンに訊く。

「ザンクト・ゴッタルドホテルにお泊まりだったんですね？　これから案内していただけますか？」

三人の警官とともに——前を新米警官、後ろを胸板の厚い警官、傍らを年輩の警官に固められて——、ベンは地下街を通り抜け、エスカレーターを上り、バンホーフ通りをホテルへ向かった。手錠は掛けられていなかったものの、それが体裁上の問題にすぎないことはわかっていた。

ホテルの前で、あらかじめ送り込まれた婦人警官がベンの荷物を監視していた。茶色い髪を男のように短く刈り込んだ無表情な女だった。

ロビーの窓越しに、先程荷物を運んでくれた如才ないベルボーイの姿が見えた。目が合うや、男は悲しそうな顔をして視線を逸《そ》らした。リー・ハーヴィー・オズワルド（注訳ケネディ暗殺の容疑者）の世話をしていたかのような表情だった。

「あなたの鞄《かばん》ですね？」新米警官がベンに訊いた。

「ええ、そうですとも」ベンは答えた。「それがどうかしたんですか？　今度はなんなんです？　これ以上何があるというんです？」

婦人警官が鞄を開けた。他の警官たちが中を覗《のぞ》き、ベンを振り返った。「本当にあなたの持ち物なんですね？」新米警官が念を押した。

「だからそう言ったはずです」ベンは言い返した。

中年の警官がスラックスのポケットからハンカチを抜き取り、鞄の中の代物《しろもの》をそれで包むようにして取り出した。ジミー・カバノーフのワルサーＰＰＫだった。

第三章

ワシントンＤＣ

きりりとした表情の若い女が、アメリカ合衆国司法省ビル――九番街と十番街の全区画を占めているクラシック様式を再現した巨大な建物――の五階中央廊下をつかつかと歩いていた。艶《つや》やかな焦《こ》げ茶色の髪、カラメル色の瞳《ひとみ》、鋭角の鼻。一見、アジア系か、ヒスパニックのようだ。革のトレンチコートに身を包み、革のブリーフケースを手にしたその姿は、弁護士、ロビイスト、あるいは出世街道を突き進むエリート官僚のように見えた。

彼女の名はアンナ・ナヴァロ。司法省の知る人ぞ知る部署、特別捜査課（OSI）に勤務する三十三歳の女性である。

アンナが空気の澱《よど》んだ会議室に到着したときには、すでにミーティングは始まっていた。部屋に入ると同時に、イーゼルに立て掛けられたホワイトボードの脇《わき》にいたアーリス・デュプリーが振り返り、話を中断した。皆の視線を浴び、彼女はわずかに頬を赤らめたが、それこそデュプリーの思う壺《つぼ》だった。空いている席に腰を下ろす。一条の陽光に目が眩《くら》む。

「やっとご到着か。待ちかねていたよ」デュプリーが口をひらいた。侮蔑《ぶべつ》的な発言は予想できた。アンナは黙ってうなずき、挑発に乗らないよう自分に言い聞かせた。彼から、ミーティングの開始時間は八時十五分と告げられていた。実際は八時の予定だったらしい。そう聞いていないと言ったところで、否定されるのが落ちである。官僚的で陰湿な虐《いじ》めだった。誰もが彼女が遅刻した理由を知っていた。そう、この場にいない者ですら。今デュプリーが特別捜査課の長に着任するまで、ミーティングはめったになかった。今は毎週行なわれ、彼が権力を誇示する場となっている。デュプリーは背が低く横幅のある四十代半ばの男で、その重量挙げ選手のような体にはややきつめのグレーのスーツを着ていた。ショッピングモールで購入し、ローテーションを組んで着回している三着のスーツの一つである。安物のアフターシェーブのにおいが部屋の反対側にいるアンナのところまで漂ってくる。丸い赤ら顔は月の表面のようにでこぼこしていた。

アーリス・デュプリーのような男にどう思われているのか気に掛け、そういう連中とうまくやっていこうと考えたときもあった。だが、今やアンナは完全に割り切っていた。彼女には彼女の仲間がおり、デュプリーはその中の一人じゃない、それだけの話である。砂色の髪に四角い顎《あご》をしたデビッド・デニーンが、テーブル越しに同情の眼差《まなざ》しを投げて寄越した。

「聞いている者もいると思うが、この忙しい時期にもかかわらず、ICU（内政遵《じゅん》法《ぽう》監視局）が暫定《ざんてい》的に人員を要請してきた」デュプリーはそう言うと、アンナをじろりと見た。「きみがここでやり残している仕事を考えれば、捜査官《エージェント》ナヴァロ、きみがその任務を引き受けるというのは無責任以外の何ものでもないだろう。それとも、そうなるようにきみが手を回したのかな？　今さら隠す必要はないよ」

「そんな話は初耳です」嘘《うそ》ではなかった。

「ほう？　だとしたら、結論を出すのを早まったかな」デュプリーは楽しそうに言った。

「ええ、おそらくは」彼女は素っ気ない口調で答える。

「わたしはきみに白羽の矢が立てられていると思っていた。もしかしたら、きみに決定しているんじゃないかとね」

「なんですって？」

「いや、ひょっとするときみ自身が捜査の対象なのかもしれない」いっそう嬉々《きき》とした口振りで言った。この思いつきが気に入ったらしい。「そうだとしても、わたしは驚かないぞ。エージェント・ナヴァロ、きみは一筋縄ではいかない女だからな」デュプリーの飲み仲間たちが一斉に笑い声を上げた。

アンナは椅子《いす》の向きを変え、日差しを避けた。

デトロイトでの出来事がすべての始まりだった。二人がウェスティンホテルの同じフロアーに泊まった際、デュプリーは、下心を隠そうともせずアンナを飲みに誘った。彼女は(丁重に、と彼女自身は思っている)断り、それを根に持ったデュプリーはアンナの業務評価調書に、〝……せいぜい個人的に関心を持った業務にやる気を示す程度で……能力がないというよりは怠慢故《ゆえ》のミスが目立ち……〟云々《うんぬん》と、謗《そし》り言を書き連ねたのだ。

〝セクハラ訴訟を起こそうと待ち構えている女〟、デュプリーは男の同僚にアンナのことをそう言いふらしていた。加えて彼女は、行政機関において最も辛辣《しんらつ》な侮辱の言葉である、〝チームプレーのできない人間〟というレッテルすら貼《は》られていた。チームプレーのできない人間――それは、彼女がデュプリーを含めた男の同僚と酒を飲みにいかないこと、つまり、仕事と私生活を切り離していることを意味している。アンナの業務評価調書には、決まって彼女が犯したミス――大局に影響を及ぼさない、手続き上の些細《ささい》な過失――が連ねられていた。麻薬密売組織の黒幕と結託し、殺人にも関与していたDEA（麻薬取締局）の職員を追跡した際、必要経費を七日以内に請求する義務違反を記されたことすらあったのだ。

有能な捜査員は過《あやま》ちを犯す。並の捜査員以上にちょっとしたミスをする。業務上の細かな手続きに従うことよりも、事件を解決することに精力を注ぐからである。枝葉《しよう》末節に気を取られていては事の本質は見きわめられない。

アンナはデュプリーの視線を感じた。顔を上げると、目と目が合った。

「我々は厄介な事件を山のように抱えている」デュプリーは続けた。「各々《おのおの》がしっかりと自分の任務をこなさなければ、全員にその皺寄《しわよ》せがくる。公金横領の嫌疑が掛かっているIRS（国税局）の中間管理職員、職権を利用して個人的な復讐《ふくしゅう》を成し遂げようとしているFBI捜査官、証拠品保管室から軍需品を盗んで売り捌《さば》いていると思われるATF（アルコール・タバコ・火器局）職員。難題のオンパレードだ」これらは特別捜査課によって取り扱われる典型的な事件である。政府当局者の不祥事を――〝監査〟という名目で――取り調べるのが当課の主要任務なのだ。つまるところ、旧ソ連内務省の連邦版と言えよう。

「ひょっとして、ここの仕事はきみには荷が重すぎたんじゃないのかな？」デュプリーはなおもアンナを虚仮《こけ》にした。「どうなんだい？」

アンナはメモを取っている振りをし、答えなかった。頬の筋肉がぴくぴくする。ゆっくりと息を吸い、怒りを抑えようとした。挑発に乗ってはいけない。しばらくして、口をひらいた。「ですが、不都合なら、人員派遣の要請を断ればいいんじゃないですか？」

平然とした声で訊《き》いたが、邪気のない質問ではなかった。秘密のベールに包まれ、強大な権力を持つＩＣＵに逆らえるほど、デュプリーは権限を持っていない。自分の力が及ばないところの話をされると、この男は激怒する。

デュプリーの小さな耳が真っ赤に染まった。「どうせ短期間だ。ＩＣＵのスパイどもが額面どおりに何もかも見抜いているなら、きみがその仕事に向いていないことくらいわかっているに違いない」

その目には、軽蔑の色がありありと滲《にじ》んでいた。

アンナは今の仕事が好きだった。それを立派にやり遂げていることも知っていた。賞賛はいらない。ただ、職場から追われないための努力に時間とエネルギーを浪費することだけは嫌だった。再び、彼女は平静を装《よそお》い、怒りを腹の底に沈める。「彼らを納得させるのに苦労なさったことでしょう」

沈黙が時を刻む。デュプリーはどう答えようか考えていた。やがて、お気に入りのホワイトボードに目をやる。その視線は、続いての協議事項が記されている箇所に向けられていた。「きみがいなくて寂しくなるよ」

ミーティングが終わってほどなく、オフィス内のアンナの分室にデビッド・デニーンが現れた。「あなたは有能だからICUに引き抜かれたんですよ」静かに口をひらいた。

「わかってるでしょう？」

アンナはぐったりとした様子でかぶりを振った。「まさか、あなたが同席していると は思ってなかったわ。今や業務を監視する立場ですものね。凄《すご》い、って評判よ」その評判とは、彼が司法長官室の一員に抜擢《ばってき》されたことを指していた。

「おかげさまで」デニーンは答えた。「今日は室長の代理として来たんです。上司と交互に来ることになってましてね。予算の数字に目を光らせてました。それと、あなたにね」彼はアンナの肩にそっと手を置いた。その優しげな眼差しには、同時に懸念《けねん》が宿っていた。

「あなたがいてくれて良かったわ」アンナは言った。「レーモンによろしく伝えてね」

「ええ。また、パエーリャを食べに来て下さい」

「ところで、何か隠しているんじゃなくって？」

デニーンは視線を逸《そ》らせた。「いいですか、あなたの新しい任務は、それがどんなものであれ、犯罪者を割り出すような仕事じゃありません。幽霊とは人智《じんち》の及ばぬ者なり――この噂《うわさ》は本当です」彼は古いジョークを口にした。〝幽霊〟とは、ICUのベテラン局長、アラン・バートレットのニックネームである。七〇年代、スパイ活動に関する上院委員会に先がけて行なわれた非公開の審議会で、司法副長官が彼を〝機械の中の幽霊〟と茶化したのをきっかけに、その俗称が定着したのだ。実際幽霊ではないにしろ、捕えどころのないことで有名な人物だった。めったに姿を現さないものの、相当な切れ者らしく、機密の監視機関をさらに隠密《おんみつ》な手段を用いて指揮しているらしい。その神秘的な術は彼自身の超俗的な性癖の賜物《たまもの》と言われている。

アンナは肩をすくめた。「さあ、どうなのかしら。わたしは彼に会ったことがないわ。どんな人間かなんてわからない。噂には尾鰭《おひれ》がつくものよ、デーブ。誰も本気にはしてないでしょう」

「だったら、その尾鰭を信じている人間からの助言とでも受け取って下さい」彼は言った。「このICUという機関が実際にどういう業務を行なっているのかはわかりません。だけど気をつけて下さい、いいですね？」

「どう気をつけろって言うの？」

デニーンは不安げにかぶりを振った。「あそこは別世界なんです」

その日の正午前、アンナは、M通りにあるオフィスビルの広々とした大理石のロビーにいた。ICUへ顔合わせに行くところだった。局内においてですら、ICUの業務内容は明らかにされていなかった。その所管に至っては——ある議員がしばしば非難しているように——見当もつかない。〈あそこは別世界だ〉デニーンはそう言った。実際、そのとおりに思われた。

ICUは、ワシントンにあるこのモダンなオフィスビルの十階にあり、監査される側の行政機関とは引き離されていた。屋内噴水やグリーンの大理石の床と壁に目を奪われ、アンナは思わず立ち止まりそうになった。このような場所に相応《ふさわ》しい政府機関とは、いったいどんなところなのか？　エレベーターに乗った。エレベーターですら、大理石で縁取られていた。

ただ一人の同乗者はアンナと同年代の美男子で、高価なスーツを身に着けていた。弁護士、と彼女は思った。この街では、誰を見てもそう思うのだ。

鏡張りの壁を通じて、男はアンナに視線を送った。彼女が目を合わせたら、にっこり微笑《ほほえ》み、おはようと声を掛け、ありきたりの会話を始めるつもりなのだろう。相手に悪気はなく、ちょっと戯言《ざれごと》を交わしたいと思っているにすぎないにせよ、アンナは苛《いら》ついた。〝きみほどの美しい女性がどうして政府の捜査員なんかに？〟よくそう訊かれたが、そんなときも、決まってつれない返事をした。その仕事があたかも家事の一部であるかのように。

普段なら、アンナは気づかない振りをする。だが今回は、相手を睨《にら》みつけた。男はあわてて視線を逸らせた。

ICUがアンナに何を望んでいるにせよ、この人員要請は時宜に適《かな》っていなかった。それに関してはデュプリーの言ったとおりである。〈もしかしたら、きみに決定しているんじゃないのかとね〉彼はそう口にした。そんなほのめかしは無視していたものの、突然、気に掛かりはじめた。いったいそれは何を意味するのか？　今頃、OSIのオフィスでは、アーリス・デュプリーが飲み仲間の同僚たちと憶測を巡らせながら浮かれ騒いでいることだろう。

エレベーターのドアがひらくと、大理石を基調とした豪華なホールが現れた。名の通った弁護士事務所の幹部室のようだ。右側の壁に、司法省の標章が貼られていた。訪問者はブザーを押すことになっている。彼女はそうした。午前十一時二十五分。面会予定時間の五分前である。彼女は時間厳守を旨《むね》としていた。

女性の声がアンナの名を訊いた。間《ま》もなく、ドアの電子ロックが解除され、かっちりとした髪型をした浅黒い肌の凜々《りり》しそうな女性が、彼女を呼び寄せた。政府の職員とは思えないほどあか抜けした女だった。

受付係はアンナを値踏みするように一瞥《いちべつ》すると、座って待つよう指示した。ジャマイカ人訛《なま》りがかすかに窺《うかが》えた。

オフィスは一続きの部屋になっており、その簡素な趣はロビーやホールの華麗な装飾をも凌駕《りょうが》していた。パールグレーのカーペットには塵《ちり》一つ落ちておらず、政府機関の使用品とは思えなかった。待合室にはハロゲン電球がずらりと並び、こちらは影一つ落ちていない。大統領と司法長官の写真が艶出《つやだ》しされたスチールの額縁に飾られていた。椅子とコーヒーテーブルは薄色の硬材でできている。すべてが新品に見えた。箱から取り出されたばかりで、人の手に触れられていないかのようである。

受付のファックスと電話には、金属製のホログラムステッカーが貼られていた。盗聴防止回線、つまり、暗号化された通信システムの使用を示唆《しさ》する政府専用のラベルである。

ひっきりなしに、電話が静かなコールを鳴らしていた。受付係はイヤフォンをつけて低い声で応対している。最初の二件は英語で話し、三件目はフランス語を使った。先方の言語に準じているのだろう。さらに二件英語で応じ、柔らかい口調で用件を聞き出した。続いての電話では、歯擦音が特徴的な、アンナには即座に認識できない言語を話した。アンナは腕時計に目をやり、硬い背凭《せもた》れの椅子の中で身を捩《よじ》らせると、受付係を見た。「今のはバスク語ですか？」おそらくそうだろうと思っていたが、確信はなかった。

女はうなずき、かすかに笑みを浮かべた。「もうすぐですから、ミズ・ナヴァロ」

受付の背後には、背の高い木製の衝立《ついたて》のようなものがあり、側面の壁にまで伸びていた。壁の奥にある非常口の標識から、この木の構築物が非常階段を隠しているのがわかる。巧妙な方法だった。ICUのエージェントやその同伴者が、待合室にいる人間に気づかれることなくオフィスに出入りできるというわけである。この設備はなんと呼ばれているのだろう？

五分が経過した。

「ミスター・バートレットはわたしがここにいることを知っていらっしゃるんですか？」アンナは腰を浮かせた。

受付係は取り澄ました顔でアンナを見た。「間もなく、先客との打ち合わせが終わるはずです」

本を持ってくればよかった、そう思いながらアンナは椅子に座り直した。バッグには新聞すら入っていなかったし、この神聖な待合室に雑誌の類《たぐい》が置いてあるはずもなかった。ATMの伝票とペンを取り出すと、伝票の裏に今日やることを走り書きした。

受付係が耳に指を押し当て、うなずいた。「ミスター・バートレットの準備が整いました」そう言うと持ち場を離れ、アンナを伴いドアの立ち並ぶ壁沿いを歩いていった。どのドアにもネームプレートはなく、番号だけが記されている。通路の突き当たりで、女は局長室と表示されたドアを開け、彼女を中へ入れた。これほど整理整頓《せいとん》の行き届いたオフィスをアンナは見たことがない。テーブルの上には、積み重ねられた書類がきっちりと等間隔で並べられていた。

ぱりっとしたネービーブルーのスーツに身を包んだ白髪の小柄な男が、大きなクルミ材の机の後ろから出てくると、華奢《きゃしゃ》な手を差し出した。アンナは、綺麗《きれい》に手入れされた男の爪にできた半月に目を引かれると同時に、その握手の力強さに驚いた。机の上には、数冊のグリーンのファイルと光沢のある黒い電話以外は何も置かれていない。背後の壁にベルベットで縁取られたガラスケースが掛けられ、骨董品《こっとうひん》らしい懐中時計が二つ収められていた。この部屋には似つかわしくない代物《しろもの》である。

「お待たせして申し訳ありませんでした」男は口をひらいた。年齢不詳の感があるものの、おそらく六十代前半だろう。フレームがクリーム色の大きな丸い眼鏡の奥にある目が梟《ふくろう》を連想させる。「お忙しいところをわざわざお越しいただいて」換気設備のホワイトノイズに紛れて聞き取りにくいほど静かな口振りで続けた。「お時間を割いてもらったことを感謝します」

「率直に申し上げて、ICUの呼び出しを無視できるとは思いませんが?」アンナは棘《とげ》のある口調で言った。

男は、楽しい話を耳にしたかのように笑った。「さあ、お座り下さい」

机の手前にある背凭れの高い椅子《いす》に、アンナは腰を下ろした。「正直なところ、ミスター・バートレット、わたしはここに呼ばれた理由がわかりません」

「不都合、でしたかな？」バートレットは胸の前で細い指を組んだ。

「都合の問題ではありません」アンナはそう言うと、強い口調で付け加えた。「どのような質問にも喜んでお答えさせていただきます」

バートレットは勇気づけられたかのようにうなずいた。「そう言っていただけるとありがたい。ですが、答えというものは容易に手に入るものでない。実際、質疑応答できる段階に到達できたとしても、そこはまだ中間地点なんです。言っている意味がおわかりですか？」

「最初の質問に戻らせていただきます」アンナはもどかしげに言った。「わたしはここで何をするんです？」

「これは申し訳ない。わたしの言葉が非常にわかりにくいとお考えのようですね。いや、あなたの思われるとおりです。謝りましょう。職業病なんです。毎日、山積みの書類を相手に室内に閉じこもっている。仕事を肌で感じていたときの緊張感が奪われていく。もっとも、それは自分が貢献してきたことの証《あかし》なんですがね。では、質問に移らせてもらいましょう、ミズ・ナヴァロ。我々がここでどういう仕事をしているかご存じですか？」

「ICUがですか？　大雑把には。政府内部の査察に携わり、機密性の高い事件を専門にしている、ということぐらいは」アンナは多くを語らないほうがいいと判断した。実際を言えば、今答えたこと以上のことを知っていた。内政遵法監視局《ICU》――その無味乾燥な名称の裏に隠された実態は、政府諸機関の内部で監査し得ない微妙な問題を極秘で調査している、強大な影響力を持つ謎《なぞ》に包まれた諜報《ちようほう》機関である。CIAのオールドリッチ・エイムズの失態、レーガン政権によるイランコントラ事件、国防総省の買収スキャンダル――これらはICUが捜査に従事した事件と言われている。FBI諜報員、ロバート・フィリップ・ハンセンの不審な行動に最初に目をつけたのも同機関らしい。加えて、リチャード・ニクソンを失脚に追い込んだウォーターゲート事件の情報提供者《ディープスロート》を陰で操っていたのも、このICUであるという噂があった。

バートレットは虚空《こくう》を見つめた。「捜査の方法は、基本的にどの機関でも同じです」と、やがて言った。「違うのは管轄《かんかつ》範囲、つまり業務の領域です。我々は国家機密に触れる問題を扱っています」

「わたしは機密情報の取り扱い許可《セキュリティ・クリアランス》を得ていません」アンナは間髪を入れずに言った。

「実のところ」バートレットはわずかに微笑んだ。「得ているんですよ」

知らない間に許可されていたというのか？　「ともかく、わたしの領域ではありません」

「厳密にはそう言えないんじゃないんですか？」バートレットは続けた。「去年、国家安全保障会議《NSC》の一員にあなたが条例《コード》三十三を適用したお話をしましょうか？」

「えっ！　なぜあなたがそんなことを知ってるんです？」アンナは思わず口走り、椅子の肘掛《ひじか》けを握った。「失礼しました。ですが、どうしてなんです？　あの一件は公文書にはいっさい記載されていません。司法長官直々《じきじき》の要請で」

「記載されていないだけです」バートレットは答えた。「我々は独自で調査する術《すべ》を持っています。ジョセフ・ネスベットでしたかな？　かつて経済開発局にいた男。政府高官に就任し、やがてNSCのメンバーにまでのし上がった。まあ、根っからの悪人ではないでしょう。おそらく、彼が一人で采配《さいはい》を振るっていたなら、問題は起こらなかった。だが、奥さんが道楽者で、いささか欲の皮が突っ張りすぎていた。公僕には相応しくない贅沢《ぜいたく》を望んだ。それが、オフショアファンドや資金の転用などを絡《から》めたあのお粗末なビジネスに繋《つな》がった」

「あれが公《おおやけ》にされていたら、とんでもないことになっていたでしょう」アンナは言った。

「外交関係に一瞬にしてひびが入っていたはずです」

「政府が大混乱に陥っていたことは言うまでもないでしょうね」

「それは二義的な問題です」アンナは鋭い口調で言い返した。「わたしは政治的な判断はしません。そうでないとお考えでしたら、あなたはわたしのことを誤解されています」

「ミズ・ナヴァロ、あなたとあなたの同僚たちはまさに正しいことをしました。実際、我々はあなたのあの仕事を高く評価している。素晴らしい。大英断だ」

「ありがとうございます」アンナは答えた。「ですが、あなたがそれほど多くのことをご存じなら、あの仕事がわたしのテリトリーからかけ離れたところにあったこともご承知のはずです」

「まあ、話を聞いて下さい。あなたはとてもデリケートな任務に携わり、裁量権を最大限に行使した。あなたの通常業務がどういうものから成り立っているのか、それは当然わかっています。横領の罪に問われているIRS局員、職権乱用の疑いが持たれているFBI幹部――こういった連中の取り調べ。そして、その過程における証言者の保護――これはわずらわしい業務だが、慣れてしまえば、興味深いちょっとした頭の体操でしょう。しかしそこでは、殺人罪に対処できる手腕が必要不可欠だ。証人が殺害された一件で、あなたは司法省の担当役人の関与を独力で証明した」

「運がよかったんでしょう」アンナは抑揚のない声で答えた。

「運は自分で呼び寄せるものですよ、ミズ・ナヴァロ」彼は言った。その目は笑っていない。「我々はあなたに関して少なからずのことを知っています。あなたが想像している以上にね。先程メモを書き込んでいたATMの伝票の残高もわかっている。友人の名も、自宅で最後に電話を掛けた時間も知っている。一度たりとも経費の水増し請求をしたことがないことも当然承知しているが、これはなかなか真似《まね》のできないことですな」いったん言葉を止めると、彼女の顔をじっと見つめた。「気分を害されたのなら、謝りましょう。しかし、OSIの一員となった時点で、あなたはプライバシーの保護権を捨て去ることに同意した。権利の放棄を表明する覚書に署名しているんです。大したことではない。重要なのは、あなたが常に有能な人材だったということです。それも並外れて」

アンナは眉《まゆ》を吊《つ》り上げたものの、何も言わなかった。

「おや、驚いているようですね。言ったはずですよ、我々には独自で調査する術があると。それに、独自の任務適性調書も作成しています。もちろん、あなたはすぐに我々の目に止まった。その技量のコンビネーション故《ゆえ》にです。あなたは標準的な〝監査〟や追跡調査に携わってきた。しかし同時に、殺人罪を取り扱った経験もある。それがあなたを、言わば〝適任者〟に仕立てた。一筋縄ではいかない問題に取り組んでもらうための、ね。あなたに関して徹底的に調査し、そのことをお伝えして、我々はやっと同じ土俵に立った。これからわたしが話すことは——断定であれ、推測であれ、暗示であれ——すべて最高レベルの国家機密と考えてもらいたい。理解していただけましたかな？」

アンナはうなずいた。「お聞かせ願いましょう」

「聡明《そうめい》ですな、ミズ・ナヴァロ」バートレットはそう言うと、人名が記されたリストをアンナに手渡した。名前の横に生年月日と国名が記載されている。

「どういうことです？　わたしがこれらの人物と接点を持っているとお考えなのですか？」

「あなたが心霊術者でない限り、そんなことは思いませんよ。この十一人の男たちは全員死亡しています。揃《そろ》いも揃ってここ二ヶ月以内にこの世から去りました。見ておわかりのように、何人かは我が国で死亡していますが、他の者はスイス、イギリス、イタリア、スペイン、スウェーデン、ギリシア……と様々です。全員が自然死ということになっています」

アンナはリストに目をやった。十一人のうち、知っている名が二つある。一人はランカスター家の一員だった。かつて国内の製鋼所の大部分を所有していたものの、現在は企業の設立援助と慈善事業で名を馳《は》せている一族である。彼女はしかし、フィリップ・ランカスターをとうの昔に死んだ人物だと思っていた。もう一人はニコ・クセナキス、確か、ギリシアの海運業ファミリーの出身だったはずである。正直なところ、その人物は同ファミリーの別の一員——六〇年代、ハリウッドの若手女優を取っ替え引っ替えし、タブロイド紙を賑《にぎ》わせた道楽者——とのかかわりで知っているにすぎない。他にピンとくる名はなかった。生年月日を見る限り、全員が高齢者である——七十代後半から八十代後半だった。

「この話はOSIのメンバーの耳には届いていないでしょう」彼女は言った。「ですが、〝人生七十年〟の譬《たと》えどおり、いつ死んでも不思議ではないのでは？」

「残念なことに、どのケースでも死体解剖は不可能です」バートレットは淡々とした口調で続けた。「あなたの仰《おっしゃ》るとおりなのかもしれない。歳《とし》を取れば人は死にますからね。これらのケースでは、それ以外の可能性は証明できません。しかし、数日前、幸運が訪れました。形式上、我々は名簿の人物をブラックリストに載せていた。誰も気に留めないだろうと思われる架空の国際集会のメンバーとしてね。最も近日に死んだのは、カナダのノバスコシア州で隠居していた男です。我々のカナダの友人はおざなりな処置は取らない。加えて、ブラックリストによる警告が功を奏したらしい。このケースにおいて初めて、我々は死体を調査できる。もっと正確に言うなら、〝あなたが〟ね」

「言うまでもありませんが、肝心な話が抜けています。このリストの人物を結びつけているものはなんなのですか？」

「どんな質問にも、表の答えと裏の答えがあります。表の答えを教えましょう。というよりは、そちらしか知らないのです。数年前、CIAの内部監査が行なわれ、文書庫の奥深くに眠っていた機密ファイルが発見されました。垂れ込みがあったのか？　そういうことにしておきましょう。言っておきますが、任務ファイルではありませんでした。

エージェントやコンタクトのそれでもない。実のところ、人物証明ファイルだった。それぞれのファイルに〝シグマ〟と表示されていた。おそらく作戦のコードネームでしょうが、それに関する手掛かりは、CIAの記録には残されていませんでした。要するに、我々はこの件の本質に関する情報を持っていないのです」

「人物証明ファイル……？」アンナは繰り返した。

「つまり、何十年も昔に、それぞれの人間がなんらかの証明をされたということです」

「そして、その証明書をCIAの記録係が保管した」

彼は直接的には答えなかった。「各々《おのおの》のファイルは、我が機関の誇る法律書類の専門家によって本物であることが証明されています。かなり古いものであるらしい。四〇年代半ばにまで遡《さかのぼ》るそうです。そう、CIAが設立される以前にね」

「そもそもは、OSS（戦略事務局）が保管していたと仰るのですか？」

「そのとおり」バートレットはうなずいた。「CIAの前身機関です。ファイルの大部分は、第二次大戦が終結し、冷戦が始まった頃に作成されました。最も新しいものでも五〇年代の半ばです。それでもわたしはこの一件を追いたい。先程も話したとおり、我々は不可解な連続死に注目しています。もちろん、やみくもに調べたところで埒《らち》は明かない。シグマファイルとの繋がりを探り出さない限りはね。偶然の一致とは思えないでしょう、ミズ・ナヴァロ？　ファイルに名の載っている十一人の男が、きわめて短期間に死亡した。この出来事が偶発的である確率は限りなく零《ゼロ》に近い」

アンナはじれったそうにうなずいた。彼女が理解する限り、〝幽霊〟は幽霊を追っているらしい。「任務期間はどれほどなのですか？　ご存じのとおり、やり残してきた本業がありますので」

「今はこれがあなたの本業です。すでにあなたは任務を割り当てられた。了解済みのはずですよ。それはそうと、仕事の内容はご理解いただけましたかね？」目つきが穏やかになった。「あまり興味のある話ではなかったようですな、ミズ・ナヴァロ」

アンナは肩をすくめた。「お察しのとおり、リストの人物が全員高齢者だったという事実が頭から離れません。老人がぽっくり逝《い》ったところで、おかしくはないでしょう？」

「十九世紀のパリでは、四輪馬車に轢《ひ》かれて死ぬことが多かったそうです」バートレットは言った。

アンナは眉をしかめた。「はあ？」

バートレットは椅子《いす》の背に凭《もた》れた。「クロード・ロシャというフランス人の話を聞いたことがありますか？　ない？　ちょっと考えさせられる男でしてね。一八六〇年から七〇年にかけてフランスの諜報機関《ディレクトワール》に会計係として勤務していた、強情で想像力に乏しい間の抜けた人物です。一八六七年、ディレクトワールの下《した》っ端《ぱ》事務員が二人、二週間のうちに立て続けに死んだことに、この男は注意を引かれた。一人はひったくりに殺害され、もう一人は郵便馬車に轢き殺された。その当時では、珍しくないことです。騒ぐような出来事じゃない。しかし、彼は腑《ふ》に落ちなかった。死んだ際、二人の貧しい事務員がどちらも高価な金の懐中時計を身に着けていたということを知ってからは、その釈然としない思いはさらにつのった。実際、二つの時計は、ウォッチケースの内側に有線七宝《しっぽう》細工が施されているまったく同一のものでした。些細《ささい》な謎ですが、彼にはやり過ごせなかった。上司の怒りを買いながらも、その男はそれから四年間、その小さな偶然がなぜ起こったのかを究明しつづけました。そして最後には、大掛かりな陰謀を暴《あば》いた。ディレクトワールはプロイセンの諜報機関に監視され、侵害されていたのです」彼は射るような視線でアンナを見つめてから、笑った。「そうです。そこのケースに入っている時計がまさにそれです。これぞ職人芸と言える代物《しろもの》です。数十年前、オークションで競《せ》り落としました。そばに置いておきたいんですよ。今の話を思い出させてくれますからね」

バートレットはしばし目を閉じ、物思いに耽《ふけ》った。「もちろん、ロシャが真相を突き止めたときには、遅すぎました」と、やがて口をひらいた。「ビスマルクのエージェントに偽《にせ》の情報を摑《つか》まされていたフランスは、すでに戦争を宣言していた。〝いざ、ベルリンへ〟と雄叫《おたけ》びを上げていたのです。その結果、フランスに破滅がもたらされた。一六四三年のロクロワの戦い以来謳歌《おうか》してきた軍事的支配体制は、わずか数ヶ月の間に完膚無きまでに叩《たた》きのめされた。想像できますか？　皇帝の指揮するフランス軍は、セダン付近で待ち伏せていた敵軍の餌食《えじき》となった。そして、言うまでもありませんが、ナポレオン三世の最後を招いた。フランスはアルザス・ロレーヌを失い、膨大な賠償金の支払いを余儀なくされた。さらに、二年間の占領という憂《う》き目を見ることになった。ヨーロッパ全体の歴史の流れを変えた一大事件でした。そのわずか数年前、クロード・ロシャは細い糸を手繰り寄せていた。それがどこに通じているのかを知らずに、その先に何が待ち受けているのかを知らずにね。下っ端の事務員二人、そして彼らが持っていた揃いの懐中時計がそのきっかけになったのです」バートレットは笑い声らしき声を漏らした。「ちっぽけに見える問題は得てしてちっぽけなものです。そう、あくまで得てして、ね。わたしの仕事はそのような問題に注意を向けることです。細い糸に、些細な引っ掛かりに、重大な結果を導き出すかもしれない小さな共通点に。微々たる出来事に思いを巡らすことこそ、わたしがすべき最たることなのです」眉を吊り上げた。「わたしは揃いの懐中時計を探しています」

アンナはしばし沈黙した。〝幽霊〟は噂《うわさ》どおりの男だった。まったくもって捕えどころがない。「過去の教訓は貴重です」彼女はゆっくりと口をひらいた。「ですが、わたしがお聞きしたいのは現在の話です。それらのファイルにかかわる何かが実際に進行しているとお考えなら、CIAに調査させるのが筋ではないですか？」

バートレットはジャケットからシルクのポケットチーフを抜き取り、眼鏡のレンズを拭《ぬぐ》いはじめた。「その辺りはちょっと厄介な問題を含んでましてねえ」と、言った。「ICUは、徹底的な内部調査に圧力が掛けられる可能性のあるケースにのみ関与します。ということで、その話は置いておきましょう」妙にへりくだった口振りだった。

「置いておけません」アンナはぴしゃりと言い返した。組織のヘッド、とりわけ、ICUのような強大な権限を握る組織の最高責任者に対する口の利《き》き方ではなかった。もっとも、彼女の技量に〝媚《こ》びへつらう〟という術はなく、あらかじめその点を調べておかなかったのはバートレットの手落ちである。「CIAに遠慮しながらも、あなたは、その内部の誰か、あるいは出身者がこの連続死の背後にいると仰っています」

ICU局長の顔からわずかに血の気が引いた。「そうとは言ってません」

「否定もしていません」

バートレットはため息をついた。「人間という歪《ゆが》んだ生き物からまっすぐなものは生み出されません」

「CIAが危険に晒《さら》されているとお考えなら、どうしてFBIを参入させないのですか？」

バートレットは小さく鼻を鳴らした。「それは、なぜAP通信を参入させないのかと言うのと同義です。ＦＢＩは多様な権限を持っているが、その中に配慮という文字はない。あなたはこの問題の微妙な性質をきちんとわきまえていないようだ。知る人間が少ないに越したことはないのです。だから、わたしはチームではなく、個人を関与させている。適任者であり希望の星である、エージェント・ナヴァロをね」

「実際、この連続死が殺人だとしても」彼女は言った。「犯人を見つけ出せる可能性がきわめて低いことはあなたにもおわかりのはずです」

「まさしく役人的な返答ですな」バートレットは言った。「だが、あなたは役人らしくない。ミスター・デュプリー曰《いわ》く、頑固で、〝チームプレーのできない〟人間だ、とね。そう、それこそがわたしの望んでいる人材です」

アンナは息巻いた。「要するに、あなたはＣＩＡを捜索しろと仰っている。一連の死を調べ、それが殺人であることを証明し、さらに……」

「さらに、我々が監査に踏み切るに充分な証拠を集める」プラスティックフレームの眼鏡の奥で、バートレットの灰色の目が光った。「どんな人物が絡《から》んでこようが、構いません。わかっていただけましたか？」

「正気の沙汰《さた》とは思えませんわ」アンナは答えた。ベテラン捜査官である彼女は、証人や容疑者の取り調べを数えきれないほど行なってきた。黙って話を聞くだけで事足りることもあれば、相手を煽《あお》り、挑発し、答えを引き出さなければならないこともあった。

時と場合に応じて、経験とそれに基づく勘にものを言わせてきたのだ。バートレットの話にはところどころ省略されている箇所があった。この老獪《ろうかい》な役人は必要なことだけを伝えようとしている。だがそれが故に、それ以上の何かがあることを彼女の経験は見抜いたのだ。「はったり捜査官を演じるつもりはありません」

バートレットは瞬《まばた》きした。「なんですって？」

「あなたはシグマファイルのコピーを持っているはずです。じっくりとご覧になったに違いない。にもかかわらず、シグマに関して何もわからないと仰っている」

「何が言いたいのです？」冷ややかな口調だった。

「ファイルを見せていただけますか？」

呆気《あっけ》に取られたかのような笑みが浮かぶ。「駄目です。それはできません」

「なぜです？」

バートレットは眼鏡を掛け直した。「ここは取調室じゃないんですよ。あなたの尋問のテクニックには賞賛を送りますがね。いずれにせよ、要点は明らかにしたはずです」

「とんでもない、全然明らかにされていません！　あなたはファイルの内容を充分に吟味した。その全体像を把握できなかったとしても、少なくともなんらかの疑惑を抱いたはずです。経験に基づいた仮説を立てたに違いない。何も考えなかったはずはありません。ポーカーフェイスを装《よそお》うのは止《や》めて下さい。わたしはカードゲームをしにきたわけではありませんから」

バートレットはついに感情を露《あらわ》にした。「いいかね、あなたも知ってのとおり、我々は戦後の要人たちの名誉にかかわる問題に触れている。わたしが持っているのは人物証明ファイルだ。それ自体、何かを明らかにするという類《たぐい》のものではない。それに、この話を始める前に、一筋縄ではいかない問題に取り組んでもらうと言ったはずだ。だから、あなたはこの一件にかかわる気になったのでしょう？　わたしはあなたの裁量を信じている。当然信じている。だが、我々が扱う人物たちは、その裏の顔はわからないにしろ、あくまでも著名人だ。一般良識の範疇《はんちゅう》で扱える問題ではない」

アンナはじっと聞き入っていた。相手の静かな口調に籠《こ》もっている緊迫感に耳を澄ませていた。「あなたは名誉と仰ってますが、本当に気掛かりなのは別のことなのではないですか？」食い下がった。「詳細を聞かせて下さい！」

彼はかぶりを振った。「雲の糸から縄ばしごを作らせるつもりですか？　はっきりしていることは何もないんです。半世紀前、何かが画策された。そう、何かが、巨大な利害の絡む何かが、ね。シグマファイルは、繋《つな》がりが見出《みいだ》せない個人のリストの寄せ集めです。有名な実業家もいれば、どこの誰とも知れない一般人もいる。共通点は、四〇年代から五〇年代にかけて強大な権力を握っていたＣＩＡの何者かにピックアップされたということだけです。協力させるつもりだったのか？　ターゲットだったのか？　我々は皆、はったり捜査を演じているんです。いずれにしても、この巨大な陰謀の引継が始まったらしい。あなたはファイルの人間たちの繋がりを訊《き》いてきた。実際的な意味においで、わたしにはまったくわからない」シャツの袖口《そでぐち》を整えた――几帳面《きちょうめん》な男の神経質な仕草。「我々はいまだ懐中時計の段階なんです」

「ですが、シグマファイルは半世紀も前のものなのですよ！」

「フランスのソンムに行ったことはおありかな？」バートレットはだしぬけに訊いた。わずかに目が輝いている。「是非行かれたほうがいい。小麦に混じって咲いている芥子《けし》を見にね。ソンムでは、樫《かし》の木を切り倒した農民がその幹に腰掛け、やがて体を悪くし死ぬということがよくある。なぜだかわかりますか？　第一次大戦中、戦場だったその地には、マスタードガスの容器が配備されていた。若木が毒を吸収し、数十年後、その含有量は人を殺すほどになった」

「それがシグマに関係あると？」

バートレットは眼差《まなざ》しに力を込めた。「知れば知るほど無知を知らされるとは、よく言われるところです。わたしの場合、知れば知るほど知らないことに出くわすことが不安になる。気負いか、あるいは、戒めか。見えざる若木がどう成長するのか、わたしにはそれが気掛かりなんです」弱々しい笑み。「人間という歪んだ生き物――それはつまるところ、そこから生まれた邪悪の木です。わかってますよ、わたしの言っていることが古くさい昔話にしか聞こえないことは。そして、おそらくそのとおりです、エージェント・ナヴァロ。あなたがここに戻ってきたとき、わたしの気掛かりは消え去ることでしょう」

「さあ、どうでしょう」彼女は答えた。

「ところで、今後、あなたは様々な法執行機関と連絡を取り合うことになります。誰が見ても、殺人事件の捜査を行なっていると思うでしょう。なぜＯＳＩのエージェントがかかわっているのか？　面倒な説明はいりません。資金の不正転用に関する捜査の過程で故人の名が浮かび上がってきたと答えればよろしい。誰も突っ込んでは訊いてこないはずです。口実はシンプルなほうがいい。複雑なものは必要ありません」

「わたしは自分の捜査方法に従います」アンナは慎重に口をひらいた。「約束できることはそれだけです」

「それこそがわたしの望んでいることです」バートレットはあっさりと答えた。「確かに、あなたの疑念には充分な根拠がある。だが、いずれにせよ、はっきりとした答えが知りたい。さあ、ノバスコシアに飛んで下さい。ロバート・メールホットが自然死であることを確かめてきて下さい。あるいは、そうでないことを」

第四章

ベンは、車でチューリヒ州警察の本部へ連行された。ツォイクハウス通りにある、煤《すす》けてはいるものの優雅な装《よそお》いの古い石造りの建物である。二人の物言わぬ若い警官に付き添われて地下の駐車場を通り抜け、長い階段を上り、古めかしい庁舎に隣接している比較的モダンな庁舎に入った。一九七五年頃、アメリカの郊外にあった高校のような内装だ。ベンが何を尋ねようと、二人の警官は肩をすくめるだけだった。

彼は考えを巡らせていた。ジミーがバンホーフ通りにいたのは偶然ではない。チューリヒにいたのはベンを殺害するためである。どういうわけか死体が消えた。いや、迅速に手際《てぎわ》よく片づけられた。そして、鞄《かばん》に銃が入れられた。何者かが、それも紛れもないプロが、ジミーにかかわっていたのは明らかである。だが、誰なのか？　そして再び、なぜなのか？

ベンは小さな蛍光灯の灯《とも》った部屋に連れていかれ、ステンレスのテーブルの前に座らされた。二人の警官が見守る中、丈の短い白衣を着た男が現れ、視線を合わせることなく、言った。「手を出して」ベンは言われたとおりにした。抵抗したところで、どうなるものでもない。鑑識係は、ベンの両手にプラスティックのボトルに入った液体を吹きつけると、右手の甲をプラスティックの綿棒で軽く、しかしくまなく拭《ぬぐ》った。綿棒をプラスティックの管に入れる。続いて、手のひら、さらにもう片方の手にも同様の処置を施した。四つの綿棒が、ラベルの貼《は》られた四つのプラスティック管に収められ、鑑識係はそれらを手に部屋を立ち去った。

数分後、三階にある居心地のよさそうな調度品の少ないオフィスに、ベンは連れていかれた。肩幅の広いがっしりとした私服の男が、殺人捜査課刑事、トーマス・シュミットと名乗った。四角いあばた顔で、前髪を短く垂らした刈り上げの男だ。クシュタートで会ったスイス人の女性から、スイスの警官は〝雄牛〟と呼ばれていると聞かされた記憶がベンの頭をよぎった。この男はまさにその典型だった。

シュミットは一通りの質問から始めた——氏名、生年月日、パスポートナンバー、滞在先のホテルの名、等々。コンピュータ端末の前に腰を下ろし、一本指でその答えを入力している。首から細字用の眼鏡がぶら下がっていた。

ベンは怒りと疲労と屈辱に苛《さいな》まれていた。忍耐力は限界に達している。軽い口調を維持するのは甚《はなは》だ骨が折れた。「刑事さん」彼は言った。「ぼくは逮捕されたのかされてないのか、どちらなんです？」

「されていませんよ」

「そうですか。ここにいるのはなかなか楽しいんですが、逮捕するつもりがないなら、ホテルに戻らせてもらえませんか？」

「お望みとあらば、喜んで逮捕してあげますよ」刑事は温和な口調で答えた。笑顔の中にちらりと威嚇《いかく》の影が覗《のぞ》く。「素敵な一人部屋も用意してありますからね。ですが、我々の仕事に気持ちよく協力してくれたほうが、事はスムーズに運ぶと思いますよ」

「電話は掛けさせてもらえないんですか？」

シュミットはベージュの電話に両手を伸ばし、散らかった机の端に押し出した。「アメリカ領事館でも、弁護士でも、どこなりとお好きなところへ」

「では、お言葉に甘えて」ベンはそう言うと、受話器を取り上げ、腕時計に目をやった。ニューヨークは昼下がり時である。ハートマン・キャピタルマネジメントのお抱え弁護士は税金やセキュリティに関する法律を専門にしているので、国際法に携わっている友人に連絡を取ることにした。

ハウィー・ルービンとベンはディアーフィールドのスキーチームに所属しており、それが縁で親友となった。ハウィーは感謝祭の際にしばしばベッドフォードを訪れ、ベンの他の友人たち同様、とりわけ、ベンの母親に好意を抱いた。

弁護士は昼食に出ていたが、ベンの電話は相手の携帯電話に繋《つな》がれた。受話器の向こうから聞こえてくるレストランの騒音に、ハウィーの言葉尻《じり》が遮られる。

「とんだ災難だな、ベン」ベンが事情を語っている途中で、ハウィーが口を挟んだ。近くにいる誰かと大声でしゃべっている。「いいか、スイスでのスキーバケーションの最中に逮捕されたクライアントたちに話したことと同じことを言うからよく聞け。笑顔で耐えろ。高慢な態度は取るな。醜いアメリカ人を演じるべからず。スイスのような規則に縛られた国では、拷問《ごうもん》されることはまずない」

ベンはシュミットを盗み見た。キーボードを打っているものの、聞き耳を立てているのは間違いない。「それはなんとなくわかる。で、ぼくはどうなるんだ？」

「スイスの規則に従うなら、逮捕されないにしても、最大で二十四時間留置される可能性がある」

「冗談だろ」

「それに、怒らせたら、豚箱で一夜を明かすことになる。だから、くれぐれも気をつけろ」

「で、何かいい手だてはないのか？」

「ハートマン、おまえは誰からも好かれる男だ。だから、普段どおりの自分でいろ。何か問題が起こったら、連絡をくれ。電話で国際問題になることをちらつかせてやる。パートナーの一人が法人の人物調査を担当している。まあ早い話が、おれたちは精度の高い多様なデータベースにアクセスしているということだ。ジミーの記録を引き出し、調べてみよう。そこの電話番号を教えてくれ」

ベンが受話器を置くと、シュミットは彼を隣室へ連れていき、別の端末の近くにある机に座らせた。「スイスへ来たのは初めてですか？」ツアーガイドよろしく、快活な口振りで訊《き》く。

「何度も来ています」ベンは答えた。「大半はスキーをしに」

シュミットは上の空といった様子でうなずいた。「ポピュラーな娯楽ですね。ストレス発散にはもってこいです」目をすがめた。「仕事できっとストレスが溜《た》まっているのでしょうな」

「そんなことは言ってませんが」

「ストレスが溜まると、人間、突拍子もないことをするものです。ストレスは日に日に積み重なり、ある日突然、〝ドカン！〟と爆発する。いわゆる〝切れる〟というやつですな。そうなったとき、周囲の人間と同じほどに切れた当人も驚くものです」

「さっきも言ったとおり、銃は入れられていたんです。ぼくは使ってません」ベンは頭に血が上っていたものの、できるだけ平静に話した。刑事を怒らせるのは得策ではない。

「だが、あなたの話によると、あなたはその男を殺した。しかもその男に素手で殴りかかっていったとか。通常、職場でもそのような態度を取っているのですか？」

「あれは普通の状況じゃありません」

「ミスター・ハートマン、あなたの友人にあなたの人となりを尋ねたら、なんと答えるでしょう？　癇癪《かんしゃく》持ちだと言うでしょうか？」思案顔を奇妙に歪《ゆが》ませ、ベンを見据えた。

「あるいは……暴力的な男だと？」

「この上なく法律を遵守《じゅんしゅ》する男だと答えるでしょう」ベンは言った。「どうしてそんなことを訊くんです？」彼は自分の両手に目を落とした。ジミーの頭に鉄のランタンを投げつけた手に。俺は暴力的だったのか？　刑事の言い分は筋違いである。ベンは自己防衛したにすぎない。にもかかわらず、彼の心はゆらゆらと数年前へ漂っていった。

ダーネルの顔は今でもはっきりと覚えている。イーストニューヨークの小学校で受け持っていた五年生の一人で、明朗活発なクラス一番の優等生だった。そんな彼に何かが起こった。成績が落ち、間《ま》もなく宿題を提出しなくなった。他の生徒と喧嘩《けんか》するような子供でないにもかかわらず、顔にはみみず腫《ば》れが目立ちはじめた。ある日の放課後、ベンはダーネルを呼び出した。少年は目を合わせようとしない。顔が恐怖で歪んでいる。だが、やがて事情を訊き出したところによると、ダーネルは、母親の新たなボーイフレンドであるオルランドから、勉強は時間の無駄だ、そんな暇があるなら金を稼げと言われているらしい。「何をしてお金を稼ぐんだい？」と訊いたが、少年は答えなかった。

ダーネルの母親、ジョイス・スチュアートに電話をしたものの、びくびくした口調で、歯切れの悪い答えが返ってくるだけだった。状況を話し合いに来校するつもりはないらしく、良からぬ事態に見舞われていることを認めようともしなかった。彼女も怯《おび》えているのだ。数日後、ベンは指導要録でダーネルの住所を調べ、家庭訪問した。

ダーネルは玄関の傾いたアパートの二階に住んでいた。戸口の踏み段は落書きで埋め尽くされている。ブザーは壊れ、アパートの玄関にも鍵《かぎ》はなく、ベンは階段を上って2Bと記されたドアをノックした。しばらくして、ダーネルの母親が顔を覗かせた。頬に痣《あざ》ができ、唇が腫れ上がっている。暴行を受けたのは一目瞭然《りょうぜん》だった。彼は自己紹介し、中に入れてくれるように頼んだ。ジョイスはためらったのち、彼を小さなキッチンへ案内した。がたのきたフォーマイカの調理台の上で、黄色い綿の掛け布がそよ風にはためいていた。

後ろから怒声が耳に届くと同時に、ベンはジョイスのボーイフレンドに詰め寄られていた。「おまえは誰だ?」オルランドは鋭い口調で訊いた。赤いタンクトップとだぶだぶのジーンズ姿の、背が高く筋骨たくましい男である。ベンは相手のボディに目を凝らした。上半身の筋肉が異常なまでに発達しており、胸はぶ厚く、肩は救命胴衣を着ているかのように隆起している。

「この方はダーネルの学校の先生よ」母親が言った。腫れた唇の奥で、舌がうまく回っていない。

「では、あなたが――あなたがダーネル君の保護者なんですね？」ベンはオルランドに尋ねた。

「けっ！　今はおれがあいつの先公よ。もっとも、世間の裏のことを専門に教えているがな。あんたと違って」

ダーネルがそっとキッチンに入ってきた。恐怖が貼りついたその顔は年齢よりもはるかに幼く見えた。「向こうに行ってなさい、ダーネル」母親が半ば囁《ささや》くように言った。

「ダーネルの頭にくだらんことを詰め込む必要はないぜ。あいつはヘロインの捌《さば》き方さえ知ってりゃいいんだ」オルランドはにやりと笑い、金色の前歯を覗かせた。

ベンは身震いした。ダーネルは麻薬の売人をさせられていたのだ。「あの子は五年生ですよ。十歳の子供なんですよ」

「そのとおり。子供さ。警察は逮捕できないだろう？」オルランドは笑った。「でも、おれはあいつに選択権を与えたんだぜ。薬《ヤク》を売るか体を売るかの二者択一さ」

男の言葉に、軽々しく口にされた冷酷非道ぶりに、ベンは吐き気を催した。だがぐっとこらえ、静かな口調で言った。「ダーネル君はクラスの誰よりも優秀です。あなたには、勉強させる義務がある」

オルランドは鼻を鳴らした。「あいつは薬を売って飯を食っていける。おれと同じようにな」

そのときだった。ダーネルの甲高い声が聞こえた。震えているものの、しっかりとした声だった。「ぼく、もう嫌だよ」オルランドに言った。「ハートマン先生は何が正しいのか知っている」そして勇気を振り絞り、大声で続けた。「あんたみたいにはなりたくない」

男の顔色を窺《うかが》っていたジョイス・スチュアートの表情が凍りついた。「止《や》めて、ダーネル」

遅すぎた。オルランドは十歳の子供に飛び掛かるや、顎《あご》を殴り、部屋の向こうへはじき飛ばした。ベンを振り返る。「今度はおまえをここから追い出してやる。階段を下りる手間を省いてやるぜ」

ベンは身を強張《こわば》らせた。怒りが全身を駆けめぐる。オルランドが平手で胸を突いたものの、足腰に力を入れて体を支えると、男に体当たりし、こめかみを殴りつけた。続いて、男の頭をサンドバッグさながらに連打する。度肝を抜かれたオルランドは束《つか》の間《ま》硬直した。太い腕で腹部を攻撃しようとするが、ベンは相手がパンチを繰り出せないほどに接近していた。いや、いずれにせよ、燃えたぎる怒りの炎がベンの全身を麻痺《まひ》させていたのだ。オルランドが床に崩れ落ちるまで、ボディブローの衝撃を感じなかった。男はダウンしたものの、意識はあった。

オルランドの目がベンを窺った。そこにあった傲慢《ごうまん》さは恐怖に取って代わられていた。

「あんた、狂ってる」

俺が？　俺はどうなってしまったんだ？　「今度ダーネル君に指一本でも触れたら」ベンは口をひらいた。あえて穏やかに話したが、自分の言葉とは思えなかった。「あんたを殺す」一語一語はっきりと言った。「いいですね？」

のちにベンが、社会奉仕活動に従事している友人のカーメンから聞いたところによると、数日後オルランドはジョイスとダーネルのもとを去り、二度と戻ってこなかったらしい。もっとも、ダーネルの成績と素行が著しく改善されたことから、すでに察しはついていたが。

「わかった」あのとき、オルランドは押し殺したような声でそう答え、キッチンの床からベンを見上げた。「おれたちは、誤解し合っていただけだ」咳《せ》き込んだ。「これ以上の面倒は御免だ」再び咳き込み、呟《つぶや》いた。「あんた、狂ってる。絶対に狂ってる」

「ミスター・ハートマン、ここに右手の親指を置いてもらえますか？」シュミットは、〝アイデンティックス・タッチビュー〟と記された白い長方形の物体を指し示した。表面にルビーのような色をした小さな卵形のガラス板が載っている。

ベンは右の親指をそのガラス板に置いた。続いて、左。斜め横にあるモニターに、指紋が現れ、拡大された。シュミットはキーボードで一連の数字を入力し、リターンキーを叩《たた》いた。モデムが作動する甲高い音がする。ベンを振り向き、済まなそうに言った。「ベルンに送ったところです。わかるまで、五分か十分かかるでしょう」

「何がです？」

刑事は立ち上がり、最初の部屋に戻るようベンに身振りした。「スイス国内に、あなたの逮捕記録があるかどうかです」

「あれば、ぼくが覚えていないとは思いませんが」

シュミットはしばしベンを見据えると、やがて語りはじめた。「あなたがどんな類《たぐい》の人間かはわかっています、ミスター・ハートマン。あなたのようなリッチなアメリカ人にとって、スイスはチョコレート、銀行、かっこう時計、そしてスキーの国にすぎません。我々のことを召使いとでも思っているんでしょう、どうです？　だが、あなたは本当のスイスをご存じない。何世紀にもわたって、ヨーロッパ列強は我が国を隷属《れいぞく》させようとした。しかしどの国も成功しなかった。今、あなたの国は権力と財力に物を言わせ、同じことをしようとしている。だがこの国を――あなたがたの言葉で言うなら――〝牛《ぎゅう》耳《じ》る〟ことはできない。この部屋に、あなたをもてなすチョコレートはありません。それに、釈放するか否《いな》か、あるいはいつ釈放するかを決めるのはあなたではない」椅子《いす》の背に凭《もた》れ、恭《うやうや》しく微笑《ほほえ》んだ。「スイスへようこそ、ヘル・ハートマン」

糊《のり》の利《き》いた白衣姿の長身痩軀《そうく》の男が、タイミングを見計らったかのように部屋へ入ってきた。縁なし眼鏡を掛け、硬そうなちょび髭《ひげ》を生やしている。名乗ることなく、メートル法で長さが表示されている壁の白いタイル部分を指さした。「そこに立って下さい」

怒りを顔に出すまいと自分に言い聞かせながら、ベンはタイルに背をつけ、背筋を伸ばした。鑑識係は身長を測定すると、ベンを洗面台へ連れていった。白いペースト状の洗浄剤を押し出すレバーを捻《ひね》り、手を洗うよう指示する。洗浄剤は、泡立ちがいいもののざらついており、ラベンダーの香りがした。三度場所を移動した白衣の男は、ガラスのプレートの上にねばねばした黒いインクを引き延ばし、両方の手のひらを置くよう命じる。細い華奢《きゃしゃ》な指で、ベンのそれぞれの指に吸い取り紙を巻きつけ、慎重に引き剝《は》がした。

鑑識係が作業をする一方で、シュミットは席を立ち、隣室へ行った。ほどなくして、戻ってきた。「ミスター・ハートマン、ヒットしませんでした。逮捕記録はありませんでしたよ」

「そいつは驚きですね」ベンは低い声で答えた。奇妙にもほっとした。

「でも、まだ疑いが晴れたわけではありません。数日中に、試験室から弾道検査の結果が届くでしょう。もっとも、地下街から押収《おうしゅう》された銃弾がブローニング765のであることは、すでに調べがついていますがね」

「それが銃弾の種類なんですね？」ベンは何気なく訊いた。

「あなたの鞄《かばん》の中から発見された銃に使用される銃弾です」

「ほう」ベンはそう呟くと、作り笑いをした。不意に態度を変え、強気な姿勢に出る。

「いいですか、その銃弾が問題の銃から発砲されたものであることは間違いありません。ぼくの鞄に入れられていた銃からね。だったら、銃を撃ったかどうかぼくの手を検査すればいいじゃないですか？」

「硝煙反応の分析ですね。すでにやりましたよ」シュミットは綿棒で拭《ぬぐ》う動作を真似《まね》た。

「で、結果は？」

「間《ま》もなく出るでしょう。写真撮影のあとでね」

「銃には、ぼくの指紋だってついているはずがない」触らなくてよかった、とベンは心の底から思った。

　刑事はわざとらしく肩をすくめた。「指紋は拭い取れます」

「でも、目撃者だって——」

「目撃者は、あなたぐらいの年齢で身なりの良い男だったと証言しています。確かに、混迷をきわめた事態でした。しかし、五人が死に、七人が重傷を負っている。一方で、あなたは加害者を殺してしまったと言う。にもかかわらず、我々が見に行ったときには、ンの間には鍵がかかっていなかった。死体はなかった」

「ぼくには——説明のしようがありません」自分の供述がどれほど奇妙なものであるかを思い出し、ベンは相手の疑念を認めた。「ですが、死体が運び去られ、現場が元どおりにされたのは明らかです。だとするなら、ジミーに仲間がいたとしか考えられません」

「あなたを殺すための?」刑事は陰に籠《こ》もって楽しんでいるようにベンを眺めた。

「おそらくは」

「だが、あなたは狙《ねら》われる理由を答えていない。二人の間に遺恨はなかったと仰《おつしや》っている」

「わかっていないようですね」ベンは静かに言い返した。「その男には十五年間会っていなかったんですよ」

机の上にある電話が鳴った。刑事が受話器を取った。「シュミットです」しばし耳を傾ける。間もなく、「わかりました。手短にお願いしますよ」と答え、受話器をベンに渡した。

ハウィーだった。「おお、ベンか」先程とは打って変わり、その声ははっきりと耳に届いた。まるで、隣室から電話を掛けてきているかのようだ。「ジミー・カバノーフはニューヨークのホーマー出身に間違いないんだな?」

「ああ、シラキュースとビンガムトンの間にある小さな街だ」ベンは答えた。

「そうか。で、プリンストン大学でクラスメートだったんだな？」

「そのとおり」

「なるほど。そいつは困ったことになった。おまえの言うジミー・カバノーフは存在していないんだ」

「そんなことはわかっているよ」ベンは言った。あの男は死んだのだ。

「違うんだ、ベン。おれは、ジミー・カバノーフは存在しなかったと言っているんだ。そんな男はこの世にいなかったと。プリンストン大学の卒業生リストをチェックした。ファーストネームかミドルネームの頭文字に〝J〟がつく、カバノーフという名の男は在籍していなかった。少なくともおまえが在学していた八〇年代には。それに、ホーマーはもちろん、その近郊の街にもカバノーフという苗字《みょうじ》の人間はいない。ついでに言うなら、ジョージタウンにもな。いいか、おれたちはありとあらゆるデータベースに当たった。おまえの説明にそぐうジミー・カバノーフが存在するなら、見つけられないはずがない。もちろん、綴《つづ》り違いの可能性も考慮した。昨今のデータベースには、想像もつかないほど膨大な情報量が含まれている。どんな人間だって、存在の痕跡《こんせき》を残している。クレジット記録、社会保障番号、徴兵歴……あらゆるものから足がつく。にもかかわらずその男は情報化社会の網に引っ掛かってこない。奇妙だと思わないか？」

「何か見落としたんだろう。ぼくはあの男がプリンストン大学に在籍していたことを知っている」

「知っていると思っているだけだ。そんなことあり得ないだろう？」

ベンの胃がむかついた。「もしそれが本当なら、都合のいい話じゃないな」

「ああ」ハウィーは答えた。「だが、もう一度調べ直してみる。ところで、おれの携帯電話の番号はわかっているな？」

ベンは受話器を置いた。呆然《ぼうぜん》としている。シュミットが口をひらいた。「ミスター・ハートマン、あなたはビジネスでこちらにいらしたんですか？　それとも休暇で？」

ベンは意識を集中させ、できるだけ丁重に答えた。「先程もお話したとおり、スキーをしに来ました。二、三商談もしましたが、それはチューリヒに立ち寄ったついでです」〈ジミー・カバノーフは存在しなかった〉

シュミットは手を組み合わせた。「前回スイスにいらしたのは四年前でしたね？　弟さんの遺体を引き取りに？」

ベンは口を噤《つぐ》んだ。不意に殺到する記憶の波を押しとどめることはできなかった。真夜中に電話が鳴った。良い知らせであるはずがない。イーストニューヨークの安アパートで、彼は同僚のカレンと寄り添うように眠っていた。ぶつぶつと文句を言いながら、ベッドを転がり、電話に出た。すべてを変えたあの電話に。

単独飛行していたピーターの小型レンタル機が、ルツェルン湖付近の断崖《だんがい》に衝突した。貸し出し書には、近親者としてベンの名が書き込まれていた。死体の身元を確認するのに時間を要したものの、歯の治療記録が決定的な証拠となった。スイス当局はこれを事故として処理した。ベンはルツェルン湖に飛び、弟――機体の爆発のあとに残った弟の一部――をケーキ箱ほどの大きさのダンボール箱に入れ、故郷に連れ帰った。

帰路の機内で、ベンは泣かなかった。心の麻痺が消えたとき、初めて涙が溢《あふ》れてきた。訃報《ふほう》を耳にするや、父は嗚咽《おえつ》を漏らし、その場に崩れ落ちた。癌《がん》で床に伏していた母は、声が潰《つぶ》れんばかりに泣き喚《わめ》いた。

「はい」ベンは静かに答えた。「それ以来、スイスには来ていません」

「きわめて興味深い事実ですな。この国を訪れると、あなたは決まって〝死〟とかかわるらしい」

「何が言いたいんです？」

「ミスター・ハートマン」シュミットは淡々とした口調で言った。「弟さんの死と今回の事件に何か繋《つな》がりがあると思いますか？」

ベルンのスイス国家警察本部で、黒い角縁《つのぶち》眼鏡を掛けた小肥《こぶと》りの中年女がコンピュータスクリーンに顔を向けるや、文字の一列が点滅していることに気づき、あわてて目を凝らした。束《つか》の間スクリーンを見つめ、何年も前に教わったことを思い出すと、点滅している文字――名前とそのあとに続いている一連の数字――を書き留めた。席を立ち、直属の上司のオフィスに通じている窓ガラスがはめられたドアをノックする。

「失礼します」彼女は中に入った。「RIPOLのブラックリストの名前が反応しました」RIPOLとはRecherche Informations Policier（警察調査情報）の頭文字で、国内犯罪事件における関係者の名前、指紋、車輌ナンバーなどの情報をインプットしたデータベースだ。連邦、州、並びに地方警察によって利用される法執行機関専用の資料である。

国家警察のエリートとして知られている四十代半ばの気障《きざ》な男である彼女の上司は、メモを受け取ると、忠実な秘書に礼を言い、下がるよう指示した。部下がドアを閉じるや、盗聴防止回線を使用した電話の受話器を取り上げ、めったに掛けることのないナンバーをダイヤルした。

州警察本部から一ブロックほど離れたツォイクハウス通りの傍らで、車名のはっきりしないおんぼろの灰色のセダンがアイドリングしていた。車内では、二人の男が待ちくたびれた様子で無言のままタバコを吹かしている。いきなり、センターコンソールの上に置かれていた携帯電話が音を鳴らし、二人はぎくりとした。助手席の男が電話を取る。話を聞き、「わかりました、ありがとうございます」と答え、電話を切った。

「例のアメリカ人が出てくるそうだ」彼は言った。

数分後、州警察本部の横の入り口からアメリカ人が現れ、タクシーに乗り込んだ。タクシーが半ブロックほど進んだところで、運転席の男は夕暮れ時の往来にセダンを滑り込ませた。

第五章

ノバスコシア州、ハリファックス

カナダ航空のパイロットの離陸アナウンスを待たずに、アンナ・ナヴァロは座席テーブルからファイルを取り、テーブルを元の位置に戻し、目前の事件に意識を集中させようとした。フライト恐怖症だった。とりわけ、離陸する瞬間が嫌だった。胃がひっくり返る。例によって、飛行機が墜落し、地獄の業火《ごうか》の中で末期《まつご》を迎えるのではないかという馬鹿《ばか》げた不安と戦っていた。

彼女が慕っていた叔父のマニュエルは、古びた農薬散布機を操縦していた際に、エンジン故障で墜落死した。とはいえ、あの世への架け橋となったその農薬散布機は、彼女が今乗っている洗練された機能を持つ747とは似ても似つかぬものだった。

自分の弱みを他人に晒《さら》してはいけないという一般論に基づき、彼女はOSIの同僚に心配事を打ち明けたことはない。だが、恐怖を嗅《か》ぎ分ける犬のごとくに、アーリス・デュプリーが彼女の不安を感じ取っていることはわかっていた。ここ半年、彼女は次から次へと雑用にも等しい出張を命じられ、事実上、機上生活を余儀なくされていたのだ。機内で平静を保つ唯一《ゆいいつ》の手だては、事件のファイルを読み耽《ふけ》ることである。それは常に彼女を惹《ひ》きつけ、夢中にさせる。検死結果や病状が無味乾燥な文体で記された報告書が、彼女を謎《なぞ》解きの誘惑へと導くのだ。

子供の頃は、母親が家に持ち帰ってきた五百ピースのジグソーパズルに興じたものだった。母が家政婦をしていた家の夫人からのお土産で、その子供が途中で放り出したものである。それらしい絵ができ上がっていくのを眺めることよりも、断片をはめ込むときの音と感覚が好きだった。使い古されたパズルはピースが欠けていることがあり――だらしのない元の持ち主がなくしたのだ――、それに気づく度に、ひどく苛《いら》ついた。子供の頃から完璧《かんぺき》主義者だったのだ。

ある意味において、今回の事件は、目の前のカーペットにばらまかれた千ピースのジグソーパズルだった。

今回のワシントン‐ハリファックス便の機内で、アンナはオタワのRCMPからファックスされてきた資料にじっくりと目を通していた。カナダ騎馬警察隊《RCMP》はアメリカのFBIに相当し、その古めかしい名前にもかかわらず、超一流の諜報《ちょうほう》機関である。当機関とアメリカ司法省の業務関係は総じて友好的だった。

あなたは何者なの？　老人の写真を見つめながら、彼女は胸の内で呟《つぶや》いた。ノバスコシア州ハリファックスのロバート・メールホットは、気のいい年金生活者で、慈悲の女神教会の敬虔《けいけん》な一員だった。文書庫の奥深くに眠っていようがいまいが、CIAの人物証明ファイルに記載される類《たぐい》の人間ではない。

バートレットがファイルの中で出くわした、過去の要人たちや諜報機関の指揮官による得体の知れない陰謀とこの男を結びつけているものはなんなのか？　バートレットがこの男に関する資料を持っているにもかかわらず、それを彼女に見せなかったのは明らかである。一方で、彼女にさらに詳しいことを調べさせようとしているのも間違いのないところだった。

ノバスコシアの州判事は捜査令状を発行してくれた。依頼した資料――通話、及びクレジットカード記録――は一時間以内にワシントンのアンナの下にファックスされた。

彼女はOSIの一員である。国際的な資金の不正転換に関する調査をしているという作り話に疑問を抱く者はいなかった。

とはいえ、ファイルは彼女に何も告げなかった。高齢の医者の手によるものと思われる判読しにくい文字の診断書に記載された死因は、〝自然死〟で、その横に〝冠状動脈血栓〟と括弧《かっこ》で括《くく》られていた。きっとそのとおりなのだろう。

故人は特殊な物も購入しておらず、ニューファンドランドとトロントに長距離電話が掛けられていただけである。今のところ、注意を引かれるものは何もない。おそらく、答えはハリファックスにあるのだろう。

いや、答えなどないのかもしれない。

アンナは、捜査を開始する際に決まって訪れる希望と絶望が入り混じった奇妙な感覚に捕われていた。きっと成功するという確信めいた思いと、うまくいかないだろうという悲観的な感情が交互に押し寄せてくるのだ。一つだけ確かなことがあった。すなわち、連続性のある事件においては、最初の殺人が最も重要なポイントとなる。それは捜査の基本なのだ。すべてを虱潰《しらみつぶ》しに調べることにより初めて、個々の事柄を結びつける鍵《かぎ》を得ることができる。すべての〝点〟を視野に入れない限り、〝線〟は結べないのである。

アンナはネービーブルーのダナキャランのスーツ（廉価《れんか》品《ひん》のほうだが）とラルフローレンの白いブラウス（もちろん、注文服ではない）を着ていた。オフィスでは、ブランド品に身を包んでいる女として有名だった。彼女の給料でデザイナーズブランドは分不相応であるものの、気に入ったものがあると結局は購入した。ワシントンのごみごみした一画にある薄暗い小さなアパートに住み、バカンスを楽しむこともなかったのは、金がすべて洋服代に消えてしまうからである。

一般的な若い女性の例に漏れず、アンナもまた、男性を惹きつけるために着飾っていると思われていた。だが、それは誤りであり、彼女にとって服は鎧《よろい》だった。外装が立派であればあるほど、より深い安堵《あんど》に包まれるのだ。ブランド品の化粧をし、ブランド品の洋服を身に纏《まと》うのは、自分がもはや貧しいメキシコ移民の――裕福な人間の家の掃除や庭の手入れをしているメキシコ移民の娘ではないという証《あかし》だった。ブランド品で武装するとき、彼女は別の誰かになる。それが馬鹿げた考えであることは充分に承知していた。だが、いずれにせよ、そうするのだ。

アーリス・デュプリーはアンナのどういうところが癇《かん》に障《さわ》るのだろうか？　彼女が魅力的な女で、その女に拒まれるからか？　あるいはメキシコ人だからか？　おそらく、その両方なのだろう。デュプリーに言わせれば、メキシコ系アメリカ人は劣っている、それが故《ゆえ》に彼を拒む権利はないということになるのだろう。

アンナは南カリフォルニアの小さな街で育った。両親は、国境以南の疫病《えきびょう》が蔓延《まんえん》する夢も希望もない荒廃の地から逃げ出してきたメキシコ人だった。大人しく穏やかな声で話す母は家政婦をしており、口数が少なく内向的な父は庭仕事をしていた。

小学校時代は、母が縫った服を着ていた。黒い髪を編み揃《そろ》えてくれたのもその母である。自分が皆と違う服装をし、それが似合っていないことはわかっていた。だが、十歳か十一歳の頃までは気に掛けていなかった。グループを作りはじめた他の女の子からのけ者にされるまでは。彼女たちは家政婦の娘を仲間に入れなかった。

アンナは野暮ったい他所者《よそもの》だった。誰も相手にしてはくれなかった。

少数民族だからではない——高校はラテン系アメリカ人と白人が混在しており、両者の間には一線が引かれていた。白人の生徒からは〝不法入国者〟や〝スピック（訳注 メキシコ系アメリカ人の蔑称）〟と呼ばれたものである。しかし、ラテン系アメリカ人の間にも階級があり、アンナはその底辺にいた。流行《はや》りの衣装を身に着けたラテン系の少女たちは、白人の少女たち以上に彼女の服を口汚く罵《ののし》った。

この境遇から抜け出すためには、他の少女たちと同じ服装をするしかない。アンナは母に文句を言うようになった。母は、最初はまともに取り上げなかったものの、やがて、他の少女たちが着ているような服を買う余裕はないと説明した。そして、最後には決まってこう訊《き》いてきた。『あんたの服とどこが違うって言うの？ お母さんが縫った服が嫌いなの？』と。アンナは『嫌いよ！ 大嫌いよ！』と噛《か》みつくように言い返した。その言葉に母がどれほど傷つくか痛いほどよくわかっていながら。二十年後の今ですら、あの日々のことを思い出すと、罪の意識に苛《さいな》まれるのだ。

母は雇い主たちから可愛《かわい》がられた。その一人である大金持ちの夫人が、自分の娘のお下がりを恵んでくれるようになった。アンナは着古しを着て浮かれていた——こんな素敵な服を放り出すなんて信じられないわ！——しかし、それらが前の年に流行したものであることに気づき、その熱は冷めていった。ある日、学校の廊下で、彼女をのけ者にしたグループの少女に呼び止められた。「ねえ、あんた、それ、あたしのスカートよ！」顔を真っ赤にして、アンナは否定した。少女が指先でスカートの裾《すそ》を捲《まく》り上げると、タグにはその女の子のイニシャルが書かれていた。

空港でアンナを出迎えるはずのカナダ騎馬警察隊の役人は、FBIアカデミーで一年間、犯罪捜査法の研修を受けているということだった。切れ者ではないにしろ、なかなかのやり手らしい。

彼はセキュリティゲートの反対側に立っていた。青いジャケットと赤いネクタイを身に着けた、長身でハンサムな三十代の男である。白い歯を見せて爽《さわ》やかに微笑《ほほえ》んだ。アンナを心から歓迎しているようだった。

「ノバスコシアへようこそ」男は口をひらいた。「ロン・アルセノールです」黒い髪に茶色い瞳《ひとみ》、突き出た顎《あご》に広い額。ダドリー・ドゥーライト（訳注　映画『ダドリーの大冒険』の騎馬警官役）を連想させる。

「アンナ・ナヴァロです」差し出された手をしっかりと握った。男は得てして、女の握手は弱々しいものと決めつけている。だからこそアンナはがっしりと握り返す。相手は彼女を男の一人として扱わなければならないことを思い知らされるのだ。「お出迎えありがとうございます」

男は彼女のスーツケースに手を伸ばしたが、アンナはかぶりを振り、微笑んだ。「大丈夫です、お気遣いなく」

「ハリファックスは初めてですか?」値踏みするように彼女を見る。

「ええ。空の上からはとても美しい街に見えましたけど」

愛想の良い笑みを湛《たた》えながら、彼はアンナをターミナルの外へ案内していった。「ハリファックス署にはぼくから連絡しておきましょう。記録資料はお持ちですね?」

「ええ、銀行口座の記録以外は」

「それももう揃っているはずです。確認して、あなたのホテルへお届けしましょう」

「ありがとうございます」

「礼には及びませんよ」彼は目をすがめた。コンタクトレンズを使用しているらしい。

「正直言って、ミス・ナヴァロ――アンナでしたっけ?――、オタワの我々の仲間は、どうしてあなたが一介の老人にそれほど興味を持つのか理解しかねています。八十七歳の爺《じい》さんが自宅で死んだ。死因は自然死。結局、それだけの話じゃないんですか?」

二人は駐車場に着いた。

「遺体は警察の安置所ですか?」彼女は訊いた。

「いいえ、病院の安置所です。冷蔵室であなたを待ってますよ。その老人が埋葬される以前にあなたは連絡を寄越した。それが良い知らせです」

「では、悪い知らせは?」

「遺体が防腐処置を施されているということです」

アンナの顔が曇った。「毒物検査は無理かもしれないということですね」

〃覆面パトカー〃と宣伝しているに等しい、黒っぽい最新型のシボレーの前に来た。彼はトランクを開け、アンナの荷物を入れる。

二人はしばらく無言で走っていた。

「未亡人はどんな方なんです?」やがて、アンナが訊いた。資料には触れられていないことだった。「彼女もフランス系のカナダ人なんですか?」

「地元の人間です。ハリファックス出身で、以前は教師をしていたらしい。きかない婆《ばあ》さんでしたよ。もっとも、あの老婆《ろうば》のことは気の毒に思っています。旦那《だんな》を亡《な》くしたばかりだし、明日葬式を出すはずだったんですからね。我々はそれを延期するよう頼まなければならなかった。ニューファンドランド島からも親戚《しんせき》がくる予定だったらしい。死体解剖の話をしたときには、それはひどい剣幕でした」彼はアンナにちらりと目をやり、再び正面を向いた。「ぼちぼち暗くなってきましたし、今日は休まれたほうがいいでしょう。明日の朝からスタートしましょう」

アンナは拍子抜けした。すぐにでも仕事に取り掛かりたかったのだ。「そうですね」

再び、沈黙が落ちた。アメリカ政府からの使者を嫌っていないらしい渉外担当者に当たったのはラッキーである。アルセノールはとても友好的だった。いささか度が過ぎるほどに。

「こちらが宿です。あなたの国の政府は必ずしも太っ腹というわけではないようで」

バリントン通りにある、見栄《みば》えのしないビクトリア朝風のホテルだった。グリーンの鎧戸を持つ、木造の大きな白い建物だ。外壁の白地は薄汚い灰色に変色していた。

「ところで、よろしければ夕食でも食べに行きませんか？　シーフードがお好みなら、クリッパーカイがいいでしょう。ミドルダックでジャズを聴きながら食事っていうのも乙なものですが……？」彼は車を停めた。

「ありがとうございます。ですが、今日は長い一日でしたので」アンナは答えた。

彼は肩をすくめた。落胆しているのは明らかだった。

ホテルはかすかに黴《かび》臭かった。床板が慢性的に湿気《しけ》っているためである。昔ながらのインプリターがカーボン伝票にアンナのクレジットカードを複写し、真鍮《しんちゅう》の鍵が手渡された。荷物運びは断るつもりだったものの、フロントにいた肥満体の男は申し出てすらこない。二階に宛《あてが》われた、花柄の装飾が施されている部屋にも、同じく黴の臭《にお》いが染《し》みついていた。室内の何もかもが使い古されて見えたが、実際はそういうわけでもないらしい。彼女はクローゼットに上着を掛け、カーテンを引くと、グレーのスエットに着替えた。走れば、気も晴れるだろう。

バリントン通りの西側にあるグランドパレード沿いを駆け、ジョージ通りへ入り、〝城塞《じようさい》〟と呼ばれる星形の砦《とりで》の前に出た。新聞・雑誌販売所の傍らで立ち止まり、息を整え、市内地図を買う。住所を見つけ出した。そこは今いる場所からそれほど離れていなかった。走って行ける距離である。ロバート・メールホット宅は人目を引くような建物ではなかった。灰色の羽目板を張った切妻屋根の二階建てで、金網塀の背後にある植え込みに半ば隠されている。

居間のレースのカーテン越しに、青っぽい光がちらついているのが見えた。未亡人はテレビをつけているのだろう。アンナは通りの反対側で足を止め、しばし目を凝らした。

狭い通りを横切り、もっと近くで観察しようと考えた。そこにいるのが本当に未亡人なのかどうか、そして、そうだとするならどんな様子なのかを確かめたかった。悲しそうに見えるか否《いな》か？　そういうことは必ずしも見ただけではわからないが、思わぬ手掛かりに出くわさないとも限らない。家の傍らの暗がりに身を置けば、隣人たちに見咎《みとが》められる心配もあるまい。

　近隣の家屋から音楽やテレビの音が聞こえるだけで、通りに人気《ひとけ》はなかった。遠くで霧笛が鳴っている。彼女は未亡人宅に近づいていった――。

　と不意に、どこからともなく強烈なヘッドライトが照射された。光は彼女の目を眩《くら》ませ、同時に車の轟音《ごうおん》が接近してくる。悲鳴を上げ、目も利《き》かぬままにアンナは縁石のほうへ身を投げ、暴走車の進路から逸《そ》れようとした。彼女が通りに足を踏み出すまで、車はライトを消し、エンジン音を抑えながら、ゆっくりと走っていたに違いない。

　車は彼女に襲いかかろうとしていた。もはや疑問の余地はない。速度を落とすわけでも、単に猛スピードで路上を直進しているわけでもなかった。それは路肩に、縁石に、そう、彼女に向かって突進してきたのだ。リンカーン・タウンカーの、クロムメッキが施されたグリルガードが目に入った。横長で長方形のヘッドライトは獲物を狙《ねら》う鮫《さめ》の目のようだ。

　逃げるのよ！

　振り向くや、車はヘッドライトをぎらつかせ、タイヤを軋《きし》ませながら十フィートほど手前まで迫っていた。恐怖に突き動かされ、彼女は絶叫しながら隣家のツゲの生け垣に飛び込んだ。硬くささくれ立った枝にスエットを穿《は》いた足を擦りむかれ、狭い芝生に転がり出る。

車が生け垣に突っ込むグシャッという音がした。タイヤの擦《す》れる甲高い音が響き、彼女は顔を上げた。車は土埃《つちぼこり》を撒《ま》き散らしながら方向転換し、エンジンを唸《うな》らせ、暗い通りを突っ走っていく。現れたときと同様、ヘッドライトがだしぬけに消えた。

車は去った。

何が起こったのか？

アンナは跳ね起きた。心臓が激しく動悸《どうき》を打ち、アドレナリンが全身を駆けめぐる。恐怖で膝《ひざ》が震え、立っているのがやっとだった。

いったい、今のはなんだったのか？

車は彼女に向かって直進してきた。故意に轢《ひ》き殺そうとしたのだ。

そして……不可解にも消え去った！

通りの反対側の窓から、いくつもの顔がこちらを覗《のぞ》いている。アンナが目を向けるや、カーテンを閉める者もいた。

あの車がなんらかの理由で彼女を殺すつもりだったのなら、なぜ成し遂げなかったのか？

まったくもって筋が通らない。

アンナは胸を喘《あえ》がせ、激しく咳《せ》き込みながら歩き出した。体中汗だくだった。頭をすっきりさせようとしたが、恐怖が貼《は》りついて離れない。謎《なぞ》は謎を呼ぶばかりだった。

誰かが彼女を殺そうとしたのか？　それとも違うのか？　殺そうとしたのなら——なぜなのか？　酔っぱらい、あるいは麻薬でラリっていた者の仕業なのか？　車の動きにははっきりとした意図が窺《うかが》われた以上、それはあり得ないように思われた。

唯一《ゆいいつ》理に適《かな》った解答を導き出すには、妄想症的な考え方をする必要があった。彼女は断固としてその方向には思考を働かせたくなかった。それは狂人の論理に他ならない。何十年も前に陰謀が企てられたことをほのめかす、バートレットの言葉が脳裏をよぎる。秘密を持った老人たち。必死に名声を守ろうとしている権力者たち。だが、バートレットは自らが認めているように、はるか昔に現場を離れ、今は書類に囲まれてオフィスに閉じこもっている。それは、〝陰謀説〟を紡《つむ》ぎ出すこの上ない環境なのだ。

しかし、この車の一件は、彼女を今回の任務から引かせるための脅しであるとは考えられないか？

そうだとするなら、アンナという人間にその手の小細工をしたのは誤りだ。それは真相を暴《あば》こうとする彼女の決心をいっそう強固にするだけなのだから。

ロンドン

パブ〝アルビオン〟はコベントガーデンの外れ、ギャリック通りに位置していた。低い天井と粗《あら》仕上げのテーブル、床にはおがくずが敷き詰められ、二十種類の樽詰《たるづめ》エールを筆頭に、ソーセージとマッシュポテト、シュエットプディングなどが自慢の店である。ランチタイムには、洒落《しやれ》た銀行員や広告代理店の幹部などでいっぱいになる。〝コーポレーション〟のセキュリティ担当者ジャン－リュック・パサードは店内に入るや、例のイギリス人がなぜここを面会場所に指定したのかを理解した。混雑しているが故《ゆえ》に、人目に立つことなく話ができるのだ。

イギリス人はボックス席に一人で座っていた。聞かされていたとおりの人物だった。四十歳ぐらいの地味な男で、ごわごわした髪が早くも灰色になりかけている。近づくにつれ、顔の皮膚が整形手術を施されたかのように突っ張っているのが目についた。白いタートルネックの上に青いブレザーを羽織り、肩幅が広く、腰が引き締まっている。遠目にも、堂々たる体型をしているにもかかわらず、大勢の中に紛れ込める男だった。

パサードはボックス席に腰を下ろすと、手を差し出した。「ジャン－リュックです」

「トレバー・グリフィスだ」イギリス人はそう名乗り、ほとんど力を入れることなく、手を握り返した。自分が相手にどう思われようと気に掛けない人間の挨拶《あいさつ》。手のひらは大きく滑らかで、乾いていた。

「お会いできて光栄です」パサードは言った。「長年にわたるコーポレーションへのあなたのご尽力は語り草になっています」

トレバーのくすんだ灰色の瞳はなんの感情も示さない。

「引退したあなたを引っ張り出すつもりはありませんでした……事情が許す限りは」

「へまをやらかしたんだな」

「運が悪かったんです」

「バックアップが必要というわけか」

「いわば、保険です。石橋を叩《たた》いて渡るということです。二度と失敗は許されません」

「おれは誰とも組まない。わかっていると思うが」

「もちろんです。あなたのやり方に口を挟む余地のないことはあなたの実績が証明しています。お好きなようにやっていただきたい」

「よかろう。で、ターゲットはどこにいるんだ?」

「最後に目撃した場所はチューリヒです。その後の行き先はわかっていません」

トレバーが片眉《かたまゆ》を吊《つ》り上げた。

パサードは赤面する。「相手は素人《しろうと》です。人前へ姿を晒《さら》すのは時間の問題です。足取りはすぐに摑《つか》めるでしょう」

「ターゲットをできるだけ多くの角度から捕えた写真を一式用意してもらいたい」

パサードはマニラ紙の大型封筒をテーブルの反対側へ滑らせた。「抜かりはありません。その中には暗号化された依頼書も同封されています。おわかりのこととは思いますが、迅速かつ手掛かりを残さぬよう片づけていただきたい」

トレバー・グリフィスの双眼はパサードに王蛇《おうじゃ》を思い起こさせた。「あんたたちは二流の連中を雇い入れた。そのために金と時間を浪費したのはもちろん、ターゲットを警戒させることにもなった。男は今頃怖気《おじけ》づき、用心に用心を重ねているだろう。万が一に備えて、弁護士にも文書を委託しているに違いない。つまり、簡単には仕留められないということだ。上司にも言っておけ、おれの仕事にいっさいの忠告は無用だ、とな」

「ですが、あなたはやり遂げる自信を持っている、そうなのでしょう？」

「そう考えたから、おれのところにきたんだろう？」

「ええ」

「だったら、くだらないことは訊《き》かないでくれ。帰らせてもらうぞ。ここで油を売っている暇はない」

アンナはホテルの部屋に戻るや、ミニカウンターからねじ蓋《ぶた》付きの白ワインの小瓶を取り、プラスティックのカップに注いで、一気に飲み干した。ついで、バスルームへ行き、バスタブに熱い湯を溜《た》める。十五分間、湯に浸《つ》かったまま、冷静になろうと努めたものの、タウンカーのクロムメッキが施されたグリルガードの像《イメージ》が目に焼きついて離れない。〝幽霊〟の言葉がその柔らかい口調とともに頭を掠《かす》めた。〈偶然の一致とは思えないでしょう、ミズ・ナヴァロ?〉

次第に心が落ち着きを取り戻していった。あれは偶然の出来事ではないのか? 事の重要性を見きわめるのは彼女の仕事の一環である。だが、やみくもに重要性を見出《みいだ》そうとするのは職業上の落とし穴になりかねない。

今、彼女はテリークロスのローブに袖《そで》を通し、すっかり気が静まると同時に激しい空腹を覚えていた。部屋のドアの下に、マニラ紙の封筒が差し込まれていた。拾い上げ、花模様のついた布張りのアームチェアに身を沈める。封筒の中身は、四年間にわたるメールホットの口座収支報告書のコピーだった。

電話が鳴った。

アルセノール巡査部長だった。

「未亡人宅に伺うのは十時半でよろしいですね?」男の声の背後から、夜の警察署のざわめきが聞こえてくる。

「ええ、その時間に」アンナはきびきびとした声で答えた。「わざわざありがとうございました」タウンカーに轢《ひ》き殺されそうになったことを話すかどうか一瞬考えてから、言葉を呑《の》み込んだ。自分の威厳が損なわれることを、つまり、自分が弱い臆病《おくびょう》な女だと思われることを怖《おそ》れたのだ。

「いや、とんでもない」アルセノールはそう答え、ためらいがちに続けた。「ところで、ぼくはこれから帰宅するつもりです。なんでしたら——途中であなたのところにお寄りしましょうか？　いや、つまり、あなたがやっぱり何か食べておけばよかったと思っているなら……」たどたどしく言った。「まあ、ちょっと一杯引っ掛けるだけでも」軽い乗りであることを強調したいらしい。

アンナは、すぐには返事をしなかった。正直な話、付き合っても構わないと思ったのだ。「お気持ちは大変嬉《うれ》しいのですが」やがて口をひらいた。「やはり疲れてますので」

「ぼくもです」彼は即座に答えた。「長い一日でしたからね。わかりました、明朝お会《いち》いしましょう」声が微妙に変化していた。もはや男が女に話しているのではなく、一捜査員が別の捜査員を相手にしている口調だった。

わずかな虚《むな》しさを覚えながら、彼女は受話器を置いた。カーテンを閉じ、書類を整理しはじめる。裏づけを取らねばならない事柄が山ほどあった。

未婚のままでいるのも、男性と深い関係になるのを避けるのも、自分で自分の生活環境をコントロールしたいからこそと、アンナは考えていた。結婚すれば相手に対する責任が生じる。衝動買いもままならない。残業すれば気まずさを感じ、時には謝り、あるいは話し合うことも必要となろう。自分の時間は新たな管理下に置かれるのだ。オフィスでは、アンナを理解していない人間たちから、〝冷たく高慢な女《アイス・メイデン》〟と呼ばれている。おそらくもっとひどい陰口も叩かれているのだろう。いずれにせよ、彼女がめったにデートをしないためである。そういう考えをするのはデュプリーに限ったことではない。魅力的な女性が独《ひと》り身《み》でいることを世間は受け入れようとしない。それは彼らの常識に反するのだ。彼女が仕事中毒で、人付き合いに疎《うと》く、どのみち男と会う暇を持っていないということは、彼らの理解できないところである。彼女にとって、知り合いと呼べる男性はＯＳＩの同僚の中にしかおらず、同僚とデートすることはトラブルを生み出すことに他ならないのだ。

　それとも、彼女はそんなふうに自分に言い聞かせているだけなのか？　いまだに取り憑《つ》いて離れない高校時代の思い出、つまり、ブラッド・リーディーの記憶は毎日のように脳裏をよぎり、その度に激しい憎悪《ぞうお》に駆られた。地下鉄で、ブラッドが使っていたシトラス系コロンの香りが鼻腔《びこう》を掠めれば、彼女の心臓は恐怖と怒りで激しく脈打つ。路上に、赤と白のラグビーシャツを着た背の高いブロンドのティーンエージャーを見かければ、彼女の目はブラッドを映し出す。

　あの当時、アンナは十六歳、体はすでに大人だった。きれいだと言われても、自分ではわからなかったし、その言葉を信じてもいなかった。依然として友達は少なかったが、のけ者にされているという意識はなくなっていた。顔を合わせる度に、親には逆らっていた。これ以上、兎《うさぎ》小屋のような家では暮らしたくなかったのだ。閉所恐怖症になると思うほどに息苦しかった。

ブラッド・リーディーは高校の最上級生で、ホッケー部に所属しており、校内のリーダー格の一人だった。一年生だったアンナは、そのブラッドが彼女のロッカーの前で立ち止まり、まさにその彼からデートに誘われたことを信じられなかった。冗談か冷やかしに違いないと思った。だから、冷笑し、顔を背けた。すでに、そのような愚弄《ぐろう》に対する防衛手段は身に着いていた。

だが、彼は執拗《しつよう》に誘ってきた。アンナは赤面し、頭の中が真っ白になりながらも、〝ええ、今度〟と答えた。

ブラッドはアンナを家まで送っていくと申し出たものの、彼女は粗末な自宅を見られることに堪えられなかった。そこで、街にお使いに行かなければならないと言い訳し、映画館で会うことを約束した。約束の日までの数日間、彼女は『マドモアゼル』や『グラマー』を読み耽《ふけ》った。『セブンティーン』の〝彼の視線を独り占め〟と題された特集を参考に、非の打ち所のないコーディネイトを研究した。ブラッドの両親が認めてくれるだろう、金持ちで上品なお嬢様のファッションを。

当日は、高襟にフリルのついたローラ・アシュレイの小花柄のドレスを身に着けた。グッドウィルで買ったものだが、サイズが合っていないことに気づいたのは購入後のことだった。エスパドリーユ、パパガロバーミューダのハンドバッグ、ヘアバンドをライムグリーン一色で揃《そろ》えた。不意に、そんな己の姿が滑稽《こっけい》に、そう、まるでハロウィーンの仮装をしている少女のように見えた。破れたジーンズにラグビーシャツ姿のブラッドを目の前にして、自分が浮いていることに、背伸びをしすぎていることに気づかされた。

映画館の観客全員の視線が自分に注がれているかのような気がした。ゴールデンボーイに連れ添われた偽《にせ》お嬢様に。

ブラッドはシップスパブへ彼女を連れ出し、ピザとビールを注文した。彼女はタブを飲み、一筋縄ではいかない謎めいた女を演じようとしたものの、すでに、十代のアドニスにのぼせ上がっており、その若者とデートをしていることをいまだに信じられないでいた。

三杯、四杯とビールをお代わりするにつれ、ブラッドは乱れはじめた。アンナを引き寄せ、肩に手を廻した。彼女は頭痛がする——とっさに思いついた唯一の台詞《せりふ》——と訴え、家に送ってくれるよう頼んだ。彼はアンナをポルシェに乗せるや、フルスピードで走り出し、だしぬけに急カーブを切り公園に入った。

体重二百ポンド、酒の勢いで襲いかかってくる若者の力は信じ難いほどに強靭《きょうじん》だった。

彼はアンナの服を剝《は》ぎ取り、悲鳴を上げる口を抑えつけ、囁《ささや》いた。「おい、欲しいんだろ、メキシコの淫乱女《いんらんおんな》め」

それが彼女の初体験だった。

それから一年間、アンナは定期的に教会に通った。罪悪感が胸中で燻《くすぶ》りつづけた。母が知れば、生きた屍《しかばね》と化すだろう。

心の闇は消え去らなかった。

そして母はリーディー家の家政婦を続けていた。

アンナは口座収支報告書のコピーにまだ目を通していないことを思い出した。アームチェアの上に広げたままである。ルームサービスの夕食中、読み物があるに越したことはない。

ほどなくして、一連の数字に目が止まった。数字の桁《けた》を数え直す。これは本当なのか？　四ヶ月前、ロバート・メールホットの預金口座には百万ドルが振り込まれていた。

アンナは椅子《いす》に腰を下ろし、さらに注意深くコピーをチェックした。アドレナリンが迸《ほとばし》る。感情の高まりを抑えながら、しばらく数字の列に見入っていた。メールホットの質素な板張りの家屋が脳裏に浮かぶ。

百万ドル。

面白いことになってきた。

チューリヒ

通り過ぎる街灯が、ストロボの閃光《せんこう》のようにタクシーの後部座席を照らし出していた。ベンはまっすぐに前を見据えている。目には何も入っていない。ただ考えていた。

鑑識の結果、ベンが発砲していないことが証明されるや、刑事は肩を落とし、しぶしぶ釈放命令書を作成しはじめた。パスポートが返ってきたのは、ハウィーが水面下で動いたためだろう。

「ミスター・ハートマン――この州から立ち去るという条件付きで釈放します」シュミットは言った。「すぐにチューリヒを離れて下さい。戻ってきたら、ただでは済みませんよ。発砲殺人事件の捜査は継続されます。あなたの供述に不可解な点がある以上、逮捕状はいつでも請求できる。それに、入国管理局が関与することになれば、治安判事があなたの言い分を取り上げるまで、一年間拘留される可能性があることもお忘れなく。あなたは頼りになる友人や強力なコネをお持ちのようだが、次回は役に立ちませんよ」

しかし、ベンを悩ませていたのはそれらの脅し文句ではなく、刑事が何気ない様子で口にした質問だった。あの血の惨劇はピーターの死とかかわりがあるのか？

裏を返せば、あの事件がピーターの死とかかわりのない見込みはあるのか？　と言い換えることも可能だ。大学時代の恩師であるジョン・バーンズ・ゴッドウィンの口癖を、ベンは常に肝に銘じている。すなわち――確率を見積もれ、繰り返し徹底的に見積もれ。その上で、本能に従え。

本能は、彼に二つの出来事が無関係ではないと告げた。

一方で、ジミー・カバノーフを取り巻く謎《なぞ》が残っていた。消え去ったのは死体だけではなかった。身元、つまり存在までもが消滅していた。そんなことがあり得るのか？　どうしてジミーはベンの滞在場所を知っていたのか？　何もかもが理に適《かな》っていなかった。

死体の消失、銃の移動――これらは、カバノーフとして知られていた男が他の何者かと組んでいた証拠である。だが、誰と？　なんのために？　いったい、ベン・ハートマンの何が彼らの興味を引き、あるいは脅威を与えているのか？

もちろん、ピーターにかかわることだからだ。それ以外に考えられない。

映画をよく見る人間にはおわかりのとおり、死体がその当人を識別できないほどに焼かれるのは何かを隠す必要があるときのみである。あの耐え難い知らせを耳にしたとき、ベンの頭に最初に思い浮かんだのは、何か間違いがあったのではないか、墜落死したのはピーター・ハートマンではないのでは、という願いにも似た考えだった。警察のミスに違いない。ピーターは生きている。いつものように電話を掛けて寄越し、互いに憎まれ口を叩《たた》いて笑い合うだろう。この考えは父には話さなかった。いたずらに気を持たせたくなかったからだ。やがて歯の治療記録が発見された。疑う余地のない証拠だった。

しかし、ベンは今、真の疑問に焦点を当てようとしていた。つまり、ピーターはどうして死んだのか？　飛行機の墜落は殺人の証拠を隠蔽《いんぺい》する有効な手段に成り得るのだ。

そして、再び思い直す。やはりあれは単なる事故だったのではないか？

結局のところ、そこまでして、ピーターの死を望んだ人間がいたのかどうか？　人を殺害し、飛行機を衝突させる――それほどに手の込んだもみ消し工作があるだろうか？

だが、今日の午後をもって、推測の領域は拡大された。カバノーフ――その男が誰であれ――がベンを殺そうとした以上、その彼――あるいは彼と繋《つな》がりを持つ何者か――が、四年前にピーターを殺した可能性は考えられるのではないか？

ハウィーは、法人の人物調査に携わっている同僚がアクセスするデータベースに言及した。そこでふと思い出したのが、サンモリッツで会うことになっている顧客、フレデリック・マッカランのことだった。マッカランは大物投資家であることに加え、かつてはワシントンの行政各局を渡り歩いてきた男で、人脈とコネには事欠かない。ベンは多機能搭載型のノキアの携帯電話を取り出し、サンモリッツのホテル・カールトンに電話した。華々しさの中にも優雅さが漂う、湖を見渡せるガラス張りの屋内プールを備えた豪華なホテルである。

電話はフレデリック・マッカランの部屋に繋がれた。

「まさか、すっぽかす気じゃないだろうね」フレデリック老人は陽気な口調で言った。

「ルイーズを泣かさんでくれよ」ルイーズとは老人が言うところの美しい孫娘である。

「とんでもありません。ちょっとごたごたがありまして、クール行きの最終便に乗り遅れたんです」まさにそのとおりだった。

「そうか、いずれ来るだろうと思ったからきみの分の夕食も用意させたんだが。到着はいつぐらいになるのかね?」

「車をレンタルして、夜通し走ります」

「走る? 何時間かかると思っているんだ!」

「快適なドライブですよ」ベンは言った。頭をすっきりさせるために、今は長距離のドライブこそが必要だった。

「飛行機をチャーターすればいいじゃないか」

「止《や》めておきます」理由を説明することなく答えた。実際、飛行場は避けたかった。ジミーの仲間——仲間がいるなら——が待ち構えているかもしれない。「朝食でお会いしましょう、フレディ」

ガーテンホフ通りのエイビスの前でタクシーを下りると、ベンはオペルオメガをレンタルし、方角を確認した。そこからA３ハイウェイを南東へ走り、チューリヒを離れた。道路の感触、スイス人ドライバーの怖《おそ》るべきスピード感、そして、真後ろまで接近してからヘッドライトを点滅させて追い越しを掛けるという彼らの強引な運転に慣れるまで、しばらくかかった。

二、三度、妄想に襲われたものの——グリーンのアウディがつけてきているような気がしたが、ほどなく姿を消した——やがて、あの狂気の沙汰《さた》はチューリヒに置き去ってきたと思えるようになった。じきにサンモリッツのホテル・カールトンに到着するだろう。いや、そうでなければならないのだ。

ここ四年間しばしばそうしてきたように、ベンはピーターのことを考えていた。過去の罪悪感に苛《さいな》まれ、胃が縮み上がり、続いて裏返るような心地がした。弟を独りぼっちのままに死なせてしまったという罪の意識。ピーターが死ぬ前の数年間、彼とほとんど話をしていなかったのだ。

だが、結局のところ、弟は独りぼっちではなかった。恋に落ちた医学生のスイス人女性といっしょに暮らしており、死ぬ数ヶ月前に、そのことを電話で告げてきた。

大学卒業以来、ベンはピーターと二度会った。二度である。

子供の頃、マックスが二人を別々の幼稚園に入れるまで、彼らはいつもいっしょだった。毎日取っ組み合いの喧嘩《けんか》をしては、〝おまえはグッドだが、ぼくのほうがベターだ〟と勝ったほうが決まって宣言した。彼らは愛憎相半ばし、互いに離れ難い存在だった。

しかし、大学卒業後、ピーターは平和部隊に参加し、ケニアへ行った。彼もまた、ハートマン・キャピタルマネジメントには興味を持っていなかったのだ。自分名義の信託資金にもいっさい手を着けなかった。アフリカでそれがなんの役に立つ？　よくそう言ったものである。

その実、ピーターは必ずしも有意義な人生を送っていなかった。父から逃れようとしていたにすぎない。マックスと彼は常にいがみ合っていた。そんな弟にベンは怒鳴ったことがある。「いい加減にしろ！　親父《おやじ》を避けるのは勝手だが、マンハッタンに住んだところで、顔を合わさなきゃいいだけの話だろう。週に一度でいいからお袋と昼飯を食ってやれ。そんな僻地《へきち》で暮らす必要はない！」

だが、無駄だった。ピーターは二度アメリカへ戻ってきた。母が乳房切除したときに一度、そして二度目は、母の癌《がん》が進行し、余命いくばくもないことをベンが知らせた直後だった。

その頃には、ピーターはスイスへ引っ越していた。ケニアで出会ったスイス人の女性といっしょだった。「彼女は美しいし、聡明《そうめい》だ。でも、まだぼくのことはわかってくれていないようだ」と電話で言った。「〝事実は小説よりも奇なり〟っていうのにな」それは少年時代からのお気に入りの台詞だった。

その女性は医学校へ戻ろうとしており、ピーターは彼女とともにチューリヒへ行くことにした。そもそも、そのことがきっかけで二人は言葉を交わすようになったのだ。女の尻《けつ》を追い回すつもりなのか？　ベンは嘲笑《あざわら》うように言った。嫉妬《しっと》を覚えていた――ピーターが恋に落ちたことへの妬《ねた》み、そして、双子の兄弟として弟の人生の中心に位置していた自分が隅に追いやられることへの妬みだった。

いや、とピーターは答えた。必ずしもそれだけではないと。そして、ホロコーストの生き残りであるフランス在住の貧しい老女が、捕虜収容所で死んだ父親の残したささやかな遺産をスイスの銀行から引き出そうとして断られた、というタイム誌の国際版の記事に言及した。

銀行は死亡証明書の提示を求めた。

殺害した六百万人のユダヤ人の死亡証明書を、ナチスが発行したとでも、そう老女は問い返した。

ピーターは彼女に手を貸すつもりでいた。ふざけやがって、と息巻いた。ハートマン家が強欲なスイスの銀行からその女性の金を奪い返さずして、誰が奪い返すんだ、と。

ピーターほど頑固な人間はいなかった。おそらく、マックスを除いては。

弟がそのバトルに勝つことをベンは疑っていなかった。

ベンの全身から力が抜けはじめた。車の流れは落ち着き、一本調子になっている。彼の運転も自然とそのリズムに溶け込み、今や追い越そうとする車もほとんどいなかった。瞼《まぶた》が重くなってきた。

クラクションが鳴り響き、ヘッドライトに目が眩《くら》んだ。まどろみかけていた彼は、はっと我に返った。とっさにハンドルを右に切って対向車線から逸《そ》れ、間一髪で衝突を免れた。

ベンは路肩に車を寄せた。心臓が早鐘を打っている。長い安堵《あんど》の息を漏らした。時差ぼけが解消されておらず、体内時計はニューヨーク時間のままだった。そんな中で常軌を逸した事件に巻き込まれ、長い一日の疲れはついに限界に達していた。

間《ま》もなく出口に差し掛かる頃だった。サンモリッツまであと一時間半ほどだろうが、これ以上運転するリスクを冒すつもりはなかった。一夜を過ごす場所を見つけなければならない。

ベンは見ていなかったものの、二台の車が通り過ぎていった。

一台はグリーンのアウディで、十年は使用していると思われるおんぼろ車だった。乗っているのは一人きりで、灰色の髪をポニーテールにした五十歳ぐらいの大柄な男は、路肩に停まっていたベンの車に目をやった。

ベンの車から百メートルほど先のところで、アウディも路肩に寄った。

二台目の車がベンのオペルの傍らを通り過ぎていった。二人の男が乗った灰色のセダンだった。

「奴《やつ》は気づいたんだろうか？」運転手が同乗者にスイスドイツ語で訊《き》いた。

「おそらくな」同乗者は答えた。「そうじゃなきゃ停まらんさ」

「道に迷ったのかもしれない。あいつは地図を見ていた」

「芝居だろう。車を停めろ」

運転手がグリーンのアウディに気づいた。「似たようなやつがここにもいるぜ」

第六章

ノバスコシア州、ハリファックス

翌朝、アンナとアルセノール巡査部長は車でロバート・メールホット未亡人宅へ行き、玄関のブザーを押した。

未亡人はわずかにドアを開け、暗い玄関から二人を訝《いぶか》しげに眺めた。七十九歳の小柄な女性で、真っ白な髪をブッファンにし、平凡な顔立ちながらも抜け目ない茶色の瞳《ひとみ》を持っていた。平たく幅の広い鼻の周りに赤みが差しており、泣いていたか酒を飲んでいたかのどちらからしい。

「はい?」予想どおり、老夫人は棘《とげ》のある声で言った。

「ミセス・メールホット、RCMPのロン・アルセノールです。こちらはアメリカ司法省から来たアンナ・ナヴァロ」アルセノールは驚くほど穏やかに話した。「お訊《き》きしたいことがあって伺いました。お邪魔してよろしいでしょうか?」

「どうしてです?」

「ですから、お尋ねしたいことがあります。それだけです」

未亡人の小さな茶色い目が鋭い光を放った。「警察に話すことなどありません。夫が死んだというのになぜそっとしておいてくれないのです?」

老夫人の声から、アンナは自暴自棄の響きを感じ取った。資料によれば、彼女の旧名はマリー・ルブラン、亭主より八歳年下だった。おそらく知らないだろうが、彼女は彼らと話すことを拒否できる。あの手この手で口説き落としていくしかなかった。

アンナは殺人の犠牲者の家族を相手にするのが嫌だった。最愛の人間が死んだ矢先に、その遺族を質問攻めにするのは耐え難いことなのだ。

「ミセス・メールホット」アルセノールが事務的な口調で言った。「ご主人は殺害された可能性があります」

　未亡人はしばし二人を見据えた。「馬鹿《ばか》げてますわ」ドアの隙間《すきま》が狭まった。

「仰《おっしゃ》るとおりかもしれません」アンナが静かに口をひらいた。「ですが、誰かがご主人になんらかの危害を加えたのなら、わたしたちはそれを知る必要があります」

　未亡人はためらった。次の瞬間、ためらいは冷笑に変わった。「主人は年寄りでした。心臓も悪かった。もう放っておいて下さい」

　このような折りに取り調べを受けなければならない老夫人を、アンナは心から気の毒に思った。しかし、未亡人はすぐにでも二人を追い返せるにもかかわらず、そうしようとはしなかった。アンナは穏やかな声で続けた。「ご主人はまだ生きていたかもしれません。あなたがたは今でもいっしょに暮らしていたかもしれないんですよ。それを誰かがあなたから奪い取った。そんなことをして許される人間はいません。誰かがあなたをそういう目に陥《おとしい》れたとするなら、その誰かを見つけ出さなければならないのです」

　老女の目つきが和らいだ。

「あなたの協力なしでは、あなたからご主人を奪ったのが何者なのかを知ることはできません」

ドアの隙間がゆっくりと広がり、網戸がひらいた。

居間はほの暗かった。ミセス・メールホットが電灯のスイッチをつけ、オレンジ色の明かりが灯《とも》った。腰回りのがっしりとした彼女は、最初の印象以上に小柄で、プリーツのついた上品な灰色のスカートと象牙色《ぞうげいろ》のフィッシャーマンセーターを身に着けていた。

室内は重苦しい雰囲気が漂っていたものの、塵《ちり》一つ落ちておらず、レモンオイルの香りがした。最近、大掃除したのだろう――ミセス・メールホットは、亭主の葬式で親戚《しんせき》が集まる準備を整えていたに違いない。髪の毛や繊維の採集は困難かもしれない。いわゆる〝犯罪現場〟は必ずしも維持されていなかった。

部屋の調度品は細部にまで気が配られていた。ツィードのソファとアームチェアの肘《ひじ》掛《か》けにはレースのドイリーが掛けられ、ランプの笠《かさ》は白いシルクで縁取りされている。小さな脇《わき》テーブルの上には、それぞれ銀の額に入った写真が立てられていた。それらの一つは白黒の婚礼写真で、か弱そうな十人並みの花嫁と、胸が厚く鋭い顔つきをした黒髪の新郎が写っている。

クルミ材のテレビキャビネットの上には、象牙の小さな象の置物が並べられていた。野暮ったい代物《しろもの》だが、哀愁を感じさせた。

「まあ、良い趣味ですわね」アンナは象の置物を指さしながらアルセノールに言った。

「いやぁ、まったくです」ぎこちない答えが返ってきた。

「レノックスですか？」アンナは訊いた。

未亡人は驚いているようだった。やがて誇らしげな笑みを浮かべた。「集めていらっしゃるの？」

「ええ、母が」彼女の母は何かを収集する時間も金もなく、給金からわずかな金を貯金していただけだった。

老夫人は身振りした。「どうぞ座って下さい」

アンナはソファに腰掛け、その隣の肘掛け椅子《いす》にアルセノールが陣取った。この部屋でメールホットの死体が発見されたことを、彼女は肝に銘じた。

ミセス・メールホットは、部屋の反対側にある座り心地の悪そうな凭《もた》れ椅子に腰を下ろした。「夫の死に際《ぎわ》に、わたしはここにいませんでした」と悲しそうに口をひらいた。「火曜日の夜でしたから、いつもどおり妹のところを訪れていました。わたしのいないときにあの人が死んだことを考えるとやりきれません」

アンナは気の毒そうにうなずいた。「ご主人がどのようにしてお亡《な》くなりになったかお訊きしたいのですが……」

「心臓麻痺《まひ》です」彼女は答えた。「医者からそう聞かされました」

「もちろん、そのとおりかもしれません」アンナは言った。「ですが、そういう症状に似せて殺人を行なうことは可能です」

「なぜロバートが殺されなきゃならないのです？」

アルセノールが素早くアンナに目を向けた。老夫人のイントネーションに引っ掛かるものがあった。それは反語ではなく、実際に、殺された理由を尋ねているようだった。彼らのアプローチ次第で、事は大きく左右されるだろう。メールホット夫妻は一九五一年——約半世紀前——に結婚している。亭主が何かにかかわっていたとするなら、それがなんであれ、夫人は感づいていたに違いないのだ。

「あなたがたご夫婦は数年前にこちらに引っ越して来たのですね？」

「ええ」老婦人は答えた。「それがあの人の死とどう関係するのです？」

「あなたがたはご主人の年金で暮らしていた？」

ミセス・メールホットは傲然《ごうぜん》と顎《あご》を突き出した。「ロバートがお金を管理してました。金のことは心配するなと言われてました」

「ですが、ご主人からお金の出所をお聞きになったことはないのですか？」

「今も言ったとおり、ロバートがすべてを管理していたのです」

「百五十万ドルの預金があることを、ご主人はお話になりましたか？」

「なんでしたら、銀行口座の記録をお見せしましょうか？」アルセノールが口を挟んだ。

老婦人の瞳はなんの感情も宿していなかった。「言ったはずです、お金のことに関しては、わたしは何も知りません」

「誰かからお金を受け取っていたことをご主人はお話されなかったのですね？」アルセノールが訊いた。

「ミスター・ハイスミスは心の広い人間でした」未亡人はゆっくりと口をひらいた。

「下々《しもじも》の人間のことを忘れなかった。彼を支えてきた人々のことを」

「そのお金はチャールズ・ハイスミス氏からの報酬だったのですね？」アルセノールが畳みかけた。チャールズ・ハイスミスは世に名高い——悪名高きと言う人もいる——メディア王だった。ライバル社、コンラッド・ブラックをはるかに凌《しの》ぐ資金力で、北アメリカ一帯の新聞社、ラジオ局、ケーブル放送局を所有していた。ハイスミスは三年前に死んだ。ヨットからの転落死と言われているものの、その事故の状況に関する詳細はいまだに議論の余地を残していた。

未亡人はうなずいた。「主人は生涯の大半を彼に仕えてきました」

「しかし、チャールズ・ハイスミス氏は三年前に亡くなってます」アルセノールが言った。

「資産の分配に関する指示を残していたのでしょう。主人から聞いたわけじゃありませんけどね。ミスター・ハイスミスは何不自由ない生活を保証してくれました。彼はそういう人間だったんです」

「それほどの誠意を示してもらえるなんて、ご主人は何をなさっていたのでしょう？」

「それに関して隠し立てするようなことはありません」未亡人は答えた。

「十五年前に引退するまで、ご主人はハイスミス氏のボディガードとして働いていましたよね？」アルセノールが言った。「雑用係も兼務していた。いわば〝特殊任務〟に就いていたわけです」

「主人はミスター・ハイスミスから掛け値なしに信頼されていた人間です」老婦人は言った。噂《うわさ》で耳にした賞賛の弁をそのまま繰り返しているようだった。

「あなたがたがトロントから越されて来たのは、チャールズ・ハイスミス氏が亡くなった直後なのですね」アンナがファイルに目をやりながら言った。

「主人に……思うところがあったようです」

「ハイスミス氏の死に関してですか？」

老婦人は不承不承といった様子で語りはじめた。「世間の人たち同様、主人もあの出来事を不思議に思っていました。本当に事故なのかどうかと。もちろんロバートは、そのときには引退していましたが、依然としてセキュリティについての相談を受けていたのです。あの出来事が起こったことで、主人は自分を責めていました。だから、ちょっと……おかしくなっていたんでしょう。あれが事故でなかったなら、ミスター・ハイスミスの敵が自分を探し出すだろうと思い込んでいたようです。ですが、言うまでもなく、あの人はわたしの夫です。夫が決めたことに口を挟むことはできません」

「それでここに引っ越してきたのですね」アンナは半ば独り言のように呟《つぶや》いた。ロンドンやトロントといった大都市で何十年も暮らしてきたあとで、老婦人の夫は田舎へ引き払った——いや、事実上、雲隠れした。夫婦の先祖が住んでいた場所へ、そう、隣人たちと慣れ親しみ、目立たないで暮らしていける安住の地へ。

ミセス・メールホットはしばしロを噤《つぐ》んだ。「わたしは実際、そんな話は信じていませんでした。夫が疑っていただけです。年を取るにつれて、ますます気に病むようになりました。まるで異常をきたした人間のように」

「あなたは引っ越しをご主人の奇行と考えた」

「人間、誰でもおかしなところがあるものです」

「今はどう考えています？」アンナは優しく尋ねた。

「どう考えていいのかわかりません」老婦人の瞳は潤《うる》んでいた。

「ご主人が出納記録をどこに保管していたかご存じですか？」

「二階にある箱の中に、小切手帳やその類《たぐい》のものが入っています」彼女は肩をすくめた。「ご覧になっても構いませんよ」

「ありがとうございます」アンナは言った。「わたしたちは、あなたとともにここ数週間のご主人の生活を洗い直す必要があります。習慣どおりに行動していたかどうか、細かい点まで見直さなければなりません。つまり、どこへ行ったか、旅行はしたか、どこへ電話を掛け、どこから電話が掛かってきたか、どんな手紙を受け取ったか、どんなレストランに行ったか、自宅を訪れた業者や修理屋——水道工事人、電話の修理工、カーペットの清掃人、検針係——などがいたかどうか。そして、あなたはどう考えているのか」

続いての二時間、彼らは老婦人を質問攻めにした。トイレに立つ際に中断しただけである。彼女がうんざりした様子を見せはじめても、二人は手を緩めることなく、相手が引けば引くほど押した。いったん辞去し、あとで再び訪れることにすれば、その間に彼女が心変わりをすることはわかっていた。友人や弁護士に相談するだろう。彼らは追い返されるに違いないのだ。

だが二時間後、収穫はほとんどなかった。未亡人の許可を得て室内を調べたものの、玄関のドアにも窓にも、侵入した形跡はなかった。殺人犯——実際、老人が殺されたとするなら——は口実を設けて屋内に入ったか、さもなくば知人であるように思われた。

アンナはクローゼットにエレクトロラックスの掃除機が入っているのを見つけ、ゴミパックを抜き取った。ゴミが詰まっていた。つまり、おそらくは、メールホットが死んで以来変えられていないということである。一縷《いちる》の望み。鑑識の人間が到着したら、パックのゴミを調べてもらおう。犯行の痕跡《こんせき》が見つかるかもしれない。

足形やタイヤの跡も調べさせなければならない。未亡人や常連客の指紋を除去させた上で、壁や調度品から指紋を採取させる必要もあった。

居間に戻ると、アンナは未亡人が座るのを待ち、その隣の椅子に腰を下ろした。「ミセス・メールホット」と慎重に口をひらいた。「チャールズ・ハイスミス氏を殺人の被害者と考えた理由をご主人はお話になりましたか？」

未亡人はしばしアンナを見つめた。どう打ち明けるか決めかねているかのようだった。

「偉大な人間には偉大な敵がいるものです」やがて、翳《かげ》りのある声でそう答えた。

「どういう意味です？」

ミセス・メールホットは視線を逸《そ》らした。「主人がそう言っていただけです」

スイス

ベンは最初の出口でハイウェイを降りた。

しばらくは直線道が続いた。平坦《へいたん》な農地の間を突っ切り、踏切をいくつか渡ると、高台を通る曲がりくねった道に出た。二十分ぐらいおきに車を停めては、ロードマップと睨《にら》めっこした。

バートラガッツの南部をクールへ向かう途中、後方にいたダークブルーのサーブが目に止まった。走っていたのはベンだけではなかったし、他に車がいないことを期待していたわけでもない。サーブもまたスキーに行く連中を乗せているのだろう。しかし、その車がこちらとペースを合わせるように走っていることに何か引っ掛かるものがあった。路肩に車を寄せると、サーブはその傍らを通り過ぎていった。ほら、ご覧のとおりだ——おまえは幻を見ているのだ。

ベンは再びハンドルを握った。依然として妄想に苛《さいな》まれていたものの、あのような体験をしたあとでは、仕方のないことではないか？　またもやジミー・カバノーフのことが頭に浮かび、思考の渦に呑《の》み込まれようとする自分をすんでのところで引き留めた。目眩《めまい》がした。地の底をじっと見つめていたかのようである——謎《なぞ》はさらなる謎を生み出した。正気を保つために、それは考えてはならぬことだった。考えるのは後回しにしよう。今は行動あるのみ。

十分後、地下ショッピングモールでの惨劇の像《イメージ》が再び心中を過《よぎ》り、ベンは気を紛らわせようとラジオのスイッチに手を伸ばした。スピードを出すのもいいかもしれない。アクセルを踏み込むや、ギアがすんなりと嚙《か》み合う感触が伝わってきた。車は傾斜した路面を速度を上げて走っていく。バックミラーに、ダークブルーのサーブ——先程と同じダークブルーのサーブが映っていた。彼が加速すると、サーブも加速した。

胸の内で不安のしこりが膨らんだ。スピードを出せば後続車との距離が広がるのは当然のことである。だが、サーブは先程と同じ車間を維持している。追い越す気ならば、追い越しレーンに入るだろう。つまり、サーブに乗っている人間には別の意図があるのだ。ベンは再度バックミラーに目をやり、サーブのフロントガラス越しに車内を覗《のぞ》こうとした。だが人影以外は確認できなかった。前部座席に二人の人間がいる。彼らは何を企《たく》らんでいるのか？　ベンは前方に意識を集中させた。こちらが気づいていることを悟られてはならなかった。

しかし、彼らを撒《ま》かなければならない。

クール周辺の道路は入り組んでおり、チャンスは充分あるだろう。前回その地を訪れた際に道に迷ったのは神の思《おぼ》し召しだったのかもしれない。ベンは急ブレーキを踏み、道幅の狭い、南のサンモリッツ方面に向かう№3ハイウェイに続く出口に折れ込んだ。しかし二、三分後には、ベンのバックミラーの中心にダークブルーのサーブがぴたりと収まっているではないか。猛スピードで、マリックスとクールワルデンを通り過ぎた。急な上りと突然の下りに胃が突き上げられる。脆弱《ぜいじゃく》な舗装が施された路地に入り、道路が耐えられないほどの速度で突っ走った。粗い路面とがたのきたサスペンションの取り合わせが車体を激しく揺さぶる。路面の出っ張りに車台が擦《こす》れ、バックミラーに火花が映った。

追っ手を振り切ったか？　サーブはしばらく姿を消すことはあっても、あくまで一時的だった。見えない頑丈なコイルでオペルと繋《つな》がれているかのように、繰り返し現れた。

ベンは岩場を貫くトンネルをくぐり抜け、石灰石の断崖《だんがい》を通り、渓谷に架けられた古い石橋を渡った。破れかぶれで運転しており、高まる恐怖があらゆる障害を克服した。追っ手の警戒心と自衛本能を当てにしなければならず、それが生き残る唯一《ゆいいつ》の道だった。再度、トンネルの狭い入り口が見えてきた。次の瞬間、サーブがオペルを追い抜き、先にトンネルに入って行く。ベンは混乱した。そもそもサーブは別の車を追っていたのか？ 短いトンネルから出ようとしたところで、水銀灯の黄色い明かりが事態を明らかにした。

五十フィートほど前方で、サーブは狭い道路に横向きに止まり、行く手を阻《はば》んでいた。黒っぽいコートに帽子姿の運転手が手を上げ、止まるよう合図した。

とそのとき、後ろから別の車が接近してきた。灰色のルノーのセダン。途中で目にしたものの、気に留めなかった車である。彼らが何者であれ、同じ穴の狢《むじな》に違いない。

考えろ！ 彼らはオペルを板挟みにし、ベンをトンネルの中で捕えようとしている。畜生！ 奴《やつ》らの思いどおりにはさせない！ 通常なら、ブレーキを踏み、障害物との衝突を避けるよう本能が命じたはずである。だが、今は普通の状況ではなかった。錯乱した精神に突き動かされ、ベンはアクセルをいっぱいに踏み、ツードアのサーブの脇腹《わきばら》目掛けてオペルを突進させた。相手の車はスピード重視のスポーツカーで、オペルより八百ポンドぐらい軽い。運転手が路肩に飛び退《の》いた瞬間、激突の衝撃でサーブは傍らに押しやられた。ベンの体が前に押し出され、シートベルトの繊維が鋼《はがね》の帯のごとく肉に食い込んだ。しかし、衝撃によって車がぎりぎり通り抜けられるほどの空間がひらけ、金属の擦れ合うけたたましい音とともに、ベンはサーブの脇を掠《かす》めすぎた。彼が今運転している車――フロントが潰《つぶ》れ、車体は傷だらけだった――はもはやレンタルしたときの光沢を失ってはいたものの、依然としてタイヤは回転していた。ベンはエンジンを唸《うな》らせ、疾走した。後ろは振り返らなかった。

背後で銃声が轟《とどろ》いた。なんということだ！　終わっていなかった。いや、終わらないのかもしれない！

アドレナリンが迸《ほとばし》り、ベンは全神経を剃刀《かみそり》のように研ぎ澄ました。灰色の古びたルノーが、トンネルの中で背後から接近してきたあのルノーが、ひしゃげたサーブの傍らを通り過ぎた。助手席のドアから突き出された銃がこちらに向けられているのがバックミラー越しに目に入った。機関銃だ。一瞬後、銃口が立て続けに火を噴いた。

急げ！

ベンは谷間に架けられた古い石橋を突っ走った。車がかろうじて一台通れるほどの幅だった。突然、はじけるような音がし、ガラスの破片が飛び散った。サイドミラーが撃ち飛ばされ、後部の窓ガラスが蜘蛛《くも》の巣状に砕けた。彼らは何をしようとしているのか心得ている。間《ま》もなくベンは死ぬ。

低い破裂音がし、車ががくんと左に傾いた。タイヤがパンクした。

彼らはタイヤを狙《ねら》っていた。ベンの足を奪おうとしていたのだ。かつてハートマン・キャピタルマネジメントで、セキュリティの専門家が重役を対象に開発途上国における誘拐のリスクに関する講義をし、効果的と考えられている対処法を教えてくれた。今にして思えば、滑稽《こっけい》なほどに非現実的である。〝車から降りるな〟――それがその対処法の一つだった。そうするチャンスがあるかどうかさえ疑わしい。

だしぬけに、聞き違いようのないパトカーのサイレン音が耳に届いた。後部の不透明な窓ガラスに開いたぎざぎざの穴を通して、第三の車が灰色のルノーの後方からこちらに向かって来るのが見えた。屋根に青い回転灯をつけた覆面パトカーだ。わかったのはそれだけだった。距離がありすぎて車種は判別できない。再び激しい混乱に襲われたものの、不意に発砲が止まった。

と、灰色のルノーがUターンした。土手沿いの路肩を引き返し、パトカーの脇を通り過ぎていく。ルノー――追っ手――は逃げ去った！

ベンは石橋を渡り切ったところで車を止めた。衝撃と疲労が押し寄せてくる。ぐったりとシートに凭《もた》れ掛かり、パトカーが到着するのを待った。一分が経過した。そして、また一分。首を伸ばし、背後の陰路《かげみち》を振り返った。

しかし、パトカーもいなくなっていた。破壊されたサーブが乗り捨てられている。

彼は一人だった。アイドリングする車のエンジン音と心臓の鼓動だけが聞こえてくる。ポケットからノキアの携帯電話を取り出したが、シュミットとの会話を思い出し、状況を判断した。〝スイスの規則に従うなら、逮捕されないにしても、最大で二十四時間留置される可能性がある〟ハウィーはそう言った。そして、そうするための理由を見つけるつもりでいることを、シュミットははっきりと口にしたのだ。警察に電話するのは止《よ》そう。ベンはもはやまともに考えることができなくなっていた。

アドレナリンが後退していく一方で、混乱は困憊《こんぱい》に取って代わられた。何はともあれ、休む必要があった。心身をリフレッシュした上で、現状を総点検しなければならない。

破損したオペルはエンジンをフル回転させ、潰れたタイヤの上で車体を激しく揺らしながら進んでいった。険しい坂道を数マイル上ると、最も近い街――実際のところ村だが――ドーフに出た。街の狭い通りには、石造りの古い建物が連なり、老朽化した小さな建造物がハーフティンバーの大きな家屋へと装《よそお》いを変えていった。明かりがちらほら見えたものの、ほとんどの窓は真っ暗だった。通りの舗装は不完全で、今や路面すれすれまで下がった車台が、時折丸石にぶつかり、擦れた。

間《ま》もなく狭い道路は大通りに通じた。切り妻造りの家屋や、スレートぶきの屋根の建物が軒を並べている。丸石が敷き詰められた大きな広場の前に差し掛かった。〈市民広場〉と表示されており、ゴシック造りの時代がかった聖堂が建っていた。広場の中央には石の噴水塔がある。太古からの荒廃の地に築き上げられた十七世紀の村に迷い込んだかのようである。建造物は様々な建築様式の寄せ集めだった。

広場の向かいには、いらか段の付いた切り妻壁を持つ、十七世紀の領主の館《やかた》があった。マリオンで仕切られた小さな窓から明かりが漏れていた。そこはレストランだった。食べ物と飲み物を給してくれる場所、一息ついて考えられる場所である。ベンは壊れた車を人目につかないよう農作業用のトラックの脇に停めると、店の中に入っていった。震えの止まらぬ足がかろうじて全身を支えていた。

店内は暖かく居心地が良さそうで、大きな石の暖炉の中で揺らめく炎に照らされていた。薪《まき》の煙、揚げた玉葱《たまねぎ》、焼いた肉の匂《にお》いが漂い、食欲をそそる。伝統的なスイス料理を出す昔ながらのレストランのようだ。木の円卓は、夜毎《よごと》ビールを飲みながらカードゲームに興じる常連客の専用席らしい。ほとんどが農夫か肉体労働者と思われる五、六人の男がベンを胡散臭《うさんくさ》そうに一瞥《いちべつ》すると、再びカードゲームに戻った。他の客たちは散らばって座り、食事をし、あるいは酒を飲んでいた。

ベンは今になって、ひどく腹が減っていることに気づいた。辺りを見回し、店員を探したが見当たらず、空いている席に腰を下ろした。ほどなくやってきた小太りの中年のウェイターに、腹持ちがよく当たり外れのない代表的なスイス料理――ポテトを短冊切《たんざくぎ》りにしてフライパンで焼いたレシュティ、子牛肉をクリームで煮込んだゲシュネッツェルテス、四分の一リットルカラフに入った地元産のワイン——を注文した。十分後、腕の上でいくつかの皿を支えながら戻ってきたウェイターに、ベンは英語で尋ねた。「この辺りでお勧めの宿はどこかね？」

ウェイターは眉《まゆ》をしかめ、テーブルの上に料理の載った皿を並べた。ガラスの灰皿とアルテス・ゲベウデと店名の記された赤い紙マッチを脇に寄せ、脚のついたグラスに緋《ひ》色《いろ》のワインを注ぐ。「ランガストホーフです」と、やがて強いロマンス語訛《なま》りのあるドイツ語で答えた。「この付近にはそこしかありません」

ウェイターに場所を教えてもらいながらも、ベンはレシュティに囓《かじ》りついた。茶色くぱりぱりに焼き上がっていて、口の中でオニオンの風味が広がった。料理を貪《むさぼ》り食う合間に、ところどころ曇った窓ガラスから小さな駐車スペースに目を向けた。オペルの手前に車が止まり、視界を遮断している。グリーンのアウディだった。

心の奥底で何かが引っ掛かった。

チューリヒから南東へ向かう途中のA３ハイウェイで、グリーンのアウディが後ろにいなかったか？　いや、確かにいたはずだ。それにつけられているのではないかといったんは疑い、妄想として片づけたのだ。

目を戻すや、誰かに見られているような気がした。店内を見渡したものの、意味ありげな眼差《まなざ》しをこちらに向けている者はいなかった。ベンはワイングラスを置いた。今必要なのはブラックコーヒーだった——俺はまたもや妄想に捕われようとしている。脂《あぶら》ぎったポテトとクリームソースが胃に重い。コーヒーを頼もうとウェイターに目をやった。と再び、誰かの視線が掠めすぎていくような奇妙な感覚がした。右を振り返る。傷のついた木のテーブルのほとんどは空席だったが、薄暗いボックス席に数人の客が座っている。その隣には、彫刻を施されたこれまた薄暗い木のカウンターがあり、昔ながらの回転ダイヤル式の電話がぽつんと置かれていた。その傍らのボックス席に、男が一人、座っていた。コーヒーを飲みながらタバコを吹かしている。茶色の擦り切れたボンバージャケット、長い灰色の髪をポニーテールにした中年である。見たことのある男だった。そこまでは思い出せたが、いったいどこで？　男はテーブルに肘《ひじ》を載せると、ゆっくりとした動作で頬杖《ほおづえ》をついた。

わざとらしい仕草だった。男は顔を隠そうとしている。必死に何気なさを装っている。ビジネスーツを身に着け、灰色の髪をポニーテールにした顔色の悪い背の高い男の姿がベンの脳裏をよぎった。だが、どこで見たのか？　その男を目にし、今どきポニーテールとは滑稽で時代遅れなビジネスマンだと思った記憶があった。まるで……八〇年代ではないか、と。

バンホーフ通りだった。

ジミー・カバノーフを見かける直前に、バンホーフ通りの人込みの中をポニーテールの男が歩いていた。今や、ベンははっきりと思い出した。男はザンクト・ゴッタルドホテルの周辺にいた。そしてグリーンのアウディでベンをつけてきたに違いない。男が今ここにいるのは明らかに場違いだった。

なんということだ、あの男も俺をつけてきたとは。午後からずっと見張られていたというのか――ベンは胸の内で毒づいた。胃が締めつけられるようだった。

あの男は何者なのか？　どうして俺をつけてきたのか？　ジミー・カバノーフ同様、奴も俺を殺す気なら――ジミーと同じなんらかの理由で――、なぜさっさとそうしなかったのか？　機会は山ほどあったはずである。ジミーは真っ昼間のバンホーフ通りで発砲した。この客のまばらなレストランで、ポニーテールの男はどうして引鉄《ひきがね》を引くのをためらっているのか？

客の様子を窺いながら歩き回っているウェイターを手招きした。「コーヒーを下さい」ベンは言った。

「かしこまりました」

「それと、トイレはどこですか？」

ウェイターは店内のほの暗い一画を指し示した。狭い通路がぼんやりと見える。ベンもその方向を指さし、できるだけ大袈裟《おおげさ》な身振りでトイレの位置を確認した。

ポニーテールの男に自分の行き先を知らせるように。

皿の下に紙幣を滑り込ませ、レストランの紙マッチをポケットに入れると、ベンはゆっくりと立ち上がり、トイレに向かった。トイレは狭い通路の傍ら、キッチンを挟んで客席とは反対側にあった。普通、レストランのキッチンには業務用の出入り口があり、逃げ道として使われることがある。キッチンを通って店を抜け出そうとしているとポニーテールに思われてはならなかった。トイレは狭く、窓がなかった。ここからは逃げ出せない。ポニーテールはおそらくプロだろう。出口となり得る箇所をあらかじめチェックしているに違いない。

ベンはトイレのドアをロックした。古くさい便器と、同じく古くさい大理石の洗面台があり、洗浄剤の香りがする。携帯電話を取り出すと、アルテス・ゲベウデの電話番号を押した。店内から電話のコール音がかすかに耳に届く。カウンターの上にある回転ダイヤル式の電話か、キッチンにある——あればの話だが——それだろう。あるいは、その両方か。

男の声が答えた。「はい、アルテス・ゲベウデです」あのウェイターだった。

太いしゃがれ声を作って、ベンは言った。「そちらの客に用事があるんだが、取り次いでもらえるかい？　今、そこで食事をしているはずだ。急用なんだ」

「どのようなお客様で？」

「たぶん、あんたの知らない顔だと思う。常連客じゃない。灰色の髪をポニーテールにした男で、いつもどおり、革のジャケットを着ているはずだ」

「ああ、あの方ですね。五十歳ぐらいのお方では？」

「そう、その男だ。急いで呼び出してくれ。今も言ったが、急用なんだ。大至急頼む」

「わかりました。すぐにお呼びします」ウェイターは答えた。ベンの口調にただならぬ気配を感じ取ったらしい。電話の傍らに受話器が置かれる音がした。

携帯電話を繋《つな》げたまま、それをポケットに入れると、ベンはトイレを離れ、客席に戻った。ボックス席にポニーテールはいなかった。カウンターの上の電話はレストランの玄関から見えない場所に置かれており――ベンはテーブルに着いてから、電話があることに気づいたのだ――、カウンターにいる人間からも玄関は見えず、トイレから玄関にかけての一画も死角になっている。ベンは足早に玄関に向かい、ドアの外に出た。その間、およそ十五秒、ポニーテールは受話器に向かって話しかけ、ただ沈黙を耳にし、自分を知っていた電話の相手に何が起こったのかと考えていることだろう。

ベンはオペルから鞄《かばん》を掴《つか》み出すと、グリーンのアウディのドアを開けた。キーはイグニションに差し込まれていた。運転手はいつでも発進できる準備をしていたらしい。この静かな村では、窃盗は稀《まれ》なことだろうが、いつかは起こるものだ。それに、ポニーテールの男が車の盗難を警察に通報するとは思えなかった。ベンは追っ手の足を奪うと同時に、まともな車を得たのだ。運転席に乗り込むや、アウディを発進させた。今や静かに事を運ぼうとする意識はなかった。エンジン音はポニーテールの耳にも届いているだろう。ベンは車をバックさせると、丸石の敷かれた駐車スペースを飛び出し、フルスピードで市民広場をあとにした。

十五分後、木立に囲まれた辺鄙《へんぴ》な田舎道の外れに立つ、ハーフティンバーの建物の前を通り掛かった。入り口の小さな看板に〝ランガストホーフ〟の文字が見える。

ベンは松の茂みの背後に目立たぬよう車を停め、歩いて宿屋に引き返した。ドアに〝フロント〟と記されたプレートが貼《は》られている。

ベルを鳴らすと、やがて明かりが灯《とも》った。真夜中のこの時間、宿主は寝ていたに違いない。

顔に深い皺《しわ》の刻まれた老人がドアを開けた。ひどく不機嫌そうな様子で、長く暗い廊下をベンの先に立って案内し、壁つきライトのスイッチを押して、7と表示されたオークの板張りの戸口へ案内した。古びた万能鍵《かぎ》で扉をひらき、小さな電球をつける。ダブルベッドに占領されたこぢんまりとした部屋が照らし出された。ベッドの上には、きちんと畳まれた白い羽根布団《ぶとん》が載っている。しかし菱形《ひしがた》模様の壁紙は剝《は》がれかけていた。

「ここしか空いてませんよ」主《あるじ》はぶっきらぼうに言った。

「構いません」

「暖房を入れておきます。十分以上はかかりますから」

必要なものだけを鞄から取り出し、ベンはシャワーを浴びにバスルームへ行った。シャワー設備は見慣れぬタイプで——ダイヤルやつまみがいくつもあり、ハンドシャワーが受話器のように掛けられている——使うのは止《や》めた。蛇口からお湯が出るのを待つのももどかしく顔に冷水を浴びせ、歯を磨くと、服を脱いだ。

羽根布団はガチョウの綿毛を使った豪華で上品な代物《しろもの》だった。ベンは即座に眠りに落ちた。

しばらくして——旅行用のアラーム時計は鞄の中だったので、はっきりとはわからないが、二、三時間たっているように思われた——音が聞こえた。

ベンは跳ね起きた。心臓が早鐘を打っている。

再び、音が耳に届いた。カーペットの下の床板が軋《きし》む低い音。ドアの近くだ。

脇《わき》テーブルに手を伸ばし、真鍮《しんちゅう》のランプの柄を握った。もう片方の手で壁のソケットからコードを抜く。

唾《つば》を飲み込んだ。心臓が破裂しそうだった。布団の中から床へ、そっと足を滑らせた。テーブルに載っている他のものを動かさないように、ゆっくりとランプを持ち上げた。

柄をしっかりと握りしめ、静かに、静かに振りかざした。

そして、いきなり立ち上がったところへ強靭《きょうじん》な腕が繰り出され、ランプを掴み、ベンの手から捻《ひね》り取った。ベンは突進し、侵入者の胸に肩から体当たりした。

が、相手の足払いを食い、ベンは前のめりに転がった。身を捻って跳ね起き、やみくもに肘を叩《たた》き込もうとしたものの、鳩尾《みぞおち》を膝《ひざ》で突き上げられ、息が詰まった。反撃に出る間もなく、肩から押し倒され、床に釘《くぎ》づけにされる。ようやく息が戻り、大声を出そうとするや、大きな手で口を抑えつけられた。そして、ベンは目の前にいる弟の亡霊に見入っていた。

「兄貴はグッドだ」ピーターは言った。「ぼくのほうがベターだけどな」

第七章

パラグアイ、アスンシオン

富豪のコルシカ人は死にかけていた。

とはいえ、それは三、四年前からのことであり、あと二、三年は持ち堪《こた》えるだろう。そのコルシカ人は、アスンシオン郊外の高級別荘地に建てられたスペインミッション様式の大邸宅に住んでいた。椰子《やし》の木の連なる私道の突き当たりに位置する、美しい緑地に囲まれた建物である。

セニョール・プロスペリのベッドルームは二階にあった。陽当たりの良い場所に位置していたものの、医療器具がぎっしりと詰め込まれており、救急処置室のような様相を呈している。はるかに年下の妻コンスエラとは、何年も前から寝室を別にしていた。

今朝、プロスペリが目を覚ますと、部屋には見慣れぬナースがいた。

「いつもの娘《こ》と違うじゃないか」彼は口をひらいた。痰《たん》の絡《から》んだ嗄れた声だった。

「あの娘《こ》、体調を崩したんだそうです」感じの良さそうなブロンドの若い女が応《こた》えた。ベッドの脇《わき》に立ち、点滴装置をいじっている。

「誰の命令だ?」マルセル・プロスペリは問い質《ただ》した。

「看護士派遣事務所です」彼女は答えた。「大きな声を出しちゃいけませんよ。興奮するとお体に障《さわ》ります」点滴装置のバルブをいっぱいに捻った。

「あんたがたは、ああだこうだと口やかましいことばかり言う」セニョール・プロスペリはぶつくさと文句を言った。そしてその言葉を最後に、目を閉じ、意識を失った。

ほどなく、代理のナースはプロスペリの手首を取り、脈があがっていることを確かめた。それから何事もなかったかのように、バルブを元の位置に戻した。続いて不意に苦悶《くもん》の表情を作ると、彼女は部屋から駆け出し、訃報《ふほう》を老人の妻に伝えに行った。

ベンはカーペットの敷かれた床から体を起こした。顔から血の気が引き、膝《ひざ》の上に頭をもたげた。

目眩《めまい》のような感覚に捕われた。体が硬直し、頭だけがぐるぐる回っているような、あるいは、頭が体から切り離されたかのような、そんな感覚だった。

記憶の渦が襲いかかった。葬式、ベッドフォードの小さな墓地での埋葬式、カディーシュ（訳注　ユダヤ教における死者への祈禱）を唱えるラビ、遺骨を収めた小さな木の棺《ひつぎ》、そして、棺が埋められるや、突然地面に崩れ落ち、拳《こぶし》を握り、嗚咽《おえつ》を漏らした父。

ベンはきつく目を閉じた。記憶はアンバランスゾーンに陥った心に容赦なく押し寄せてくる。真夜中の電話。両親に悲報を告げるべく、ウエストチェスター郡へ車を飛ばした苦悩に満ちた道中。電話で話すことはできなかった。お袋、親父《おやじ》、ピーターのことでよくない知らせがある。一頻《ひとしき》りの沈黙。現実に直面するしかないのか？　取り繕う言葉はないのか？　もちろん、父は大きなベッドで眠っていた。朝の四時、老人の起床時間の一、二時間前だった。

母は、隣室の治療用ベッドの中にいた。ソファの上で夜勤のナースがうたた寝していた。

母を先にした。それが正解のように思われた。息子に対する彼女の愛情はストレートで、絶対的なものだった。

「どうしたの？」彼女は一言そう囁《ささや》くと、ぼんやりとベンを見つめた。夢路から引き戻されたようだった。寝惚《ねぼ》けているらしく、まだ、半ば夢の世界にいた。「お袋、スイスから電話があったんだ」ベンはそう言い、ショックを和らげるように、彼女の柔らかな頬にそっと手を当てた。

母の長く尾を引く悲鳴がマックスを起こした。父は片手を突き出し、よろめきながら入ってきた。抱きしめたかったが、その類《たぐい》の愛情表現を好む人間ではなかった。父の口臭が鼻腔《びこう》を掠《かす》めた。額の上に申し訳程度に載っている髪がひどく乱れている。「事故があったんだ。ピーターが……」お決まりの言葉とは自然に口を衝《つ》いて出るものだ。常套《じょうとう》句《く》は楽である。何も考えずに渡ることができる意思疎通《そつう》の架け橋なのだ。

最初、マックスは予想外の反応を見せた。老人の表情は厳しく、目には悲しみではなく怒りを滲《にじ》ませていた。口がOの字にひらかれている。間もなく、父はゆっくりとかぶりを振り、目を閉じた。皺《しわ》の刻まれた青白い頬を涙が伝う。やがて激しくかぶりを振ると、床に崩れた。その姿はちっぽけで無防備な弱い人間に見えた。そこに、誂《あつら》えのスーツに身を包んだ冷静沈着で威厳に満ちた力強い男の影はなかった。

マックスは妻を慰めなかった。二人は各々《おのおの》に泣いた。それは、分かち合うことのできない悲しみだった。

葬式の際の父と同様、今、ベンは瞼《まぶた》をきつく閉じ、理性が崩壊するのを感じていた。意志の力で自分を支えるのは不可能だった。両手を伸ばし、弟に触れ、その腕の中にくずおれた。目の前の亡霊を本物の弟のように感じていた。

ピーターは口をひらいた。「久しぶりだね、兄貴」

「嘘《うそ》だ……」ベンは声を震わせた。「こんなの嘘だ……」

幻を見ているようだった。

それでもベンは大きく息を吸うと、弟を引き寄せ、抱きしめた。「この馬鹿《ばか》野郎……大馬鹿野郎！……」

「随分なご挨拶《あいさつ》じゃないか」ピーターは言った。

ベンは手を振りほどいた。「いったい――」

しかし、ピーターの顔は強張《こわば》っていた。「ここを立ち去るんだ。すぐにこの国を離れてくれ。一刻も早く」

ベンの目には涙が溢《あふ》れていた。弟の姿が霞《かす》んで見える。「馬鹿野郎」と再び呟《つぶや》いた。

「スイスから逃げるんだ。奴《やつ》らはぼくを殺そうとした。今は兄貴も狙《ねら》われている」

「いったい……？」ベンは相手の言葉が耳に入っていないかのように繰り返した。「おまえがどうして……？　これはなんの悪ふざけなんだ？　お袋は死んだ……もう少し長生きできたというのに……おまえがお袋を殺したんだぞ」怒りがこみ上げてきた。青筋が立ち、顔が紅潮している。二人は床に腰を下ろし、互いをじっと見つめていた。無意識のうちになされていた幼かった日々の再現。幼年時代、二人は何時間も顔を突き合わせながら、彼ら独自の片言でたどたどしく会話していた。それは他の者には理解できない秘密の言語だった。「いったい、これはどういうからくりなんだ？」

「ぼくに会えて嬉《うれ》しくないようだね、ベンノ」ピーターは言った。

ベンを〝ベンノ〟と呼ぶのはピーターだけだった。ベンは立ち上がり、ピーターがあとに続いた。

双子の弟の顔を眺めると、決まって妙な感じがした。似ていない部分だけが目についた。ピーターの目は右と左の大きさがわずかに異なっている。吊《つ》り上がった眉《まゆ》も左右対称ではない。口はベンより大きく、への字に曲がっており、顔つきもベンより厳《いか》めしかった。ベンが見る限り、ピーターは自分と似ても似つかない。もっとも他の者にとって、その差違は些細《ささい》なものにすぎなかったが。

不意に、ピーターを失ったことで自分がどれほど寂しかったかに気づき、ベンは愕然《がくぜん》とした。寂寥感《せきりょうかん》によってもたらされた傷の深さを今さらながらに思い知ったのだ。ピーターの喪失は肉体的な損傷として考えざるを得なかった。

少年時代を通じて、二人は好敵手《ライバル》だった。そんなふうに父に育てられたのだ。マックスは富が息子たちを軟弱にすると考え、〝人格形成〟を目的としたスパルタ式の林間学校へ彼らを送り込んだ。そこで二人を待ち受けていたのは、三日間、水と草だけで堪え忍ばなければならないサバイバルコースだった。ロッククライミングやカヌーの訓練も施された。マックスが何を意図していたにせよ、息子たちはしだいに競い合うようになったのだ。

別々の高校に入学したのをきっかけに、二人のライバル意識は薄れていった。互いから、そして両親から距離を置いた生活が、少年たちを〝戦い〟から解放した。

ピーターが口をひらいた。「ここを出よう。兄貴が本名でチェックインしてるなら、やばいことになる」

ピーターのトヨタのピックアップトラックは、錆《さ》びつき、泥だらけだった。運転席にはゴミが散らばり、シートは染《し》みがつき、犬の匂《にお》いがした。それは宿から百フィートほど離れた雑木林に隠されていた。

ベンはクール近郊で追っ手に殺されそうになったことを話し、「でも、それだけじゃない」と続けた。「この近辺までずっとつけてきた男もいた。チューリヒからずっとだ」

「アウディに乗った男だろう？」ピーターは訊《き》いた。旧式のトラックは老朽化したエンジンを唸《うな》らせ、暗い田舎道に出た。

「ああ」

「ヒッピーみたいに長髪を後ろで束ねた五十歳ぐらいの？」

「そう、まさにその男だ」

「ディーターだよ。監視の専門家《スポッター》で、ぼくのコンタクトだ」ピーターはベンを振り向き、微笑《ほほえ》んだ。「そして、義理の兄貴みたいなものでもある」

「えっ？」

「リーズルの兄貴兼お目付役なんだ。最近、妹に相応《ふさわ》しい男だとやっと認めてもらえたよ」

「でも、大した専門家じゃないな。ぼくはあの男を出し抜いた。車も奪った。こっちは素人《しろうと》なのに」

ピーターは肩をすくめた。ハンドルを握ったまま後ろを振り返る。「ディーターを侮《あなど》っちゃいけない。スイス陸軍に所属し、十三年間、ジュネーブで諜報《ちょうほう》活動に従事してきた男だ。それに、彼は兄貴の目の届かない所にいるわけにはいかなかった。追っ手を逆、監視してたんだ。兄貴がこの国に来たことを知るや、ぼくたちは警戒措置を取った。彼の役割は兄貴が尾行されているかどうかを探ること、つまり、兄貴を見張り、兄貴のあとをつけ、殺されたり、誘拐されたりしないよう手助けすることだった。№3ハイウェイでベンノの命を救ったのはパトカーじゃない。ディーターが車の屋根にサイレンを置き、奴らに一杯食わせたんだ。それ以外に方法がなかったらしい。ぼくたちが相手にしているのはAクラスのプロなんだよ」

ベンはため息をついた。「〝Aクラスのプロ〟か。そいつらがおまえを狙っている、というんだな。〝そいつら〟とはいったい何者だ？　まったく！」

「〝コーポレーション〟としか答えられない」ピーターはバックミラーを覗《のぞ》いている。

「奴らの正体は誰も知らない」

ベンはかぶりを振った。「ぼくは妄想に取り憑《つ》かれていた。しかしおまえのほうは本当に気が触れてしまったらしい」怒りで顔が熱くなった。「馬鹿野郎、あんな飛行機事故を……あの一件には必ず裏があると思っていたよ」

ピーターは一瞬間を置いてから、口をひらいた。上の空のようで、その言葉は脈絡を欠いていた。「ぼくは兄貴がスイスに来るのを怖《おそ》れていた。常に細心の注意を払っていなければならなかった。奴らはぼくが本当に死んだとは思っていないんだ」

「いったい何が起こっているんだ？」ベンは声を張り上げた。

ピーターはまっすぐに前を見つめた。「自分がとんでもないことをしたのはわかっている。でも、選択の余地はなかった」

「あれ以来、親父は変わった。そして、お袋は……」

ピーターはしばし沈黙した。「わかっている、言わないでくれ」そう言うと、冷淡な口調で続けた。「だが、親父がどうなろうと知ったことじゃない」

ベンは驚きの眼差《まなざ》しで弟の顔を見つめた。「ああ、おまえはそれを態度で証明した」

「兄貴とお袋のことだけが……気掛かりだった。自分が二人に何をしたのかはよくわかっている。連絡して本当のことを話したいとどれほど切実に思ったことか。ぼくは生きている、と伝えたいとね」

「そろそろ、理由《わけ》を話す気になったんじゃないのか？」

「ぼくは兄貴を守ろうとしたんだ、ベン。そうでなきゃ、あんなことをするはずがない。連中がぼくを殺し、それですべて片づくなら、喜んで殺されてやるつもりだった。だが、奴らが家族にも手を出すことはわかっていた。つまり、兄貴とお袋にね。親父は――ぼくの中では四年前に死んでいる」

　ベンはピーターの表情からただならぬ気配を感じ取ると同時に、その思わせぶりな物言いに腹を立てた。話の筋を掴《つか》むことができなかった。「どういうことなんだ？　もっとストレートに話してくれ」

　道路から奥まったところにある宿屋らしき建物に、ピーターが目をやった。ハロゲンライトが玄関を照らしている。

「朝の五時にめずらしいな。ひょっとしたら、誰か起きているのかもしれない」

宿屋の前の舗装された小さな半円形のスペースにトラックを乗りつけると、ピーターはエンジンを止め、二人は車から降りた。夜明け前の戸外は寒く静かで、建物の背後に広がる森から、小動物や鳥の蠢《うごめ》くかすかなざわめきが耳に届くだけだった。ピーターが入り口のドアを開け、彼らは小さなロビーに入った。受付には切れかかった蛍光灯が灯《とも》っていたが、誰もいなかった。「〝明かりがついていれども、家人はおらず〟か」ピーターが言った。ベンは思わず微笑んだ。それは人を侮辱する際に父が好んで口にした台詞《せりふ》の一つだった。カウンターの上の呼び鈴に手を伸ばしかけるや、その奥にあるドアがひらき、バスローブに身を包んだ太った女が現れた。しかめっ面《つら》をし、蛍光灯の明かりに目をしばたたかせている。起こされたことに憤慨しているらしい。「なんです？」

ピーターがすかさず流暢《りゅうちょう》なドイツ語で答えた。「突然押しかけて申し訳ありませんが、コーヒーを飲ませてもらえますか？」

「コーヒー？」老女は眉間《みけん》に皺を寄せた。「あんたら、コーヒーが飲みたくてわたしを起こしたのかい？」

「お礼は充分にさせていただきます」ピーターはきっぱりと言った。「コーヒーを二つ下さい。ダイニングルームを使わせてもらえれば結構です」

むっつりとした女主人はかぶりを振りながら、足を引きずって暗いダイニングルームの傍らにある小部屋へ行くと、電気をつけ、大きな赤いコーヒーメーカーのスイッチを入れた。

ダイニングルームは狭いものの、快適そうだった。カーテンのついていない大きな窓が並び、昼間ならば宿の背後を占めている美しい森を眺めながら食事できるのだろうが、今は真っ暗である。五、六脚ある円卓には、糊《のり》の利《き》いた白いテーブルクロスが掛けられ、朝食用のジュースグラスやコーヒーカップ、茶色い角砂糖が山積みされた金属製の器などが並べられていた。ピーターが壁側にある二人掛け用のテーブルに、窓を背にして座った。ベンはその向かいに腰を下ろす。小部屋でミルクを泡立てていた女主人が、世人の例に漏れず、双子の顔をしげしげと見比べていた。

ピーターは食器を脇《わき》に寄せ、テーブルに肘《ひじ》を載せた。「スイスの銀行とナチスの財産に関する問題が明るみに出たときのことを覚えているかい？」

「もちろん」それがすべてのきっかけなのだろうか？

「あれは、ぼくがアフリカからこの国へ移住する直前のことだった。向こうの新聞で事の成り行きをつぶさに追っていたよ――親父《おやじ》がダッハウにいた時代の話だから、ことさら関心を持ったんだと思う」唇を嘲《あざけ》るように歪《ゆが》めた。「それはともかく、あの頃、突然個人事業が盛んになった。胡《う》散臭《さんくさ》い弁護士やアドバイザーと称する連中が、家族の財産の行方を突き止めようとしている年老いたホロコーストの生存者たちを鴨《かも》にすべく、一斉に動き出したのさ。強制収容所の生き残りで、フランスに住んでいる老女についての記事のことは話したはずだ。スイスの銀行にある、老女の父親名義の預金口座に関する情報を握っているという悪徳弁護士に、彼女は全財産を騙《だま》し取られた。弁護士は嘘を並べ立て、調査費用を前金で請求した。もちろん、老女は支払った——全財産であり生活費である、二万五千ドルをね。弁護士はその金を持って姿を晦《くら》ました。それがぼくの心に火をつけた。無防備な老婆がそんなふうに食い物にされる記事は読むに忍びなかった。さっそく彼女に連絡して、父親の預金口座を無料で探し出すと申し出た。当然のことながら、彼女は訝《いぶか》しんだ。騙されたばかりだったからね。だが、しばらく話し合ったのち、調べることを許可してくれた。金目当てでないことを納得させるのに苦労したよ」

テーブルに目を落としながら話していたピーターは、顔を上げ、ベンを見つめた。

「生き残った人間たちが、すべて欲に目が眩《くら》んでいたわけじゃない。彼らはけじめを、正義を、そして、死んだ親や過去との繋《つな》がりを探していた。金はそのための証《あかし》にすぎない」窓に目をやった。「老女の法定代理人として、スイスの銀行を相手にするのは甚《はなは》だ骨が折れた。そんな口座の記録は残ってないというのが彼らの弁だった。予想どおりの言い分だよ。幼児的な潔癖症で、創業以来業務に関するものは紙切れ一枚捨てていない彼らが、今になって、口座の記録を紛失してしまった、なんて言い出すんだから驚きだよ。ふーん、そうですか、と答えるしかない。ところが、その後、彼女の父親が口座を開設した銀行のガードマンに関する情報を耳にした。その男は帳簿や証書をシュレッダーにかけている一団に出くわし――真夜中に、銀行の従業員たちが山積みにされた四〇年代の書類を破棄していたらしい――、そのことが原因で首になった。しかし男は、書類の一部をそこから回収していたんだ」

「その話なら、聞いた覚えがある」ベンは言った。女主人がトレイを抱えて現れ、エスプレッソの入った金属製のピッチャーと暖めたミルクの入ったそれをぞんざいに置くと、ダイニングルームを離れた。

「スイス当局はその事件に関与したがらなかった。銀行の内輪の問題に立ち入ることはできないとかなんとか、もっともらしい御託を並べ、書類破棄の一件にはいっさいタッチしなかった。ぼくはそのガードマンに会いに、ジュネーブの郊外へ出向いた。銀行に奪い返されそうになりながらも、彼は書類を保管していた。それを見せてもらい、老女の父親の口座記録があるかないかを調べた」

「で？」ベンはフォークの先でテーブルクロスの模様をなぞっていた。

「なかった。何も見つからなかった。まったくの的外れだ。だが、証書の一枚に目が止まった。驚くべき内容が記されていた。それは、依然として法的効力を持つ、法人の定《てい》款《かん》だった」

ベンは何も言わなかった。

「第二次大戦の末期に、なんらかの法人が設立された」

「ナチスにかかわる？」

「いや。ナチス絡《がら》みの人間は若干関与しているだけだ。しかも、幹部の大半はドイツ人じゃない。それは当時の大物実業家たちによって設立された企業だった。イタリア、フランス、ドイツ、イギリス、スペイン、アメリカ、カナダといった国々のね。兄貴ですら名前を聞いたことのある連中の集まりだ。資本主義社会の黒幕たちの一団なんだ」

ベンは頭を整理していた。「終戦前だと言ったな？」

「ああ、一九四五年の初めだ」

「設立者の中にはドイツ人もいたんだな？」

ピーターはうなずいた。「それは、敵味方の境界を超えたビジネス上のパートナーシップだった。驚いただろう？」

「しかし、我々は戦争中だった……」

「〝我々〟なんていう言葉になんの意味がある？　アメリカのビジネスはビジネスである、と誰かが言ってなかったかい？」ピーターは椅子《いす》の背に凭《もた》れた。目が輝いている。

「まあ、どういうことが公《おおやけ》にされているかを話しておこう。ニュージャージーのスタンダードオイルはＩＧファルベンと手を結び、勢力図を分断した上で、オイルや化学製品の販売を独占していた。つまり、互いの専売特許権を侵害しないという了解のもとで共存してきたわけだ。こともあろうに、大戦で使われた燃料を賄《まかな》ってきたのはスタンダードオイルだった。軍部の人間はIGファルベンとの関係にまでは目が届かなかったらしい。スタンダードオイルが生産問題を起こしていたら、どうなっていたことか？　ちなみに、ジョン・フォスター・ダレス（訳注　米国の元国務長官）はファルベンの理事会のメンバーだった。それから、フォード・モーター。ドイツ軍の主要輸送手段だった五トントラックを知ってるかい？　あれはフォードの製品だった。ヒトラーに〝汚《けが》らわしい連中〟を効率よく駆り集めさせるために一役買ったホレリスマシン（訳注　パンチカードにデータを記録する方式の一つ）、あれを製作したのはビッグ・ブルー（訳注　IBM社のニックネーム）だ。我らがIBMはアフターサービスまで行なっていた。トム・ワトソンに脱帽だよ。続いてITT。あの会社は、ドイツ軍軍用機の御用達《ごようたし》メーカー、フォッケウルフの大株主だった。面白いことを聞かせてやろうか？　戦後、なんとITTは、連合国の爆撃でフォッケウルフの工場が破壊されたと主張し、アメリカ政府を相手取り賠償金請求の訴えを起こした。話そうと思えば、まだまだネタはある。だが、それは世間一般に知られているところで、実際に行なわれていたことの氷山の一角にすぎない。これらの資本家階級はヒトラーのことなど眼中になかった。より現実的なイデオロギーに恭順し、利益の追求だけを目指していた。彼らにとって、戦争は、ハーバードとエールのフットボールゲームのようなものだった。財力の拡大という重要な問題から気を紛らわすための一時的な娯楽にすぎなかったのさ」

ベンはゆっくりとかぶりを振った。「悪いが、ピーター、自分の言ってることを考えてみろ。おまえの主張はよくある反文化的な批判にしか聞こえない。利益を追求する奴《やつ》は泥棒だ、三十歳以上の人間は信用するな――その手の青臭い時代遅れな戯言《たわごと》にしかな。続いて、ラブ・カナル（訳注　毒性産業廃棄物の捨て場）の問題も奴らの責任だと言うつもりだったんだろう」ソーサーの上にコーヒーカップをガチャンと置いた。「妙な話だよ。以前のおまえはビジネスに関することにはまったく無関心だったというのに。おまえは本当に変わったらしいな」

「すぐにわかってもらえるとは思ってないさ」ピーターは言った。「今の話は背景を説明したにすぎない。どういう状況だったかをね」

「だったら、本質的な話をしてくれ。核心に触れる話を」

「さっき話した定款には、二十三人の名前が載っていた」不意に、弟は声を潜めた。「大部分が財界の首領《ドン》と言われていた連中だ。やんごとなき血筋ということでもてはやされていた政治家も若干いた。それは付き合いがあるはずのない人間たちの集まりだった。どんな歴史家であれ、接点はないと断言する人間たちの。にもかかわらず、ビジネス上のパートナーという形で、彼らは全員繋《つな》がっていた」

「大前提が抜けている」ベンは半ば独り言のように言った。「何かが引き金となり、おまえがその書類に関心を持ったのは間違いない。おまえを触発する何かがあったはずだ。

なぜ、それを話そうとしない？」

ピーターは苦々しい笑みを浮かべた。やがて、取り憑《つ》かれたような表情が戻ってきた。

「ある名前が目に飛び込んできたんだ、ベン。経理担当者の名前が」

ベンの頭皮が疼《うず》いた。蟻《あり》が群がっているかのようだった。「で、誰だったんだ？」

「その企業の経理担当者は、経済界の若き担《にな》い手と言われていた男だった。ナチス親衛隊の中尉《ちゅうい》として、大量殺戮《さつりく》に携わってきた男。兄貴はその名をよく知っている。そう、マックス・ハートマンだ」

「親父が……」ベンは息を呑《の》んだ。

「彼はホロコーストの生き残りではなかった。ぼくたちの父親はナチスの一員だったんだ」

第八章

ベンは目を閉じた。大きく息を吸い、かぶりを振った。「そんな話は馬鹿《ばか》げている。

ユダヤ人がナチスの一員であるはずがない。その書類は捏造《ねつぞう》されたものだ」

「いいかい」ピーターは静かに言った。「ぼくはその書類を調べ尽くした。偽造文書ではなかった」

「しかし、その頃は……」

「一九四五年の春、親父《おやじ》はダッハウにいたことになっている。そして、四月の下旬に、アメリカ第七師団によって解放された——覚えているかい？」

「正確な時期は忘れたけど——そうなのか？」

「兄貴は親父の過去にあまり関心を持っていなかったようだな？」

「ああ、そのとおりだ」ベンは認めた。

ピーターは陰に籠《こ》もった笑みを浮かべた。「おそらく、それこそが親父の望んでいたところだろう。そして、親父の過去に無関心でいたのは、兄貴にとって幸運なことだった。何も知らずに生きるのは楽なことさ。嘘《うそ》八百を信じて暮らすことは。そう、親父が裸一貫でアメリカへ渡り、大企業を築き上げたホロコーストの生き残りという作り話を真に受け、偉大なる博愛主義者になったという戯言《たわごと》を信じていたんだからな」首を振り、鼻を鳴らした。「なんたる欺瞞《ぎまん》だ。素晴らしいでっち上げじゃないか」嘲笑《ちょうしょう》しながら付け加える。「まさに偉大なる男だよ」

ベンには自分の心臓の鼓動が聞こえるかのようだった。父は気難しい人間だった。商売敵からは冷血漢と呼ばれている。だが、ペテン師だったのか？

「マックス・ハートマンはナチスの一員だった」ピーターは繰り返した。「いいかい？ナチスだよ。まさに、事実は小説よりも奇なりだ」ピーターは本心から語っており、その言葉には説得力があった。加えて、弟が臆面《おくめん》もなく嘘をつく男でないことは、ベンが一番よく知っている。それでも、こんな話は嘘に決まっている！〝止《や》めろ〟と、ベンは胸の内で叫んだ。

「どんな類《たぐい》の会社だったんだ？」

ピーターは肩をすくめた。「おそらく隠れ蓑《みの》的な会社だろう。幹部たちによってプールされた、何百万ドルもの資金を元手に設立されたダミー会社だと思う」

「なんのための？　目的は？」

「そこがわからないところだ。書類には明記されていない」

「書類はどこにあるんだ？」

「安全な場所に隠してある。心配いらないよ。一九四五年の四月初旬に、スイスのチューリヒに本部を置いたその会社は、シグマＡＧという名だった」

「で、その書類を見つけたことは親父に話したのかい？」

ピーターはうなずき、初めてコーヒーに口をつけた。「電話口で内容を読み上げ、問い質《ただ》したよ。案の定、怒鳴りやがった。兄貴と同じく、偽物《にせもの》だと言い張った――これも、予想どおりだったけどね。それから、激怒し、狂ったように喚《わめ》き立てたよ。嘘で塗り固められた人生を送ってきた人間の、無茶苦茶な言葉をどうやって信じろというんだ？　いずれにせよ、何も聞き出せるとは思っていなかった。ただ、反応を見たかっただけなんだ。そんなわけで、ぼくは独りで探りを入れはじめた。ジュネーブとチューリヒで法人の業績報告書に当たり、その会社に関する情報を集めようとした。そして、殺されそうになった。二度ほどね。最初は、〝交通事故〟だ。リマト河岸通りを歩いていた際、突然車が歩道に突っ込んできた。二度目はニーダードルフ通りで、〝ひったくり〟を装《よそお》った殺し屋に襲われた。二回ともかろうじて難を逃れたが、続いて警告された。これ以上ほじくりまわせば、次は本当に殺す。あとはない。関連書類をすべて引き渡せ。この会社に関する事実が公《おおやけ》になれば、おまえだけでなく、家族全員皆殺しにする。マスコミに情報を流そうなどと考えるな、とね。もちろん、ぼくが気に掛けたのは親父ではない。守らなければならなかったのは、兄貴とお袋だった」

まさに、ピーターらしい発言だった。彼はベンに勝るとも劣らない母親思いなのだ。加えて、分別があり、妄想を抱くような人間ではない。事実を語っているに違いなかった。

「それにしても、嗅《か》ぎまわられることを彼らはどうしてそれほど怖《おそ》れているんだ？」ベンは言い返した。「冷静に考えてみろ。その会社は半世紀以上前に設立された。それなのに、なぜだ？　今さらどんな秘密がある？」

「これは、敵国との境界を越えたビジネス上のパートナーシップの話だ。表沙汰《おもてざた》になれば、一世を風靡《ふうび》した権力者たちの名声に傷がつく怖れがあるのは言うまでもない。だが、そんな危険は取るに足らない。その会社の性質を考えてみてくれ。連合国と枢軸国《すうじくこく》の巨大企業の首領《ドン》たちが財を成すべく築き上げた複合組織だ。当時、ドイツとの関係は絶たれていたが、資本主義に国境はないだろう？　敵国とのビジネスが存在したっておかしくないし、国際法に抵触するということもない。それでも、資産が凍結あるいは没収される可能性があったとしたらどうする？　彼らの資産の総額を計る術《すべ》はない。半世紀の間には多くのことが起こる。これは、想像を絶するほどの巨額の資産に関する話だ。それにスイスですら、国際的な圧力により、秘密保護法の適用を控えざるを得なかった。彼らの身勝手な協定を危うくするようなことをぼくが知っている、何者かがそう結論づけたのは間違いない」

「〝何者〟とは誰だ？　おまえを脅しているのは誰なんだ？」

ピーターはため息をついた。「こっちが知りたいぐらいだよ」

「いいか、ピーター、その会社の設立にかかわっていた人間が生きているにせよ、すでにかなりの高齢だろう」

「ああ、お偉方の大部分は死んでいる。だけど、生存者もいる。しかも、彼らはそれほど年を取っていない。せいぜい七十代といったところだ。幹部クラスの人間が二人でも三人でも生きているなら、金の上に胡座《あぐら》をかいて暮らしているはずだ。彼らの後継者は誰なのか？　そいつらが金の力で秘密を封じ込めていることだけは疑いない。あらゆる手を尽くしてね」

「それで、おまえは消え去ることにしたわけか」

「彼らはぼくに関するほとんどの情報を握っていた。日々のスケジュール、行きつけの場所、未登録の自宅の電話番号、家族各人の名前と居所。そして、経済状況に至るまで。彼らが広大な情報網を持っているのは一目瞭然《りょうぜん》だった。だから、ぼくは決心したんだ、ベンノ。死のうとね。他に選択肢はなかった」

「選択肢がない？　そいつらの要求に従い、その腹立たしい書類を渡せばよかったじゃないか――何も知らないように振る舞うことだってできただろう」

ピーターは口を尖《とが》らせた。「それは、覆水を盆に返せとか、出した歯磨き粉をチューブに引っ込めろと言うのと同じことだよ――取り返しはつかない。知ってしまった以上、殺されるに決まってるんだ」

「だったら、なんのために警告してきたんだ？」

「ぼくを大人しくさせ、その間に、こちらがどれだけのことを知っているか、あるいは、誰かに話したかを突き止めるつもりだったんだろう。それから始末するという寸法さ」

隣の小部屋で、女主人が動き回っていた。床板の軋《きし》む音が聞こえてくる。やがて、ベンが口をひらいた。「どういう手を使ったんだ、ピーター？　つまり、死に方についてだが。簡単にできることじゃあるまい」

「ああ、まったくだよ」ピーターは椅子《いす》に凭《もた》れ、後頭部を窓に寄せ掛けた。「リーズルがいなければできなかっただろう」

「おまえの恋人か」

「リーズルは素晴らしい女性だ。恋人であり最高の親友だ。ベン、ぼくは、ああいう女性に巡り会えたことが人生で最も幸運なことだったと思っている。いつか兄貴も、彼女並みとは言わないが、いい女に出会えるよう願っているよ。それはともかく、実際、あれは彼女のアイディアだった。ぼくにはあんな計画は絶対に思いつかなかっただろう。リーズルはぼくが消え去ることに同意した。しかも、本当に消え去るようにと指示したんだ」

「だが、歯の治療記録が――つまり、それが決め手となって、死体の身元は、ピーター、おまえだと確認されたんだ」

ピーターは首を横に振った。「警察は、死体の歯とウエストチェスターにあった歯の治療記録を照合した。その治療記録が、ドクター・メリルのオフィスに保管されているぼくの歯のレントゲン写真という前提のもとでね」

ベンはかぶりを振った。困惑していた。「だったら、誰の死体だと……?」

「チューリヒ大学の医学生が毎年春学期末にやらかす悪ふざけから、リーズルが着想を得た。肉眼解剖学の教室から必ず実験用の死体が盗まれるそうだ。春学期の慣例行事みたいなもので、医学生による〝ある日、突然死体が消える〟というブラックユーモアらしい。もちろん返還要求が通告される。彼女はしかし、引き渡し請求者のいない死体を病院の死体安置所から盗み出す手《て》筈《はず》を整えた。歯の治療記録を含め、死体の男の医療記録を探り出すのは造作のないことだった。ここはスイス、公文書に身元の記載されていない人間はいないからね」

ベンは思わず笑みを浮かべた。「だけど、レントゲン記録を差し替えるとなると……?」

「人を雇い、リスクの少ない潜入をしてもらったとだけ言っておこう。ドクター・メリルのオフィスはフォートノックス（訳注　米国連邦金塊貯蔵所の所在地）とは訳が違う。あるレントゲン写真を別のそれとすり替える。大した作業じゃない。警察が手に入れたのは差し替えられた治療記録だった」

「じゃあ、飛行機の墜落は?」

ピーターは重要な点を漏らすことなく説明した。

その間、ベンは弟を見つめていた。ピーターの語り口は常に静かで穏やかだった。よく考えた上で慎重に口をひらく人間なのだ。とはいえ、計算高いとか狡賢《ずるがしこ》いというわけでもなく、一方で、抜け目なさこそがこの計画に求められる必要条件だった。弟が一瞬として心の休まらない日々を送っているのは間違いない。

「墜落の数週間前、ザンクトガレン州の小さな病院にリーズルが就職を申し込んだ。もちろん、病院側は喜んで雇い入れた――小児科医を必要としていたんだ。湖の傍らの森林地帯に、彼女は小さなバンガローを借りた。ぼくはそこへ引っ越し、彼女のカナダ人の夫に成り済まし、執筆中の作家を装って暮らしていた。日々、コンタクトたちと連絡を取りながらね」

「つまり、おまえが生きていたことを知っている人間たちとか？――そいつは危険だ」

「いや、ぼくが生きていることを知っている信頼できる人間たちと、だ。リーズルの従《い》兄弟《とこ》はチューリヒで弁護士をやっている。ぼくたちの目と耳として、情報収集に一役買ってくれている男だ。リーズルはその従兄弟に全幅の信頼を置いている。もちろん、ぼくもだ。彼は国際的に顔の利《き》く弁護士で、警察や金融業界、探偵事務所などにコネを持っている。昨日、彼から、地下のショッピングモールで惨劇が起こり、外国人が警察に連行されたと連絡があった。兄貴が殺されかけたと知るや、ぼくは事情を悟った。おそらく、彼ら――つまり、シグマＡＧの後継者であれ、書類に載っている生存者であれ――は、ぼくの死が偽装ではないかとずっと疑っていたんだ。ぼくが再びスイスに現れるのではないか、あるいは兄貴がぼくの意志を継いだのではないかと、四六時中目を光らせていたんだろう。彼らはスイスの警官たちを懐柔し、ぼくの首に懸賞金を掛けている。実際、警官の半数は奴《やつ》らの手先だ。昨日の朝、兄貴が訪問した銀行にも罠《わな》が張られていたと思う。そんなわけで、ぼくは姿を現し、兄貴に警告しなければならなかったんだ」

ピーターは俺のために命を張ってくれた。ベンはそう思うと目頭が熱くなった。ふと、ジミー・カバノーフのことが脳裏をよぎった。存在しなかった男のことが。急《せ》き立てられるように、そのミステリーをピーターに語った。

「信じられない」ピーターは呟《つぶや》いた。狐《きつね》につままれたような顔をしている。

「ぼくだって。ジミー・カバノーフのことは覚えているだろう？」

「もちろんだ。何度か、ベッドフォードでクリスマスを過ごしているじゃないか。好感の持てる男だった」

「ジミーはコーポレーションとどうかかわっていたんだろう？　連中が彼を抱き込み、ある時点でその存在の痕跡《こんせき》を消し去ったんだろうか？」

「いや」ピーターは答えた。「その考え方は的外れだ。ハウィー・ルービンの言ったとおりだろう。ジミー・カバノーフは存在しない。いや、そんな人間は存在しなかった」早口で話しはじめた。「穿《うが》った見方だが、そう考えるほうが筋が通る。ジミー・カバノーフ――実名がなんであれ、とりあえずそう呼んでおこう――は抱き込まれたわけじゃない。そもそも奴らのもとで活動していたんだ。クラスメートより年上で、授業に出てこなかった学生がいた。気がついたときには、兄貴はその男の親友になっていた。わかるかい、ベンノ？　これは計画だったんだ。理由はともかく、ある時点で、彼らは兄貴を見張る必要があると結論づけたに違いない。すべては警戒措置だったんだ」

「ジミーが……ぼくに宛《あて》がわれていたと言うのか！」

「おそらく、ぼくにも誰か宛われていただろう。親父《おやじ》は幹部の一人だった。その組織を危険に晒《さら》す可能性のある何かをぼくたちが知っているのか？　彼らにとって脅威になり得るのか？　懸念《けねん》を抱く必要があるのか？　彼らはそういったことをチェックしつづけなければならなかった。兄貴がゲットーへ引っ越し、ぼくがアフリカへ移住するまで――つまり、彼らが判断する限り、ぼくたちが蚊帳の外へ飛び出すまではね」

ベンの心は掻《か》き乱された。〝彼ら〟に関する話し合いは事態を悪化させただけだった。

「兄貴の顔を見知っているという特殊な条件をつけて、実業家の一団がスパイや殺し屋を雇ったとしても、おかしくはないだろう？」

「いい加減にしろ、ピーター、これはおそらく……」

「おそらく？　ベンノ、どう考えたところで――」

ガラスの砕け散る音がした。

ベンは息を呑《の》み、突然窓枠に穿たれたぎざぎざの穴を見た。ピーターはテーブルに向かって頭を下げている。平身低頭しているような奇妙な仕草。時間が凍《い》てついたその瞬間、息の漏れる音と低いうめき声が意味するところをベンは理解できなかった。一瞬後、ピーターの額の中央に開いたおぞましい緋色《ひいろ》の穴と、皿や銀器の上に撒《ま》き散らされた灰色の脳組織や白い骨片が、その意味を明かした。

「くそったれ！」ベンは絶叫した。「ふざけやがって、畜生！」椅子からひっくり返り、硬いオークの床板に頭をぶつけた。「止《や》めろ！」サイレンサーで音を抑えられた銃声がかすかに耳に届き、彼は唸《うな》った。銃弾が狭い室内を立て続けに襲う。「止《や》めろ、くそう！」驚愕《きょうがく》と衝撃と不信の念に、全身が凍りつき、麻痺《まひ》していた。目の前に立ちはだかる恐怖は底知れなかったものの、自衛本能が後脳の奥深くで芽生え、彼を立ち上がらせた。

ベンは砕かれた窓の外に目をやった。闇《やみ》が広がるばかりである。と、銃口が火を噴き、ガンマンの顔を浮かび上がらせた。その像は瞬《また》く間に消えたものの、ベンの脳裏にしっかりと刻み込まれた。暗く落ち窪《くぼ》んだ目。青白く皺《しわ》のない顔。妙に張りのある肌。

ベンはダイニングルームのドア目掛けてダッシュした。背後で別の窓ガラスが砕け、銃弾が目前の漆喰の壁を穿った。

暗殺者がベンに照準を合わせているのは明らかだった。いや、本当にそうなのか？

依然としてピーターを狙《ねら》っており、今の一撃は的が逸《そ》れただけなのでは？　それともベンも目撃されたのか？　やはり、彼を狙っているのか？

玄関に通じている薄暗い廊下へ飛び出すや、その内なる問いに答えるように、銃弾が頭上のドア枠を撃ち砕いた。前方のロビーから、女の叫び声が聞こえる。怒りと恐怖に駆られ、女主人が喚《わめ》いているのだろう。不意に、彼女がベンの行く手に立ち塞《ふさ》がった。ベンは女主人を突き飛ばし、ロビーに躍り出た。老女は金切り声で罵《ののし》っている。

今や、彼は何も考えていなかった。頭は麻痺し、ひたすら足を前へ運んでいるだけだった。何が起こったのかを考える必要はない。考えなければならないのは生き残ることだけだ。

薄闇――ロビーの隅、受付カウンターの背後にある小型のランプが小さな光の輪を投げかけていた――の中で目を凝らした。玄関のドアと客室に通じる廊下以外に行き場所はなかった。

廊下の傍らにある狭い階段は二階の客室へ通じていた。彼が今いる空間には窓がなく、少なくとも一時的には、銃弾から身を守ってくれる場所だった。

一方で、窓がないということは、ガンマンが建物の正面に回り込んだかどうか確認できないということでもある。殺し屋《や》はターゲットの一人を殺り損ねたことを承知している。であれば、正面か裏口に回り込むはずだ。そう、仲間がいない限りは。玄関のドアを無事潜《くぐ》り抜けられる可能性はフィフティ－フィフティだった。フィフティ－フィフティ。賭《の》れない勝負である。

それに、相手が一人でなかったら？　敵が複数なら、四方に散らばり、すべての出入り口を塞いでいるだろう。いずれにせよ、表か裏かの二者択一は論外だった。

ダイニングルームから悲鳴が聞こえた。女主人が酷《むご》たらしい殺害現場を目撃したに違いない。

修羅場《マイ・ワールド》へようこそ、マダム。

階上から、けたたましい足音が聞こえてきた。客たちが目を覚ましたらしい。客――何人ぐらいの人間が泊まっているのか？

ベンは玄関のドアに駆け寄り、鉄の錠を下ろした。

階段を駆け下りる足音が近づき、肥満体の男が下り口に現れた。あわてて羽織ったらしい青いバスローブを着ている。顔が恐怖で歪《ゆが》んでいた。「どうしたんだ？」男は声を張り上げた。

「警察を呼んでくれ」ベンは英語で叫び返した。「警察に――電話してくれ！」受付カウンターの後ろにある電話を指さした。

「警察？　どうして――何があったのか？」

「電話だ！」ベンは大声で繰り返した。「早く！　人殺しだ！」

そう、人が殺されたのだ。

肥満体の男は、押し出されたかのようによろめいた。カウンターに駆け寄り、受話器を取り上げると、束《つか》の間《ま》耳を澄ませ、ボタンを押した。


肥満体の男は受話器に向かってドイツ語でがなり立てていた。ガンマン――ガンマンたち？――は今どこにいるのか？　敵は建物に押し入り、ピーター同様、ベンを始末するつもりでいるに違いない。だが、ここには障害物となる客たちがいる……いや、そんなことで二の足を踏む相手であるはずがない。ベンはチューリヒの地下街での大量虐殺《ぎゃくさつ》を思い起こした。

肥満体のスイス人は受話器を置いた。「警察が――来るそうだよ」

「警察署まではどれくらい距離があるんです？」

男はベンを見つめた。英語を理解するまでやや間があった。「道路の先だよ」彼は答えた。「すぐ近くだ。何があったんだい――誰が殺されたんだ？」

「あんたの知らない人間だよ」

再び、ベンは指さした。今回はダイニングルームに向けて。だが指先には、戸口から飛び出して来た女主人がいた。「この男は人殺しよ！　自分の兄弟を殺したのよ！」彼女はドイツ語で捲《まく》し立てた。彼が双子の兄弟を殺したと結論づけたらしい。狂っている。

ベンの胃がむかついた。彼は茫然《ぼうぜん》と立ちすくんでいた。と唐突に、現実が、恐怖が、全身に染《し》み渡っていった。肥満体の男が女主人に向かって何か叫んだ。ベンは建物の裏手に繋《つな》がっていると思われる廊下へ突っ走った。

女主人が喚き立てたが、彼は足を止めなかった。甲高いパトカーのサイレンが彼女のヒステリックな声に加わった。パトカーが近づくにつれ、音響が増していく。パトカーは一台らしい。だが、それで充分だった。

留まるか、逃げ去るか？

〈警官の半分は彼らの手先だ〉ピーターの言葉が脳裏をよぎった。

右に折れた先に、塗装された木のドアがあった。ドアを開け放つ。木の棚にシーツが積まれていた。

サイレン音がさらに大きくなり、間もなく、タイヤが砂利を踏みしだくけたたましい音が聞こえた。警察が到着したらしい。

ベンは廊下の突き当たりにある木のドアへ走った。その傍らに鎧窓《よろいまど》があることからして、外に通じているドアに違いない。ノブを回し、ドアを引く。動かない。再び、力を込めて引いた。今回は手応《てごた》えが感じられ、ドアはひらいた。

る。今は屋外のほうが安全だった。パトカーのサイレンがガンマンを追い払ったはずであ目前に広がる森の中で待ち伏せている者はいないだろう。ベンは樹々《きぎ》の間に駆け込んだ。蔓《つる》に足を取られ、地面に体を打ちつけた。

畜生！　急がねば。警察に捕まるわけにはいかない。〈警官の半分は彼らの手先だ〉ピーターの言葉が再び頭を掠《かす》めた。ベンは立ち上がり、漆黒の闇へ突進した。サイレンは鳴り止んでいたが、今度は叫び声が聞こえてきた。男女の声が入り乱れている。砂利の上を駆ける足音が耳に届いた。ベンは木の枝を払いのけながら走り、そのうちの一本が顔を擦《こす》り、目に入った。ズボンが破れた。手が擦りむかれ、血が滲《にじ》み出る。機械仕掛けの人形のように何も考えることなく、彼は樹々の間を突っ走った。やがて、ピーターのトラックが停めてある空き地へ飛び出した。

運転席のドアを開けた――ありがたいことに、鍵《かぎ》は掛かっていなかった。もちろん、イグニションにキーは差し込まれていない。マットの下を手探りした。ない。続いて、シートの下。ない。

パニックがベンを襲った。彼は深呼吸を繰り返し、気を落ち着かせようとした。なくて当たり前だと気づいた。当然のことを忘れていたのだ。

ダッシュボードの下に手を伸ばし、コードの束を手繰り寄せた。天井灯の薄明かりの下で目を凝らす。ある夏の日の朝、ハートマン家の用地管理人だったアーニーは、彼とピーターに点火装置をショートさせてエンジンを動かす方法を教えてくれた。〝こんな方法を使う機会はないでしょうが、万が一のときには役に立つはずです〟

二本のコードを合わせた瞬間、エンジンが始動し、唸《うな》り声を上げた。ベンはギアをバックに入れ、車を空き地から暗い道路へ後退させた。どちらの方面にもヘッドライトは見当たらない。ギアを切り替えた。旧式のトラックはスムーズに反応しなかったものの、やがて、車体を激しく揺らしながらつんのめるように走り出した。

第九章

ノバスコシア州、ハリファックス

翌日の朝は寒く、寂寞《せきばく》としていた。港に霧が立ちこめ、視界は十フィートほどしかなかった。

ロバート・メールホットはスチール製の検査用テーブルの上に仰向《あおむ》けにされていた。青い衣服を着せられ、頬と手が遺体安置所のけばけばしいメーキャップで薔薇色《ばらいろ》に染まっている。顔は褐色を帯びているものの、痩《や》せこけ、怒っているように見えた。口元が落ち窪《くぼ》み、鼻は鉤鼻《かぎばな》である。身長は五フィート十から十一インチほど。若い頃には、六フィートはあったに違いない。

　監察医は五十代後半のでっぷりとした赤ら顔の男で、ヒギンズという名だった。ふさふさした白髪に疑り深そうな灰色の小さな目。きわめて誠実である一方で、中立的な立場を崩さない慎重な性格の持ち主でもある。グリーンの手術服を着ていた。「それで、これを殺人と考える根拠をお持ちなのですか?」彼は陽気な口調で訊《き》いたが、目つきは鋭かった。不審を抱いており、それを隠すつもりはないらしい。

　アンナはうなずいた。

　真っ赤なセーターにジーンズ姿のアルセノール巡査部長は元気がなかった。未亡人相手の長時間にわたる骨の折れる面談で、二人ともエネルギーを消耗していた。もちろん、最終的に、老婦人は死体解剖を許可し、裁判所命令を取りつけるというわずらわしさを省いてくれた。

　病院の死体安置所にはホルマリンのにおいが漂っていた。アンナにはいまだになじめないにおいだ。ステンレスのカウンターの上にあるポータブルラジオから、クラシックミュージックが静かに流れている。

「死体に証拠となる物質は残っていないと思いますよ」ヒギンズが言った。

「死体が隅から隅まで洗浄されたことは承知の上です」アンナは答えた。この男は彼女を大馬鹿者《おおばかもの》だと思ったのだろうか？

「だったら、何を見つけろというんです？」

「わかりません。注射針の跡かもしれないし、切り傷やかすり傷の類《たぐい》かもしれません」

「毒物ですか？」

「かもしれません」

彼女はヒギンズとアルセノールとともに、メールホットの衣服を脱がせた。続いて、ヒギンズが顔と手のメーキャップを拭《ふ》き取る。それはなんらかの痕跡《こんせき》を隠している可能性があった。目は縫合されていた。ヒギンズは縫い目を切断し、絞殺《こうさつ》を示唆《しさ》し得る紫斑《しはん》——皮膚組織中に生じる血の斑点——の有無を確認した。

「唇の内側に傷はありませんか？」アンナが訊いた。

口も縫合されていた。監察医は慣れたメスさばきで麻糸を切り、ゴム手袋をはめた指で口を広げた。枕《まくら》に押しつけられて窒息死させられたとすれば、唇が歯に食い込み、傷を残しているかもしれなかった。

「ふん、ふん」と監察医はうなずいた。「何もありませんな」

三人は皺《しわ》の寄った体を拡大鏡でくまなく観察した。老人相手に、これは骨の折れる作業だった。肌の随所に、古傷や痣《あざ》、毛細血管の損傷、老化による異物の沈着などが見受けられた。

彼らはお決まりの場所に注射針の跡を探そうとした。項《うなじ》、手足の指の間、手の甲、足首、耳たぶの裏。そして、鼻から頬にかけての一帯。注射の跡はかすり傷で隠せるもの の、なんの痕跡も発見されなかった。ヒギンズは陰嚢《いんのう》も調べた。肥大し、弛緩《しかん》し、陰茎がわずかに突き出ている。病理学者が陰嚢までチェックすることは稀《まれ》である。ヒギンズは徹底していた。

三人は一時間以上に及んで奮闘すると、続いて死体をうつ伏せにし、同様の検査を繰り返した。ヒギンズが死体の写真を撮った。当面、口をひらく者はなく、クラリネットの穏やかな旋律とバイオリンの華やかな調べ、冷却器などの機器類の低い唸《うな》りが耳に届くだけだった。ホルマリンのにおいが鼻につくものの、少なくとも腐臭はせず、それがアンナにとっては救いだった。ヒギンズは爪《つめ》が裂けたり引きちぎられていないか――故人は襲撃者と格闘したのか？――を確認すると、それを削り、削り屑《くず》を白い小さな封筒に入れた。

「わたしの知る限り、表皮に異常な点はありません」監察医は断定した。

アンナは失望したが、驚きはしなかった。「毒物が口から摂取された可能性も考えられます」

「でしたら、毒物検査をすればはっきりするでしょう」

「おそらく無理です」彼女は言った。「体液が残ってないはずです」

「多少、残っているかもしれませんよ」ヒギンズが言った。幸運であればの話である。通常、死体安置所が死体を保管する際、体液は器官などに残留する微量を除いて完全に抜き取られ、防腐剤と入れ替えられる。メタノール、エタノール、ホルムアルデヒド、染液などである。それらは毒薬をはじめとするある種の化合物を分解し、その証跡を消し去ってしまう。もっとも、膀胱《ぼうこう》に尿が残留している可能性はあった。

ヒギンズは肩口から骨盤にかけて、例によってYの字形にメスを入れると、胸腔《きょうこう》に手を伸ばして臓器を取り除き、計量した。これは、死体解剖においてアンナがとりわけぞっとするシーンの一つだった。彼女は〝死〟を扱う仕事をしている。しかし病理学者にだけはなりたいと思わなかった。

真っ青な顔をしていたアルセノールが席を外し、コーヒーを飲みに行った。

「脳や腎臓《じんぞう》や心臓、胆汁なども調べていただけますね？」アンナは念を押した。

ヒギンズは苦々しげに笑みを浮かべた。顔に、〝余計なお世話だ〟と書かれている。

「済みません」彼女は詫《わ》びた。

「間違いなく、動脈硬化症でしょう」ヒギンズが言った。

「それはそうでしょう」アンナは答えた。「故人は年寄りでしたから。この辺りに電話はありますか？」

公衆電話は廊下の先、コーヒーや紅茶やホットチョコレートを売っている自動販売機の隣にあった。販売機の前面には、紙コップに入ったホットチョコレートやコーヒーを撮《うつ》したけばけばしい色彩のポスターが貼《は》られている。購買意欲をそそるつもりなのだろうが、実のところ気分が悪くなり、まったくの逆効果だった。アンナが受話器を取り上げるや、電気メスのモーター音が聞こえてきた。ヒギンズが胸郭の切断に取り掛かったのだろう。

アーサー・ハモンドが早くに出勤することを、アンナは承知していた。バージニアの毒物抑制センターの責任者で、大学で毒物学を教えている学者である。二人はある事件で知り合い、すぐに意気投合した。ハモンドは内向的で、吃音《きつおん》癖を隠すべく一語一語区切るような話し方をし、めったに相手の目を見ない。その一方で、かなり辛辣《しんらつ》なジョークを口にする。暗黒時代にまで遡《さかのぼ》って毒と中毒に関する研究をしており、政府研究所の所員はもとより、どんな法医学者よりも優秀で、かつ、尽力を惜しまない男だった。頭脳明晰《めいせき》であるだけでなく、直感力も備えている。アンナは彼を有料のコンサルタントとして事件に引っ張り込むことが多々あった。

彼女は自宅を出る寸前だったハモンドを捕まえ、事情を説明した。

「どこにいるんだい？」彼は訊いた。

「うーん、ずっと北と言っておきましょう」

ハモンドは彼女の秘密めいた言い方に、楽しそうに鼻を鳴らした。「なるほど。で、犠牲者はどんな人間なんだ?」

「老人です。どうすれば痕跡を残さずに人を殺せるでしょうか?」

喉《のど》の奥でくっと笑う声。「さっそくその老人を解体してみようじゃないか、アンナ。殺さずに済むかもしれないよ」この手のジョークはハモンドの十八番《おはこ》である。

「塩化カリウムの大丸薬はどうです?」アンナはそう言い、彼の冗談をさりげなく無視した。「心臓を止められるんじゃないでしょうか? 体液中のカリウムの濃度はほとんど変化しないから、気づかれないのでは?」

「点滴はしてたのかい?」ハモンドは訊いた。

「してないと思います。注射針の跡は発見できませんでした」

「だったら、その線は薄いな。非常に面倒なことになる。点滴をしてないなら、静脈に直接塩化カリウムを注入せざるを得ない。相手はそこらじゅうに血を吐きまくる。苦悶《くもん》の跡を残すのは言うまでもないよ」

アンナは小さな革の手帳にメモした。

「急死だったんだろう? それなら、重金属による慢性的な中毒は除外できるな。あれはじわじわと蝕《むしば》まれていくからね。コーヒーを取りに行っていいかい?」

「どうぞ」彼女は思わず微笑《ほほえ》んだ。ハモンドはすっかりこの話題に引き込まれている。彼はすぐに戻って来た。「コーヒーと言えば」と口をひらいた。「飲み物や食べ物の中に何か混入されていたのかもしれない。別の物質を注射された可能性もある」

「ですから、注射針の跡はなかったんです。間違いありません。死体は徹底的に調べました」

「25-ゲージの針を使えば、跡は残らない。それに、アルカロイドの可能性は常に捨てきれない」

それが骨格筋弛緩剤やクラリンを意味していることを、アンナは承知していた。「そう思うんですか?」

「六七年か八年に起こった有名な事件を知ってるかい? フロリダの医者が妻をアルカロイドで殺害した罪で有罪になった。わたしは骨格筋弛緩剤が使用されたと睨《にら》んでいる。動けなくなり、呼吸ができなくなる。心拍停止のような症状を起こす。世界中の法医学者たちが惑わされた衝撃的な事件だった」

彼女は再びメモを取った。

「骨格筋弛緩剤は何種類もあり、特性はそれぞれ異なっている。もちろん、老人なら、どれを打ってもいちころだよ。ニトログリセリンを若干多めに使用するだけでも事は足りるがね」

「やはり、舌の裏ですか？」

「普通はね……だけど、口から摂取させることで殺害する、例えば、亜硝酸アルミのアンプルなどもある。いわゆる、ポッパーだ。血管が拡張し、血圧が急降下する。やがて卒倒し、そのままあの世行きだ」

アンナは熱心に書き留めた。

「カンタリデスの可能性も考えられるな」彼は嬉々《きき》とした声で続けた。「大量に服用すると死ぬ。俗に言う催淫剤《さいいんざい》だよ」

「八十七歳の老人ですよ」

「だからこそ、媚薬《びやく》が必要だったのかもしれない」

「そうとは思えませんが」

「タバコは吸う人間だったのかい？」

「まだなんとも言えませんが、肺を調べればわかるでしょう。どうしてです？」

「ちょうど面白い事例をテーマにしていたんでね。南アフリカで起きた事件なんだが、老人たちがニコチンで殺害されたんだよ」

「ニコチン？」

「大量に投与する必要はない」

「どうやって？」

「ニコチンは液状の物質だ。苦みがあるが、ごまかせる。注射も可能だ。数分で死ぬよ」

「喫煙者なら判別がつかない、そういうことですね？」

「きみを一つ利口にしてやろう。わたしはその点について考えた。すべては、血液中におけるニコチン量とその代謝産物量との比率という問題に帰結する。摂取されたニコチンはやがて変化して――」

「知ってます」

「喫煙者の場合、純粋なニコチンよりも代謝産物の占める割合のほうがはるかに大きい。急性の中毒なら、まったく逆の現象が見られるだろう」

「毒物検査からそのようなことがわかるでしょうか？」

「通常の毒物検査は、薬物乱用の痕跡を見つけ出すよう設定されている。つまり、アヘン剤、合成アヘン剤、モルヒネ、LSD、ダーボン、PCP、アンフェタミン、それに、ベンゾジアゼピン――いわゆるベイリウム――やバルビツール酸、といった物質のね。三環式抗鬱剤《こううつざい》まで検査範囲を広げる場合もある。毒物の対象範囲を最大限に拡大した検査方法をお勧めするよ。抱水クロラールや昔ながらの睡眠薬であるエスクリビノールには、それ専用の検査が必要だからね。フェンタニルも、通常の検査では非常に見つけにくい。殺虫剤の成分である有機リン酸化合物や、馬に使用する抗炎症剤のDMSOもしかりだ。徹底した検査をすれば、自《おの》ずと結果はでるさ。おそらく、GC・Mass分析法を使うと思う」

「初めて聞く名です。どんな方法なんです？」

「ガスクロマトグラフィー質量分析法。金に物を言わせた検査法だよ。いったい、きみはどこの片田舎にいるんだい？」

「都市ですよ。正直言って、カナダですけどね」

「ほう、RCMPなら大丈夫だ。彼らの科学捜査研究所は我が国のそれよりもはるかに優れている。でも、わたしの名前を出してはいけない。毒物学の既成概念に捕われない検査を、彼ら自身の裁量で行なわせることが肝心だ。死体には防腐処置が施されていると言ってたね？　防腐剤を抽出し、成分分析をしてもらいなさい。毒物検査は、体液、組織、髪の毛に至るまで徹底的に行なってもらうこと。プロテインの中には脂溶性のものもある。コカインは心臓組織に蓄積することを肝に銘じておくように。それに、肝臓は〝スポンジ〟だ」

「それらの検査をすべて行なうとして、どのくらいの期間を要します？」

「数週間、いや、数ヶ月かな」

「嘘《うそ》でしょう？」漲《みなぎ》りはじめていた気力が不意に萎《な》えた。アンナは意気消沈した。

「本当だ。でも一方で、すぐに幸運に出くわす可能性もある。数ヶ月かかるかもしれないし、一日で済むかもしれない。しかし、見つけ出そうとしている毒の種類がはっきりしない以上、それを発見できる可能性はきわめて低いがね」

「この男が自然死である証拠が山ほど発見されましたよ」アンナが死体安置所に戻るや、ヒギンズが口をひらいた。「不整脈だったようです。もちろん、動脈硬化の跡も見受けられました。要するに、心臓麻痺《まひ》で死んだんです」

メールホットの顔の皮膚は、頭のてっぺんからゴムマスクのように引き剝《は》がされていた。頭頂部がひらかれ、ピンク色の脳の襞《ひだ》が見える。アンナは吐き気を催した。重量計に肺が載っている。「重さはどれぐらいでした？」彼女は指さしながら訊《き》いた。

待ってましたとばかりに、ヒギンズは微笑んだ。「軽かったですよ。二百四十グラムです。鬱血の跡は見られませんでした」

「つまり、即死だった。中枢《ちゆうすう》神経系の抑制薬が使用された可能性は除外できますね」

「今も言ったとおり、心臓麻痺だと思いますよ」ヒギンズは苛《いら》ついているようだった。

手帳に目を通しながら、アンナは毒物検査から導き出したい事柄を話した。監察医は信じられないといった様子で目を丸くした。「コストがいくらかかるかおわかりですか？」

彼女は大きく息をついた。「もちろん、費用はアメリカ政府が持ちます。故人を徹底的に調べる必要があるんです。この機会を逃したら、二度と手掛かりは掴《つか》めないでしょう。そこで、一つお願いしなければなりません」

ヒギンズは彼女をじっと見つめた。困惑しているのは明らかだった。

「死体の表皮を引き剝がして下さい」

「冗談でしょう？」

「本気です」

「ナヴァロ捜査官、未亡人が棺《ひつぎ》の蓋《ふた》をひらいた葬式を望んでいるのをお忘れですか？」

「弔問客が目にするのは顔と手だけですよね？」死体の表皮を引き剝がすとは、再縫合に支障を来《きた》さない程度の厚さで皮膚を切り取ることを意味している。これにより、皮下層を調べることが可能になる。時に、注射針の跡を発見する決め手となる方法だった。

「あなたが口を噤《つぐ》んでいる限りはわからないはずです」彼女は続けた。「それに、わたしはアメリカ司法省の命を受けてここを訪れました」

ヒギンズの顔が真っ赤に染まった。彼は死体に向かって踵《きびす》を返すと、いささか乱暴な手つきでメスを取り上げ、皮膚を取り除きはじめた。

アンナは目眩《めまい》を感じた。再び、吐き気がこみ上げてくる。部屋を離れて廊下に出ると、トイレを探した。コーヒーの入った大きな紙コップを手にして、ロン・アルセノールが近づいてくる。「まだ、切り刻んでるんですか？」と軽口を叩《たた》いた。調子を取り戻したらしい。

「それどころじゃありません。皮膚を引き剝がしている最中です」

「あなたも耐えきれなくなったんですね？」

「ちょっと化粧室を借りようかと」

彼は訝《いぶか》しげな顔をしていた。「まだ、幸運には出くわしていないのでしょう？」

アンナはかぶりを振り、眉《まゆ》をしかめた。

アルセノールもかぶりを振った。「あなたがたアメリカ人は年長者を敬う気がないようですね？」

「すぐに戻ります」彼女は冷ややかに言った。

洗面所の冷水を顔に浴びせてから、アンナはペーパータオルがないことを知った。あるのは故障したハンドドライヤーだけだった。彼女は毒づき、個室へ入った。トイレットペーパーを手繰り寄せ、ティッシュ代わりに頰を拭《ぬぐ》う。顔のあちこちに白い紙屑《かみくず》が残った。鏡を覗《のぞ》くと、目の下に隈《くま》ができている。トイレットペーパーの切れ端を払い取り、化粧をし直すと、気分一新、アルセノールのところへ戻った。

「監察医が呼んでますよ」アルセノールは興奮気味に言った。

三インチ四方の黄ばんだ皮膚の断片を、ヒギンズはトロフィーを掲げるように持ち上げた。「わたしが担当だったのも、あなたには幸運なことでした」と口をひらいた。「こっちは死体安置所の責任者に大目玉を喰らうことになりそうですが、メイクを厚くすれば、縫い目は隠せるでしょう」

「どの箇所だったんですか？」彼女は胸を躍らせながら訊いた。

「手の甲です。親指の付け根の外転筋です。これを見て下さい」

アンナは顔を近づけたものの、何も見つけられなかった。ヒギンズがテーブルから拡大鏡を引き寄せた。「ほら、赤紫色の小さな発赤が見えるでしょう？　半インチぐらいの長さで、炎みたいな形をしたやつが？」

「ええ」

「それが針の跡です。言っておきますが、そんな場所に注射を打つ医者や看護婦は絶対にいません。あなたの粘り勝ちですよ」

第十章

ニューヨーク、ベッドフォード

マックス・ハートマンは書斎にある背凭《せもた》れの長い革張りの椅子《いす》に座っていた。普段は応接間として使用している部屋である。相手が自分の息子であるにもかかわらず、どうして父が防護壁とも言える革張りの大きなマホガニーの机の後ろに身を置いたのか、ベンには不思議だった。

背の高い椅子の中で、かつて大きく力強かった老人は、貧相で萎《しな》びて見えた。ベンは机の向かいの革張りの椅子に腰を下ろした。

「電話の口調では、わたしに話したいことがあるように聞こえたが」マックスが口をひらいた。

彼は英米折衷の上品なアクセントで話す。意識の奥底に沈められたドイツ語の名残はほとんど窺《うかが》えない。アメリカに渡るや、スピーチやイントネーションの特訓をしたのだ。まるで自分の過去を消し去りたいかのように。

ベンは父の顔を見つめ、その男を推し量ろうとした。あんたは俺にとって常に謎《なぞ》だった。はるか彼方《かなた》にいる、怖《おそ》ろしく、底知れない人間だった。「うん」と彼は答えた。

マックス・ハートマンに初めて会う者は、染《し》みの浮き出た禿頭《とくとう》とふくよかな耳にまず目を止めるだろう。ぱっちりとした潤《うる》みがちな瞳《ひとみ》はべっこう縁眼鏡の分厚いレンズの奥で異様に大きく見える。顎《あご》が突き出し、鼻腔《びこう》は悪臭を嗅《か》いでいるように膨らんでいた。しかし、歳月が刻み込まれたその容貌《ようぼう》にもかかわらず、かつてこの男が際《きわ》だってハンサムだったことに疑問の余地はなかった。

いつものように、老人はロンドンのサビル通りで誂《あつら》えたスーツを着ていた。今日は、光沢のあるチャコールグレーのそれで、胸ポケットにイニシャルを刻んだパリッとした白のワイシャツにブルーとゴールドの畝織《うねお》りのネクタイ、そして、金のカフリンクスという出《い》で立ちだった。日曜の午前十時、マックスは理事会に出席するために正装していた。

三つ子の魂百までとはよく言ったものだと、ベンはつくづく思った。今のように、父が弱く年老いて見えることがある一方で、子供時代のおどおどした双眼を通じて、近寄り難い強大な存在としてしか目に映らないときもあるのだ。

実のところ、ベンとピーターは常に父を怖れていた。父のそばでは多少なりともびくびくしていたものである。いや、マックス・ハートマンの前では皆そうなのだ。息子もその例外ではなかった。マックスの息子であること、つまり、彼を愛し、理解し、彼から思いやりを感じ取るのは容易なことではない。それは異国の言語を修得することにも似ていた。ピーターがものにできなかった、いや、学ぶ気すらなかった異国の言語を修得することに。

不意に、マックスの過去を暴露した際にピーターの見せた鬼のような形相が、ベンの脳裏を掠《かす》めた。その顔が消え去るや、弟との思い出がどっと押し寄せてくる。喉《のど》が締めつけられ、涙がこみ上げてきた。

思い出すな、ベンは自分に言い聞かせた。ピーターのことは考えるな。そう、ここでは、二人で隠れんぼうをし、喧嘩《けんか》をし、真夜中にひそひそ話をし、叫んだり、笑ったり、泣いたりしたこの家では。

ピーターは死んだ。今は彼のためにも気をしっかりと持たなければならない。

ベンはどう話を切り出していいのかわからなかった。バーゼルからの機上で、父への対し方を予行演習したものの、今や、口にしようと考えていたことはすべて忘れてしまった。ピーターのことだけは――彼と再会したこと、彼が殺害されたことだけは言わないつもりだった。どうして？　今さらこの老人を苦しめなくてもいいではないか？　マックス・ハートマンが知る限り、ピーターは数年前に死んでいるのだ。ピーターが本当に死んだ今、真実を語る必要はないではないか？

いずれにせよ、立ち向かうという姿勢はベンの流儀ではなかった。父はビジネスの話をし、ベンが担当している顧客に関して尋ねてきた。相変わらず食えない男である。話題を変えようとしたものの、〝ところで、こんなこと言うのもなんだけど、親父《おやじ》はナチだったのかい？〟などとさりげなく口にできるはずもなかった。

ついに、ベンは鎌《かま》をかけた。「スイスに滞在していたせいか、自分が何も知らないことに気づかされたよ。親父がドイツにいた頃の話についてね……」

分厚いレンズの奥で、父の目がさらに大きくなった。老人は身を乗り出した。「今さら、どうして家族の歴史なんかに興味を持ったんだ？」

「実際、スイスにいたからだと思う。それでピーターを思い起こした。あいつが死んで以来、あの地を訪れたのは初めてだった」

父は手元に目を落とした。「おまえも知ってのとおり、わたしは過去を省みない。絶対にな。後ろではなく、前だけを見ている」

「でも、親父がダッハウにいた頃の話を――ぼくは一度も聞いたことがない」

「話すことがないからだ。わたしはあそこに連れていかれ、幸運にも生き残り、一九四五年の四月二十九日に自由の身となった。その日付を忘れることはないだろう。だが、あそこで暮らしたそれ以前の半生を思い出すことはあるまい」

ベンは深呼吸すると、話を押し進める心の準備をした。父との関係が修復不可能なほどに変化しようとしていることを、二人を結びつけている見えない糸が引きちぎられようとしていることを、充分に意識していた。「でも、連合国によって解放された被収容者のリストに、親父の名前はなかった」

はったりだった。父の反応を見たかったのだ。

マックスはしばしベンを見つめると、驚いたことに、微笑《ほほえ》んだ。「史料を鵜呑《うの》みにしちゃいけない。あれは混乱の真っただ中で作成されたリストだ。間違って綴《つづ》られている名前もあれば、書き落とされた名前もある。アメリカ陸軍の軍曹が作ったリストにわたしの名前が載っていなかったところで、どうということはないさ」

「だけど、親父はダッハウにいなかったんじゃないのかい？」ベンは静かに訊《き》いた。

マックスはゆっくりと椅子を回転させ、ベンに背を向けた。父の声は甲高く、遠くから聞こえてきたようだった。「まったくおかしなことを言う奴《やつ》だ」

ベンの胃が締めつけられた。「でも、本当なんだろう？」

父はくるりと前に向き直った。その顔つきは虚《うつ》ろだったものの、肉の薄い頰に赤みが差していた。「ホロコーストを否定して憚《はばか》らない人間たちがいる。いわゆる歴史家や作家と言われる連中――彼らが、すべてはまやかしだった、陰謀だったと謳《うた》った本や記事を書いている。ユダヤ人の大量虐殺《ぎゃくさつ》はなかったとな」

ベンの心臓は激しく動悸《どうき》を打っていた。口が乾いている。「親父はナチス親衛隊の将校だった。親父の名前が証書に載っていたよ。秘密の法人の幹部たちの名が記された証書にね。親父は経理担当者だった」

やがて、父は蚊の泣くような声で言った。「そんな話を聞く耳は持っていない」

「事実なんだろう？」

「おまえは自分が何を話しているのかわかってないんだ」

「親父がダッハウのことを語らない理由さ。語れないのは、あれがすべて作り話だったからだ。親父はそこにいなかった。親父はナチだったんだ」

「よくもそんなことが言えたもんだな」老人はざらついた声で言った。「そんな話をどうして信じられるんだ？　なんたる侮辱だ」

「その証書はスイスにあった。会社の定款《ていかん》だよ。すべての真実がそこに記されていた」

マックス・ハートマンの目がきらりと光った。「誰かがおまえに偽《にせ》の証書を見せて、わたしに対して不信を抱かせようとしたんだ。そして、ベンジャミン、おまえはそれを信じた。実際に問題にすべきは、おまえがそれを信じた理由だ」

ベンは、自分を中心にゆっくりと部屋が回転しているような錯覚に捕われた。「ピーターが教えてくれたからだ！」彼は声を張り上げた。「二日前にスイスで。あいつが証書を発見した。事実を暴《あば》き出した。ピーターは親父が何をしてきたか知っていたんだ。そして、家族を守ろうとした」

「ピーター――？」マックスは息を呑んだ。

父は凄《すさ》まじい形相をしていたものの、ベンは引かなかった。

「あいつはその会社と親父の正体について話してくれた。話している最中に撃ち殺された」

マックス・ハートマンの顔から血の気が引いた。机の上に置かれていた節くれ立った手が震えていた。

「ピーターはぼくの目の前で殺された」ベンはそう言うと、吐き捨てるように続けた。「ぼくの弟であんたの息子——彼はあんたたちの犠牲者の一人だ」

「嘘《うそ》だ！」父は叫んだ。

「嘘じゃない」ベンは言った。「真実だ。あんたがぼくたちの生活から隔離してきたものだ」

不意に、マックスの口調が変わった。冷ややかで押し殺したような声音だった。「おまえは、どう考えたところで理解できないことを話している」いったん言葉を止めた。「この話はこれでおしまいだ」

「ぼくはあんたが何者なのかを理解している」ベンは言い返した。「それを考えると反《へ》吐《ど》が出そうだ」

「立ち去れ」マックス・ハートマンは声を荒らげると、震える腕でドアを指した。過去とはいえそれほど遠くない過去に、まさにその腕がナチス親衛隊として敬礼のポーズをとっている像をベンは思い描いた。そう、それほど遠くない過去に。そして、ある作家がしばしば引用している言葉を思い出した——〃過去は消え去らない。いや、それは過去ですらない〃

「出て行け！」父は絶叫した。「二度とこの家に足を踏み入れるな！」

ワシントンDC

ノバスコシアからのエア・カナダ便は、午後遅くにレーガン国際空港に到着した。アンナの住むアダムス－モーガンアパートの前にタクシーが止まったときには、時刻は六時を回り、すでに日は落ちていた。

アンナは自分のアパートに戻るのを常に楽しみにしている。そこは彼女の聖域だった。思いのままに振る舞える唯一《ゆいいつ》の場所。治安の良くない地域にある二部屋の小さなアパートだが、彼女にとっては理想郷だった。

彼女がエレベーターから降りようとするや、隣人のトム・バートンが乗り込んできた。トムとその妻のダニエルはともに弁護士で、どちらもやや大げさでお節介が過ぎるきらいがあるものの、感じの良い夫婦だった。「やあ、アンナ、今日きみの弟に会ったよ」彼は話しかけてきた。「買い物に行くところだったみたいだ。いい青年じゃないか」隣人の背中で、エレベーターのドアが閉じた。

弟？

彼女に弟はいなかった。

自室のドアの前で、アンナはしばし待機し、動悸を静めようとした。政府の支給品である九ミリのシグ・ザウアーを取り出すと、一方の手に握り、もう一方の手で鍵《かぎ》を回した。部屋の中は真っ暗だった。駆け出しの頃に施されたトレーニングを思い起こしながら、彼女は基本的なE&S（回避・捜索）の体勢を取った。壁に背を張りつけて銃を構え、直角に交わっている壁に移動する、このプロセスを繰り返すのである。フィールドエージェント用の戦術の一つとして仕込まれたものだが、まさか、聖域たるアパートの自室でそれを実行するとは夢にも思っていなかった。

後ろ手にドアを閉じた。室内は静まり返っている。

しかし、何かが変だ。かすかに漂うタバコのにおい。違和感の正体はそれだった。かろうじて嗅ぎ取れるほどなので、実際にこの部屋で喫煙したとは思えない。スモーカーの服に染みついた煙のにおいに違いなかった。

そう、この部屋にいた何者かの。

街灯から届く薄明かりの中で、彼女はもう一つの異変を目にした。ファイルを収納してあるキャビネットの抽斗《ひきだし》がわずかにひらいている。きちんと閉じておくのが習慣だった。何者かが彼女の所持品を物色したのだ。

背筋が凍りついた。

バスルームから風が入ってきた。窓が開いている。

音がした。かすかだが、充分に聞き取れる音。ゴム底のシューズがバスルームのタイルを擦《こす》る音だ。

　侵入者はまだこの部屋にいる。

　アンナは玄関の明かりをつけるや、身をかがめ、両手でしっかりと銃を構えた。シグのショートトリガーを所持していたのは幸いだった。スタンダードモデルよりも彼女の手にフィットするのだ。侵入者は姿を現さないものの、室内は狭く、動ける範囲は限られている。アンナは腰を伸ばし、基本戦術に従って——壁と一体化しろ、とE&Sの指導教官はよく口にしたものである——、ベッドルームのほうへ移動した。

　空気の動く気配を感じたとたん、どこからともなく繰り出された強烈な蹴《け》りが手を襲い、銃をはじき飛ばした。侵入者はどこにいるのか？　簞笥《たんす》の裏か？　キャビネットの蔭《かげ》か？　銃が居間の床に叩《たた》きつけられるガチャンという音がした。なんとしても取り戻さねばならない。

　不意に、二発目の蹴りが飛んできた。アンナは後ろによろめき、ベッドルームのドアに背中をぶつけ、尻餅《しりもち》をついた。男が数歩後退するや、彼女は息を呑んだ。

　男？　いや、男とは呼び難かった。まだ骨格の出来上がっていない痩《や》せ形の人間。その力強さ——ぴっちりした黒いTシャツの下で筋肉が盛り上がっている——にもかかわらず、外見はせいぜい十七歳といったところである。合点がいかなかった。

　彼女は慎重に身を起こすと、黄褐色のソファのほうへじりじりと移動しはじめた。そのプリーツの入った縁から、シグ・ザウアーのブルーグレーの床尾《しょうび》が突き出ている。

「この近辺じゃ、押し込みは日常茶飯事らしいね？」侵入者は皮肉たっぷりに言った。艶《つや》のある短い黒髪、最近になってやっと髭《ひげ》が生えてきたと思われる肌、顔は小さく、整っている。「統計を見て呆《あき》れたよ」ワシントンの南東部をうろついているそこら辺の非行少年の言葉ではなかった。この国を母国とする人間でもないようだ。アクセントにアイルランド語の訛《なま》りが窺《うかが》えた。

「ここには金目の物はないわ」アンナは冷静な口調で話そうとした。「あなたもうわかっているでしょう？　これ以上トラブルを起こすのはお互い損よ」蹴られた手が依然として痺《しび》れている。侵入者から目を逸《そ》らさずに、また一歩ソファに近づくと、軽い口調を装《よそお》って、付け加えた。「それはそうと、きちんと学校に通ったほうがいいんじゃない？」

「大人は子供の勉強するところへは行けないよ」彼は楽しそうに答えた。そして突然、回し蹴りを放った。アンナはふらつき、小さな木の箪笥に背中を打ちつけた。間髪を入れずに、鳩尾《みぞおち》に拳《こぶし》が叩き込まれ、激しく喘《あえ》いだ。

「知ってるかい？」と彼は続けた。「撃ち殺されるのは得てして銃の持ち主のほうなんだぜ。心得ておかなきゃならないもう一つの統計さ。用心するに越したことはない」

少年が強盗でないのは明らかだった。話しぶりからして、強盗のそれとは違う。だが、何を狙《ねら》っているのか？　アンナはしばしきつく目を閉じると、まばらに家具が据えられた室内にある所持品を思い浮かべた。わずかな家財道具、服、照明器具、加湿器……M26。そうだ、M26を見つけ出さねば！　侵入者が部屋中をくまなく物色したのは間違いない。だがM26は、それを知っている者でなければどういう機能を持つものなのか見当のつかない代物《しろもの》。「お金を渡すわ」彼女はそう叫ぶや、箪笥に駆け寄り、抽斗を開けた。「お金をあげるから待ってて」と繰り返した。あの装置はどこへしまったか？　まだ動くだろうか？　少なくとも二年は使っていない。中央の大きな抽斗の中、小切手帳を保管してある赤い厚紙の箱の隣に、それはあった。「ほら」と彼女は言った。「これよ」

アンナは少年に向き直るや、M26テーザー銃をしっかりと握りしめた。スイッチを押すと同時に、充電が満タンであることを示す甲高い機械音が鳴った。

「いい、よく聞きなさい」彼女は言った。「これはM26テーザー銃、最も強力なスタンガンよ。さあ、出ていって。さもなきゃ、これを使うわ。あなたがどんな格闘技をやっていようと関係ない。二万五千ボルトの電圧で全身麻痺《まひ》よ」

侵入者は表情を変えなかったものの、後退《あとずさ》り、バスルームへ逃げ込んだ。

スタンガンが作動するや、接触器からカートリッジが発射される。電流の流れる二本の導線の先端には四分の一インチほどの矢が付いている。矢先の電圧は、当面相手の体を麻痺させるに充分な量で、場合によっては失神させることすらある。

アンナは侵入者を追った。相手は未熟者《アマチュア》だった。狭い空間へ逃げるのは自分で自分の首を絞めるようなものである。彼女は万全を期して、テーザー銃の電圧を最大にした。相手の中で、M26は唸《うな》り、ぱちぱちと音をたてた。電極の間で青白い電弧が揺れている。腹部を狙うつもりだった。

突然、意外な音が聞こえた。蛇口から勢い良く水の流れ出す音。いったい敵は何を考えているのか？　彼女はバスルームに飛び込むや、テーザー銃を構えた。と、侵入者が両手で何かを掴《つか》み、こちらに身を翻《ひるがえ》した。相手の反撃に気づいたときには遅すぎた。その手にはシャワーの柄が握られており、迸《ほとばし》る水が、普通の状況なら武器にはならないだろう水が彼女を襲った。とっさにM26を落としたものの、あとの祭りだった。青白い電光が水びたしの上半身を駆けめぐる。筋肉が痙攣《けいれん》し、彼女は床に倒れた。朦朧《もうろう》とした意識の中で、倒れた際の痛みだけが知覚できた。

「楽しかったよ」少年は抑揚のない声で言った。「でも、もう時間がない。また会おう」芝居がかった態度でウィンクした。

バスルームの窓によじ登り、避難梯子《ばしご》へ消え去る少年の姿を、アンナはただ黙って見ているしかなかった。

警察を呼ぶ前に、部屋から何も紛失していないことをアンナは確認した。だが、彼女に答えられるのはそれだけだった。警官たちは型どおりの質問をすると、事件を家宅侵入、あるいは強盗未遂として取り扱うことを話し合っている。しかし議論はそこから先へは進まなかった。室内は捜索されるだろう——彼らはアンナが政府の職員であることを知り、彼女の話を真面目《まじめ》に受け取っていた。しかし、数時間は掛かるはずである。その間、どうしていよう?

アンナは腕時計に目をやった。午後八時。デビッド・デニーンの自宅に電話した。「申し訳ないけど」と彼女は言った。「お邪魔していいかしら? わたしの部屋が犯行現場になったのよ」

「犯行……まさか!」デニーンは言った。「いったい何があったんです?」

「あとで話すわ。突然こんなお願いしちゃってごめんなさいね」

「まだ何も食べてないんでしょう? すぐに来て下さい。三人で食べましょう」

デビッドとレーモンはデュポンサークル近郊の戦前に建てられたアパートに住んでいた。車で十五分ほどの距離である。大きくはないが、設備の整った建物で、窓は鉛で枠づけされていた。玄関に入るや、唐辛子やアニスやクミンの香ばしい匂《にお》いがアンナの鼻《び》腔《こう》を掠《かす》めた。レーモンがお得意のモレ(訳注 メキシコ風辛口ソース)を作っているのだろう。

三年前、デニーンはアンナの部下だった。頭の回転が早く、勤勉な男で、いくつか大仕事もやってのけた。ホワイトハウスの特別補佐官を尾行してカタールの大使館に辿《たど》り着き、巨大な汚職捜査の手掛かりを摑《つか》んだのはその一つである。アンナは彼の人事考課表に絶賛の言葉を書き綴《つづ》った。だが、アーリス・デュプリーが捜査チームの責任者として〝適性〟評価を書き加えた。間接的な言い回しではあるが、致命的な内容だった——デニーンは〝国家公務員の器ではない。ＯＳＩの捜査官に求められる〝忍耐力〟に欠け、〝弱腰〟で、〝頼りがいがなく〟、〝軽はずみ〟な行動が目につく。〝態度に難あり〟——まったくの戯言《たわごと》である。理不尽な敵意と偏見が裏に隠された官僚的な評価だった。

アンナはデビッドともレーモンとも親しかった。コネティカット通りのクレイマーブックスに立ち寄った際、彼らがいっしょに買い物しているところへ出くわし、二人の関係を知った。レーモンは無邪気な顔に屈託のない笑みを浮かべた小柄な男で、浅黒い肌に覗《のぞ》く白い歯が印象的だった。老人や身体障害者への食事宅配サービスに携わる地方自治体の管理職に就いている。アンナとレーモンはすぐに打ち解けた。彼はその場のなりゆきでアンナを夕食に招待すると言い出し、彼女は承知した。レーモンが作った絶品のパエリヤと、仕事の話題を抜きにした気楽な会話や楽しいジョークが、夢のような一時《ひととき》をもたらしてくれた。彼らの気の置けない関係がアンナには羨《うらや》ましかった。

四角い顎《あご》と砂色の髪を持つデビッドは背が高く男っぽい二枚目で、その彼にアンナがどういう印象を抱いているのかレーモンは察していた。「あなたが何を考えているのかわかってますよ」デビッドが部屋の向こうで飲み物の準備をしている際に、レーモンは彼女の耳元で囁《ささや》いた。「〝もったいないわ〟でしょう？」

アンナは吹き出した。「当たらずとも遠からず、だわ」

「女性なら誰でもそう思うでしょう」レーモンはにやりと笑った。「でもね、ぼくたちはお似合いなんですよ」

数週間後、アンナはデビッドと昼食を取りながら、彼がE-3等級から昇進しなかった理由を説明した。組織図上、彼はアンナの直属の部下だが、アンナ自身はデュプリーの直属の部下なのだ。「わたしに何かできることはない？」彼女は訊《き》いた。

デニーンは静かに答えた。気遣っている彼女のほうが頭に血が上っていたようだった。「そのことで騒ぎ立てたくはありません。自分の仕事がしたいだけです」彼はそこで言葉を止めると、アンナを見つめた。「本音ですか？　そう、デュプリーの下では働きたくありません。ぼくは諜報《ちょうほう》や戦略の部門にも関心を持っています。もちろん、E-3にすぎないので、根回しはできません。ですが、あなたになら可能かもしれない」

アンナは陰で糸を引いた。それはデュプリーを敬遠して事を進めることを意味しており、OSIの管理者たちにとっては好ましいことではなかった。だが、策略は功を奏し、デニーンはその恩を今でも忘れていない。

今、彼女はアパートの自室で起こった出来事をデニーンに詳しく語っていた。レーモンの手によるモレを添えたチキンと口当たりの良いリオハワインのおかげで、緊張感がほぐれていく。気がつくと、〝不良少年にこてんぱんに負かされた〟ことは、ぞっとするようなジョークのネタになっていた。

「あなたは殺されそうになったんですよ」デニーンが重々しい口調で諌《いさ》めた。これが初めてではなかった。

「でも、殺されなかったわ。それが相手の狙いではなかったということよ」

「だったら、何が狙いだったんです？」

アンナはかぶりを振るしかなかった。

「いいですか、アンナ。あなたがその話を口にできないことはわかってますが、今回の事件はＩＣＵでの新たな任務に関係しているんじゃないんですか？　アラン・バートレットは、何年にもわたって多くの秘密を保持してきた。彼があなたをどんな事態に直面させているかは誰にもわからない」

「悪魔は多くを知っている。悪魔だからというよりは老練だからだ」レーモンが呟《つぶや》いた。祖国、ドミニカの諺《ことわざ》である。

「それとも、偶然ですか？」デニーンはなおも訊いた。

アンナはワイングラスを見つめながら肩をすくめ、何も言わなかった。シグマファイルに載っている人間の死に関心を持っている者が他にもいるのか？　今すぐ考えることはできなかったし、考えたくもなかった。

「カルニタスのお代わりを持ってきましょう」レーモンが助け船を出した。

翌朝、M通りのビルに到着するや、アンナはバートレットのオフィスに呼ばれた。

「ノバスコシアでどんなことがわかりましたか？」バートレットが訊いた。今回は、儀礼的な前置きには時間を費やさなかった。

アンナは、アパートで侵入者に襲われた一件は話さないことに決めていた。それが今回の捜査と繫《つな》がりを持っていると考える理由がなかったからだ。それに、おぼろげながらも、その話が自分に対するバートレットの信用を揺るがすのではないかという危惧《きぐ》があった。彼女は当面の問題に関連のある事柄を、すなわち、老人の手に残されていた注射針の跡に関する話をした。

バートレットはゆっくりとうなずいた。「で、使用された毒の種類は？」

「まだ毒物検査の結果が出ていません。時間がかかります。毎度のことですわ。何か発見され次第、電話が来ることになってます。見つからなければ、検査を繰り返すまでです」

「あなたはメールホットが毒殺されたと信じ込んでいるようだ」やきもきした口振りだった。これが良い知らせなのか悪い知らせなのか定かでないようである。

「ええ」彼女は答えた。「それに、お金の問題があります。半年前、その男の銀行口座に百万ドルが振り込まれていました」

バートレットは眉《まゆ》をひそめた。「どこから？」

「わかりません。ケイマン諸島の口座から振り替えられていました。その先の足取りは摑《つか》めていません。ロンダリングされたようです」

バートレットは困惑した様子で口を閉ざしている。

アンナは続けた。「そこで、口座の記録を十年以上前に遡《さかのぼ》って調べてみました。なんと、同じことが繰り返されていました。毎年、メールホットの口座には大金が振り込まれていたのです。総額は着実に増えつづけていました」

「共同事業でもやっていたのでは？」

「奥さんの話によると、偉大な雇い主からの報酬だそうです」

「随分と気前のいい雇い主だ」

「大金持ちです。しかも、死んでいる人間です。老人は生涯の大半を、裕福な新聞王の個人的なアシスタントとして働いてきました。ボディガードや雑用係として、終生下働きをしてきたようです」

「その金持ちとは？」

「チャールズ・ハイスミスです」アンナはバートレットの反応に目を凝らした。彼はそつけなくうなずいた。すでに知っていたのだろう。

「もちろん、問題は、なぜ海外から送金されたのかということだ」彼は言った。「どうしてハイスミスの口座から直接振り込まれなかったのだろう？」

アンナは肩をすくめた。「それは数ある疑問の一つにすぎません。金の流れを辿り、それが実際にチャールズ・ハイスミスの懐《ふところ》から出たものかどうかがわかれば、答えは導き出せるでしょう。以前、ロンダリングされたドラッグマネーに関する捜査に携わったことがあります。決して、楽観しているわけではありませんが」

バートレットはうなずいた。「未亡人に関しては……？」

「見込みはありません。何か隠しているのかもしれませんが、わたしが判断する限り、ご亭主の仕事についてはあまり知らないようです。夫は妄想に捕われていたと考えていましたし、彼はハイスミスの死を事故ではないと信じている一人だったそうです」

「ほう？」皮肉めいた口調だった。

「あなたもその一人じゃないのですか？　あなたはハイスミスとメールホットの関係をご存じだったに違いない。彼の名前もシグマファイルに載っていたのですか？」

「それはたいしたことではありませんよ」

「失礼ですが、わたしに任せた以上、包み隠さず話して下さい。わたしの報告の大半が、あなたにとっては既知の事柄ではないのかという気がしてなりません」

バートレットはうなずいた。「仰《おっしゃ》るとおり、シグマファイルにはハイスミスの名も載ってました。このケースにおいては、主人と使用人の両方がね。彼はメールホットに絶大な信頼を寄せていたらしい」

「これで二人は切り離せなくなりましたね」アンナは棘《とげ》のある口振りで言った。

「あなたはハリファックスで素晴らしい仕事をした。わたしはあなたが事実を知ることを期待していました。片や、真相に辿り着けなかったほうが良かったのではないかとも思っている。新たな犠牲者が出たようです」

「どこでですか？」

「パラグアイのアスンシオンです」

新たな犠牲者。その言葉にぞっとすると同時に興味を掻《か》き立てられたことを、アンナは認めざるを得なかった。一方で、情報を独断的に扱う〝幽霊〟の姿勢に苛《いら》立《だ》ちと不安をつのらせた。彼女はバートレットの捕えどころのない態度に半ば感服しながら、その顔を見つめていた。この男は何を知っているのか？　何を話していないのか？

そして、それはなぜなのか？

第十一章

スイス、ザンクトガレン州

ベン・ハートマンはこの二日間を移動に費やした。ニューヨークからパリ。パリからストラスブール。ストラスブールでローカル便に乗り継ぎ、ドイツ、スイスとの国境付近にあるミュルーズへ飛んだ。そこから運転手付きの車で、バーゼル‐ミュルーズ空港へ向かった。バーゼルは目と鼻の先だった。

だが、スイスへは渡らず――そこからスイスへ入国するのが自然なのだが――、小型機をチャーターし、リヒテンシュタインへ向かった。エンジニアもパイロットも何も訊《き》かなかった。裕福そうな国際ビジネスマンが、マネーロンダリングのメッカであるリヒテンシュタインに正規のルートを避けて密《ひそ》かに入国しようとしているのはなぜなのか？

〝訊くな〟――それが暗黙の了解事項だった。

リヒテンシュタインに到着したのは夜中の一時。ファドゥーツ郊外の小さなペンションで一夜を明かすと、翌朝、税関吏や入国審査官とトラブルを起こすことなくスイスの国境を越えてくれるパイロットを探した。

リヒテンシュタインにおいて、国際ビジネスマンの華やかな装い《よそお》──キトンのダブルのスーツにエルメスのネクタイ、シャルヴェのシャツ──は、保護色にはなるものの、それ以上のものではなかった。公国は国民《インサイダー》と余所者《アウトサイダー》との間に、提供するに値するものを持つ者と持たざる者との間に、そして、従属する者とそうでない者との間に、明確な一線を引いている。市民権を獲得しようとする外国人は議会と皇族の両方から承認を得なければならないという事実が、その排他的な国柄を象徴していた。

ベン・ハートマンはこのような土地の事情に通じていた。かつては、カインの痣《あざ》のように付いて回る特権階級者の刻印がわずらわしく、困惑を覚えたものである。しかし今、それは駆け引き上の利点に他ならない。ファドゥーツから南に二十キロほどのところに、自家用機やヘリコプターを所有しているビジネスマンがしばしば利用する空港があった。そこで、彼はぶっきらぼうな年輩の地上整備員に話しかけ、自分の要求を曖昧《あいまい》かつ誤解の余地のない言葉で伝えた。男はほとんど口をひらかず、ベンを一瞥《いちべつ》するや、乗客名簿の裏に電話番号を走り書きした。ベンは男にチップをはずんだものの、その番号に電話を掛けると、生気のない声の男に別の仕事が入っているからとの理由で断られた。だが、男はガスパーという友人を紹介してくれ……再び電話を掛けた。ガスパーに会ったときには正午を回っていた。気難しそうな顔をした中年男で、ベンを値踏みしたあげくに、法外な数字を一語一語はっきりと口にした。実際、そのパイロットは、コンピュータに痕跡《こんせき》を残すことなくビジネスマンをスイス国内に運び込むことで贅沢《ぜいたく》な暮らしを送っていた。麻薬の売人やアフリカの権勢家、中東の成金などが、当局の目を盗んで両国の銀行を行き来する。常に斜に構えたその男は、ベンをそういう類《たぐい》の人間だと思い込んだらしい。一時間後、出発の準備をしている途中で、ガスパーはザンクトガレンが嵐《あらし》に見舞われていることを知り、フライトをキャンセルしたがった。しかしさらなる百ドル紙幣が彼に操縦桿《かん》を握らせた。

軽量の双発型プロペラ機は、東アルプス山脈上空の暴風域に差し掛かるや大きく揺れ、むっつりとしたパイロットの舌が滑らかになった。「おれの祖国にはこんな諺《ことわざ》がある。あの世に金は持っていけない……」くすくすと笑った。

「黙って飛んでくれ」ベンはぼんやりとした口調で言った。

これほど念入りに警戒する必要があったのだろうか？　そんな考えがベンの胸中をよぎった。だが、弟を殺害した人間や、ジミー・カバノーフとして知っていた男に俺を殺すよう命じた人間の魔の手がどこまで伸びているのか見当がつかない。やすやすと殺されるわけにはいかなかった。

ザンクトガレンで、ベンは市街へ向かうトラックをヒッチハイクした。市場やレストランへ野菜を配送しに行く農夫が乗っており、困惑した様子で彼を眺めた。ベンは人里離れた場所で車が壊れたと説明した。トラックを降りると、車をレンタルし、メトレンベルクという辺鄙《へんぴ》な農村へ向かった。空の旅と同様、地上の旅も楽ではない。雨が激しく降り注ぎ、フロントガラスは滝のカーテンで覆《おお》われた。ワイパーも役には立たなかった。夕方前だが、すでに暗く、数フィート先を見るのがやっとである。この狭い田舎道が渋滞しているのは、逆にありがたいことだった。

スイス北東部、ボーデン湖からそれほど離れていない、ザンクトガレン州の過疎地《かそち》に入った。瞬間的に雨足が弱まり、道路の片側に農場が広がっているのが見えた。広大な農地に牛や羊が群がっている。畜舎や納屋《なや》、住居までもが、大きな二重の草葺《くさぶ》き屋根の下に収まっていた。軒下には、薪《まき》が幾何学模様を描くように積まれている。

運転しながら、様々な感情がこみ上げてきた。不安が深い悲しみに変わり、悲しみは激しい怒りと化した。車はメトレンベルク村の建物群に差し掛かろうとしていた。雨は小降りになっている。村は中世の武装都市の名残が窺《うかが》えた。昔ながらの穀倉や十六世紀初期のサンタマリア教会がある。絵の中から出てきたような、保存状態のよい石造りの建物群が目に入った。木の切り妻壁と隅棟式の赤い屋根を持っている。村とは呼び難い土地だった。

ピーターの話によると、彼の恋人であるリーズルはこの辺りの小さな病院、北ザンクトガレン地方病院に勤務している。この付近一帯に病院が一軒しかないことはチェック済みだった。

〝ダウンセンター〟のすぐ先に、六〇年代に建てられたと思われる比較的モダンな、しかしいかにも安普請《やすぶしん》の赤煉瓦《あかれんが》の建物があった。病院である。ミグロスのガソリンスタンドに車を停めると、公衆電話から電話を掛けた。

病院の交換手が応じるや、ベンは英語でゆっくりと話した。「小児科の先生に代わってもらえますか？　子供が病気なんです」旅行用のドイツ語を使うのは意味がなかった。どのみち、アメリカ人のアクセントは隠せないのだ。それに、スイス人の交換手は英語を理解できるだろう。

〝小児科医が必要だった〟ので病院はリーズルを雇ったと、ピーターは言った。彼女以外に小児科医がいないという口振りだった。他にもいる可能性はあるが、この病院の規模から察するにそれは考えにくかった。

「救急処置室にお繋《つな》ぎ――」

「いや」ベンは遮った。「結構です。小児科の先生と直接お話ししたいんです。何人かいらっしゃるんですか？」

「一人だけです。ですが、今は勤務時間外です」

一人だけ！　胸の内で、ベンは叫んだ。

「やっぱりそうだ、リーズル何某《なにがし》という女のかたですよね？」

「いえ、リーズルという名のスタッフはこちらにはおりません。小児科医はドクター・マルガレーテ・フブリです。ですが、お話したとおり、今は院内にはおりません。救急処置室に――」

「間違ったようです。それはぼくが聞かされていた名前ではありません。リーズルという名の先生が最近お辞めになったようなことは？」

「いえ、わたしの知る限りは」

万事休すか？

ベンは考えていた。ドクター・フブリがリーズルと顔見知りで、彼女の行き先を知っている可能性がある。ここはリーズルが働いていた病院に違いないのだ。

「ドクター・フブリの電話番号を教えてもらえますか？」

「申し訳ありませんが、自宅の電話番号はお教えできないことになってます。ですが、お子さんをこちらに連れてこられれば――」

「ぼくに連絡をくれるよう伝えてもらうというのは？」

「ええ、構いませんが」

「お手数をお掛けします」彼は公衆電話の番号と偽名を伝えた。

五分後、電話が鳴った。

「ミスター・ピーターズですか？」女の声が英語で訊いた。

「お手数をお掛けして申し訳ありません、ドクター。わたしは友人といっしょにこちらに滞在しているアメリカ人ですが、この村の病院に勤務していたはずの医者と連絡を取ろうとしています。あなたがその医者をご存じではないかと思いまして——リーズルという名前の女性なのですが？」

間があった——かなりの間。「記憶にありませんわ」小児科医は答えた。

リーズルを庇《かば》おうと嘘《うそ》をついているのか？

「本当ですか？」ベンは食い下がった。「その病院にリーズルという小児科医がいたと聞かされました。大至急、彼女と連絡を取らなければならないのです。家族の問題なんです」

「〝家族の問題〟とは？」

ビンゴ！　ドクター・フブリは餌《えさ》に食いついたのだ。

「彼女の……彼女の兄のピーターに関することです」

「彼女の——兄？」小児科医は困惑しているようだった。

「彼女にぼくの名はベンだと伝えて下さい」

再び、長い沈黙。

「あなたは今どちらに？」女は訊いた。

二十分が過ぎようとしたところで、小型の赤いルノーがガソリンスタンドに入ってきた。

泥の跳ねたジーンズとブーツに、たっぷりした深緑色のレインコートを羽織った小柄な女が、ためらいがちに車を降り、ドアを閉じた。ベンを見つけ、近づいてくる。美しい女だと、彼は思った。どういうわけか、そうあって欲しくなかった。レインコートのフードの下に、艶《つや》のある栗色《くりいろ》のショートヘアが覗《のぞ》いている。輝きを帯びたグリーンの瞳《ひとみ》と乳白色の肌を持っていた。しかし、その顔はやつれ、ひきつっている。怯《おび》えているようだった。

「わざわざありがとうございます」ベンは礼を言った。「リーズルを知っていらっしゃるのですね。ぼくは彼女の夫の双子の兄なんです」

女はベンを見つめていた。「ああ」と息を漏らす。「彼とそっくりだわ。まるで……幽霊を見てるみたい」緊張の表情が不意に崩れた。「どうしてなの」女は喘《あえ》ぎ、嗚咽《おえつ》を漏らした。「彼はあんなに用心していたのよ！　何年間も……ずっと……」

ベンは医者を見つめ返した。

「あの晩、彼は戻ってこなかった」女はパニックに陥った様子で続けた。「わたしはずっと起きていた。心配で怖《おそ》ろしくて」両手で顔を覆った。「ディーターがやってきて、何が起こったのか教えてくれた……」

「リーズル」ベンは呟《つぶや》いた。

「ひどすぎるわ！」彼女は泣き叫んだ。「あんなにいい男《ひと》だったのに……心から愛していたのに」

ベンは彼女の肩に手を回すと、きつく抱きしめた。彼の頰にも涙が伝っていた。

パラグアイ、アスンシオン

税関で、半袖《はんそで》のシャツにネクタイ姿、ふっくら顔をしたパラグアイ人の役人にアンナは呼び止められた。髪と顔の色からして、大半のパラグアイ人の例に漏れず、スペイン人とインド人の混血《メスティーソ》のように思われた。

男はアンナをじろりと眺め、スーツケースを指先で叩《たた》き、開けるよう命じた。訛《なま》りのひどい英語で二、三の質問をすると、悔しそうに睨《にら》みつけ、通過するよう身振りした。

彼女は下見をする犯罪者のように人目を憚《はばか》っていた。連邦の規則に従うなら、他国を訪問する捜査員は当国の大使館に届け出をしなければならない。だが、そんなことをするつもりはなかった。秘密が漏れるリスクが大きすぎる。トラブルが生じれば、規約違反者として処罰されるだろう。

混雑した空港ロビーで、公衆電話を見つけた。カード電話の使用法を理解するのに数分かかった。

アーリス・デュプリーからのメッセージが吹き込まれていた。OSIにいつ戻るのか知らせろという内容である。もう一つ、RCMPのアルセノール巡査部長から。毒物検査が終了したらしい。結果については語られていなかった。

オタワのRCMP本部に電話を掛けた。ロン・アルセノールが捕まるまで、まる五分待たされた。

「そちらはどうです、アンナ？」

アルセノールの口調から、答えはわかった。「何も発見されなかったんですね？」

「残念ですが」残念ではないようだった。「こちらに来たのは無駄骨だったらしい」

「そんなことはないでしょう」彼女は落胆を隠そうとした。「注射針の跡は重大な意味を持っています。よろしければ、検査に携わった毒物学者と話したいのですが？」

彼は一瞬ためらった。「結構ですが、何も変わりませんよ」

「気持ちをすっきりさせたいだけです」

「そりゃそうでしょう、構いませんとも」アルセノールはハリファックス署の電話番号を伝えた。

空港は騒がしく雑然としており、電話の声は聞き取りにくかった。

毒物学者はデニス・ウィースという名だった。その声は高く、嗄《しわが》れ、年齢が読み取れない。六十代とも二十代とも思われた。

「依頼された検査は一つ残らず済ませています。加えて他の検査も試みました」彼は自己弁護するように言った。

アンナは相手の容姿を想像した——小柄ではげ頭。「お手数をお掛けしました」

「ご存じでしょうが、莫大《ばくだい》なコストです」

「支払いの準備はできています。でも、一つお訊《き》きしたいのですが、脳血液関門を抜けると、戻ってこない毒素がありますよね？」彼女の毒物コンサルタントであるアーサー・ハモンドが、補足的な話として、そのようなシナリオを示唆《しさ》したのだ。

「ええ」

「髄液を調べない限り、発見できないのでは？」

「見つかるとは思えませんね。可能性はありますが」不満そうな口振りである。彼女の仮説を評価していないらしい。

アンナは待った。相手に話を続けるつもりがないと判断するや、単刀直入に訊いた。

「脊髄穿刺《せんし》はどうでしょう？」

「できません」

「なぜです？」

「第一に、死体に脊髄穿刺は不可能です。水圧がありません。髄液は採取できないでしょう。それに、死体はもうここにはありません」

「埋葬されたのですか?」彼女は唇を嚙《か》んだ。とんでもないわ。

「今日の午後に葬式が行なわれます。死体は葬儀場に運ばれました。埋葬は明朝です」

「ですが、あなたはそこへ行けるのではないですか?」

「物理的には可能ですが、なんのために?」

「眼の、つまり眼球液は、髄液と同じものですよね?」

「ええ」

「採取できるのではありませんか?」

一瞬の沈黙。「でも、そんな指示はされなかった」

「今、したところです」彼女は言った。


スイス、ザンクトガレン州、メトレンベルク

リーズルは黙りこくっていた。頰を伝い落ち、デニムのシャツを湿らせていた涙が乾きはじめている。

もちろん、彼女がリーズルである。ベンにそれがわからないはずはないではないか?

二人は彼女の車の前部座席に腰を下ろしていた。ガソリンスタンドのアスファルトの上に立っているのは目立ちすぎると、落ち着きを取り戻したあとに、彼女が言ったのだ。ベンはピーターのトラックの助手席に座っていたときのことを思い出した。

リーズルはフロントガラスの向こうをまっすぐに見つめていた。車の通り過ぎる音や、トラックの底ごもりのするクラクションが時折耳に届くだけである。

ようやく、彼女は口をひらいた。「ここにいるのは安全じゃないわ」

「手は打ってあるよ」

「わたしといるところを見られたら――」

「ピーターだと思われるさ。きみの旦那の――」

「彼を殺した連中や、彼が死んだことを知っている人間が、わたしの居所を突き止めたとしたら――」

「だとしたら、きみはここにはいない」ベンはあとを引き取った。「死んでるよ」

彼女はしばし口を噤《つぐ》んだ。やがて、唐突に言った。「どうやってここに来たの？」

個人の小型機や車を使い、複雑な経路を辿《たど》ったことを、ベンは詳しく話した。彼女は安心したらしく、納得した様子でうなずいた。

「きみとピーターは常にそんなふうに用心してきたんだろうね」ベンは言った。「弟の死を捏造《ねつぞう》することを思いついたのはきみだと聞かされた。素晴らしいアイディアだよ」

「本当に素晴らしいなら」彼女は辛辣《しんらつ》な口調で言い返した。「彼は見つからなかったわ」

「いや、それはぼくのせいだ。ぼくはスイスに来るべきじゃなかったんだ。そのために奴《やつ》らを引っ張り出してしまった」

「だけど、そんなことわかるはずがないでしょう？　あなたはピーターが生きているとは思ってなかったんだから！」リーズルはベンを振り返った。

彼女の肌は透き通るように白く、栗色の髪はところどころが金色に染められていた。華奢《きやしや》な体つきをし、白い無地のブラウスの下に形の良い小ぶりなバストが窺《うかが》えた。目を見張るばかりに美しい女性だった。

彼女と過ごすために、ピーターがそれ以外の人生をすべて擲《なげう》ったのも不思議ではない。ベンは強い魅力を感じたものの、その感情に押し流されることはなかった。

「本名は使ってないんだね」彼は訊いた。

「もちろんよ。ここにいる友人たちには別の名前を名乗っているわ。法的に改名したの。実際、マルガレーテ・フブリは大叔母の名なのよ。ピーターは、わたしが養っている恋人で、カナダ人の作家だと思われていたわ。彼も偽名を名乗っていた……」

声が小さくなり、彼女は口を閉ざした。再び、フロントガラスの向こうを見つめる。

「彼は常にコンタクトたちと連絡を取っていたわ。信頼していた人たちとね。彼らのことを〝早期警戒システム〟と呼んでいた。数日前、バンホーフ通りで惨劇が起き、ベンジャミン・ハートマンというアメリカ人が警察に連行されたと電話が入った……彼は事態を悟った。わたしは動かないようにと必死に頼んだ。だけど、無駄だった。ピーターは断固として折れなかった！ 選択の余地がないと言ったわ」歪《ゆが》んだ顔に無念の思いが張りついていた。声はむせび泣きと化している。ベンは胸が締めつけられた。

声を詰まらせながら、リーズルは続けた。「彼はあなたを守ろうとした。説得してこの国から出て行かせようとした。自分の身が危険に晒《さら》されようとも、あなたの命を救いたかったのよ。行かないでって、必死に引き留めたわ。跪《ひざまず》いてお願いしたのに」

ベンは彼女の手を取った。「済まない」それ以外になんと言えよう？ 自分の代わりにピーターが死んだことに、言葉もないほどに苦悶《くもん》していると？ 自分のほうが殺されればよかったと？ 自分は彼女よりもずっと以前からピーターを愛していたと？

リーズルは静かに尋ねた。「わたしは彼の遺体を引き取ることすらできないの？」

「ああ、ぼくたち二人ともね」

彼女はごくりと唾《つば》を飲み込んだ。「ピーターはあなたを心の底から愛していたのね」

胸が軋《きし》んだように感じ、ベンはたじろいだ。「あいつとはいつも喧嘩《けんか》ばかりしてたよ。作用と反作用の法則みたいなものだったんだろう。大きさが同じで向きが反対の力を互いに及ぼし合っていたんだ」

「あなたがたは見かけだけじゃなく、中身もそっくりだったのね」

「そんなことはないさ」

「そう言うのは双子だけよ」

「きみはぼくを知らない。性格的に、ぼくらは正反対だった」

「雪片がそれぞれ異なっているという類《たぐい》の話じゃなくって？　それでも、雪片は雪片よ」

ベンは思わず微笑《ほほえ》んだ。「ぼくらは雪片なんていう柄じゃなかった。常に互いにとって悩みの種だったよ」

何かがリーズルの気持ちをかき乱した。彼女はまたもや泣き出し、こみ上げてくる悲しみをぶちまけた。「いったいどうして彼は殺されなきゃならなかったの？　なんのために？　何が目的だったの？　何も話すはずがないのに、そんな愚かじゃないのに！」

ベンは彼女が落ち着くのをじっと待った。「ピーターから証書を見つけたと聞かされた。高名な政治家や実業家二十三名の名前が載っていたらしい。〝兄貴ですら名前を聞いたことのある連中の集まり〟だと言われたよ。スイスに設立された法人の定款《ていかん》だということだったが」

「そうよ」

「それを見たんだね？」

「ええ」

「本物だと思ったかい？」

「わたしが判断する限りは。活字を含めたあらゆる特徴が、それまで見てきた一九四〇年代の史料と合致していたわ」

「今、どこにあるんだい？」

彼女は唇をすぼめた。「チューリヒを離れる前に、ピーターが銀行に口座を開設したの、金庫室を借りるためだと言って。書類を保管するつもりだったみたい。はっきりとはわからないけど、そこに置いてあるんじゃないかしら」

「きみの住んでいるバンガローに隠している可能性は？」

「ないわ」彼女は間髪を入れずに答えた。「あそこに隠してあるものは何もない」

ベンは彼女の反応を頭に焼きつけた。「でも、金庫室の鍵《かぎ》が置いてあるのでは？」

「いいえ」

「口座が彼の名義なら、あの悪賢い連中はその存在に気づくんじゃないだろうか？」

「だから、彼は自分の名で開設しなかった。弁護士の名を使ったのよ」

「誰なのか知っているかい？」

「もちろん。わたしの従兄弟《いとこ》のドクター・マティアス・デッシュナーよ。厳密に言うなら又従兄弟。遠い親戚《しんせき》だから、誰もわたしたち——いえ、わたしとは結びつけない。でも、善良で信頼の置ける人間よ。チューリヒのセント・アンナガス通りにオフィスを構えているわ」

「その人を信用しているんだね」

「ええ、全面的に。ずっと彼を頼ってきたわ。裏切られたことはなかった。これからもないでしょう」

「今の時代の人間が、しかも強大な権力と広大な情報網を持つ連中が、その証書を是が非でも手に入れようとしているなら、非常に重要なものに違いない」不意に、ピーターの額に穿《うが》たれた穴から血の滴《したた》る像《イメージ》が、ベンの頭を占領した。息苦しいほどに胸が締めつけられる。ピーターは邪魔者だったのだろう。だから、殺されたのだ。

「彼らは、自分たちの名前が公《おおやけ》になることを怖《おそ》れているのよ」リーズルが言った。

「しかし、何十年も経《た》った今、彼らの中の誰が生きているんだろう？」

「後継者もいるわ。権力を持つ人間には、権力を持つ跡取りがいる」

「それほど力を持ってない連中だっているはずだ。鎖のどこかに弱い環《わ》があるに違いない」ベンはそこでいったん言葉を止めた。「でも、こんな話は馬鹿《ばか》げている。半世紀前に設立された会社のことを誰かが気に掛けているなんて――まさに狂気の沙汰《さた》だ！」

リーズルは笑った。陽気にではなく苦々しげに。「狂気の沙汰かどうかは相対的な問題じゃないかしら？　今や、あなたの日常で道理に叶《かな》った部分がどれほどあって？」

一週間前まで、彼はハートマン・キャピタルマネジメントの顧客開拓事業部の一員として、日々を過ごしてきた。明るい笑顔を振りまいては上顧客や潜在顧客をもてなしてきたのだ。そこはもはや彼の住む世界ではない。疑うことなく受け入れてきたことの大半は嘘《うそ》で、暴《あば》ける見込みのほとんどない巨大な欺瞞《ぎまん》の一部だった。〈カバノーフは兄貴に宛《あて》がわれた〉とピーターは言った。その法人――シグマグループという名であれ、なんであれ――はいたるところに情報網を張り巡らせているらしい。ピーターの死後、父の会社に戻るよう母があれほどしつこく口にしたのはそのためだったのだろうか？　そこは、危険や脅威や、彼がその一端を目にしたばかりの真実から息子の身を守ってくれる安全な場所だと彼女は信じていたのだろうか？

「このシグマグループについて、ピーターはもっと多くのことを知っていたのかい？　まだ存続しているのかどうかわかっていたんだろうか？」

彼女は忙《せわ》しなく髪を掻《か》き上げた。ブレスレットがじゃらじゃらと音を鳴らす。「具体的なことはほとんどわかってないわ。大部分は推測よ。わたしたちが確信している――いえ、確信していた――のは、謎《なぞ》に包まれた法人と莫大《ばくだい》な私財が存在し、何者かがその起源を消し去ろうとしてるということ。彼らはもちろん、その後継者も非情な輩《やから》で、倫理観のかけらも持ち合わせていない。自分たちとシグマの関係を明らかにし、戦中に交わされた企業間の協定を暴露する証書をピーターが持っていると知るや、連中はためらうことなく彼を抹殺しようとした。あなたやわたしを殺すことにも二の足を踏まないでしょう。いえ、秘密を暴こうとしたり、歯止めを掛けようとする者はもちろん、彼らの存在についてたまたま多くを知ってしまった人間にだって容赦はしないはずよ。でも、ピーターは、これらの個人がもっと大きな目的のために集結したとも考えていたようだわ。人類全般の問題を……収束させるために」

「だけど彼からは、昔の幹部連中が自分たちの富を守ろうとしているということしか聞かされなかった」

「殺されなければ、話していたはずよ」

「ぼくらの父親については何か言っていたかい？」

彼女は顔をしかめた。「偽善者で大嘘《おおうそ》つきで、ホロコーストの生き残りではなかったとだけね。実際、ナチス親衛隊のメンバーだったと」嘲《あざけ》るように付け加えた。「それは別にして、もちろん、ピーターは父親を愛していたわ」

弟の逆説的な態度に真実の核心が隠されているのではないか、そんな考えがベンの頭を掠《かす》めた。「リーズル、きみの従兄弟の弁護士に引き合わせてくれ。マティアス――」

「マティアス・デッシュナーよ。でも、どうして？」

「訊《き》くまでもないだろう。証書を手に入れるためだ」

「だからどうしてなの？」苦々しい口調だった。「あなたも殺される気？」

「違う、リーズル。そんなつもりはない」

「だとしたら、わたしには到底考えられない理由で、その証書を欲しがっているということね」

「そうだ。ぼくは殺し屋たちの正体を暴いてやる」

ベンは質問攻めに会うことを覚悟していた。だが、驚いたことに、彼女は落ち着き払った声で静かに答えた。「彼の敵《かたき》をとりたいのね」

「ああ」

リーズルの瞳《ひとみ》には涙が溢《あふ》れていた。口をへの字に歪《ゆが》め、嗚《お》咽《えつ》をこらえている。「わかったわ」と彼女は言った。「あなたがその気なら——ここへ来たとき同様、慎重に事を運ぶなら——わたしにとってそれ以上の救いはないわ。彼らの正体を暴いて、ベン。仕返しして」親指と人差し指で鼻をつまんだ。「そろそろ家に戻らなきゃ」

リーズルは今や平静を保っていたものの、その内心に潜む恐怖をベンは見逃さなかった。彼女は強い意志を持った素晴らしい女性である。君のためにも俺はやる、彼は胸の内で誓った。

「さようなら、リーズル」ベンは彼女の頬にキスをした。

「さようなら、ベン」車を降りようとする彼を、リーズルはしばし見つめた。「絶対に敵をとってね」

第十二章

パラグアイ、アスンシオン

空港からのタクシーはエンジン音のうるさい旧型のフォルクスワーゲンで、見た目よりも乗り心地はよくなかった。マフラーがついていないらしい。優美なスペイン・コロニアル式の邸宅街を通り抜けると、タクシーは歩行者や昔ながらの黄色い路面電車で混雑した三車線の通りに入った。ドイツの郊外以上にメルセデスベンツが目につく。そのほとんどが盗難車である。アスンシオンは一九四〇年代で時が止まっているようだった。その時代に置いてきぼりにされたらしい。

アンナが予約した繁華街のホテルは、小さなみすぼらしい建物だった。ガイドブックでは、三ツ星がつけられている。編集者が金を摑《つか》まされたに違いない。流暢《りゅうちょう》なスペイン語で話すアンナを、受付係は暖かく迎えた。

部屋は天井が高く、壁紙が破れていた。窓が通りに面していて、騒音がひどい。バスルームがあるのがせめてもの救いである。とはいえ、目立ちたくないのなら、アメリカ人のいる場所には滞在できない。効きの弱い小型冷蔵庫から取り出した炭酸水を飲むと、アンナは中央警察署に電話を掛けた。

これはオフィシャルなコンタクトではなかった。ルイス・ボルゴリオ警部はパラグアイ警察の犯罪捜査を担当する刑事で、殺人事件の取り調べにおいて、アメリカ政府に電話で援助を要請したことがある。アンナは彼の名をＦＢＩの友人から内密に教えてもらっていた。ボルゴリオはアメリカ政府に借りがある。その分だけは返してくれるだろう。

「朗報です、ミス・ナヴァロ」ボルゴリオは開口一番そう言った。「喪中にもかかわらず、未亡人は面会を承諾してくれました」

「よかったわ」二人はスペイン語で話していた。それはビジネスの際に使用する言語で、この国の日常会話はグワラニ語である。「ありがとうございました」

「彼女は裕福な特権階級者です。敬意を持って接して下さい」

「もちろんです。死体のほうは……？」

「その件はわたしの管轄《かんかつ》ではありませんが、警察の死体保管所を訪問できるよう取り計らっておきましょう」

「お手数をお掛けします」

「未亡人の自宅はマリスカル・ロペス通りにあります。タクシーで向かいますか？　それとも、わたしが途中で拾いますか？」

「タクシーで参ります」

「わかりました。依頼されていた資料をお持ちしましょう。時間はいつにします？」

彼女は接客係にタクシーの手配を頼むと、続いての一時間を〝犠牲者〟のファイルを読むことに費やした――このような犯罪者を犠牲者とは見なし難かったが。

おそらく、アラン・バートレットが寄越したマニラ紙のファイルに記載されている以上の情報は摑《つか》めないだろう。ボルゴリオ警部が力を貸してくれているのは、アメリカ政府のNCAVからの技術的な支援のおかげで、自分が手柄を立てたことがあるからにすぎない。百パーセント、その埋め合わせだ。だからこそ、プロスペリの遺体を死体保管所に運ぶよう手筈《てはず》を整えてくれたのである。

バートレットの話によれば、パラグアイは犯罪者の引き渡しに非協力的なことで悪名高く、ここ数十年、殺人犯や国外逃亡者のポピュラーな避難場所となっていた。下劣で堕落した独裁者、〝終身大統領〟のアルフレド・ストロエスネルの所業である。一九八九年、ストロエスネル政権崩壊後、改善の兆《きざ》しが見られたものの、それも束《つか》の間《ま》だった。引き渡し要求を受け入れようとしない体質は依然として根強く残っている。

それが故《ゆえ》に、マルセル・プロスペリのような悪党にとって、この国は理想郷だった。

コルシカ島生まれのマルセル・プロスペリは、第二次大戦中、マルセイユを縄張りとしてヘロインの密売や売春、武器取引などを取り仕切ってきた。ICUの資料によると、戦後間《ま》もなく、イタリア、続いてスペインに逃亡し、パラグアイに行き着いた。そこで、マルセイユから南アメリカへヘロインを密輸するネットワーク——いわゆる〝フレンチコネクション〟を築き、アメリカ合衆国の場末で粉末ヘロインを売り捌《さば》いてきたという。アメリカマフィアの首領《ドン》、サント・トラフィカンテ・ジュニアとも結びつきがあり、パラグアイの高官を含めたプロスペリの仲間にヘロインルートを管理してもらっていたらしい。これらの事柄は、死してなお、プロスペリが非常に危険な人物であることを意味していた。

パラグアイで、プロスペリは堅気のビジネスマン——自動車販売チェーン店のオーナーという表の顔を持っていた。だが、ここ数年間は寝たきりだった。そして二日前、彼は死んだ。

プロスペリ未亡人を訪問する際の身支度を整えながら、アンナはプロスペリの一件をメールホットのそれと照らし合わせて考えていた。未亡人の話や検死から何がわかろうと、マルセル・プロスペリは自然死ではないだろう。

しかし、二人の男を殺害したのが誰にせよ、しっかりとした組織に属したプロであるのは間違いなかった。

それぞれの被害者の名がアラン・バートレットのシグマファイルに載っていたという事実は重視しなければならないものの、それはいったい何を示唆《しさ》しているのか？　司法省であれ、ＣＩＡであれ、あるいは他国の機関の中であれ、ファイルに載っている名に接触した人物が他にもいるのか？　リストの名前は漏れているのか？

絵が見えはじめてきた。殺し屋たち——一人以上いるはずである——は豊富な財源と広大な情報網を所有しているに違いない。彼らが独自で動いていないとすれば、金と権力を持っている何者かに雇われているのだろう——だが、どんな動機を持っているのか？　そして、なぜ今なのか？　どうして突然動き出したのか？

再び、リストの名前が漏れている可能性を考えた——誰がそれを目にしたのか？　ＣＩＡの内部査察に圧力を掛けられないようＩＣＵが関与したと、バートレットは説明した。それは、この一件を承知している政府関係者がいることを暗示している。司法長官自身はどうなのか——リストの名前を見たのか？

他にも見過ごせない疑問がいくつかあった。

殺人を自然死に見せかけたのはなぜなのか？　殺害の事実を伏せておくことにどうしてこれほどこだわるのか？

それに——

電話が鳴り、アンナは我に返った。タクシーが到着していた。

彼女は化粧を済ますと、階段を下りた。

シルバーのメルセデスのタクシー——これも盗難車だろう——は、混雑したアスンシオンの通りを猛スピードで走った。人命などお構いなしといった具合である。運転手は三十代後半と思われるハンサムな男で、茶色の瞳《ひとみ》と短く刈り込まれた髪に、白い薄手のシャツとのコントラストが鮮やかなオリーブ色の肌をしており、時折後ろを振り返ってはアンナと視線を合わせようとした。

彼女はあからさまに男を無視した。どこの誰とも知れないラテン系の女たらしを相手にするつもりはなかった。窓外に目をやると、大道商人が紛《まが》い物のロレックスやカルティエを売っていた。車が信号機で停止するや、こちらに商品を掲げて見せる。彼女は首を横に振った。年老いた女がハーブや根菜を路傍に並べている。

この地に到着して以来、一人としてアメリカ人の顔は見ていない。思っていたとおりだ。アスンシオンはパリではない。前を走っているバスがもくもくと排気ガスを吐き出している。器楽が聞こえてきた。

交通量が減り、道路が三車線に増えた。郊外に入ったらしい。ハンドバッグに市内地図を入れてあるものの、できるだけ広げたくはなかった。

プロスペリの自宅がマリスカル・ロペス通りにあるというボルゴリオ警部の言葉を思い出した。街の東側、空港に引き返す途中の道である。市街に入る際、アンナはそこを通ってきた。傍らにはスペイン・コロニアル式の豪邸が建ち並んでいた。だが、今走っている通りの光景には見覚えがなかった。間違いなく、初めて目にする場所だ。

彼女は運転手に顔を向けた。「どこを走っているの？」

男は答えない。

「ねえ、ちょっと」彼女が再び口をひらくや、タクシーは車のほとんど走っていない脇《わき》道《みち》の路肩に止まった。

やられた！

アンナは武器を持っていなかった。銃はオフィスの抽斗《ひきだし》にしまってある。武道の経験や護身術の嗜《たしな》みがあるとはいえ――

運転手が振り返り、黒いずんぐりした三八口径を彼女に向けた。

「ちょっと話をしよう」男は言った。「あんたはアメリカから空港へ到着した。そして、セニョール・プロスペリの邸宅を訪れようとしている。おれたちの仲間がなぜあんたに興味を持っているのかわかるかい？」

アンナは気を静めようとした。心理的に相手を圧倒し、優位に立つしかあるまい。男は彼女の正体を知らないはずである。それとも、知っているのか？

「あんたがＤＥＡ（麻薬取締局）の尼なら、おれのダチたちにたっぷり可愛《かわい》がられたあとで……謎《なぞ》の失踪《しっそう》を遂げてもらう。よくあることだ。アメリカの刑事《デカ》なら、是非とも〝お話〟をしたがっている別の友人を紹介しよう」

彼女は倦怠《けんたい》と侮蔑《ぶべつ》の入り混じった表情を作った。「あなたはさっきから〝友人〟のことを口にしてるけど」と言うと、流暢なスペイン語で嘲《あざけ》るように続けた。「死んだ人間に友人なんていないわよ」

「死に方を選びたくないのかい？　あんたができる唯一《ゆいいつ》の選択だぜ」

「でも、先に選択しなきゃならないのはあなたのほうじゃなくって？　使い走りをさせられた上に、こんな不手際《ふてぎわ》をやらかすなんて、あなたも可哀想《かわいそう》な人ね。わたしが誰なのかわかってないんでしょう？」

「死にたくないなら、言ってみろよ」

彼女は軽蔑を込めて唇を歪《ゆが》めた。「ぺピート・サラザールが喜ばないでしょうから」

「もちろん、教えるつもりはないわ」そこでいったん言葉を止める。

運転手の表情が凍りついた。「サラザールだと？」

アンナが口にしたのは、この地域のコカイン密売を取り仕切っている胴元の名だった。その縄張りの広さはメデジンカルテル以上と言われている。

男の顔つきがおぼつかなげになった。「見知らぬ人間の名前を引っ張り出すのは簡単なことだ」

「今夜、パラキントに戻ってから、あなたの名前を引っ張り出すわよ」アンナは挑発的な口調で言った。パラキントとはサラザールのアジトの俗称で、ごく一部の人間にしか知られていない名である。「あなたときちんと引き合わされていなかったのが残念ね」

男は震える声で話し出した。サラザールの密使に無礼を働くことは死を意味している。

「パラキントの話は聞いたことがあるよ。金の蛇口や、シャンパンの噴水や……」

「それを拝めるのはパーティーのときだけよ。わたしがあなたなら、招待されるかもしれないなんて期待しないわ」彼女の手は小さなハンドバッグの中でホテルのキーを探っていた。

「許して下さい」男は血相を変えて言った。「あまり事情を知らされてない人間から指図されたんです。セニョール・サラザールのお仲間に失礼なことをするつもりは毛頭ありません」

「誰だって間違いを犯すことはペピートも知っているわ」男の右手に力なく握られている三八口径にちらりと目をやると、アンナは励ますように微笑《ほほえ》みかけた。そして次の瞬間、素早い動作で男の手首にホテルのキーを突き刺した。ぎざぎざの鋼《はがね》が肉と筋膜を抉《えぐ》り、銃が彼女の膝《ひざ》の上に落ちる。男の悲鳴を尻目《しりめ》に、アンナは銃を取り上げ、相手のこめかみに銃口を押し当てた。

「命が惜しいなら、口をひらかないことよ」彼女は歯を軋《きし》らせながら言った。

アンナは男に車から降りるよう命じた。そして道路脇の叢《くさむら》に向かって十五歩歩くように指示するや、運転席に乗り移り、猛スピードで走り去った。戦慄《せんりつ》の場面を思い返す暇はなかった。混乱で思考を麻痺《まひ》させるわけにはいかないのだ。やるべき仕事があった。

マルセル・プロスペリ邸は、マリスカル・ロペス通りの奥まったところに建っていた。贅沢《ぜいたく》な景観設計を施されたスペイン・コロニアル式の大邸宅で、南カリフォルニアにある昔ながらのスペイン風伝道所を彷彿《ほうふつ》させた。もっとも、庭には単に芝生が敷かれているわけではなく、サボテンや野生植物が雛壇《ひなだん》式に列をなし、広大な地所は錬鉄の垣根で防備されていた。

アンナは通りの外れにシルバーのメルセデスを停めると、歩いて玄関へ向かった。玄関先でタクシーがアイドリングしており、中から背の低い太鼓腹の男が現れ、ぶらぶらとこちらへ歩いてきた。混血の浅黒い肌をし、黒い口髭《くちひげ》を蓄え、黒い髪を大量のポマードで後ろに撫《な》でつけている。顔が脂《あぶら》と汗で光っていた。自分の容姿に自信を持っているらしい。白い半袖《はんそで》のシャツはところどころが汗で透け、もじゃもじゃの胸毛が覗《のぞ》いていた。

ボルゴリオ警部なのか？

警察の車で来なかったのだろうか？　タクシーが走り去るのを眺めながら彼女は思っ

た。

男は微笑みながらアンナに歩み寄り、ねっとりしたごつい両手で彼女の手を握った。

「エージェント・ナヴァロですね」彼は言った。「あなたのような美しい女性にお会いできて光栄です」

「ご協力ありがとうございます」

「さあ、行きましょう。セニョーラ・プロスペリを待たせてはなりません。リッチな権力者で、自分の思いどおりに振る舞ってきた女性です。急ぎましょう」

ボルゴリオは門扉《もんぴ》のブザーを鳴らし、身分と名を告げた。電子ロックが解除される音を耳にするや、門を押し開けた。

庭師が野生植物の前にかがみ、作業をしている。年老いたメイドがサボテンの花壇の間にある小道を、グラスと炭酸水の瓶を載せたトレイを手にして歩いていた。

「ここで話を終えたあとで、死体保管所へ向かうという段取りですか？」アンナが訊《き》いた。

「先程も言ったとおり、その件はわたしの管轄じゃありません、エージェント・ナヴァロ。それにしても、目を見張るばかりの豪邸ですな？」彼らはアーチを通り抜け、木陰に入った。ボルゴリオが彫刻の施された薄茶色のドアの傍らにあるベルを押した。

「ですが、その手配はして下さったんですよね？」アンナが訊くと同時に、ドアがひらいた。ボルゴリオは肩をすくめた。白いブラウスに黒いスカートの制服姿の女性が二人を招き入れた。

室内は涼しく、床にはテラコッタのタイルが張られていた。メイドは彼らをだだっぴろい部屋へ案内した。古風な平織りの絨毯《じゅうたん》が敷かれ、陶器や磁器や燭台《しょくだい》がぽつんぽつんと置かれている。スコッタ塗りの天井にはめ込まれた照明器具だけが場違いに見えた。

彼らは真っ白な低いソファに腰を下ろした。コーヒーかソーダ水をというメイドの申し出を、二人とも断った。

間《ま》もなく、長身瘦軀《そうく》の上品な女性が現れた。プロスペリ未亡人である。七十歳近くだろうが、とても若々しく見え、デザイナーズブランドの喪服に身を包んでいる。ソニア・リキエルだろう。黒いターバンを巻き、ジャッキー・オナシスの大きなサングラスを掛けていた。

アンナとボルゴリオはソファから立ち上がった。

手を差し出すことなく、未亡人はスペイン語で言った。「お役に立てるとは思いませんが」

ボルゴリオが一歩前へ踏み出した。「中央警察のルイス・ボルゴリオ警部です」自己紹介をして、頭を下げる。「そして、こちらがアメリカ司法省の特別捜査官、アンナ・ナヴァロです」

「コンスエラ・プロスペリです」未亡人は早口で言った。

「ご主人がお亡《な》くなりになられたことを心よりお悔やみ申し上げます」ボルゴリオは続けた。「二、三お尋ねしたいことがあってお伺いしました。すぐにお暇《いとま》します」

「何か問題があるのですか？　主人は長い間床に伏していたんですよ。ついにお迎えが来て、本人はほっとしたことと思いますわ」

あなたもね、とアンナは胸の内で呟《つぶや》いた。「我々の知るところによりますと」彼女は口をひらいた。「ご主人は殺害された可能性があります」

コンスエラ・プロスペリは表情を変えなかった。「お掛けになって」と二人を座らせ、向かいの白い椅子《いす》に腰を下ろした。顔の皮膚が不自然に張っている。何度となく整形手術が施されたのだろう。頬紅《わずら》は濃いオレンジで、口紅は艶《つや》のある茶だった。

「マルセルは数年前から患《わずら》っていました。ベッドに釘《くぎ》づけだったんです。ひどく衰弱してましたわ」

「存じています」アンナは言った。「ご主人に敵はいましたか？」

未亡人は不敵な一瞥《いちべつ》を投げかけた。「なぜ良人《おっと》に敵がいなきゃならないの？」

「ミセス・プロスペリ、ご主人の過去の所業については誰もが承知しています」

未亡人の瞳が光った。「わたしは三番目の妻よ」彼女は言った。「それに、良人とビジネスの話をしたことはありませんわ。わたしの関心はそんなところになくってよ」

この女が亭主の評判を知らないはずはない。それに、それほど悲しんでいるようにも見えなかった。

「プロスペリ氏を定期的に訪問してくる方はおりましたか？」

未亡人は一瞬ためらった。「わたしと結婚してからは、いないわ」

「国際的な〝取引〟のパートナーと揉《も》めていたという話はお聞きになりませんでしたか？」

未亡人の口がきっと結ばれ、薄い唇に刻まれた皺《しわ》が露《あら》わになった。

「エージェント・ナヴァロに他意はありません」ボルゴリオがすかさず口を挟んだ。

「彼女が言いたいのは――」

「この女性が何を仰《おっしゃ》りたいかはよくわかってるわ」コンスエラ・プロスペリは突っぱねた。

アンナは肩をすくめた。「今まで、あなたのご主人を不安に陥《おとしい》れたい、警察の手に引き渡したい、はたまた殺したいとすら思っていた人間は何人もいたはずです。いわゆるライバルたちです。縄張り争いの相手はもちろん、不満を抱いていたパートナーもいたでしょう。そのことはあなたもよくご存じのはずです」

未亡人は答えなかった。オレンジ色の化粧がひび割れ、日焼けした地肌が覗いている。

「警告を送って寄越す仲間もいたはずです」アンナは続けた。「諜報《ちょうほう》機関やセキュリテイチームに情報筋を持っていたに違いありませんから。脅迫があることをご主人に連絡してきた人間はいませんでしたか？」

「十九年間いっしょに暮らしてきたけど」コンスエラ・プロスペリは視線を逸《そ》らした。「そんな話を聞いたことは一度もないわ」

「誰かに狙《ねら》われているという不安を、ご主人は表に出したことがなかったのですか？」

「良人は内向的な人だった。自動車販売チェーン店の在宅オーナーで、外に出るのが好きじゃなかったのよ。わたしは大好きだけど」

「なるほど。ですが、ご主人は外出するのが怖かったのではないですか？」

「楽しくなかったのよ」彼女は正した。「家に籠《こ》もって伝記や歴史の本ばかり読んでいたわ」

どういうわけか、レーモンの呟いた言葉がアンナの脳裏をよぎった――悪魔は多くを知っている。悪魔だからというよりは老練だからだ。

アンナは別の角度から攻めることにした。「御宅は万全な防犯システムを備えているようですね」

未亡人は作り笑いを浮かべた。「あなたはアスンシオンをご存じないようね？」

「ここは貧困と犯罪の街です、エージェント・ナヴァロ」ボルゴリオ警部が両腕を広げてアンナに顔を向けた。「プロスペリ家のような資産家は常に警戒をしていなければなりません」

「ここ数週間、ご主人を訪ねてきた方はおりましたか？」アンナは彼を無視し、続けた。

「いいえ、わたしのお友達はたくさん来ましたけどね。でも二階へ良人を見舞にいった方は一人もいなくてよ。晩年、良人に友人はいなかった。顔を合わす人間といえば、わたしとナースだけだったわ」

アンナははっと顔を上げた。「ナースはどこから派遣されているのです？」

「看護士派遣事務所よ」

「決まった人間が代わる代わるやってくるのですか？」

「日勤と夜勤のナースがいるわ。ええ、いつも決まった人たちよ。とてもよく世話をしてくれたわ」

アンナは唇の内側を軽く噛《か》んだ。「御宅の経済状況を調査しなければなりません」

未亡人は怒りの形相でボルゴリオを振り向いた。「こんな振る舞いに耐えなきゃならないの？　プライバシーの侵害も甚だしいわ」

ボルゴリオは拝むように両手を合わせた。「抑えて下さい、セニョーラ・プロスペリ、彼女は殺人の可能性があるかどうかを確かめたいだけなのです」

「殺人？　良人は心臓麻痺よ」

「やむを得ないとあらば、銀行で口座記録を調べることも可能です」アンナは言った。

「ですが、簡単に済ますためにも――」

 コンスエラ・プロスペリは不意に立ち上がると、鼻腔を膨らませながらアンナを睨みつけた。室内に侵入してきた鼠を見るような目つきだ。ボルゴリオが低い声で言った。

「セニョーラ・プロスペリのような御仁は、プライバシーの侵害を許しません」

「ミセス・プロスペリ、ナースは二人いたと仰いましたね？」アンナは食い下がった。

「信頼の置ける人たちでしたか？」

「ええ」

「ですが、病気などで休むこともあったのでは？」

「それはもちろんよ。祝日の夜も休みが欲しいと言ってきたわ。お祭りの日やメーデーや元旦《がんたん》にね。だけど、とても責任感の強い娘《こ》たちだった。それに看護士派遣事務所は必ず代替のナースを寄越すから、わたしはいつも安心していられたわ。彼女たちもいつものナース同様、とてもしっかりしていた。マルセルが息を引き取った前の晩に来た代替のナースも、彼を救おうとあらゆる手を尽くして――」

代替のナース。アンナは背筋を伸ばし、慎重な口振りで確認した。「ご主人が亡くなる前夜に来たのは、代替のナースだったのですね？」

「ええ、でも今も言ったとおり、とてもしっかりした娘で――」

「以前にも来たことがあったのですか？」

「いえ……」

「看護士派遣事務所の名前と電話番号を教えていただけますか？」

「構わないけど、その娘がマルセルを殺したと思っているなら、あなたは大馬鹿者《おおばかもの》だわ。彼は病気だったのよ」

アンナの脈拍が早まった。「看護士派遣事務所に電話してもらえますか？」ボルゴリオに言った。「わたしはすぐに死体保管所に向かいます――お手数ですが、そちらのほうにも死体検分の準備を整えておくよう電話しておいて下さい」

「死体？」コンスエラ・プロスペリはそう呟くと、驚いた様子で天井を仰いだ。

「葬儀を延期させなければならないご無礼をお許し下さい」アンナは言った。「検死の許可をいただけますか？　裁判所命令を取りつけることも可能ですが、あなたから直接許可を得たほうが事はスムーズに進行します。棺《ひつぎ》の蓋《ふた》を開ける葬儀をなさるおつもりなら、解剖の跡は絶対にわからないよう――」

「いったいなんの話をしているの？」未亡人は戸惑っていた。大きな暖炉に歩み寄ると、炉棚から凝った装飾の銀の壺《つぼ》を取り上げた。「二時間前に良人の遺骨を受け取ったばかりですよ」

第十三章

ワシントンDC

　連邦最高裁判所のミリアム・ベイトマン・スタンバーグ陪席判事は、大きなマホガニーの両袖机《りょうそで》からやっとのことで立ち上がると、客を迎えた。金色の柄の杖《つえ》に凭《もた》れて机を回り込み、リューマチ性関節炎の痛みをこらえ暖かい笑みを浮かべて相手の手を取った。

「よく来てくれたわね、ロン」彼女は言った。

　客は五十代後半の背の高い黒人男性で、身をかがめると、小柄な判事の頰にキスをした。「相変わらず素敵ですね」深みのある澄んだ、はっきりとした発声のバリトンで答えた。

「やあね、お世辞は止《よ》して」スタンバーグ判事は足を引きずりながら、暖炉の傍らにある背凭れの高い袖つき椅子《いす》に歩み寄った。男はその隣にある揃《そろ》いの椅子に腰を下ろす。

　客はワシントンで最も影響力のある民間人の一人だった。豊富な人脈を持つ、多方面から高く評価されている自営の弁護士で、政府の仕事を請け負ったことがないにもかかわらず、リンドン・ジョンソン以来、政党を問わず歴代の大統領から厚い信頼を寄せられている。ロナルド・エバーズは衣装持ちとしても有名で、鮮やかなチャコールグレーのストライプのスーツに渋いえび茶色のネクタイという出《い》で立ちだった。

「判事、早々にお会いいただいてありがとうございます」

「堅苦しいわ、ロン。ミリアムで結構よ。知り合って何年になると思っているの？」

彼は微笑《ほほえ》んだ。「三十五年かと……ミリアム、そして、親しくお付き合いさせていただくようになって十年。ですが、わたしは今でもあなたをスタンバーグ先生とお呼びしたい」

エール大学ロースクール時代、エバーズはミリアム・スタンバーグの優秀な教え子の一人だった。そして、十五年前、教え子は恩師を最高裁の判事に就任させる陰の立役者となったのだ。エバーズは椅子の中で上体をかがめた。「あなたはお忙しいご婦人ですし、今は開廷中です。ですから手短にお話ししましょう。大統領から、この部屋以外では話してはならず、かつ彼が思案を凝らしていることを、あなたに伝えるよう依頼されました。本題に入る前に、この点をご理解いただきたい」

スタンバーグ判事の青い瞳《ひとみ》が、分厚い眼鏡のレンズの奥で鋭い才知を覗《のぞ》かせた。「わたしを引退させたいのね」重々しい口調で言った。

彼女の直截《ちょくせつ》な言葉に客は不意を突かれた。「大統領は、あなたの判断力と直感力に大いに敬意を払っています。ですから、あなた自身にあなたの後継者を推薦してもらいたいのです。大統領の任期が切れるまで残すところあと一年、次の最高裁の空席を野党に渡さないよう、彼は今のうちに手を打っておきたいのでしょう。今の状況では、与党の不利は否《いな》めません」

スタンバーグ判事は静かに訊《き》いた。「どうして大統領はわたしの席がすぐに空席になると考えているのかしら？」

ロナルド・エバーズは頭を垂れると、祈禱《きとう》か瞑想《めいそう》でもするように目を閉じた。そしてすぐに、「それはとてもデリケートな問題です」と告解室の司祭のごとく穏やかに口をひらいた。「しかし、我々はいつも率直に言葉を交わしてきました。あなたは連邦最高裁史上最も優れた判事の一人です。ブランダイズやフランクファーターにも匹敵する逸材でしょう。ですが、当然のことながら、ご自分の偉大な業績に傷はつけたくないはずです。それが故《ゆえ》に、あとどれだけ時間が残されているのかという苛酷《かこく》な問いと対峙《たいじ》しなければなりません」顔を上げ、相手の目を覗き込んだ。「ブランダイズもカードーゾもホームズも引き際《ぎわ》を誤り、憂《う》き目を見ました。全盛期をはるか昔にして依然法廷に留まっていたのです」

スタンバーグ判事の視線は揺るがなかった。「コーヒーはいかが？」彼女は唐突にそう訊くと、内緒話をするように声を潜めた。「ウィーンのデメルでザッハートルテを買ってきたの。医者には固く禁じられているんだけどね」

エバーズは引き締まった腹を軽く叩《たた》いた。「遠慮しておきましょう。せっかくですが」

「率直にお話していただいた以上、率直にお答えするわ。わたしはこの国のあらゆる巡回裁判区で下されたあらゆる判決の声価に精通している。もちろん、大統領は法律に見識のある有能な適任者を見つけ出すでしょう。でも、一つ言わせてもらうと、最高裁は歳月を費やして把握していく世界よ。判事に任命されたからといって、いきなり能力を発揮することはできない。そこで何年勤め上げてきたのか、つまり、どれほど場数を踏んできたのかが物を言うわ。わたしがこの世界で学んだことがあるとするなら、それは、経験は力なりということ。真の英知はそこからもたらされるのよ」

客は議論になることを覚悟していた。「最高裁にあなた以上の賢者がいないことは承知しています。しかし、あなたは健康を害している。年齢には勝てません」悲しそうに微笑んだ。「我々の誰もがです。口にしたくはありませんが、それが人間の定めなのです」

「あら、わたしはすぐに倒れるつもりはなくってよ」判事は言った。双眸《そうぼう》が鋭い光を放っている。椅子の傍らにある電話が鳴り、二人はぎくりとした。彼女は受話器を取った。

「はい？」

「お話中申し訳ありませんが」長年仕えている秘書、パミラの声が言った。「ミスター・ホランドからお電話が入っています。彼からの電話は取り次ぐようにと仰《おっしゃ》られていましたので」

「書斎に回してもらおうかしら」判事は受話器を置くと、辛《つら》そうに立ち上がった。「ちょっと席を外させてもらうわ、ロン」

「わたしが外で待ちましょう」エバーズは腰を上げ、彼女の体を支えた。

「馬鹿《ばか》なことは言わないで。ここにいてちょうだい。気が変わってザッハートルテが食べたくなったら、向かいの部屋にパミラがいるわ」

スタンバーグ判事は書斎に通じるドアを閉じると、足を引きずりながらお気に入りの椅子に向かった。「お待たせしたわ、ミスター・ホランド」

「判事、お忙しいところをお呼び出しして申し訳ありません」受話器の声が言った。「ですが、厄介な問題が生じたのです。それで、お力をお借りできないものかと」

彼女はしばし耳を傾けてから、口をひらいた。「いいわ、わたしが電話しておきましょう」

「あまりご迷惑にならないといいのですが」男は言った。「きわめて重要な問題でない限り、お手を煩《わずら》わせたくはありません」

「とんでもない。この事態は見過ごせないわ。ここまできた以上、絶対にね」

判事は再び相手の話に聞き入り、やがて言った。「ええ、あなたが正しいことをしているとみんな信じているわ」三度《みたび》耳をそばだてた。「すぐに会いましょう」と話を締めくくると、彼女は受話器を置いた。

チューリヒ

身を切るような冷たい風が、リマト川の堤防沿いに延びるリマト河岸《かし》通りを吹き抜けていく。リマト川はチューリヒ湖から流れ、チューリヒ市内を貫流し、街をはっきりと二分していた。一方は金融機関や有名ブランドのショップが軒を連ねるスイス経済の中心地で、もう一方は古風な趣を残したオールドタウンである。川面《かわも》が柔らかな朝日に煌《きら》めいている。まだ朝の六時だが、すでに勤め人たちがブリーフケースと傘を手にそそくさと歩いていた。空には雲が垂れ込めているものの、当面雨が落ちてくる気配はない。だが、備えあれば憂《うれ》いなしということをこの街の人たちは心得ていた。

ベンは遊歩道を緊張した面持ちで歩いていた。路傍に、鉛で枠づけされたガラス窓を持つ十三世紀のギルドハウスが連なり、今やその屋内はエレガントなレストランになっている。マルクトガッセで左に折れると、丸石の敷かれた狭い通りが錯綜《さくそう》するオールドタウンに入る。間《ま》もなく、トリトトリガッセを見つけた。中世の石造りの建物が建ち並び、そのいくつかは住居に改装されていた。トリトトリガッセ七十三番地は昔ながらの石造りのタウンハウスで、現在はアパートメントに改造されていた。玄関脇《わき》に立て掛けられた小さな真鍮《しんちゅう》の額には六名の名しか記されておらず、黒いプラスティックの矩《く》形《けい》の中で白い文字が浮かび上がっている。

名前の一つはM・デッシュナーだった。

ベンは歩調を緩めることなく歩きつづけた。何かに関心を抱いていることを悟られないように。コーポレーションの何者かが彼を監視しつづけている可能性があるなら、ドアの前に歩み寄っただけでリーズルの従兄弟《いとこ》を危険に晒《さら》しかねない。見慣れぬ顔の人間がこの辺りをうろついていること自体が好奇心を呼び起こすかもしれず、観察者のいる確率がどれほど低いにせよ、警戒を怠るわけにはいかなかった。

一時間後、人目を引くオレンジと黒の制服を着たブリュンシェンギャラリーの宅配人が、トリトトリガッセ七十三番地のアパートのブザーを押した。ブリュンシェンギャラリーはチューリヒ最大の高級生花チェーン店で、そのカラフルなユニフォームは、チューリヒの高級住宅街では見慣れたものだった。男は白い薔薇《ばら》の花束を抱えていた。薔薇自体はブリュンシェンギャラリーの品物だが、ユニフォームは町外れのカトリック教会区の慈善バザーで購入したものである。

男は再度ブザーを押した。今度は、スピーカーからざらついた声が聞こえてきた。

「どなたです？」

「ピーター・ハートマンです」

長い間《ま》。「もう一度仰っていただけますか？」

「ピーター・ハートマンです」

さらに長い沈黙。「早く上がってこい、ピーター」

正面玄関の電子ロックが解除され、彼は薄暗いロビーに足を踏み入れた。大理石のサイドテーブルに花束を置くと、磨《す》り減った石の階段を上る。勾配《こうばい》が急で、周りはほの暗かった。

リーズルは、マティアス・デッシュナーの自宅とオフィスの住所と電話番号を教えてくれた。ベンはオフィスに電話を入れることなく、弁護士が出勤する前に、抜き打ちで自宅を訪れることにした。スイス人の勤務時間は一定している。始業時間は得てして九時から十時の間である。デッシュナーも例外ではないだろう。

リーズルは〝全面的に〟デッシュナーを信用していると言ったものの、ベンはもはや何事も額面どおりには受け取れなかった。だから、リーズルには、前もって自分のことをデッシュナーに伝えないよう頼んであった。弁護士の不意を突き、ピーター・ハートマンを目にした際の相手の反応を観察するつもりだったのだ。それとも、デッシュナーはすでにピーターが殺害されたことを知っているのか？

ドアがひらいた。マティアス・デッシュナーがグリーンの格子縞のバスローブ姿で立っていた。青白くいかつい顔の小柄な男で、赤毛がこめかみの辺りでカールしている。五十歳ぐらいと思われた。

デッシュナーの目が驚きで見ひらかれた。「久しぶりじゃないか」彼は声を上擦らせた。「どうしてそんな恰好《かっこう》をしているんだい？　まあとにかく、そんなところに突っ立ってないで、早く中へ」ベンの後ろでドアを閉じ、続けた。「コーヒーでいいかい？」

「ええ、ありがとう」

「それにしても、どうしてここに？」デッシュナーは声を潜めた。「リーズルはいっしょじゃ――？」

「ぼくはピーターではありません。彼の兄で、ベンという者です」

「なっ――なんだって？　彼の兄？　これはいったい！」彼は喘《あえ》ぎながら瞬《まばた》きを繰り返すと、不意に、怯《おび》えた眼差《まなざ》しでベンを見つめた。「奴《やつ》らはピーターを見つけたんだね？」

「弟は数日前に殺されました」

「なんてことだ」デッシュナーは囁《ささや》くように言った。「畜生、あの連中め！　いつかそんな日がくるだろうと、彼はいつも怖《おそ》れていたよ」不意に言葉を止めた。顔に恐怖が貼《は》りついている。「リーズルは――」

「リーズルは無事です」

「よかった」彼は胸を撫《な》で下ろした。「いや、そういうことじゃなくて――」

「わかってます。気にしないで下さい。彼女はあなたの血縁者です」

デッシュナーは小さな朝食用テーブルの前に立ち、陶器のカップにベンのコーヒーを注いだ。「どうしてこんなことになったんだい？」重々しく訊いた。「事情を説明してくれたまえ！」

「バンホーフ通りで事件が起きた日の朝、きみが訪れた銀行に仕掛け線が張られていたに違いない」デッシュナーが言った。二人はテーブルを挟んで顔を突き合わせていた。ベンはだぶだぶのオレンジと黒のユニフォームを脱ぎ、普段着姿になっている。「スイス・ユニオンバンクは歴史のあるいくつかの銀行が合併したものだ。古い微妙な性質の口座が残っていて、人目に触れないよう監視されてきたのだろう。たぶん、きみが会った銀行員の中の一人によって。つまり、ブラックリストを渡されている通報係によってね」

「リーズルとピーターが話していた法人、あるいはその息のかかった企業が手配りしていたと？」

「間違いないだろう。大企業はどこもかしこもスイスの主要な銀行と長年癒着してきている。設立者の完全なリストこそが容疑者リストだよ」

「ピーターはそのリストをあなたに見せたのですか？」

「いや。最初、彼は口座を開設したい理由すら話そうとしなかった。金銭の出し入れが目的ではないということ以外はね。実際、彼が関心を持っていたのは口座に付随する貸金庫だった。書類を保管しておくためだと白状したよ。タバコを吸ってもいいかい？」

「ご自宅で遠慮することはないでしょう」

「まあね。でも、こんな言い方をするのは申し訳ないが、きみたちアメリカ人はタバコを毛嫌いしているようだからね」

ベンは微笑《ほほえ》んだ。「みんながみんなというわけじゃありませんよ」

デッシュナーはパン皿の脇に置かれているロスマンズの箱から一本抜き出し、使い捨てライターで火をつけた。「ピーターは口座を自分の名義にはできないと言った。敵が銀行にコンタクトを置いているのではないか——実際、そのとおりだったが——と危惧《きぐ》していた。偽名で口座をひらきたがっていたが、今やそんなことは不可能だ。昨今、銀行の管理は厳しくなっている。アメリカを中心とした他国から多大の圧力を掛けられているからね。七〇年代なら、パスポートを提示すれば口座は作れた。郵送で手続きを済ますことすら可能だった。今じゃ昔の話だよ」

「だったら、弟は実名を使うしかなかったのでは？」

「いや。わたしの名義にしたんだ。わたしが口座の所持人となり、ピーターは〝受益的所有者〟だった」デッシュナーはタバコの煙を吐き出した。「我々はいっしょに銀行へ行き、口座を開設した。でも、ピーターの名は口座開設のアドバイザーにしか知られていないし、書面の一ヶ所に記載されているだけだ。いわゆる、受益的所有者の身元証明欄にね。この証書はとじ込みにして厳重に保管されている」隣室で電話が鳴った。

「どこの銀行なんです？」

「小規模で秘密を厳守するという理由から、ヘンデルスバンク・スイスAGを選んだ。わたしのクライアントの中に、その銀行を絶賛している人たちがいてね。必ずしも綺麗《きれい》な金を預けていない連中だが」

「つまり、あなたはぼくに代わってピーターの貸金庫を開けられるということですか？」

「そいつは無理だ。きみがわたしに同伴するしかあるまい。受益的所有者の後継人として」

「それが可能なら」ベンは言った。「銀行に直行したいのですが」戻ってくるなというシュミットの警告が脳裏を掠《かす》めた。約束を破ったことが知れれば、疑わしき人物として即座に逮捕されるだろう。

電話が鳴りつづけていた。デッシュナーはソーサーの上でタバコをもみ消した。「構わないよ。ちょっと電話に出てきてもいいかな？　それから連絡を取り、九時三十分のアポを取り消さなきゃならない」

彼は隣室の書斎に行き、数分後に戻ってきた。「なんの問題もなかった。無事予定を変更できたよ」

「ありがとうございました」

「礼には及ばんさ。口座開設のアドバイザーが――その銀行の副頭取で、ベルナール・シュシェという人間だが――関連書類をすべて保管している。ピーターの顔写真のコピーも持っているよ。彼は四年前に死んだと思われている。数日前の……悲劇は報道されてないからね。きみの身元はすぐに証明されるさ」

「ぼくは非合法的な手段でこの国に入国しました」ベンは言葉を選びながら慎重に口をひらいた。「正規のパスポートで、つまり、税関やイミグレーションを通じて、この国に滞在していることは証明できません。銀行が当局へ通報したら、どうしましょう？」

「悪いようには考えないことだよ。さあ、わたしが着替えを終えたら、仕事の開始だ。すぐに出発しよう」

第十四章

アンナはボルゴリオ警部を振り返った。「どういうことです？　死体は火葬されたのですか？　話が違うじゃありませんか！」

パラグアイ人の刑事は肩をすくめた。両手を広げ、気遣わしげに目を見ひらいている。「エージェント・ナヴァロ、落ち着いて下さい。その問題はあとにしましょう。ご遺族の前ですべき話では――」

ボルゴリオを無視し、アンナは未亡人に向き直った。「検死が行なわれるかもしれないという話を聞いていらっしゃらなかったのですか？」彼女は詰め寄った。

「大きな声を出さないで」コンスエラ・プロスペリはぴしゃりと言った。「わたしは犯罪者じゃないわ」

アンナは再びボルゴリオに目をやった。「彼女のご主人の遺体が火葬されることをご存じだったのですか？」もちろん、この男は知っていたのだ。

「エージェント・ナヴァロ、言ったはずです。その件はわたしの管轄《かんかつ》じゃないと」

「そうではなく、知っていたのかどうかと訊《き》いているんです」

「聞いてはいました。ですが、わたしは下《した》っ端《ぱ》の人間です。そこをご理解いただきたい」

「話は済みましたね？」コンスエラ・プロスペリが訊いた。

「まだです」アンナが答えた。「あなたは火葬するよう強いられたのではありませんか？」未亡人を問い質《ただ》した。

未亡人はボルゴリオに言った。「警部、この女性を立ち去らせて下さい」

「申し訳ありませんでした、マダム。エージェント・ナヴァロ、お暇《いとま》しましょう」

「まだ話は終わっていません」アンナは静かに言った。「あなたは圧力を掛けられたのではないですか？」セニョーラ・プロスペリに問いかけた。「要求に応じない限り、資産を凍結する、あるいは資産に手をつけられないようにする——そんなふうに言われたのでは？」

「この女を追い出して、警部！」未亡人は声を荒らげた。

「さあ、行きましょう、エージェント・ナヴァロ——」

「セニョーラ」とアンナは言った。「一言言っておきましょう。あなたの資産の大部分が、アメリカや他国のヘッジファンドを始めとした投資信託組合や株式に投資されていることはわかっています。そのことであなたが国際犯罪に荷担した容疑を掛けられた場合、アメリカ政府は資産を差し押さえる権限を持っています」彼女は立ち上がると、ドアに歩み寄った。「さっそくワシントンに電話し、その件を調査するよう命じます」背後から、未亡人の金切り声がアンナの耳に届いた。「あの女にそんなことができて？　わたしのお金は保証すると言ったはずよ！　たとえ——」

「静かに！」刑事が一喝《こ》した。アンナは思わず振り返った。ボルゴリオは未亡人と顔を突き合わせている。媚《こ》びへつらうような表情は消え失《う》せていた。「わたしに任せて下さい」

ボルゴリオはつかつかとアンナに近づき、彼女の腕を摑《つか》んだ。

プロスペリ邸の門扉《もんぴ》の前で、アンナは訊いた。「何を隠しているの？」

「ここで話したことは忘れたほうが賢明だ」ボルゴリオは言った。口調に敵意が籠《こ》もっており、人が変わったように堂々としている。「あんたはこの土地の訪問者だ。この国の人間ではない」

「どういうからくりなの？　死体保管の命令書が〝紛失〟するか〝誤って解釈〟されたの？　あなたがお金を摑《つか》まされた結果？」

「パラグアイで生きていくことがどういうことか知っているかい？」ボルゴリオはアン

ナに迫り寄った。生暖かい息に混じり、唾液《だえき》が彼女の顔に飛び散る。「あんたには理解できないことが山ほどある」

「死体が焼却されたことを知っていたのね。電話をしたときから、そんな気がしていたわ。死体保管所に死体がないことをあなたは承知していた。さあ、話して。命令されたのか、お金を受け取ったのか？　どこから要請されたのか――政府外部からか、それとも他国からか？」

ボルゴリオは動じることなく、口を閉ざしていた。

「死体の焼却を命じたのは誰？」

「おれはあんたが気に入っている、エージェント・ナヴァロ。あんたは魅力的な女だ。その身に危険を及ぼしたくはない」

彼はアンナを脅かすつもりだった。しかし、彼女は無表情に相手を見返しただけだった。「ずいぶんあからさまな脅しだこと」

「これは脅しじゃない。あんたには本当に無事でいてもらいたいと思っている。これから話すことをよく聞き、すぐにこの国を立ち去るんだ。政府のお偉方がプロスペリ家のような大富豪を保護している。金が動いているんだ、大金がな。あんたが身を危険に晒《さら》したところで、どうなるものでもない」

言ってくれるわね、と彼女は胸の内で呟《つぶや》いた。あなたは誰を相手にしているのかわかってないんだわ。そんなふうに私を脅すのは、雄牛の前で赤い旗を振るようなものよ。

「個人的に火葬を命じたの？」

「火葬されたことを知っていただけだ。さっきも言ったとおり、おれは木っ端役人だ」

「だとしたら、プロスペリの死が自然死でないことを知っていた人間がいるに違いないわ。それ以外に証拠を抹消する理由はないでしょう？」

「おれには答えようのない質問だ」彼は静かに言った。「頼む、エージェント・ナヴァロ、お願いだから命を無駄にしないでくれ。事を穏便に済ませたいと考えている連中がいるんだ」

「その〝事を穏便に済ませたいと考えている連中〟がプロスペリを殺し、その事実を伏せておきたがっているのね？」

ボルゴリオは考え深げな様子で遠くを見つめていた。「独り言だと思って聞いてほしい。あんたがここにくる前に、おれは看護士派遣事務所に電話した。プロスペリの死因が捜査されると知ってすぐにね。そこで聞き込みが行なわれるのは間違いないと思ったからだ」

「それで？」

「代替のナース――プロスペリが死んだ朝に派遣されてきた女は失踪《しっそう》していた」

アンナは胃袋に鉛を詰め込まれたような心地がした。わかりきっていたことよ、胸の内で自らを勇気づけた。

「そのナースはどういう経緯《いきさつ》で採用されたの？」

「ご立派な資格認定書を引っ下げてやってきたらしい。信用照会で身元が確認されたそうだ。彼女曰《いわ》く、この辺りに住んでいるから、もし近所で仕事があれば……、というわけで、女は三軒を掛け持ち、そつなくこなしていたらしい。そこへ突然、プロスペリに宛《あてが》われていたナースが体の不調を訴え、代替が必要となり……」

「看護士派遣事務所は、その女性と連絡を取る術《すべ》を持っているのでは？」

「今も言ったとおり、女は姿を晦《くら》ました」

「でも、給与支払小切手や銀行口座から――」

「給料は現金支給だった。この国では珍しいことじゃない。自宅の住所はでたらめだった。きちんと調べてみると、女に関する一切合財が嘘《うそ》だと判明した。彼女はこの舞台のために創《つく》られた人間らしい。仕事が終わると同時に、舞台は幕を閉じた」

「プロらしいサポート業務ね。看護士派遣事務所の人間と話がしたいわ」

「何もわかりはしないさ。それに、おれは手を貸すつもりはない。すでに多くを話しすぎた。頼む、立ち去ってくれ。嗅《か》ぎ回りすぎた外国人はどんな手段を用いてでも殺される。権力者が事態を表沙汰《おもてざた》にしたくない以上、絶対にな。さあ――出ていくんだ」

彼が真剣であることをアンナは承知していた。これは単なる脅迫ではない。彼女は自分が知る誰よりも頑固だったし、諦《あきら》めたくはなかった。だが、ときには引くことも必要である。すべては命あっての物種なのだ。

チューリヒ

ベン・ハートマンとマティアス・デッシュナーがレーヴェン通りに差し掛かるころには、霧雨が落ちてきた。空は鉛色、路傍に連なるリンデンバウムの葉が風にかさかさと揺れている。尖塔《せんとう》の時計が九時のチャイムを奏《かな》でていた。路面電車《トラム》が道路――六号線、十三号線、十一号線が並んで延びている――の中央を走り、停留所でブレーキを軋《きし》ませ停止した。フェデラルエクスプレスのトラックがいたるところに目につく。チューリヒは銀行業の世界的な中心地で、銀行業とは時間に敏感なビジネスなのだ。銀行員たちが傘の下で足早に会社へ向かっている。観光客と思《おぼ》しき二人組の日本人女性がくすくすと笑っている。リンデンバウムの木陰で、ペンキの塗られていない木のベンチがひっそりとうずくまっていた。

雨は降っては止《や》み、止んではまた降りはじめた。彼らはラガー通りとレーヴェン通りの混雑した交差点の前に出た。人気《ひとけ》のないスイス銀行の社屋が建っている。改装中らしい。

揃《そろ》いの黒いレザージャケットを着、綺麗《きれい》に髭《ひげ》を生え揃えたイタリア人男性の二人組が、タバコを吹かしながら通り過ぎていった。その後ろを、シャリマーの香りを漂わせた淑女が歩いている。

次のブロックで、不格好なチェックのジャケットの上にサイズの合っていない黒いレインコートを羽織ったデッシュナーが、タウンハウスにも似た白い石造りの建物の前で立ち止まった。正面玄関に真鍮《しんちゅう》の小さなプレートが掛けられている。上品な字体でヘンデルスバンク・スイスAGの文字が刻まれていた。

デッシュナーは重いガラスのドアを引き開けた。

通りの真向かい、コカコーラの文字が表示された赤いパラソルの下で、少年のような体つきをした細身の男が腰掛けていた。カーキ色の綿パンにMCソレールのTシャツ、青いナイロンのバックパック姿で、プラスティックのボトルに入ったオレンジジュースを飲んでいる。けだるそうに音楽雑誌のページをめくる傍ら、携帯電話で話していた。向かいにある銀行の入り口にちらちらと目を向けながら。

ガラスの自動ドアがひらいた。分厚いガラスのドアの間で、二人はしばし立ち止まる。低い機械音とともに、目の前のドアがスライドした。

ヘンデルスバンクのロビーは大理石の敷かれた広々とした空間で、壁際《かべぎわ》に据えられた光沢のある黒いカウンター以外は何も置かれていなかった。その後ろに、小型のテレフォンヘッドフォンをした女性が腰を下ろし、静かに話している。客の姿を認めるや、顔を上げた。

「いらっしゃいませ」彼女は言った。「どういうご用件でしょう?」

「シュシェ氏と面会することになってます」

「ただ今連絡を取りますので、少々お待ち下さい」彼女は送話口に向かって小声で話しはじめた。

「きみはベルナール・シュシェを気に入るだろう」デッシュナーが言った。「昔ながらの誠実な銀行員だ。この頃チューリヒでよく目にする不作法で忙《せわ》しない若造とは違う」

今のベンにとっては、シュシェがたとえ殺人鬼のチャールズ・マンソンであろうと構わなかった。

エレベーターが滑らかな音をたて、ドアがひらいた。ツイードのジャケットを着た大柄で猫背の男が二人に歩み寄り、デッシュナーの、続いてベンの手を握りしめた。「ようこそおいで下さいました、マティアス」と声をはずませると、ベンに顔を向けた。「お近づきになれて光栄です、ミスター・ハートマン。さあ、こちらへどうぞ」

彼らはエレベーターに乗った。天井に、目立たぬように防犯カメラが据え付けられている。シュシェは終始笑顔を絶やさなかった。角縁《つのぶち》の眼鏡を掛けた、二重顎《あご》と太鼓腹の持ち主である。シャツのポケットにはイニシャルが刺繍《ししゅう》されている。ポケットチーフはネクタイと揃いだった。役員なのだろう、とベンは思った。ツイードのジャケットは銀行マンには相応《ふさわ》しくない。この男は服装規定に準ずる必要のないお偉方なのだ。

ベンは注意深く彼を観察していた。疑惑を抱いている様子は窺《うかが》えないだろうか？　シュシェはしかし、普段どおりのビジネスの顔をしているように思われた。

エレベーターのドアがひらき、毛足の長い黄褐色のカーペットが敷き詰められた待合室が現れた。複製品ではないアンティークが並べられている。彼らは待合室の向こうにあるドアに向かった。首からチェーンでぶら下げられている身分証明書を、シュシェがカードリーダーに差し込んだ。

シュシェのオフィスは陽当たりが良く広々としていた。長いガラス張りの机の上に置かれているのはパソコンだけである。彼は机の後ろに座り、デッシュナーとベンはその向かいに腰を下ろした。中年の女性が銀のトレイに二人分のエスプレッソと水を載せて現れ、二人の客の前に並べた。続いて、若い女性が姿を現し、シュシェにファイルを渡した。

シュシェはそれをひらいた。「当然のことながら、あなたはベンジャミン・ハートマン氏ですね」眼鏡のレンズで拡大された目をファイルからベンに向けた。

ベンはうなずいた。胃が締めつけられる。

「当行では、あなたがこの口座の〝受益的所有者〟の後継人であることを証明する附則の証書をいただいております。あなたが後継人であることに間違いありませんね？」

「間違いありません」

「この証書は法的になんら問題はありません。それに、お見受けする限り、あなたがピーター・ハートマン氏の双子のご兄弟であるのは明らかです」彼は微笑《ほほえ》んだ。「それで、本日はどのようなご用件なのでしょう、ミスター・ハートマン？」

ヘンデルスバンクの金庫室は地下にあった。蛍光灯が灯《とも》された天井の低い場所で、モダンで洗練された階上とは似ても似つかなかった。狭い通路の傍らに、ルームサイズの金庫室と思われる数字の記されたドアが並んでいた。その先にあるいくつかのアルコーブには、真鍮らしき物体が連なっている。近くで目を凝らしたベンは、それらが多様な大きさの金庫であることを知った。

18Cと記されたアルコーブの入り口に立ち止まると、シュシェはベンに鍵《かぎ》を手渡した。その部屋にある何百もの金庫のどれがピーターのものであるかを伝えるつもりはないらしい。「あなたのプライバシーを尊重しましょう」彼は口をひらいた。「デッシュナー氏とわたしはここを離れます。そちらの電話で連絡して下さい」室内の中央にあるスチールのテーブルに置かれた白い電話を指し示した。「ご用がお済みの際は」

ベンは金庫の連なりを眺めた。何をすべきかわからなかった。試されているのか？　それとも、弟の金庫のナンバーを知っているのは当然と思われているだけなのか？　デッシュナーに目を向けた。こちらの戸惑いを察しているらしいが、奇妙なことに、何も言わなかった。再び鍵に目を落とすや、ナンバーが浮き彫りにされていることに気づいた。なるほど、場所は明確だった。

「ありがとうございます」彼は言った。「承知しました」

二人のスイス人は雑談しながら立ち去った。天井と壁の接合部には監視カメラが設置されており、赤いライトが光っている。

ベンは３２２番の金庫を見つけた。目線ほどの高さの小さなボックスである。鍵を回した。

胸が高鳴った。弟はここに何を隠したのか？　ピーター、おまえが命を張ってまで守ろうとしたものはなんなんだ？

中には、硬くなったパラフィン紙の封筒が入っていた。ベンはそれ——中身は拍子抜けするほどに薄い——を取り出し、封を開けた。

一枚の紙が入っているだけだった。証書の類《たぐい》ではない。

それは写真だった。５×７インチの写真。

ベンは息を呑《の》んだ。

写真には男の集団が写っていた。何人かがナチスの制服を着用しており、四〇年代に流行《はや》ったスーツの上にオーバーコートを羽織っている者もいる。彼らの大部分は即座に顔と名前が一致した。トリノ出身のイタリアの大物実業家、ジョヴァンニ・ビグネッリ。彼の所有する巨大工場はイタリア軍に軍需品を始め、ディーゼルエンジン、列車、航空機などを供給した。ロイヤルダッチペトロリアムの首領《ドン》、サー・ハン・デットウィラー。外国人嫌いで有名なオランダ人だ。その後ろにいるのは、アメリカ航空業界の偉大なる創始者である。名前こそ知らないものの、歴史の書物でよく目にする顔も写っている。口髭を蓄えている者が数人いた。その中の一人は黒っぽい髪のハンサムな若い男だった。ドイツの歴史をほとんど知らないベンですら見覚えのある、灰色の目をした傲慢《ごうまん》そうなナチスの幹部の隣に立っている。

違う、止《や》めてくれ、彼ではない！

ナチスの幹部のほうは、顔を知っているとはいえ、名前はわからなかった。ハンサムな若い男は、見紛《みまが》うことなく、父だった。

そう、マックス・ハートマンである。

写真の縁にはタイプライターで打ったキャプションが表示されていた――１９４５年、チューリヒ、シグマＡＧ。

ベンは写真を封筒に戻し、胸のポケットに滑らせた。胸元が炎で覆《おお》われているようだ。父が嘘をついたことに、生涯彼を騙《だま》し通してきたことに、もはや疑問の余地はない。頭がふらふらする。不意に声が耳に届き、ベンは我に返った。

「ミスター・ハートマン！　ミスター・ベンジャミン・ハートマン、あなたに逮捕状が出されました！　我々はあなたを警察へ引き渡します」

なんてこった。

声の主はベルナール・シュシェだった。当局と連絡を取ったのだろう。入国記録がないことが発覚したのだ。シュミットの控え目故《ゆえ》にいっそう剣呑《けんのん》な言葉が心中をよぎった。

〈戻ってきたら、ただでは済みませんよ〉

シェシュの傍らにはマティアス・デッシュナーが立っていた。その隣に二人の警備員が並び、銃を構えている。

「ミスター・ハートマン、州警察から、あなたがこの国に不法入国したとの知らせを受けました。つまり、あなたは犯罪者です」銀行員は言った。デッシュナーの表情は変わらなかった。

「いったい、なんの話です？」ベンはむっとした声で言い返した。写真をポケットに入れたところを見られただろうか？

「警察が到着するまで、一時的にあなたの身柄を拘束します」

ベンは口をひらくことなく、銀行員を睨《にら》んだ。

「あなたの行為はスイス連邦の刑法に抵触します」シュシェは低い声で続けた。「あなたは他の犯罪にも関与しているらしい。当局に引き渡すまでは、ここから出すわけにはいきません」

デッシュナーは無言だった。目に恐怖が滲《にじ》んでいる。なぜ彼は何も言ってくれないのか？

「警備員さん、ミスター・ハートマンを第四保全室へお連れ下さい。ミスター・ハートマン、手荷物はお預かりしますよ。そこで、逮捕されるのを待ってもらいます」

二人の警備員がベンに銃を向け、近づいてきた。

彼は背筋を伸ばし、両手を下ろすと、通路を歩きはじめた。警備員が両脇《りょうわき》を固めている。デッシュナーの前を通りかかるや、弁護士は小さく肩をすくめた。

警戒を告げるピーターの言葉が思い出された。〈警官の半数は奴《やつ》らの手先だ〉シュミットの言葉が蘇《よみがえ》る。〈治安判事があなたの言い分を取り上げるまで、一年間拘留される可能性があることもお忘れなく〉

捕まるわけにはいかなかった。ベンを奮い立たせたのは、殺されたり監禁されるかもしれないという怖《おそ》れではなく、そのいずれの場合であれ、捜査を続けることができなくなるという事実だった。ピーターの努力は水泡と帰し、コーポレーションの思いどおりに事は運ぶだろう。

そうさせるわけにはいかない。どんな犠牲を払ってでも。

保全室は、本質的な価値を有する代物《しろもの》——金や、宝石や、無記名債など——をその所有者の要求に応じて公式に査定する場所である。金庫室ほど鉄壁ではないにしろ、警戒は厳重で、強化鉄のドアと閉回路の監視カメラを備えていた。入り口の傍らで赤いライトが点滅しており、警備員の一人がエレクトロニックリーダーをかざした。ドアのロックが解除されるや、ベンは先に入るよう促され、二人の警備員があとに続く。カチッカチッカチッという三連続の音とともに、ドアが閉じた。

ベンは室内を見回した。照明は明るく、調度品はほとんど置かれていない。一つの宝石ですら紛失することはないだろうし、隠すことも不可能だろう。スレートのタイルは磨き込まれ、黒光りしている。きわめて透明度の高いプレキシガラスを張った長いテーブルと、灰色に着色されたスチールの折りたたみ椅子《いす》が置かれていた。

警備員の一人——肥満体と丸々とした赤ら顔から、ビールとビーフを常食にしていることが窺《うかが》える——が椅子に座るようベンに身振りした。ベンは間を置き、従った。二人の警備員はベルトのホルスターに銃をしまったものの、こちらが反抗的な態度を取ればためらうことなく暴力に訴えるに違いない。

「我々といっしょにここで待つんだ、いいな？」もう一人の警備員が強い訛《なま》りの英語で言った。薄茶色の髪を角刈りにした細身の男で、相棒よりもはるかに機敏そうだった。頭の回転のほうもしかりである。

ベンはその男に言った。「ここでいくら貰《もら》ってるんだ？　ぼくは大金持ちでねえ。その気になれば、あんたらに薔薇《ばら》色《いろ》の人生を提供できる。頼みを聞いてくれれば、たっぷり礼をはずむぞ」死に物狂いの胸中を隠そうとはしなかった。喜んで話に乗ってくるか、まったく相手にされないかのどちらかだろう。

細身の警備員は鼻を鳴らし、かぶりを振った。「もっと大きな声で言ったらどうだ？　マイクロフォンがキャッチできるぐらいに」

ベンが約束を守ることを彼らが信じる理由はなかった。監禁されている以上、相手に自分の言葉を保証する術《すべ》はない。それでも、嘗《な》められていることは救いだった。今は見くびられることこそが活路をひらく唯一《ゆいいつ》の手段なのだ。ベンはうめき声を漏らしながら立ち上がり、腹を押さえた。

「座れ」警備員が鋭い声で命じた。

「閉所恐怖症なんだ……こんな狭い場所は……耐えられない！」ベンは声を徐々に高め、ヒステリックに言った。

警備員たちは互いの顔に目をやり、嘲笑《ちようしよう》した――こんな見え透いた演技に騙されるほど愚かじゃない。

「違う、嘘《うそ》じゃない、本当なんだ」ベンは差し迫った口調で言った。「くそぅ！　どうすればわかってもらえるんだ？　神経性の……胃炎なんだ。すぐにトイレに行かなきゃ、ここで……漏らしてしまう」自棄《やけ》っぱちで奇矯なアメリカ人の役を完璧《かんぺき》に演じていた。「もう限界だ！　薬を飲まなきゃ。畜生！　バリウムをよこせ！　鎮静剤をくれ。極度の閉所恐怖症なんだ――閉ざされた空間にはいられない。頼む！」身振り手振りを交える。パニック発作を起こしたように。

細身の警備員がベンを見つめ、鼻で笑った。「刑務所の医務室で相談するんだな」

何かに取り憑《つ》かれたような表情で、ベンは男に迫り寄った。ホルスターに収まっている銃にちらりと目をやり、相手の顔に視線を戻す。「いいか、あんたは何もわかっちゃいないんだ！」両手を振り回した。「発作が起きそうだ！　トイレに行かせろ！　鎮静剤をくれ！」次の瞬間、男のホルスターに素早く両手を伸ばし、銃身の短いリボルバーを抜き取った。二歩後退するや、銃を構える。パフォーマンスは終わった。

「両手を上げろ」ベンは太ったほうの警備員に命じた。「さもなきゃ撃つ。二人ともな」

二人の警備員は視線を交わした。

「さあ、あんたらの一人にここから出してもらおう。嫌なら、二人揃《そろ》ってあの世行きだ。しごくわかりやすい取り引きだ。こちらの気が変わらないうちにさっさと動いたほうがいいぞ」

警備員たちはしばしスイスドイツ語で話し合った。やがて、細身の男が言った。「銃を使うのは限りなく愚かだ。それも、使い方を知っていればの話だがな。とにかく生涯監獄で暮らすことになるぞ」

ベンが予期していた口調とは違っていた。警戒しているものの、怖れてはいない。細身の男はまったく動じていなかった。軽薄なアメリカ人を演じた先程のパフォーマンスが効きすぎたのだろう。警備員たちの表情と態度には懐疑の気配が窺《うかが》える。直ちに、ベンは口にすべき言葉を見つけた。「こいつを撃てないとでも思っているのか？」目だけをぎらつかせ、けだるそうな声で言った。「ぼくは中央駅の地下街で五人殺している。あと二人増えようがどうってことないんだよ」

不意に、警備員たちは硬直した。懐疑の表情が消え失《う》せる。「こいつは地下街の殺人鬼だ」太った男がしゃがれ声で呟《つぶや》き、怯《おび》えた目で相棒を見た。血色の良い顔から血の気が引いている。

「おい！」ベンは彼に吠《ほ》えた。風向きが変わった一瞬を見逃さなかった。「ぼくをここから出せ」太った男は即座にエレクトロニックリーダーでドアを開けた。「命が惜しいなら、ここを動くな」ベンは細身の警備員に命じた。利口と思われる男のほうに。ベンの背後でドアが閉じた。カチッという音が三度し、差し錠がスライドして鍵が掛かった。

太ったほうの警備員に銃を突きつけながら、ベンはベージュのカーペットが敷かれた通路を足早に移動した。閉回路のビデオカメラからの映像はリアルタイムで監視されるというよりは、コンピュータに記録され、あとでチェックされるものなのだろう。今はそう願うしかない。

「名前は？」ベンはドイツ語で訊《き》いた。

「ラメルだ」警備員はぶっくさと答えた。「クリストフ・ラメルだ」通路の突き当たりで左に折れようとする。

「違う」ベンは鋭い声で言った。「そっちじゃない！　正面玄関ではなく、裏口に案内しろ。業務用の入り口だ。ゴミを出しにいく場所だ」

ラメルは一瞬躊躇《ちゅうちょ》した。ベンは男の赤い耳に銃口を押し当て、ひんやりとした鉄の感触を味わわせた。歩調を早め、警備員は裏階段へ向かった。凹《へこ》みのある粗末な鉄の階段は来客用スペースの雅《みやび》やかな装《よそお》いとはあまりにも対照的だった。辺りは薄暗く、各階の踊り場で、壁から突き出ている裸電球が仄《ほの》かな明かりを投げかけているだけである。

警備員の重そうな靴が鉄の階段を踏み鳴らした。

「静かにしろ」ベンはドイツ語で命じた。「音をたてるな。さもないと、耳がつぶれるような音を聞かせてやる。あんたがこの世で最後に聞く音をな」

「どうせおまえに勝ち目はないんだ」ラメルは怯えた声で呟いた。「これっぽっちもな」

やがて、裏の小道に通じる両びらきのドアの前に着いた。ベンはラッチを押し、内側からドアがひらくことを確かめた。「ここでぼくらの旅はお終《しま》いだ」

ラメルが低い声で言った。「外に出れば安全だと思っているのか?」

ベンは薄暗い小道に足を踏み出した。火照《ほて》った頬が冷たい外気に晒《さら》される。「警察の動きまで、あんたに心配してもらわなくて結構だ」依然として、男に銃を突きつけていた。

「警察?」ラメルは繰り返した。「おれは警察の話なんかしちゃいない」唾《つば》を吐き捨てた。

ベンの胸の内で恐怖が渦巻き、声が上擦った。「どういうことだ?」両手で銃を握りしめ、ラメルの目線まで上げる。「話せ!」口調に力を込めた。「知ってることを吐け!」

不意に、ラメルの喉《のど》から息が迸《ほとばし》り、生暖かい緋色《ひいろ》の飛沫《しぶき》がベンの顔に降りかかった。銃弾が男の首を撃ち抜いていた。ベンの指が勝手に動き、引鉄《ひきがね》を引いてしまったのか?二発目の銃弾が頭上を掠《かす》め、答えが出た。そう、狙撃手《そげきしゅ》がいたのだ。

警備員が顔から倒れ落ち、ベンはぬかるんだ地面に身を投げた。おもちゃの銃を撃ったようなポンという音がし、金属の反響音が轟《とどろ》いた。左脇にある大型のごみ収集箱《ダンプスター》に穴が穿《うが》たれた。ガンマンは右側にいるに違いない。

熱い何かが肩を掠めすぎると同時に、彼はダンプスターの背後に飛び込んだ。それはしかし一時的な防護壁であり、急場凌《しの》ぎにすぎない。視界の片隅で、小さく黒っぽいものが動いた――居場所を奪われた鼠《ねずみ》だった。急げ！ 銀行と隣の建物の敷地を仕切っているセメントの壁は肩ほどの高さである。ベンはスラックスのウエストバンドに銃を押し込むや、両腕で体を押し上げ、壁を越えた。短い小道の向こうにユステリス通りがある。今や一秒たりとも無駄にはできない。

敵が再び撃ってきた。銃弾がコンクリートの擁壁にはじかれる音がしたものの、ベンはすでに擁壁の反対側にいた。

ベンはユステリス通りに至る小道を全速力で駆けた。急げ。もっと急げ！〝命がけで走れ〟競技前に、陸上部のコーチは決まってそう口にしたものである。今、その言葉は現実と化していた。

狙撃手が一人じゃなかったら？ だが、敵はメンバーを総動員するほど警戒していなかったのではないか？ 考えが錯綜《さくそう》し、思考がぐらついた。駄目だ、逃げることに集中しろ。逃げ延びない限り、生き残ることはできないのだ。

塩辛いにおいがベンを次の行動に導いた。プラッツ・プロムナードでリマト川から分流する特徴のない狭い水路、ジール川からの潮風のにおいだ。彼は車の往来を無視してゲスナー通りに飛び出した。タクシーの前を突っ切るや、顎鬚《あごひげ》を生やした運転手が怒声を上げながらクラクションを鳴らし、ブレーキを踏んだ。だが、ベンはすでに通りを渡り終えていた。前方にあるシンダーブロックで築かれた急斜面の堤防の下、ジール川の川面《かわも》に目を走らせ、小型のモーターボートを見つけた。ジール川ではよく見かける光景だ。ボートは一人乗り用で、サングラスを掛けた体格の良い男が釣り竿《ざお》を片手にビールを飲んでいた。もっとも、まだ釣りはしていない。救命胴衣が男のごつい体型をいっそういかつく見せている。川は市街から十キロほど南にある自然保護区、ジールワルドに通じており、そこで河岸は森林地帯となり、河川は細流と化す。そこは市民たちのポピュラーな行楽地だった。

体格の良い男はサンドイッチからラップを剝《は》ぎ取ると、川に投げ捨てた。スイスの規準に照らせば、明らかに反社会的な振る舞いだ。ベンは川へ飛び込み、ボートに向かって泳ぎはじめた。服が水掻《みずか》きとばた足の動きを鈍らせる。

水は異常に冷たく、源流である氷河の厳しい寒さを運んでいた。流れの緩やかな場所を進んでいたにもかかわらず、骨の髄まで凍《い》てつくかのようだった。

サンドイッチを頰張りながらクローネンブルグをらっぱ飲みしていた体格の良い男は、ボートが風下へ傾くまで事態に気づかなかった。最初に、二本の手が見えた。指先が紫色に変色している。ほどなく、服を着た男が体を押し上げ、ボートに乗り込んできた。

値の張りそうなスーツから水が勢い良く流れ落ちた。

「なんだおまえは《ヴァス・イスト・ダス》！」男は仰天し、ビールを落として叫んだ。「おまえは誰だ《ヴェーン・ズイント・ズイー》？」

「このボートを借りたい」ベンはドイツ語で言った。寒さで歯ががちがち鳴るのを抑えようとした。

「降りろ！」男は太い釣り竿を威嚇《いかく》するように持ち上げた。

「あんたがな」ベンはそう言うやいなや男に飛び掛かり、川へ突き落とした。救命胴衣でプカプカ浮きながら、男は必死の形相で喚《わめ》き立てている。

「息が保《も》たなくなるぞ」ベンは近くにあるツォル通り橋を指さした。「路面電車で好きなところへ行ってくれ」スロットルに手を伸ばすや、レバーを引いた。エンジンが咳《せ》き込み、やがて唸《うな》りを上げ、ボートは南へ向かった。はるばる、ジールワルド自然保護区に行くつもりはない。グラスファイバーの底に寝そべり、川沿いの建物に目をやった。月並みなボックス型の巨大なミグロス百貨店、スイス国立博物館のすすけた尖塔《せんとう》、フレスコ画の描かれたクラサウスの壁。ガンマンが狙《ねら》うに恰好《かっこう》の場所に身を置いていることはわかっていた。しかし彼らがこちらの動きを察知している可能性は少ない。ジャケットのポケットを手探りする。パラフィン紙の封筒は皺《しわ》が寄っていたものの、無事だった。おそらく防水加工されているのだろうが、それを確かめる暇はない。

ボートは速度を上げ、スタウファシャー通り橋に差し掛かろうとしていた。二百メートルほど先に、苔《こけ》にまみれた石造りの橋台が見える。高速道路の喧騒《けんそう》が耳に届いた——磨《す》り減ったアスファルトをタイヤが擦《こす》る音。トラックや自動車の風を切る音。不意に轟くクラクションの音。それらの音は融合し、高低差の激しいホワイトノイズと化している。産業化された都市の輸送手段が聴覚に伝える振動は、荒々しい波動を描いていた。ベンはボートをなだらかなスロープの擁壁に寄せた。グラスファイバーの船体が煉瓦《れんが》を擦る音と同時に、エンジンを止める。ボートから飛び降りると、レンタカーを停めてある道路沿いのガソリンスタンドへ向かった。そこから国道三号線までは数分の距離である。今度はそのコンクリートの川で、彼は車の流れに紛れ込んだ。

再び車線を変更しようとハンドルを切るや、左肩が疼《うず》いた。右手を伸ばし、そっとさする。再び、疼く。先程よりも鋭い痛み。手を離した。指先には、べとべとした血の固まりが付いていた。

マティアス・デッシュナーは一時間前と同じように、シュシェの机の向かいにある椅《い》子《す》に腰を下ろしていた。目の前でシュシェが背を丸めている。顔がひきつっていた。

「前もって知らせてくれればよかったものを」銀行員が腹立たしげに言った。「そうすれば、奴《やつ》を金庫室に行かせずに済んだんだ！」

「わたしだって何も教えられてなかったんだ！」デッシュナーは言い返した。「彼らは昨日接触してきたばかりだ。いきなり、彼を匿《かくま》っているかどうかと訊いてきた。わかるわけがないだろう！」

「彼らに逆らえばどんなペナルティが課されるかは充分承知しているはずだ」シュシェの表情には怒りと恐怖が入り混じっていた。

「その点ははっきりと教えられたよ」デッシュナーは抑揚のない声で言った。

「今の今まで知らなかったと？　だとするなら、あんたがこの件にかかわっている可能性を彼らは知ったばかりなのか？」

「そのとおりだ。あの兄弟がどんな問題に首を突っ込んでいたのかわたしが知っていたとでも思っているのか？　わたしは何も知らなかった。これっぽっちもな！」

「歴史を振り返る限り、そんな言い訳はゲルマン民族には通用しない」

「遠戚《えんせき》に頼まれたんだ」デッシュナーは言い張った。「一大事であるとは知らされなかった」

「理由を訊かなかったのか？」

「我々のような職業の人間は多くを尋ねないよう訓練されている。あんたもご存じのようにね」

「そのせいで二人とも危険に晒されているんだぞ！」シュシェは噛《か》みつくように言った。

「彼が現れるや、わたしに電話が掛かってきた。連中は彼を金庫室に近づけさせたがっているとしか思えなかった！」

ドアがノックされた。シュシェの秘書が小型のビデオカセットを手に入室してきた。

「警備室からこれをお渡しするようにと」

「ご苦労さん、インジ」シュシェは猫なで声で応《こた》えた。「もうじき使いの者が来る。そのカセットを封筒に入れ、渡してもらえるかな」

「承知しました」彼女はそう答えると、入ってきたとき同様、静かにオフィスを立ち去った。

第十五章

チューリヒ大学からさほど遠くないシャフハウザー通り、現代的な八階建てビルディングの高性能コンピュータやモニターに埋め尽くされた部屋で、三人の男たちが座っていた。ここは、企業向け監視ビデオ映像の複製、復元、編集を手掛けるプロダクションからレンタルしたスタジオだった。

男の中の一人、白髪でしょぼくれた、実年齢四十六歳よりずっと老《ふ》け込んで見えるワイシャツ姿の男がD2デジタルフォーマットのビデオからカセットを取り出し、クァンテル・サファイアの動画編集ソフトにセットした。渡された監視ビデオテープをデジタルコピーし終えたところだ。目の前にあるイギリス製の動画編集ソフトは、そもそも内務省やMI5用に開発されたもので、今度はそれを使って映像を拡大する。

黙々と働くこの白髪の男は、この方面に関するイギリス内務省きっての専門家で、今は倍の高給でロンドンのセキュリティ企業に引き抜かれている。その企業を通じて彼を使っているのが残る二人である。今、チューリヒで急ぎの仕事をしている。白髪の男にこの二人の素性はわからない。ただ報酬はたんまりはずんでくれる。ロンドンからチューリヒまでは、ビジネスクラスの航空券を手配してくれた。

素性の知れない二人の男たちが、離れたところで何やら話し合っている。どこの国のビジネスマンであってもおかしくない。だが二人はオランダ語を使っており、その言語は専門家にもある程度理解できた。

白髪の技術者は、部屋の片隅でコンピュータスクリーンに見入っていた。画面の下には日付、刻々と変わる時間表示とともにCAM2と記されている。彼は二人の雇い主に呼びかけた。「準備完了です、なんなりとご指示下さい。この画面に映っている奴《やつ》を、お持ちの写真と比較したいんですね？」

「違う」ドイツ人と思われる第一の男が答えた。「そいつが何者かはわかっている。問題はそいつが何を見ているかだ」

「そうですか」技術者がうめいた。「弱ったなあ、こいつが持っている紙切れですよね？　陰になっていますよ」

「テープの解像度は？」第二の男が訊《き》いた。

「悪くはありません」技術者は言った。「毎秒二フレーム、まあ標準ですね。この手の銀行の監視装置はたいがいお粗末ですが、運よくこの銀行は高性能のカメラでした。カメラの場所が難点ですが、それはよくあることです」

ビジネスマン風の第二の男が尋ねた。「じゃあ、こいつの持っているものは拡大できるか？」

「もちろんです。クァンテルのソフトウェアを使えば、濃淡のむらをはじめ、デジタル拡大に関する問題はすべてクリアできます。その点は問題ありません。ただ、紙切れが陰になっているもので」

「おまえはこの分野で最高の人材じゃなかったのか」第一の男が気難しげに口をはさんだ。「だからこそ高い金を払っているんだ」

「そうですとも」技術者が言った。「仰《おつしや》るとおりです。まずコントラストを調整しましょう」画面に表示されたメニューから〝鮮明さ〟〝ズーム〟〝色〟〝コントラスト〟を選択する。さらに〝十〟と書かれたキーをクリックすると、金庫室の男が手にしている紙の陰は判読できる程度まで明るくなり、さらに解像度が上がった。コントラストを微調整してから、技術者は〝鮮明さ〟をクリックして画像を見やすくした。

「これでよし」

「何を読んでいるかわかるか？」第二の男が訊く。

「ええと、写真ですね」

「写真？」

「ええ。古い集合写真のようです。正装した人間がたくさん写っています。ビジネスマンの集団のようです。ドイツ軍の将校も二人います。ええ、間違いありません。背景に山脈が写っていて――」

「キャプションは？」

「しばらく……いや……ああ、大丈夫です」写真をスクリーン全体にまで拡大する。

「〝チューリヒ、１９４５年〟と書かれています。それに〝シグ〟……なんでしょう？」

第二の男が第一のほうをちらっと見た。「なんてことだ」コンピュータスクリーンに歩み寄る。

技術者が読み上げた。「〝シグマＡＧ〟？」

第一の男に、二番目が呟《つぶや》いた。「奴め、感づいてるな」

「思ったとおりだ」と一番目。

「ご苦労だった」第二の男は技術者に言った。「こいつのコピーをプリントアウトしてくれ。それから、写真を見ている奴の顔写真だ、一番見やすいやつを頼む」

「コピーは五十枚だ」第一の男が口を出し、椅子《いす》から立ち上がった。

第二の男が一番目に近づいた。「こう伝えてくれ」彼は静かに言った。「我々の予防措置は不充分だった。このアメリカ人は深刻な脅威だ」

ワシントンDC

アンナ・ナヴァロは椅子から身を乗り出した。アラン・バートレットのオフィスは相変わらず塵《ちり》一つなく、局長の表情には捕えどころがなかった。

「ノバスコシアナショナル銀行からケイマン諸島に振り替えられたロバート・メールホットの資金は、どうしても足取りが摑《つか》めませんでした」アンナが口をひらいた。「現地の情報源によれば、この銀行口座の最近の動きには、プロスペリの資金も絡《から》んでいることが確認されました。しかし、その先の足取りは杳《よう》として摑めません。資金の行先だけでなく、そもそもの出所を突き止めることは至難の業です。通常のルートを使って捜査を進めるわけにはいかないんですか？」

「論外ですな」バートレットは不機嫌そうだった。「捜査活動そのものを危うくしかねません。活動の中止を望む人間にとっては渡りに船でしょう。それからさらに多くの人間、つまり潜在的な標的を危険に晒《さら》すことになる」

「その点はわかります」アンナが言った。「ですが、アスンシオンの二の舞は踏みたくないのです。裏のルートを通じての活動ではああならざるを得ません。この——ええと、陰謀とでも呼ぶべきでしょうか——背後に何者が潜んでいるにせよ、すでに我々を妨害するだけの影響力を持っているのは明らかです」

「確かに。しかしA‐IIレベル、すなわち認可済みの捜査活動に格上げすれば、それはニューヨークタイムズに広告を打って、捜査内容を公表するに等しい。情報機関に巣くう二重スパイだって、この件に目を光らせている可能性があります」

「A‐IIレベルでもなお免責特権の余地は大いにあります。わたしには納得できません——」

「そりゃそうでしょう」バートレットは冷淡な口調だった。「おそらくわたしが間違っていたのだ——結局あなたも、役人的な人間にすぎなかったのでしょうね」

アンナは痛烈な言葉に取り合わなかった。「これまでにわたしは、多くの外国の捜査機関とかかわってきました、その中には殺人事件捜査も含まれます。しかし秘密が洩《も》れたケースはありません。とりわけ、政府の人間が関与していると思われた事件では。たとえば、エルサルバドルでアメリカ人が殺害された事件を政府の高官が隠蔽《いんぺい》しようとしたときには——」

「あなたのこれまでの業績については、ご想像以上のことをわたしは知っているのですよ、エージェント・ナヴァロ」バートレットはぴしゃりと言った。「それは二国間のお話でしょう。わたしは一度に多くの国々を相手にしなければならないのです。決定的な違いだ」

「確か、オスロでも犠牲者が出たのでは？」

「ええ、最新の情報では」

「では司法長官名で、ノルウェー政府検察庁に協力要請をされてはいかがですか？　最高レベルの極秘ルートを通じて、機密厳守を求めては」

「駄目です。ノルウェー当局に直接コンタクトするだけでも危険が大きすぎます」

「でしたらリストを下さい。死人のリストではありません。シグマの人物証明ファイルに誰が載っているか知りたいのです。あなたの〝ホットリスト〟を」

「それは不可能です」

「わかりました——わたしが追えるのは、死人ばかりというわけですね。でしたら、この仕事を辞めさせていただきます」

バートレットにためらいの色が浮かんだ。「駆け引きは止《よ》していただきたい、ミズ・

ナヴァロ。もうすでに人事は発令されているのですぞ」それまで彼に漂っていた、誠実で高潔そうな雰囲気が消え失《う》せた。今目にしている鉄のような視線こそ、政府内で最も強力な権限を有する地位にバートレットが登りつめた所以《ゆえん》なのだろう。「あなたの意思ではどうにもならない」

「急病で職務が遂行できなくなったことにしますわ。外国への出張ができなくなったと」

「そんなことをするはずがない」

「いいえ、本気です。ホットリストをいただけない限りは」

「ですからそれは不可能なのです。この活動に一定の制約があるのはやむを得ない。それが時折足かせになったとしても、あなたに課された限界として甘受していただかなければなりません」

「いいですか」アンナは言った。「シグマファイルに載っている十三人の老人が、〝不審な状況下で〟死を遂げました。ですが三人はまだ生きている。そうですね？」

「我々の知り得る限りでは」

「でしたら、一つ提案させて下さい。今後さらに犠牲者が死ぬか、あるいは殺された場合――いかなるレベルであれ、外国政府の協力なくしては検死できません。そうでしょう？　しかし、殺される前にいずれかの人間に近づくことができれば……これまでわたしは、死者の捜査しかできなかった。ですが生き残りの人間を潜在的な証人とみなし、二十四時間監視できれば……もちろん秘密裏にです」

バートレットはアンナを凝視した。決断を迫られている表情だ。やがて彼は自分より背の高い金庫へ歩み寄り、フォルダーを取り出した。アンナに手渡した一枚の書類には〝SECRET、NOFORN、NOCONTRACT〟のスタンプが押してある。すなわち極秘、外国人および臨時職員への配布禁止、を意味していた。「リストです」バートレットは静かに言った。

アンナは書類に目を走らせた――偽名、本名、近親者名、関係書類番号の順に書かれてある。三人の老人が生存していた。出生国、ポルトガル、イタリア、スイス。

「住所はないんですか？」アンナが訊いた。

「旧住所しかわかりません。通常の手段では現在地を突き止められないのです。過去いずれかの時点で、全員が転居しています」

「過去いずれかの時点で？　じゃあ出生国にいるとは限らない？」

「理屈の上ではそうですがね。しかし実際には出生国、住みなれた土地にいる可能性が高い――人生のある段階に差し掛かると、人間は故郷へ帰りたい気持ちに逆らえなくなるものです。老人がそれまでとまったく異なる環境に根を下ろすのは難しい。そうした環境に移ることを本能が拒否するのでしょう、たとえ身の安全を犠牲にしようとも。旧住所からそう遠くにいるとは思えません。潜伏しているのは明らかです」

「潜伏している……」アンナは言った。「彼らは怯《おび》えているのですね？」

「それだけの理由があるのでしょう」

「歳月を超えた怨念《おんねん》――とは言え、ＣＩＡもまだ設立されていない昔の出来事なんですよ」

バートレットは首を伸ばし、ベルベット縁のガラスケースを見つめて、視線を戻した。

「歳月を経るにつれて強くなるものがあります。もちろん、規模と影響力を混同するのは重大な過《あやま》ちですが。今日、ＣＩＡは強大な政府機関であり、無際限に重層化した官僚機構を備えています。しかし黎明期《れいめいき》には、個人のネットワークが重きをなしていました。それはＯＳＳ創設者のビル・ドノヴァン、アレン・ダレス元長官にもあてはまります。確かにダレスはＣＩＡの育ての親として有名ですが、それ以上に重要な功績があるのです。彼にとって重要な戦いがありました。革命的左翼との闘争です」

「〝ジェントルマンスパイ〟、そう彼は呼ばれていましたね？」

「〝スパイ〟と等しく、〝ジェントルマン〟の部分もまた危険でした。一介の私人だった頃の彼こそ、誰にも増して怖るべき存在だった。兄のフォスターとともに、ある法律事務所の国際金融部門を切り盛りしていた頃のことです」

「法律事務所？　いったい二人で何をしていたんですか、顧客に二重請求とか？」

バートレットは哀れむような眼差《まなざ》しを向けた。「個人のネットワークを軽んじるのはアマチュアの陥りがちな誤りです。そこらの法律事務所とはわけが違っていた。真の国際的影響力があったのです。ダレスは世界を股《また》にかけ、ヨーロッパ全域に蜘蛛《くも》の巣を張り巡らした。連合国、枢軸国《すうじくこく》、中立国を問わず、彼はあらゆる国の大都市で同盟者を得ていました」

「同盟者？」アンナが遮った。「どういう意味です？」

「高い地位の民間人——コンタクト、味方、〝持ち駒《ごま》〟、なんとでも言えますが——を、アレン・ダレスは効果的に取り込んだのです。彼らは情報源、助言者であると同時に、影響力を持つエージェントでもありました。そうした人々の関心を引きつける方法を、ダレスは知っていたのです。彼はあまたの国家と多国籍企業の取引を橋渡しし、かけがえのない人物として認知されるに至った。実業家にとっては、政府の大きな仕事を紹介してくれる人物。役人にとっては、昇進に繋《つな》がる貴重な情報をもたらしてくれる人物としてね。金と情報——それこそが、人の関心を引く二つの通貨だとダレスは熟知していました、たとえそれらの価値が絶えず変転するものであっても。それからもちろん、ダレス自身の取り持ちや仲介者としての役割もまた、彼が他の人々よりもいかに多くを知っているかにかかっていた」

「取り持ち？」

「バーゼルにあった、国際通貨決済銀行のことはご存じですかな？」

「いいえ、初耳です」

「基本的には、戦時中両陣営の実業家同士が、配当金の割り振りを決めるための機関でした。実業家にとっては非常に利用価値の高い機関です。結局、戦端がひらかれてからもビジネスは続いた。しかし双方の敵意が企業間の提携や連合を妨げ、あらゆる種類の障害となった。ダレスはこうした障害を巧みに潜《くぐ》り抜ける方法を編み出したのです」

「あまり気持ちのいいお話ではありませんね」

「それが現実です。ダレスは、〝ネットワーク〟を重視していた。それこそが、彼の生涯を賭《か》けた使命を理解する鍵《かぎ》なのです。ネットワークとは、個人の集合体であり――巨大で複雑な網の目を形成すれば、個々がばらばらに活動するよりもはるかに大きな力を発揮できる。これは大きな発見でした。つまるところ、人間というものは邪悪の木なのですよ」

アンナは眉《まゆ》をそびやかした。「なんだか怖いわ」

バートレットの血管がぴくりとした。「確かに怖い話です、それも少しどころではない。こうしたネットワークの特質は、構成員以外にその存在が見えないところにあります――いや、構成員にさえも全体像は見えてこない。そしてまた、当初の構成員がいなくなっても生きつづける。それ自体が一つの生き物なのです。他の組織まで侵食し、強大な力を持つものもあります」フランス製のカフスを整える。「蜘蛛の巣のお話をしました。さて世の中には、とても可愛《かわい》らしく珍しい寄生蜂《ばち》がいましてね、ヒメノエピメシス属と言うんですが――この賢い生き物は、蜘蛛を刺して一時的に麻痺《まひ》させ、腹部に卵を産みつけます。蜘蛛はそのあと何事もなかったかのように生活を続けますが、その間にも体に付いた幼虫が吸血して成長する。やがて幼虫は蜘蛛を食いつくし、巣を自分のものにするのです。まったく驚くべきではありませんか、寄生虫が宿主《しゅくしゅ》を乗っ取るとは。しかしそれすら、人間が巡らす奸計《かんけい》の比ではない。わたしはこうしたことを懸念《けねん》しているのです、ミズ・ナヴァロ。我々の内に巣くっているのは何者か？　我が国の行政機構を操り、食い物にしようとしているのはいかなる力なのか？　寄生虫は、いつの日か宿主を殺すのか？」

「わかりました。任務を続けます」アンナは言った。「半世紀前、なんらかの怖《おそ》ろしい陰謀の種が我が国に蒔《ま》かれた――それが成長を遂げ、我々を食い荒らそうとしている。しかしたとえそうだとして、それを知る術《すべ》があるのでしょうか？」

「いい質問です、ミズ・ナヴァロ」バートレットが答えた。「陰謀の糸は、それが大きく張り巡らされてもなかなか目に見えない。何も見えない暗がりで、古い地下室や倉庫を歩いたことはおありですか？　懐中電灯をつけるや、虚空《こくう》に見えた頭上の暗がりが虚空でなかったことに気づく――蜘蛛の巣がいくつも、ガラスの糸のように張っている。

しかし光の角度を変えると、それは見えなくなる——最初からそこに存在しなかったかのように。考えてみたことがありますか？　まともに見ても、何も見えてこない。違った角度から光を当て、焦点をずらしてようやく見えてくるのです」バートレットは、理解しているかどうか確かめるようにアンナの表情を見つめた。「わたしのような人種は、古い陰謀の糸が見えてはこないかと、いろいろな角度を探しているのです。ときには穿《うが》った見方をしすぎて、ありもしないものをあるように思ってしまう。たまには真実が見えてくることもありますがね。ミズ・ナヴァロ、その点あなたは、ありもしないものを見る人ではなさそうだ」

「お言葉どおりに受け取っておきましょう」アンナは答えた。

「想像力が欠けていると言っているのではありませんよ——想像にふけることを厳しく戒めているのです。悪いことではありません。要点は単純です。かつて相当な力を持った民間人による連合体があった。それ自体は、歴史の一齣《ひとこま》にすぎません。それがいかなる変遷《へんせん》を遂げたのか？　それがわかることを願うばかりです。今は、ここにある名前しかわかりません」

「三人の名前」アンナが言った。「三人の老人」

「まずはガストン・ロシニョールを探っていただきたい。全盛期にはスイスの銀行家としてかなり力のあった男です。このリストでは最も著名な人物、しかも最高齢です」

「わかりました」アンナは顔を上げた。「チューリヒの人間ですね。履歴ファイルは用意していただけることと思いますが」

バートレットは抽斗《ひきだし》から機密スタンプの押された書類を取り出し、デスク越しにアンナへ滑らせた。「一通りの情報は揃《そろ》っています、明白な欠落事項を別にすれば」

「結構です」アンナは言った。「彼らの手に掛かる前に会わなくては」

「彼の所在がわかればの話です」

「彼はずっとチューリヒで過ごしてきたのですね。仰《おつしや》るとおり、そこから離れたくはないでしょう。たとえ離れたとしても、友人や家族はチューリヒにいるはずです。そこから辿《たど》る手もあります」

「いや、かえって彼らが立ちはだかる可能性もある。ロシニョールのような人間には地位の高い友人がいます。彼を守るためにどんなことでもできる。フランス人は、友人を枝《ブランシエ》とも言うそうです。それが強い力を持っていれば、手に負えないかもしれない。役所のファイルやコンピュータの記録から痕跡《こんせき》が消されていることは大いに考えられます。何か、いい手だては思い浮かびませんか？」

「いいえ、まったくありません。下手に根回しすれば、かえって警戒を強めるだけでしょう。ロシニョールにとって、わたしはなんら怖れるに足りません。仮に強力な友人や同盟者がいたとしても、わたしが安全だと知れば彼にそう伝えてくれるかもしれません」

「なるほど、あなたは〝平和の使者〟というわけですな？」皮肉な言葉と裏腹に、バートレットは好奇心をそそられた表情だった。

アンナは肩をすくめた。「そうお思いいただいて結構です。正攻法こそ最上とわたしは考えます。いずれにしろ、結果はすぐにわかるでしょう」腕時計に目をやる。「これから一番早い便でチューリヒに向かいます」

スイス、ザンクトガレン州、メトレンベルク

およそ五時間後、ベン・ハートマンは、レンタカーのレンジローバーを北ザンクトガレン地方病院の関係者専用駐車場に停め、人の出入りを見守っていた。医師、看護婦、病院の職員。大排気量のエンジンがアイドリングしている。午後五時過ぎ、勤務時間が終わった直後にもかかわらず、出入りがそれほど多くないのは幸いだった。夕闇《ゆうやみ》が押し寄せ、光がそこここで灯《とも》りはじめる。

チューリヒから病院に電話したベンは、ドクター・マルガレーテ・フブリへ取り次いでくれるよう頼んだ。小児科に切り替わって、ベンは英語でフブリがいるかどうか尋ねた。

ええ、おります。面会の予約をしますか？　看護婦の英語はたどたどしかったが、理解はできた。

「いいえ」ベンは言った。「ドクターが病院におられるかどうかだけ知りたかったのです。子供が病身で、小児科の先生に診ていただく必要があるものですから」ドクター・フブリの勤務時間を聞いてから看護婦に礼を言い、ベンは電話を切った。

リーズルは午後四時までしか病院にいない。ベンは二時間以上待っていた。ここから出ていないのは間違いない。さらに、リーズルのルノーは駐車場にある。仕事熱心なあまり、勤務時間を気に掛けないのだろう。

しばらく座っているうちに、あることに気がついた。

ピーターが言っていた法人の定款《ていかん》は金庫室になかった。ではどこにあるんだ？　ピーターは、安全な場所に隠してあると言った。いったいリーズルは、本当にその場所を知らないのだろうか？　だとすればピーターは、リーズルさえ知らないうちにバンガローのどこかに隠したのか？

弟がバンガローに隠したものはないかと訊《き》いたとき、リーズルの答えかたはいやにそっけなかった。きっと何か知っているのだ。

ピーターの隠れ家に行かなければならない。

四十分後、リーズルが通用口から出てきた。

同僚と冗談を言い合っている。手を振って別れ、革ジャケットのファスナーを上げた。小走りに車へ向かい、乗り込んでエンジンを掛ける。

少し距離を置いて、ベンは車を出した。レンジローバーに気づきもしなければ疑いもしないだろうが、リーズルは日頃から用心深いはずだ。不要な警戒を招くのは禁物だった。

ベンはチューリヒの書店でザンクトガレン州の地図を購入し、この一帯の道路は頭に入れてあった。ピーター、リーズルともに、〝バンガロー〟に住んでいるとほのめかしていた。つまり森林にあるということだ。病院から北北西へ八キロほどの場所に、そうした土地があった。ここから二時間圏内の森林地帯はあと一つ、四十キロ先だ。そちらは毎日通勤するには遠すぎる――急患で病院に戻らねばならない場合にはなおさらだ。バンガローは、ここから近いほうの森にあるのだろう。

次の曲がり角まで二キロある。しかしリーズルがどこかで脇道《わきみち》に逸《そ》れたら見失う可能性もある。そうならないことを祈るばかりだった。

起伏に富んだスイスの地形に違《たが》わず、ほどなく急勾配《きゅうこうばい》に差し掛かった。はるか遠く、ルノーと思われる点が信号で止まっている。次の交差点から一〇号ハイウェイに至る。リーズルが一〇号へ左折すれば、ベンの予想どおりの森林へ向かうだろう。右折するか一〇号をやり過ごしたら、どこへ行くのか見当がつかない。

ルノーは左折した。

ベンは加速し、一〇号への交差点を曲がった。二、三分の距離を置いており、交通量もまだ多い。感づかれてはいないはずだ。

四車線のハイウェイは鉄道に並行して走り、広大な農場や見渡す限りの畑を過ぎていく。予想より数キロ手前で、突然リーズルは脇道へ入った。

狭く曲がりくねった道で、後続はベンの車だけになった。これはまずい。辺りが暗くなり、車の流れがなくなれば、すぐ気づかれてしまう。リーズルは速度を落として尾行している人間を確かめるか、あるいは加速して撒《ま》こうとするだろう。いずれの場合にも、ベンは姿を現すしかない。

道が曲がりくねっているのがまだしも幸いだった。カーブ一つ距離を置けば姿を隠せる。両側のまばらな樹々《きぎ》が次第に鬱蒼《うっそう》としてきた。カーブの切れ目で、ルノーのヘッドライトの光が見え隠れする。おかげで距離を詰めなくて済む。

だがほどなく、ヘッドライトが見えなくなった。

どこへ行った？　道を外れたのか？　加速したのかと思いベンはアクセルを踏み込んだが、一キロほど走っても見えてこない。

森の中へ姿を隠したとしか思えなかった。とはいえ、ここまで分かれ道はなかったはずだ。ベンは停車し、Uターンして――両方向に車は来ていなかった――引き返し、徐行して脇道を探した。

容易ではなかった。真っ暗なのだ。

ほどなく発見した。とはいえ道とは呼べそうにない。ぬかるんだ足跡のようなものをよく見ると、タイヤの跡だった。

脇道で速度は出せなかった。ルノーにはちょうどいい道幅だが、レンジローバーには狭すぎる。小枝が車体の両側を引っ掻《か》いた。さらに速度を落とす。物音をたててはならない。

ザンクトガレンの地図によれば、この森はそう広くなかった。真ん中に小さな湖――というより池――があり、森に出入りする道は一本しかない。

なんとかなりそうだ。

地図が正確であれば。

小径《こみち》は枝分かれしていた。車を停めて降りると、一本は百フィートほどで行き止まりだった。轍《わだち》の深いもう一本は先へ続いている。リーズルのルノーがどうやって進んだのか訝《いぶか》りながら、ベンは悪戦苦闘してその道を運転した。

その道も行き止まりになった。

ルノーがいる。

その横に車を停めて、ベンは車を降りた。真っ暗闇で何も見えない。エンジンを停めると、静寂が押し寄せてきた。時折、小動物の動くような音や鳥のさえずりが聞こえる。

徐々に目が暗闇に慣れ、さらに枝分かれした道が見えてきた。道幅はさらに狭く、小枝に覆《おお》われている。頭を下げて枝をよけ、両手で目を防ぎながらベンはその道に入った。

明かりが見え、徐々にはっきりしてきた。白い漆喰と丸太作りの小さなバンガローが見えてきた。いくつかガラス窓が嵌《はま》っている。見かけほど田舎風の造りではなさそうだ。玄関は反対側に違いない。ベンは足音を忍ばせて、玄関のありそうなほうへ回った。

突然、カチャッと金属音が響き、ぎょっとして見上げた。

リーズルがベンの前で銃を突きつけていた。

「止まりなさい！」

「待ってくれ」ベンは呼びかけた。リーズルは勇敢にも侵入者に立ち向かって来た。一秒あればベンを殺せるだろう。

「あなたじゃないの！」リーズルは気がついた。「いったい何してるの？」銃を下げる。

「リーズル、きみの助けがいるんだ」

斜めからの月明かりに翳《かげ》る顔が怒りに歪《ゆが》んだ。「病院からつけてきたのね！　なんてことを！」

「探しているものがある。手伝ってくれ、リーズル、お願いだ」とにかく話を聞いてもらわねば。

リーズルは荒々しくかぶりを振った。「あなたは——わたしの安全を脅《おびや》かしたのよ！　なんてことをしてくれたの！」

「リーズル、ぼくをつけてきた奴はいない」

「なんでそんなことがわかるの？　この車はレンタカー？」

「ああ、チューリヒで」

「でしょうね、迂闊《うかつ》にもほどがあるわ！　チューリヒで見張られていたら、このレンタカーだってばれるに決まってるじゃないの！」

「でも、ここでは誰にもつけられていない」

「どうして断言できるの？」リーズルは吐き捨てた。「あなたはアマチュアよ！」

「きみだってそうだ」

「確かに。でもわたしは四年間死の危険と隣合せに生活してきたアマチュアなの。お願い、出て行って。今すぐに！」

「駄目だ、リーズル」ベンは静かに、きっぱりと言った。「きみと話し合う必要がある」

第十六章

簡素ながら居心地のよいバンガローは、天井が低く本がぎっしり並んでいた。ピーター自作の本棚だと、リーズルが誇らしげに言った。幅広の松材の床。石造りの暖炉の隣に薪《まき》がきちんと積み重ねられ、薪ストーブ、そして小さな台所。部屋全体に煙のにおいがした。

室内は寒かった。リーズルが薪ストーブに火を熾《おこ》す。ベンはコートを羽織った。

「あなた、怪我《けが》してるわ」リーズルが言った。「撃たれたのね」

見ると、シャツの左肩が乾いた血で固まっている。妙なことに痛みはなかった——絶えざる緊張と疲労が感覚を麻痺《まひ》させ、さらに山を越える長い運転が撃たれたことを忘れさせていたのである。

「見かけほどひどくはないよ」ベンは言った。

「わからないわよ」とリーズル。「まず外傷を見ないと。シャツを脱いで」すっかり医師の口調だ。

ベンは白いオックスフォードのシャツのボタンを外した。左肩の上に生地が張りつき、剝《は》がそうとすると鋭い痛みが走った。

リーズルは清潔な脱脂綿をぬるま湯に浸し、患部を濡《ぬ》らしてからシャツをそっと離した。「あなた、相当運が強いわ。弾はかすっただけね。何があったか聞かせて」

リーズルが手当している間、ベンはつい数時間前に起こったばかりの出来事を話した。

「破片が残ってる。丁寧に消毒しておかないと、化《か》膿《のう》の原因になるわ」リーズルはベンを洗面台の隣に座らせ、沸騰《ふっとう》した湯をケトルからボウルに注いで冷ました。それからしばらく姿を消し、ガーゼと黄色い消毒液のボトルを持って出てきた。

リーズルが患部を洗い、茶色の消毒液を染《し》み込ませたガーゼを塗る間、ベンは痛みに耐えていた。「やられたときより痛いよ」

患部に雑菌が入らないよう四枚のテープを止めながら、リーズルはそっけなく言った。

「今度も運がいいとは限らないわよ」

「今必要なのは、運じゃない」ベンは言った。「知識だ。いったい何が起こっているのか知る必要がある。シグマのことをできるだけ知りたいんだ。間違いなく、奴《やつ》らはぼくに狙《ねら》いを定めている」

「幸運と知識――あなたには、その両方が必要だわ」リーズルはベンにシャツを差し出した。厚手の綿シャツ。ピーターが着ていたものだ。

にわかに、ここ数日間の出来事が甦《よみがえ》ってきた。必死に振り払おうとしていた記憶がこみ上げ、目眩《めまい》、パニック、悲しみ、絶望が一気に押し寄せてくる。

「手伝ってあげる」ベンの表情に現れた苦悩を見て取り、リーズルは言った。

冷静さを取り戻さなくてはならない、彼女のためにだけであっても。リーズルの苦しみも察するに余りあった。シャツを着たベンを、彼女はじっと眺めた。「ピーターにそっくりだわ。あの人は決して言わなかった。どれほど似ているか気づかなかったんでしょうね」

「双子は、決して気づかないものさ」

「いいえ、そういうことじゃない。外見だけを言ってるんじゃないのよ。ピーターには生きる目的がなかったと言う人もいるかもしれない。でもそうじゃなかったの。彼は船の帆のようだった、風が吹くまではじっとしているの。そして風の力を受け止めるんだわ」リーズルはもどかしげにかぶりを振った。「ピーターには、より大きな目的意識があったのよ」

「言いたいことはわかるよ。それこそ、ぼくが最も高く評価していたところだ。自ら、人生を切りひらいていく能力をね」

「それは情熱だった」リーズルの目が悲しげに潤《うる》んでいる。「正義への情熱、それが彼の存在から滲《にじ》み出ていた」

「正義への情熱か。金融業の世界ではあまり意味のない言葉だね」ベンは苦々しい口調だった。

「あなたはその世界で息苦しいと感じていたのね」リーズルは言った。「きっとそうだったんでしょう、ピーターもそう言っていたわ」

「寿命を縮めるよ」とベン。「最近やっとわかった」

「あなたが教えていた学校の話が聞きたいわ。ピーターはニューヨークの学校と言っていた。二回だけ行ったことがあるの。十代の頃に一度、それから学会で」

「確かにニューヨークだった。でも、観光客が目にするようなニューヨークじゃない。イーストニューヨークという地域の学校さ。約五マイル四方にわたって、ニューヨークで最悪と言われる人々が集まっていた。オートショップ、タバコや酒を売ってる雑貨屋《ボデーガ》、小切手を闇《やみ》で現金にしてくれる店。第七十五管区——運悪くあそこの勤務になった警官は〝七五《ななご》〟と呼んでいた。ぼくの教師時代だけで、七五では百件以上の殺人事件が発生した。街がベイルートみたいになる夜もあった。銃声が子守唄《こもりうた》だったよ。希望のまったくない街、社会からのけ者にされた人間の吹き溜《だ》まりさ」

「そんな街であなたは教えていたのね」

「世界一豊かなアメリカに、まだあんなに惨《みじ》めな場所が存在していると思うだけで忌《い》まわしいよ。あそこから見れば、南アフリカのソウェトだってスカーズデールの住宅地みたいなもんだ。貧困者救済プログラムは、例によって中身のない代物《しろもの》だった。誰もが無力感に苛《さいな》まれていた。〝貧困は常に我々とともにある〟――口にこそ誰も出さないが、結局そういうことだったのさ。もっともらしく、〝経済構造上〟とか〝行動科学上〟どうのとあいつらは言う。しかし中産階級は健全だという結論でおしまいさ。だからこそぼくは教職にこだわったんだ。そりゃ、ぼく一人で世界を救おうなんて思うほど青くはなかった。けれども、たとえ一人でもいい、できれば二人、三人の子供を救えたなら、ぼくの努力も無駄ではないと自分に言い聞かせてきたんだ」

「救えたの？」

「ひょっとしたらね」ベンは急に疲れた口調になった。「ひょっとしたら。それを見きわめられるほど長くはいなかった」吐き出すように言った。「今は豪勢なレストランで顧客とたらふく飲み食いする身分だ」

「大変なショックだったでしょうね、そんなふうに環境が変わるのは」リーズルは優しく言った。ベンの言葉に熱心に耳を傾けていたのは、自分自身の痛みを紛らすためだろうか。

「感覚が麻痺してしまったような気がするよ。我ながら嫌になるのは、ぼくが新たな役回りにうまく適応していることだ。顧客をもてなすこつを、あっという間に飲み込んだ。

ニューヨークで一番高い店で、メニューも見ずに注文できる。それから、時間の許す限り命がけの冒険に出かけるようになった——むろん趣味としてね。すっかりスポーツ狂いになってしまったよ。アリゾナのバーミリオン断崖《だんがい》を登った。バミューダで単独航海もした。キャメロン海峡でパラスキーもやった。昔付き合ってたコートニーという女から、ぼくには自殺願望があるって言われたけど、そういうことじゃない。ぼくがそんなことをするのは、生きている実感がほしいからなんだ」ベンはかぶりを振った。「馬鹿《ばか》みたいに聞こえるだろ？　甘やかされた金持ちのぼんぼんの気紛れだと」

「それはきっと、今の仕事が自分に合ってないからだわ」リーズルは言った。

「じゃあ何が合ってるんだい？　イーストニューヨークで子供を助けるのが、一生を賭《か》けるに値する仕事だとも思えない。とにかく、ぼくにはそれを見つける機会がもうないんだ」

「あなたもピーターみたいに、帆のような人なんだわ。風を受けなくては先に進めない」悲しげに笑う。

「風は受けていると思うよ。ひどい嵐《あらし》のような風を。半世紀前に端を発する陰謀で、今なお人命が失われている。ぼくの近しい人間の命まで。きみは嵐に晒《さら》される小船を見たことはないだろう、リーズル。ぼくはある。そのときまず最初にしなきゃいけないのは、帆を畳むことだ」

「本当にそれしか選択肢はないの？」リーズルはグラスにブランデーを少し注いで寄越した。

「選択肢なんてものがあればの話だがね。きみとピーターは、ぼくより多くの時間をかけて考えてきたはずだ。きみはどんな結論に達したんだい？」

「お話したとおりよ。でもほとんどは推測にすぎない。ピーターは半世紀前に遡《さかのぼ》って、精力的に調査した。その結果、彼は落胆したわ。第二次世界大戦は正義と悪の区別がはっきりしていたにもかかわらず、実際にはどちらでも構わない人が大勢いた。企業の大半は、利潤を維持することにしか関心がなかった。悲しいことに、中には戦争を食い物にして大儲《おおもう》けをくわだてる連中もいた。裏取引していた企業組織の遺産がこれまで充分に追及されなかったのは、都合の悪いことがたくさんあったからでしょうね」リーズルの嘲笑《あざわら》うような笑みは、ピーターの鬱屈《うっくつ》した怒りに似ていた。

「都合の悪いことというのは？」

「アメリカにもイギリスにも、敵国と裏取引していた会社がいくらでもあったのよ。闇《やみ》に葬《ほうむ》るに越したことはないってわけね。ダレス兄弟がいい例よ。実際に誰と誰が繋《つな》がっていたのか突き止めても、あまり得るところはないでしょう。そんなことをすれば、正邪の境界線が曖昧《あいまい》になり、連合国は清廉《せいれん》潔白だったという神話を覆《くつがえ》しかねない。ごめんなさい、少し説明が足りなかったかもね——その手の話はいくらでもあるの。アメリカの実業家とナチスとの繋がりにあえて言及した若い司法省の検事が、すぐさま首になった。戦後、ドイツ高官の一部は復権し、枢軸国《すうじくこく》の産業界の大立者たちは追及されなかった。ヒトラーと取引し、あれほどの独裁者に仕立て上げたドイツの産業人が、今度は平気な顔でアメリカと取引したのよ。ニュルンベルク国際軍事裁判で職務熱心な検事が彼らを告発しても、アメリカのマクロイ高等弁務官が減刑した。ファシズムの〝行きすぎ〟は遺憾だが、産業人は戦後の復興に必要だったってわけね」

それはやはり、ピーターの熱の籠《こ》もった口調そのものだった。ベンは物憂《ものう》げに言った。

「やっぱり、まだ釈然としない部分がある――両陣営が戦争していた最中に、金融面での協力体制が存在できたんだろうか？」

「物事は見かけどおりにはいかないものよ。ヒトラー直属の情報参謀ラインハルト・ゲーレンは、一九四四年に降伏の計画を立てていた。ドイツ軍最高幹部は風向きをわきまえ、ヒトラーが正気を失っているのを承知していた。そこで彼らは取引した。ソ連に関する機密書類をマイクロフィルムに撮り、耐水性容器に入れてアルプス山中の牧草地に埋めて――ここから百マイルもないところよ――アメリカの諜報《ちようほう》機関に取引を持ち掛けたの。戦後、あなたがたアメリカ人は、ゲーレンを南ドイツ産業開発公社のトップに据えたわ」

ベンはぼんやりとかぶりを振った。「きみたち二人とも、この問題に熱中していたようだね。それにぼく自身、深みにはまっているような気がするよ」ブランデーの残りを一気に流し込む。

「ええ、確かにわたしたちは深みに入り込んだと思う。そうしなければならなかったの。ピーターの言葉を思い出すわ。真の問題は、彼らがどこにいるかではない。どこにいないかだ。本当に重要なのは、誰が信じられないかではなく、誰を信じられるかだ。以前は、妄想症めいて聞こえたわ」

「だが、今はそうではない」

「ええ」リーズルはかすかに声を震わせていた。「今や彼らは、わたしを屈服させようとしている、公式、非公式、両方のチャンネルを通して」彼女はためらった。「他にも、あなたに渡さないといけないものがあるの」

リーズルは再び寝室に姿を消し、ワイシャツのパッケージと思われる厚紙の箱を取ってきた。ぞんざいに組み立てられたテーブルの上でそれを開ける。書類。ラミネート加工された身分証。パスポート。現代官僚組織における三種の神器である。

「ピーターのものよ」リーズルは言った。「四年間の潜伏生活の収穫かしら」

ベンはトランプをいじるように書類を指で繰った。三つの偽名、写真はどれも同じ。ピーターの顔写真だ。いかにも彼らしく、実用性に徹している。「ロバート・サイモン。なるほど。アメリカに何千人もいそうな名前だ。マイケル・ジョンソン。これもだな。

ジョン・フリードマン。さすがだ、プロの仕事だという気がするよ」

「ピーターは完全主義者だった」とリーズル。「間違いなく、どれもまだ使えるわ」

さらに書類を改めたベンは、パスポートの名義と同じ三枚のクレジットカードを見つけた。おまけに〝ポーラ・サイモン〟のように、それぞれの配偶者名義まで作ってある。妻とともに、ロバート・サイモン名義で移動する必要が生じた場合に備えていたのだ。

ベンは驚嘆すると同時に、深い悲しみを覚えた。これほど徹底して用心し、強迫観念に駆られたとも思えるほど警戒していたのに、ピーターは命を落としてしまった。

「一つ訊《き》きたい、リーズル。ピーターを追跡していた奴ら――シグマだろうがなんだろうが――に、この偽名はばれていないだろうか？　このうちのどれかを使って、しっぽを摑《つか》まれる可能性は？」

「あくまでも可能性でしょう」

「彼が最後に〝ロバート・サイモン〟名義を使ったのはいつだい？　それは、どういう状況下だった？」

リーズルは目を閉じて集中し、驚くほど正確に記憶を呼び起こした。二十分ほど話をさせ、ベンは納得した。少なくとも二つの偽名は過去二年間使われておらず、正体が割れる懸念《けねん》はまずない。革製のコートの広い裏ポケットに、書類を押し込んだ。

ベンはリーズルの手に自分の手を重ね、青く澄んだ瞳《ひとみ》を覗《のぞ》いた。「ありがとう、リーズル」やはり素晴らしい女性だ。彼女に巡り会えた弟は、なんと幸運だったことか。

「肩の傷にはかさぶたが張って、数日でよくなるでしょう」リーズルは言った。「これから素性を隠すのはきっと大変だわ、この書類が少しは役に立つでしょうけど」

リーズルは赤ワインのボトルを開け、二つのグラスに注いだ。最高級のワインは、深く豊饒《ほうじょう》で渋みがあり、ベンは緊張が解けてきた。

二人はしばらく無言のうちにストーブの火を眺めた。ベンは沈思黙考した。ピーターがここに定款《ていかん》を隠したとすれば、いったいどこにあるんだ？　ここになければ、どこにあるのか？　ピーターは、安全な場所に隠してあると言っていた。もしかして、マティアス・デッシュナーに託したのだろうか？　だがそれではつじつまが合わない。煩雑《はんざつ》さを厭《いと》わず銀行口座をひらいたのは、金庫室が使えるからである。それなのに、金庫室に書類はなかった。

なぜ金庫室に書類はなかったのか？

思いはデッシュナーに及んだ。銀行で起こったことにあの男は絡《から》んでいたのか？　ベンが不法滞在者だと、密《ひそ》かに合図を送ったのか？　だとすれば、タイミングに合点が行かなかった。ベンが金庫室に入る前にできたはずだからだ。以前にデッシュナー自身が金庫室に入り――それはできないと彼自身は言っていたが――、書類を取り出して弟を狙《ねら》っていた人間に渡したということは？　しかしリーズルによれば、従兄弟《いとこ》のデッシュナーは信頼できるはずだ……いくつもの相反する考えが渦巻き、錯綜《さくそう》して、しまいには頭がぼんやりしてきた。

リーズルが沈黙を破り、ベンの想念を中断させた。「あなたが簡単にわたしを追跡できたこと自体、不安にさせられるわ」彼女は言った。「責めているわけじゃないのよ。でもあなたはアマチュアだわ。これがプロだったら、なおのこと造作ないでしょう」

それが正しいかどうかはさておき、リーズルを安心させることが重要だった。「でも一つ言わせてくれ、リーズル。ぼくはピーターから聞いたんだ、きみたちが湖に近い森の中のバンガローで暮らしているってね。病院の場所が特定できたら、そこから絞り込んでいけばよかった。ピーターから聞いていなかったら、たぶんとっくに見失っていたよ」

リーズルは黙ったまま、不安げに火を見ていた。

「こいつの使いかたは知っているのかい？」ドアのそばのテーブルに置かれた拳銃《けんじゅう》を見て、ベンは訊いた。

「兄弟が軍隊にいたの。スイスの男の子なら、誰だって拳銃の撃ちかたは心得てるわ。男の子がこぞって射撃に出かける祝日もあるぐらいよ。父は男女平等の信念の持ち主で、わたしにも銃の使いかたを教え込んだ。だからこういう生活に入る準備はできていたの」リーズルは立ち上がった。「お腹《なか》が減って死にそうだわ。ご飯を作りましょう」ベンは彼女について台所に入った。

ガスオーブンの火をつけ、小さな冷蔵庫から鶏肉《とりにく》を丸ごと取り出したリーズルは、バターを塗ってハーブを散らし、そのままオーブンにかけた。ジャガイモと野菜を煮る間、二人はお互いの仕事やピーターのことをとりとめなく話した。

しばらくして、ベンはジャケットから写真を取り出し、リーズルに見せた。蠟《ろう》引きの封筒に入っていた写真が無事であることはすでに確かめてあった。

「ここに写っている人間に、思い当たる節は？」

リーズルの目に驚きの色が浮かんだ。「あら、この人はあなたのお父さんじゃない！あなたがた兄弟にそっくりだわ。ずいぶんハンサムだったのね！」

「他は？」

少しためらってから、リーズルは首を振った。明らかに困惑している。「重要人物のようね、みんな正装しているもの。ごめんなさい、わからないわ。ピーターにこれを見せられたことはなかった。写真の話は聞いていたけど」

「それに、さっき言った書類――会社の定款――を、ピーターがこの家のどこかに隠した様子はなかったかい？」

リーズルは野菜を掻《か》き回す手を止めた。「ないわ」きっぱりとした口調だ。

「間違いないかい？　金庫室にはなかったんだ」

「もしここに隠したなら、わたしには言ったはずよ」

「そうとは限らない。この写真だってきみには見せなかったじゃないか。彼はきっときみを守りたかったか、心配させたくなかったんだ」

「だとしたら、わたしにわかるわけがないわ」

「探してみてもいいかな？」

「どうぞご自由に」

リーズルが夕食を支度している間、弟になったつもりで、ベンはバンガローをくまなく探し回った。ピーターならどこに隠すだろうか？　リーズルがいつも掃除しそうな場所、見られそうな場所は除外される。居間の奥には小さな部屋が二つ並び、一部屋は二人の寝室、もう一部屋はピーターの書斎だった。だが両方ともきわめて質素で、収穫は何もなかった。

床板のどこかが外れないか調べ、丸太に漆喰塗りの壁も確かめたが、やはり空振りだ。

「懐中電灯はないかな？」ベンは台所に戻って訊いた。「外を見たいんだ」

「もちろんあるわよ。どの部屋にも置いてあるわ——よく停電するから。ドアのそばのテーブルに一つあるはず。でもその前に、食事にしましょう」

「すぐ終わる」ベンは懐中電灯を取って、寒く真っ暗な戸外に踏み出した。バンガローの草深い周辺を素早く一周する。バーベキューでもしたのか、草の焦《こ》げた場所がある。

防水シートの掛かった太い丸太が山積みになっていた。ひょっとしたら、石の下になった容器の中にあるかもしれないが、探すには日の出を待たなければならない。ベンは懐中電灯でバンガローの壁を照らしてゆっくり移動させ、プロパンガスのタンクまで探したが、何もない。

ベンが戻った頃には、窓際《まどぎわ》の丸テーブルに赤白のクロスが掛けられ、二人分の皿と銀器が並んでいた。

「いい匂《にお》いだ」とベン。

「どうぞ座って」

リーズルは赤ワインを二つのグラスに注ぎ、料理を取り分けた。この上ない香りの料理を、ベンは貪《むさぼ》り食った。二人とも食事に気を取られ、空腹を満たすまで話をしなかった。二杯目のワインでリーズルは憂愁に沈み、ピーターと初めて会った頃の話をしながら涙に咽《むせ》んだ。得意満面で二人のバンガローの家具を備え付けたピーター。本棚をはじめ、家具のほとんどは彼の手作りだった。

本棚か。ピーターが本棚を作った……。

ベンはぱっと立ち上がった。「本棚をもう少し調べてもいいかい？」

「どうぞ」リーズルはうんざりした口調で言った。

いくつかの部分を組み合わせたような本棚だった。本棚の奥に壁は見えない。木製の背板が付いている。

棚ごとにベンは本をすべて取り除《の》け、奥を眺めた。

「何してるの？」リーズルが苛立《いらだ》たしげに呼びかける。

「心配しないでくれ、あとで全部戻すよ」

三十分経《た》っても何も見つからない。リーズルは食器を片づけ、もう疲れたと言ってきた。だがベンは、棚をすべて調べるまで諦《あきら》められなかった。スコット・フィッツジェラルドの小説の列に出くわし、悲しげな笑みを浮かべた。『グレート・ギャツビー』がピーターのお気に入りだった。

そのとき、フィッツジェラルドの列の背後に、ほとんど見分けがつかないものの、平らに均《なら》された小さなスペースが見つかった。

ピーターの大工仕事には非の打ちどころがなかった。本をすべて棚から取り除いても、正方形の線がかすかに見えるだけだ。爪《つめ》で引き開けようとしてもびくともしない。指先で突いてみると、反動とともにひらいた。まさに職人技だ。いかにも完全主義者のピーターらしい。

慎重に丸められた書類はゴムバンドで留めてあった。ベンは書類を出してゴムバンドを取り、平たくした。

脆《もろ》く黄ばんだ紙に、謄写版《とうしゃばん》の活字。それも一ページしかない。定款の最初のページだけだった。

表題は〝シグマＡＧ〟。日付は一九四五年四月六日。

続いて役員名簿と思われる一覧表。

ベンは衝撃を受けた。ピーターは正しかったのだ。聞いたことのある名前が並んでいる。現存する自動車会社、兵器会社、消費財の生産会社。大立者や大企業の会長。写真にも写っていた、あの有名なサイラス・ウエストンがいた。かつて彼の製鉄会社はカーネギーやヘンダーソンのそれをも凌《しの》ぎ、金融王Ｊ・Ｐ・モルガンに次いで二十世紀を代表する実業家と言われた。巨大な自動車会社の社長たち。レーダー、マイクロ波、冷蔵技術開発の先駆けとなった初期テクノロジー産業——それらの真の価値が認識されたのは何十年もあとのことである。アメリカ、イギリス、オランダそれぞれに本拠を構える、石油三大メジャーのトップ。通信産業の巨大企業、当時は〝通信産業〟という名前もまだなかったものの、大戦末期における世界最大級の会社ばかりだ。今なお拡大の一途を辿《たど》っている例もあれば、さらに巨大な企業連合に吸収された例もある。アメリカ、西欧諸国、戦時中のドイツの産業人まで名を連ねている。そして一覧表の筆頭には、経理担当者の名前があった。マックス・ハートマン（ＳＳ中尉《オーバーシュトゥルムフューラー》）。

心臓が狂ったように動悸《どうき》を打った。マックス・ハートマンは、ヒトラー親衛隊の将校だった。捏造《ねつぞう》だとすれば……できすぎている。今まで数え切れないほどこうした定款を見てきたベンに、これが偽物《にせもの》とは思えなかった。

リーズルが台所から出てきた。「何か見つかったの？」

ストーブの火が消え、部屋が寒くなってきた。

「見覚えのある名前はないかな？」ベンが訊いた。

「有名人ばかりだわ。ピーターが〝産業界の大御所〟と言っていたような人たちね」

「だが、ほとんどはもう生きていない」

「後継者はいるでしょう」

「ああ。手厚く守られた後継者がね」ベンは言った。「だが、ここにはそれ以外の名前もある。ぼくの知らない名前だ。残念ながら歴史学者じゃないんでね」ベンが指さした名前は、英語圏以外の人間だった。「この中で知っている名前は？　まだ生きている人間がいるだろうか？」

リーズルはため息をついた。「ガストン・ロシニョールは、まだチューリヒに暮らしているはずよ。誰もが聞いたことがあるわ。戦後長く、スイス金融界の中心的人物だった。それからゲルハルト・レンツはヨーゼフ・メンゲレの同僚で、強制収容所の被収容者に身の毛もよだつ人体実験をした男よ。怪物だわ。だいぶ前に、南米のどこかで死んだ。それに、もちろん……」声がしぼんでいった。

「ピーターの言うとおりだった」ベンは言った。

「お父さんのこと？」

「ああ」

「不思議だわ。スイスにはこういう諺《ことわざ》があるの——りんごは、木からそんなに遠くには落ちない。あなたとピーターは本当によく似ているわ。そして若かった頃のマックス・ハートマンにも、あなたの面影がある。それなのに、あなたがた兄弟はお父さんと正反対なのね。外見で人はわからないものだわ」

「親父《おやじ》は邪悪な人間だ」

「お気の毒だわ」リーズルは長い間ベンを見つめた。悲しみか、憐《あわ》れみか、それ以上の何かによるものか、ベンには決めかねた。「今のあなたが、ピーターに一番よく似ているわ」

「どういうことだい？」

「あなたは……苦悩に苛《さいな》まれているように見える。あの人も——最後の何ヶ月かはそんなふうだった」リーズルは目を閉じて涙をこらえた。しばらくして、また口をひらいた。「ピーターの書斎の長椅子《ながいす》がベッドになるの。わたしに用意させて」

「大丈夫だよ」とベン。「自分でできるから」

「じゃあ、シーツと枕《まくら》ぐらい用意するわ。それから休みましょう。疲れた上にワインを飲みすぎて、今すぐ寝てしまいそうだわ。こんなに飲んだことなかったもの」

「最近、つらいことが続いたせいだよ」ベンは言った。「お互い様だけど」

ベンは書斎で服を脱ぎ、書類を丁寧に折りたたんで革ジャケットのポケットにしまった。ピーターの偽造旅券の隣だ。すぐさま、彼は深い眠りに落ちていった。


ベンと弟は、大勢の人間とともに鍵《かぎ》の掛かった有蓋車《ゆうがいしゃ》に押し込められていた。耐え難いほど暑く、悪臭が漂う。被収容者は幾日も入浴を許されていなかった。手足を動かすこともままならない。ほどなく意識を失い、次に目覚めたときには違う場所にいた。やはり大勢の人々がいる。頭を丸坊主《まるぼうず》にされ、歩く骸骨《がいこつ》さながらだ。だがピーターはほっとしている。ようやく入浴を許されたからだ。集団用シャワーだっていいじゃないか？ベンはパニックに襲われた。虫の知らせか、彼にはわかっていたからだ。ベンは叫ぼうとした。「ピーター、止《や》めろ！　そいつはシャワーなんかじゃない――ガス室だ！　おい、出てこい！　そこはガス室なんだ！」だが言葉が出てこない。他の者は生霊《いきりょう》のようにその場に立ち尽くし、ピーターはぼんやりとこちらを見ている。赤ん坊の泣き声に、幾人か若い女性の声が続いた。もう一度声を振り絞ろうとしたが、駄目だった。ベンは恐怖に捕われていた。閉塞感《へいそくかん》に襲われ、窒息しそうだ。弟が首を仰向《あおむ》け、天井のノズルから水が出てくるのを待っている。同時にベンは、錆《さ》びついたバルブが開けられる音、それにガスの出てくる音を耳にした。ベンは叫んだ。「止めろ！」目を開け、真っ暗闇《くらやみ》の書斎を見渡した。

ベンはゆっくりと起き上がり、耳を澄ました。錆びついた金属音はしない。あれは夢だったのだ。森の中、今は亡《な》き弟のバンガローで寝ていたのだから。

だが、何か音がする。これも夢の続きか？

そのとき、車のドアのバタンとしまる音がした。

聞き違いではない。他にあんな音はない。大型車、たぶんトラックだ。ベンのレンジローバーだろうか？

ベッドから飛び出して懐中電灯を取り、ジーンズにスニーカーをつっかけて革ジャケットを着る。理由はさておき、リーズルがレンジローバーに出るか入るかしたのか？

寝室のドアを開ける。

リーズルはベッドで目を閉じ、眠っていた。

どういうことだ。他に誰かいる。誰かが外にいる！

ベンは玄関に駆け寄ってテーブルから拳銃《けんじゅう》を取り、そっとドアを開けた。晴れ渡った夜空を青白い月明かりが照らしている。懐中電灯はできればつけたくなかった。注意を引きつけることになる。

イグニションに続いて、エンジン音がした。ベンは駆け出した。レンジローバーは停車したままだが、トラックの赤いテールライトが見える。

「おい、待て！」トラックを追って走りながらベンは叫んだ。

トラックは、両側の樹々《きぎ》に構わず狭い泥道を猛スピードで走り出した。片手に銃を、片手には大学選手権でのバトンのようにマグライトを握ってベンは加速した。全速力で追ったにもかかわらず、テールライトはぐんぐん遠ざかる。小枝が顔に当たっても痛みはなかった。ベンは機械と化した、走る機械に。陸上競技では鳴らしたものだ、絶対に逃がすものか。バンガローから続く泥道を疾走しながらベンは訝《いぶか》った。バンガローの物音が奴《やつ》らに聞こえたのか？ こっそり侵入しようとしたものの、途中で怖くなったのか？ ベンはさらに速度を上げたが、赤いライトは小さくなるばかりだ。もう追いつけない。トラックは行ってしまった。ベンは踵《きびす》を返し、バンガローへ引き返そうとした。レンジローバーを思い出したのだ。ローバーで追跡できるじゃないか！ 方向は二つしかない。まだ間に合うはずだ。来た道を駆け出そうとするや、突然バンガローのほうから耳をつんざく轟音《ごうおん》が響いた。爆発は巨大な花火のように夜空を赤とオレンジに染め、ベンは戦慄《せんりつ》しながら炎に包まれるバンガローを見つめた。

第十七章

ワシントンDC

アンナのガーメントバッグのファスナーがドレスに引っ掛かり、外ではすでに到着したタクシーが苛立《いらだ》たしげにクラクションで催促している。

「もうわかったから」アンナも苛ついていた。「落ち着いて」もう一度ファスナーを引っ張ったが動かない。そのとき、電話が鳴った。「こんなときに！」

すでに出遅れている。レーガン空港から今晩のフライトでチューリヒに発《た》たねばならない。電話に出る暇はない。留守番電話にしようとしたが、気が変わった。

「エージェント・ナヴァロ、ご自宅までお電話して済みません」高く、嗄《しわが》れた声。一度しか話したことはなかったものの、声の主はすぐにわかった。「アルセノール巡査部長からご自宅の番号を聞いたものですから。こちらノバスコシア法医学研究所化学班のデニス・ウィースと申します」

並外れてゆっくりした口調だ。「ええ」アンナはしびれを切らした。「毒物学者のかたですね？　なんでしょう？」

「確か、眼球液を調べるよう依頼なさいましたね？」

ようやくドレスの生地をファスナーの間から外した。ドレスの値段は考えないことにした。やってしまったものは仕方がない、そんなには目立たないだろう。「何かわかりましたか？」

「大変興味深い結果が出ました」タクシーのクラクションがいよいようるさくなる。

「ちょっと待っていただけます？」アンナは受話器をカーペットに放り出して窓際《まどぎわ》に駆け寄った。「すぐ行きますから！」叫び声だった。

運転手が叫び返す。「ナヴァロさん？　タクシー呼びましたよね？」

「メーターつけていいわよ。すぐ行きます」走って電話に戻る。「失礼。眼球液でしたね」

「電気的な蛍光発色分析をしたところ、帯状組織が出てきたのです」毒物学者が続けた。「自然発生した蛋白質《たんぱくしつ》ではありません。ペプチドです、つまりアミノ酸が結合したもので——」

アンナはガーメントバッグを床に落とした。「つまり、合成されたってことですか？」

自然発生した蛋白質ではない。つまり研究所で作られたものだ。だとすれば？

「特定の神経器官だけに結びつく作用があります。血液から検出されなかったわけです。髄液や眼球液を調べなければ突き止められませんでした」

「基本的に、直接脳に作用するということですね？」

「まあ、そうです」

「いったいどんな物質なんですか？」

「かなり変わってますよ。自然界で最も近い物質は、毒蛇が持っているようなペプチドでしょうね。しかし、合成分子であることは明らかです」

「毒物ね」

「まったく新しい分子構成です。現在合成し得る最新の毒素と言うべきでしょう。おそらく心停止を引き起こす作用があるのだと思います。直接脳に作用し、脳血液関門を抜けますが、血清にはいかなる痕跡も残さない。非常に興味深い物質ですよ」

「一つ質問させて下さい。この毒物が作られた目的はなんだとお考えですか？　化学兵器として？」

　デニスは不安げに笑った。「いやいや、そんなことはないでしょう。このような合成ペプチドは、合成だろうが、ヒキガエルやカタツムリやヘビが持つ自然界の物質だろうが、基礎的な化学研究でよく見られます。しかし、その毒性物質を特定の蛋白質だけに結びつくので、それらを検出するのに便利なのが目的というわけではありません」

「そうしたら——この物質は——バイオ関連の企業で作られたんですね」

「高分子生化学関連の研究部門があれば、どんな企業でもあり得るでしょう。農業関係の大企業かもしれない。モンサント、アーチャー・ダニエルズ・ミッドランド、どんな会社でも。もちろんわたしには特定できませんが」

「一つお願いがあります」アンナは言った。「この件の情報を、細大漏らさずファックスして下さい、よろしいですか？」ファックス番号を教えて礼を言い、一度受話器を置いて、今度は内政遵法監視局（ＩＣＵ）を呼び出した。飛行機を逃したらそれまでのことだ。今はこちらのほうが重要だった。

「特許庁の連絡担当者に繋いで下さい、どなたでも結構です」繋がると、再び口をひらいた。「エージェント・スタンレー、こちらはエージェント・アンナ・ナヴァロです。取り急ぎ調べてほしいことがあります。ノバスコシア法医学研究所からすぐにファックスが入ってくるはずです。合成分子に関する資料で、それを特許庁に照会してほしいの。この物質の特許を取得した会社がないかどうか知りたいんです」

作った人間がわかれば、殺人犯の特定に大きく前進する。繋がりを手繰っていけばよい。

それほど簡単に行くかどうかはわからないが。

タクシーの運転手がまたクラクションを鳴らし、アンナは窓際に駆け寄って「すぐ行くわ！」と叫んだ。

スイス

チューリヒへ車を駆るベンの神経はまともに機能していなかった。またライオンの巣に戻るのか。沈鬱《ちんうつ》な気分だった。確かにあの街でベンは〝ペルソナ・ノン・グラータ〟（訳注　外交用語で「好ましからざる人物」）だが、人口四十万近くの都市だ。素性を隠し、罠《わな》をうまく避ければなんとかなる。だが、そいつはどこに仕掛けられているのか？　リスクがあるのは間違いなく、安全な避難所がある保証はどこにもなかった。リーズルが言っていたピーターの言葉――真の問題は、彼らがどこにいるかではない。どこにいないかだ。

ああ、リーズル！　木の焦《こ》げる臭《にお》いが服にまとわりつき、リーズルのことが頭に焼きついて離れない。あの居心地のよかった山小屋が一瞬にして焼け落ちるのを目の当《ま》たりにしたものの、どうしても信じる気になれなかった。

ただ一つの思いにベンはしがみつき、正気の縁に留まろうとした。バンガローが炎に包まれた瞬間、リーズルは息絶えたろう。

なんということだ！

今になって、ようやく全体像が結ばれてきた。背中に悪寒《おかん》が走る。真夜中、悪夢で聞いたバルブの開栓音で、プロパンガスが放たれたのだ。無臭のプロパンは瞬《また》く間にバンガローに充満し――ベンはすでに戸外に出ていた――、屋内の人間は眠ったまま殺されるはずだった。証拠隠滅のため、おそらく時限装置が使われたのだろう。ガスを引火させるのは造作もない。事故は、不良品のタンクをセットした地元業者のせいにされるだろう。山村ではよくあることだ。

そして、放火犯はトラックに乗り、闇《やみ》に紛れて逃げた。

ベンがレンジローバーに戻ったときには――爆発からほんの数秒後だ――バンガローはほとんど跡形もなかった。

リーズルは苦しまずに済んだだろう。眠ったままか、小さな家が火炎地獄と化す前に息絶えたに違いない。

考えることさえおぞましかった。

リーズルとピーターは四年間あそこに住んでいた。常に恐怖と隣合せではあったろうが、基本的には誰にも邪魔されることなく。あるいは、この先何年もそうして暮らしていけたかもしれない。

ベンがチューリヒに現れさえしなければ。

それが奴《やつ》らを招き寄せ、ピーターを死なせてしまった。

同様に、一度はピーターの命を救った女、リーズルまでも奴らの手に渡してしまった。

ベンは悲しみを通り越していた。感覚が麻痺《まひ》し、罪の意識に苛《さいな》まれもしなかった。もう何も感じなかった。衝撃によって彼は生きる屍《しかばね》と化し、まっすぐ前を見据えて夜通しローバーを駆る、感情のない機械になっていた。

だが、まだ暗い都会に近づくとともに、ただ一つの感情がゆっくり頭をもたげてきた。燃えさかる怒りだ。偶然ある事実を知ってしまったというだけで、無辜《むこ》の善良な命を奪い去った者たちに対する憤怒《ふんぬ》だ。

殺人者と、彼らを動かした人間の正体は知れない。推測もつかないが、必ずや解明してみせる。奴らは俺を殺そうとしている。脅迫して、沈黙させようとしている。だが逃げ隠れはしない。立ち向かうのだ、奴らの想像もつかない角度から。奴らが陰から俺を動かす気なら、俺はそいつらを白日の下に晒《さら》してやる。奴らが隠したがっているものを暴《あば》き出してやる。

だが、父は奴らの一員なのか？

過去を深く掘り下げなくてはならない。あの殺人者が何者で、どこから来たのか、何を隠そうとしているのかを知るために。分別ある人間なら恐怖に駆られるところだ。べン自身、恐怖は感じていた。だが怒りがそれを上回った。

理性や分別を通り越して、ベンは強迫観念に捕われていた。

あの顔のない殺人者どもは誰だ？

マックス・ハートマンが創設に一役買った組織の人間か？　狂人か？　狂信者か？　後ろ暗い富の出所を隠すため、何十年も前に作られた組織、産業界の重鎮やナチ高官からなる組織——父もその一員だ——に、単なる金目当ての連中が雇われたのか？　全能のドル、ドイツマルク、スイスフラン、すなわち金しか拠《よ》り所を持たない傭兵《ようへい》どもが……。

いくつもの可能性が考えられた。

必要なのは、一点の疑いもない確固とした情報だ。

おぼろげな記憶が甦《よみがえ》ってきた。チューリヒ大学にスイス最高の図書館があるという話だ。大学のある、街を見はるかす丘へとベンは向かっていた。過去を手繰る出発点にはもってこいの場所である。

ワシントンDC

アンナはしかめ面《つら》だった。客室乗務員が、緊急時に備えて救命胴衣の装着方法やホースでの呼吸法を実演している。以前、インターネットで読んだ記事を思い出した。水上に緊急着陸した旅客機の生還者は皆無だということだ。皆無。ハンドバッグから酔い止めの錠剤の瓶を取り出す。有効期限は切れていたが構わなかった。大西洋横断に臨んで、背に腹は代えられない。

ハンドバッグの奥深くでICU支給の携帯電話が鳴り出し、アンナはぎくっとした。政府規格の盗聴防止モデルは、一般用より大きい。バイブレーションモードのまま電源を消し忘れていたのだ。

電話を取り出す。「ナヴァロです」

「アラン・バートレットとお話し下さい」かすかなジャマイカ訛《なま》りの秘書だ。

肩を叩《たた》かれた。客室乗務員だ。「恐れ入りますが」彼は言った。「飛行中、携帯電話のご使用はご遠慮願います」

「まだ飛行中じゃないわよ」アンナは切り返した。

「エージェント・ナヴァロ」バートレットの声だ。「捕まってよかった」

「お客様」乗務員は引き下がらなかった。「規定により、飛行機がゲートを離れたら携帯電話は使用できないことになっております」

「ごめんなさい、すぐ終わるわ」今度はバートレットに向かって、「どんなご用件ですか？ チューリヒ行きの飛行機に乗ったところですが」

「お客様」乗務員の声が大きくなる。

アンナは顔を向けずに片手で司法省の身分証を出し、乗務員にかざした。

「新たな犠牲者が出たのです」バートレットは言った。

新たな犠牲者? そんなに早く? しかも頻繁になってきた。

乗務員は引き下がった。「申し訳ございませんでした」

「ご冗談を」アンナは絶句した。

「オランダです。ティルブルフという、アムステルダムから南へ二時間ほどの場所です。チューリヒで乗り換えて、そちらに向かって下さい」

「いやです」アンナは言った。「チューリヒに向かいます。FBIのアムステルダム駐在員に、直ちに検死するよう指示すれば済むことです。今回は、少なくとも突き止めるべき毒薬は明確になっています」

「本当ですか?」

「局長、わたしは予定どおりチューリヒにします。生きた人間を相手にしたいのです。死人に口なしですから。それで、ティルブルフでの犠牲者の名前は?」

間があった。「ヘンドリック・コアスゴー」

「ちょっと待って下さい!」アンナは鋭い口調で言った。「わたしのリストにその名前はありませんでしたよ」

受話器の向こうは沈黙している。

「いったいどういうことですか、バートレット！」

「他にもリストがあるのです、エージェント・ナヴァロ」バートレットはゆっくりと応《こた》えた。「それらが……当面の問題に関連しないことを願っていたのですが」

「わたしの大きな誤解でなければ、これは了解事項に違反しています、バートレット局長」目を動かして周囲に聞かれていないか確かめつつ、アンナは静かに言った。

「いや、そんなことはありませんよ、ミズ・ナヴァロ。他のあらゆる部署と同様、わたしの職員にもそれぞれの任務があります。情報は、任務に即したものになるのです。あなたの任務は、殺人犯を突き止めることだ。あなたにお渡ししたリストは、人物証明ファイルから抽出されたものです。彼らには、それぞれ狙《ねら》われていると信ずべき根拠がありました。それ以外の人物は……本来危険に晒されていないはずだったのです」

「ティルブルフでの犠牲者の住所は判明していたのですか？」

「そもそも生きているかどうか、定かではありませんでした。所在を割り出す試みもなされましたが、無駄に終わっています」

「でしたら、殺人犯はあなたのファイルを入手しているものと思われますが」

「それだけではない」バートレットはきっぱりと言った。「誰が犯人にしろ、我々より質の高い情報を持っています」

午前四時には、ベンはザーリンガープラッツの大学図書館に着いていた。開館まであと五時間だ。

ニューヨークは午後十時。父はまだ起きているだろう——いつも寝るのは遅く、起きるのは早かった——仮に起こしたとしても、ベンは気にならなかった。だからどうだというのか。

大学《ウニベルシテート》通りを歩いて足をほぐしながら、ベッドフォードに携帯電話を掛ける。回線はヨーロッパ標準のGSM方式に切り替わっているはずである。

家政婦のウォルシュ夫人が出た。

『レベッカ』に出てくるデンヴァース夫人をアイルランド人にしたらこうなるんじゃないか、ベンは常々そう思っていた。家政婦を勤めて二十年以上になる彼女と話す度に、横柄《おうへい》さが鼻についた。

「ベンジャミン」怪訝《けげん》そうな口調だ。

「こんばんは、ミセス・ウォルシュ」やれやれ。「親父《おやじ》と話がしたいんだ」まず〝門番〟と一戦交えることになりそうだ。

「ベンジャミン、お父さまがいなくなったのよ」

血の気が引いた。「どこへ？」

「それが、わからないの」

「誰と？」

「お一人で。今朝、車が迎えに来て、行き先も言わずに家を出たの。ただの一言もなかったわ。〝しばらくかかる〟としか」

「車？　ジャンニかい？」お抱え運転手のジャンニは根っからの楽天家で、気難しい父がどういうわけか気に入っていた。

「ジャンニじゃなかったわ。公用車ではなかったから。ただ黙って家を出て行ったの」

「どうも腑《ふ》に落ちないなあ。今までそんなことはなかったじゃないか？」

「ええ。しかもパスポートを持って。どこにも見つからないのよ」

「パスポートを？　そいつは何かありそうだな」

「会社に電話して秘書とも話してみたけど、外国に行くとは聞いてなかったって。あなた、何か言われてなかった？」

「いいや、何も。親父に電話はなかったの？」

「さあ、なかったと思うけど……ちょっと、伝言帳を見てくるわね」しばらくして、

「ミスター・ゴッドウィンだけね」

「ゴッドウィン？」

「ええ、ゴッドウィン教授というかた」

ベンはぎょっとした。ベンの大学時代の恩師に違いない。プリンストンの歴史学教授ジョン・バーンズ・ゴッドウィン。だがよく考えると、彼からマックスに電話があっても別段おかしくはなかった。数年前、この令名高い歴史家の話をベンから聞いていたく感銘を受けたマックスは、人材開発研究センターの建設資金をプリンストンに寄付したことがあった。センター長にはゴッドウィンが就任した。だがそれ以来、父からはゴッドウィンの話を一言も聞いていなかった。マックスが姿を消す直前、なぜこの二人が話をしたのか？

「教授の連絡先を教えてほしい」

ベンは礼を言って電話を切った。

おかしい。ひょっとしたら、過去が暴かれた、あるいは暴かれようとしているが故《ゆえ》に父は失踪《しっそう》したのか？　だが、それでは説明がつかない――いったいなんのために？　そしてどこへ？

肉体的にも精神的にも消耗したベンは、頭がぼんやりしていた。睡眠を取らねば。論理的な糸が繋《つな》がってこない。

ピーターが父の過去を知った。だが、マックスが創設にかかわった組織の存在を摑《つか》んだところで殺されてしまった。

それから……。

それから、組織の創設メンバーの写真を俺は見つけた。その中には親父の姿もあった。続いてリーズルとピーターのバンガローを突き止め、法人の定款《ていかん》を見つけた。そして奴らは証拠隠滅のため、俺とリーズルの殺害を企て、バンガローを爆破した。

だとすれば、奴ら……あの、顔のない奴らが、……親父に告げたのか？　親父の過去にまつわる秘密、あるいはこの奇怪な組織の秘密が漏洩《ろうえい》したと。

確かに、当然その可能性はある。この組織を知った人間を、誰かれ構わず奴らは殺そうとしているのだから……。

それ以外に、マックスが忽然《こつぜん》と行方を晦《くら》ました理由があり得るだろうか？　ある特定の人間に会うため、どこかに行くことを余儀なくされたのかもしれない……。

確信が持てることはただ一つだった。父が突然姿を消したのは、ピーターとリーズルの死、それに明るみに出た書類の存在となんらかのかかわりがあることだ。

ベンはレンジローバーに戻った。昇る太陽が、側面の傷跡を露《あら》わにしている。そしてザーリンガープラッツへ引き返した。

ローバーの運転席から、今度はニュージャージーのプリンストン大学へ電話する。

「ゴッドウィン教授でしょうか？」

老教授は眠っていたようだった。

「ベン・ハートマンです」

二十世紀ヨーロッパ史を専攻し、かつてその講義ぶりをプリンストン随一と謳《うた》われたジョン・バーンズ・ゴッドウィン教授は、何年も前に退官していた。今年八十二歳だが、今なお毎日オフィスに通っている。

ゴッドウィンの姿がベンの心をよぎった——長身痩躯《そうく》、白髪、深く皺《しわ》の刻まれた顔。ゴッドウィンはベンにとって単なる一教授にとどまらず、父親のような存在でもあった。ディッキンソン・ホールにある、本が山積みのオフィスに座っていたゴッドウィンの姿を思い出す。琥珀色《こはくいろ》の光、黴臭《かびくさ》い古い本。

孤立主義に偏《かたよ》っていた米国を、フランクリン・ルーズベルトがいかにして第二次世界大戦への参戦に導いたか、二人は議論を戦わせた。卒業論文のテーマにルーズベルトを取り上げたベンは、この大統領の策略に憤《いきどお》りを覚えたとゴッドウィンに言った。

〈そうかね、ミスター・ハートマン〉ゴッドウィンは答えた。教授は当時、ベンをいつもそう呼んでいた。〈きみのラテン語はいかほどのものかな？　オネスタ・トゥルピテュード・エスト・プロ・カウザ・ボナ〉

ベンはきょとんとして教授を見た。ゴッドウィンはにやりとしながら、ゆっくり訳して聞かせた。

〈正当な目的のためなら〉ゴッドウィンは〈過《あやま》ちもまた尊い——紀元前一世紀のローマ人、プブリウス・シュルスの言葉だ、彼は多くの名言を残した〉

〈ぼくには賛成できません〉ベンはまだ、道義心に燃える学生だった。〈それは、ペテン師の言い訳のように聞こえます。ぼくはそんな物分りのいい人間にはなりたくありません〉

ゴッドウィンは当惑したようにベンを見つめた。〈だからきみはお父さんのビジネスを継ぎたくないのか〉教授は痛いところを突いた。〈きみは純粋でいたいんだ〉

〈ぼくには人を教えるほうが向いています〉

〈しかし、どうしてそれほど確信が持てる?〉ゴッドウィンは、ポートワインを啜《すす》りながら尋ねた。

〈教えることが好きだからです〉

〈本当にそう思うのかね?〉

〈いいえ〉ベンは認めざるを得なかった。〈まだ二十歳のぼくにどうしてわかるでしょう?〉

〈そうかな、二十歳にもなればたいがいのことはわかるものじゃないか〉

〈ですが、まったく興味がもてないことをやる意味があるのでしょうか? 父の始めた会社で働き、これ以上金儲《かねもう》けをしたところで何になるんですか? わが家のお金が、果たして社会に貢献しているのかどうか。食事にも事欠く人たちがいるというのに、どうしてぼくだけが富を一手に握れるでしょう?〉

ゴッドウィンは瞑目《めいもく》した。〈金銭を軽蔑《けいべつ》できること自体、贅沢《ぜいたく》というものだよ。わたしの教室には、億万長者の子弟もいた。ロックフェラーもそうだ。みんな、同じジレンマに苦しんでいたよ――金に人生を支配されるのではなく、何か人生において意味のあることのために使いたいと。きみのお父さんは、この国でも有数の博愛主義者と――〉

〈ええ。しかし、確かラインホルド・ニーバーの言葉に、慈善行為は形を変えた温情主義にすぎないとありませんでしたか？　特権階級は、貧困者に投げ銭をすることで保身を図っているのでは？〉

ゴッドウィンは感銘を受けたように目を上げた。ベンは笑いをこらえた。神学の授業でたまたま読んだばかりで、強く印象に残ったのだ。

〈ベン、一つ質問がある。小学校の教師になるのは、お父さんに対するきみなりの反抗なのかな？〉

〈たぶん、そうだと思います〉ベンは嘘《うそ》をつきたくなかった。教えることの面白さに目覚めたのはゴッドウィンの影響である。そう付け加えたかったものの、今それを口に出すのは憚《はばか》られた。

ゴッドウィンの答えはベンを驚かせた。〈よく言った。勇気のいる選択だ。きみはきっといい教師になれる、わたしはそれを確信しているよ〉

そして今、ベンは教授に呼びかけている。「夜分に恐縮です――」

「いいんだよ、ベン。今どこにいるのかな？　電話が遠いんで――」

「スイスです。聞いて下さい、父の行方がわからないのです――」

「どういうことだ、〝行方がわからない〟とは？」

「今朝家を出たのですが、行く先を誰も知らないのです。教授から父に、今朝お電話があったと聞いたので……」

「わたしはお父さんからの電話を掛け直したのだよ。センターに、何かまた寄付をしたいと申し出があった」

「ではその件で？」

「わたしはそう思う。思い出せる限り、何も不自然なところはなかった。ただ、もしもお父さんからもう一度電話があった場合、きみにはどうやって伝えればいいのかな？」

ベンはゴッドウィンに携帯電話の番号を教えた。「もう一つお訊《き》きしたいことがあります。チューリヒ大学で誰かご存じのかたはいませんか？　教授と同じ専攻分野――ヨーロッパ現代史で」

ゴッドウィンは少し考えていた。「チューリヒ大学？　それなら、カール・メルカンデッティの右に出る者はいないだろうな。調査能力は一級品だ。経済史が専攻だが、ヨーロッパのよき伝統を受け継ぐ、博識な学者だよ。そういえば、あいつのグラッパのコレクションも見事なものだった、なかなかお目にかかれるものではない。まあそれはいいとして、メルカンデッティがきみの探している人材だと思うよ」

「ご親切に、ありがとうございます」ベンは言って、電話を切った。

それから車のシートを倒し、しばしの眠りに落ちた。

睡眠は途切れ途切れだった。炎に包まれるバンガローの悪夢にしばしば苛《さいな》まれた。九時ちょっと過ぎに目を覚ましてバックミラーを見ると、そこには髭《ひげ》も剃《そ》らずむさ苦しい自分の顔が映っていた。両目の下には濃いくまができている。しかし、顔を洗い髭を剃れる場所はなかった。

それに、そんな時間もないのだ。

過去を探らねばならない。もはや過去ではない過去を。

第十八章

パリ

第八区、マルソー通りにある石灰岩造りの建物の三階に、〈トランスユーロテック・

グループ〉の真鍮《しんちゅう》板がそっけなく掛かっていた。しかもその板は七つも並んだ零細企業名の列に埋もれ、ほとんど人目を引くことはなかった。

アポイントのない訪問者を決して受け付けないトランスユーロテックのオフィスの前をたまたま通りかかる者は、なんの変哲もない事務所としか思わないだろう。だが若い男性の受付係との間を隔てる一見薄いガラスは、ポリカーボネート製の防弾ガラスである。彼の背後にはプラスティックの椅子《いす》が数脚置かれただけの小部屋があり、さらに奥の部屋へ通じるドアが一つあった。

言うまでもなく、この受付係が武装した元兵士であることに気づく者は誰一人いない。隠しカメラ、赤外線探知機、あらゆるドアに備え付けられた磁気ロックの存在にも。

オフィスの奥深くにある会議室は、まさに部屋の中の部屋と言うべきものだった。四方をコンクリートの壁、さらに分厚いラバーブロックで遮断されており、あらゆる震動（とりわけ人の話し声）が吸収される。会議室のすぐ隣にはアンテナがあり、HF波、UHF波、VHF波、それにマイクロ波を感知する——室内の会話を盗聴しようという試みに備えてのことである。アンテナの横には同様の目的でスペクトル分析機もあった。

長方形をしたマホガニーの会議用テーブルの端に、二人の男が座っていた。ホワイトノイズ発生器と〝バブルテープ〟、すなわち込み合ったバーの喧騒《けんそう》のような録音テープに二人の話し声は掻《か》き消され、万一警戒網をかいくぐって聞き耳を立てようとする人間がいても目的を達することは不可能だ。

二人のうち年嵩《としかさ》の男が盗聴防止装置——スイス製の平たく黒い箱型の装置——付きの電話で話していた。五十代半ば、金縁の眼鏡の男は、深い皺《しわ》の刻まれた青白い顔にふっくらした二重顎《あご》、脂《あぶら》ぎった肌、後退しかかった髪は不自然なあずき色に染めている。名前はポール・マルクワンド。"コーポレーション"のセキュリティ担当副部長である。

マルクワンドは、多国籍企業のセキュリティを請負う会社からコーポレーションに移ってきた。素行不良によりフランス軍歩兵部隊を除隊させられたあと、フランス外人部隊を経てアメリカへ渡り、鉱山会社でスト破りを専門にしていたところを多国籍企業のセキュリティ会社に引き抜かれたのだ。

マルクワンドは静かに早口で話し、受話器を置いた。

「ウィーン地区が侵入を受けた」マルクワンドが話しかけた相手は二十ほど年下の、黒髪にオリーブ色の肌のフランス人、ジャン-リュック・パサードだった。「例のアメリカ人はザンクトガレンのガス爆発事故を生き延びたらしい」暗い口調だった。「もう失敗は許されなかったはずだぞ。バンホーフ通りであれだけのへまをやらかしておきながら」

「あなたの判断で奴《やつ》の大学時代の友人を雇ったのではありませんよ」ジャン-リュックは柔らかい口調で言った。

「それはもちろんだが、おれは反対もしなかった。確かに説得力はあったんだ。あの男は標的を何年もつぶさに見ており、群衆に紛れ込んでもたちどころに見分けることができた。赤の他人がどれほど写真を見せられても、標的を個人的に知っている人間ほど迅速には対応できない」

「目下、最高の人材を出動させています」パサードは言った。「アーキテクトの力をもってすれば、標的が抹殺されるのは時間の問題です」

「完璧《かんぺき》主義者なだけに、頑固な男だ」マルクワンドが応じた。「それにあのアメリカ人、金持ちのぼんぼんとはいえ油断はならん」

「アマチュアにもかかわらず、まだ生きていること自体が驚きです」パサードは同意した。「が、スポーツ狂だからといってサバイバルの技術を身につけていることにはなりません」彼は鼻を鳴らし、訛《なま》りのかかった英語で嘲《あざけ》るように言った。「標的はジャングルを知りません。せいぜい、ジャングルジムしか」

「だとしてもだ」マルクワンドが言った。「ビギナーズラックというものはあり得る」

「もはやビギナーとは呼べないでしょう」パサードは答えた。

ウィーン

身なりのよい年老いたアメリカ人は、ぎこちなくゆっくりとした足取りで、キャリーバッグにしがみつくようにゲートから現れた。しばらく群衆を見つめ、彼の名前の書かれた小さな紙を持った制服の運転手を探し出す。

老人が手で合図するや、運転手と白い制服の看護婦が急ぎ足で近づいた。運転手はアメリカ人のバッグを抱え、看護婦はオーストリア゠ドイツ訛りの英語で訊《き》いた。「ご旅行はいかがでしたか？」

老人は不平がましく言った。「旅行など好きになれん。まったく我慢ならん」

看護婦のエスコートで群衆を抜け外に出ると、目の前に黒いダイムラーのリムジンが待ち構えていた。助けを借りて老人が乗り込んだ車内には、電話、テレビ、冷蔵庫といった標準装備の他に、目立たないよう緊急用の医療器具が備えてあった。小型の酸素ボンベ、ホース、フェースマスク、細動除去機、点滴用のチューブ。

「では、参りましょう」革張りの深いクッションに老人が身を沈めると、看護婦が言った。「それほど長くはかかりません」

老人は唸《うな》り声を上げ、シートを倒して目を閉じた。

「ご用がおありでしたらなんなりとお申し付け下さい」看護婦が呼びかけた。

第十九章

チューリヒ

アンナの宿泊先まで、チューリヒ州検察局からの担当者が迎えに来た。小柄でいかつい体格に黒髪の青年ベルナルド・ケスティングは、豊かな口髭《くちひげ》をたくわえ、眉毛《まゆげ》が繋《つな》がっている。笑顔を見せず、ビジネスライクでてきぱきした物腰。スイス官僚の典型である。

堅苦しい自己紹介を済ませると、ケスティングはホテル前の車寄せに停めたBMW728へアンナを案内した。

「もちろん、ロシニョールと言えば我が国では有名ですよ」ケスティングは、アンナのためにドアを押さえて言った。「金融業界では長年崇拝されてきた人物です。我々が捜査するような人間ではありません」アンナが乗り込んでも、彼はドアを開けたまま立っていた。「あなたが何をお調べになりたいのか、よくわかりませんね。これまでいかなる告発も受けたことのないかたですから」

「わかりました」アンナは手を伸ばし、自分でドアを閉めた。どうもこの男は神経に触る。

クンストハウス近くの閑静な住宅街、ステインワイス通りを目指して運転しながら、ケスティングは続けた。「彼はこれまでも、そして今でも一流の銀行家です」

「我々の捜査目的は公表できません」アンナは応《こた》えた。「しかし、ロシニョールが狙《ねら》いでないことは申し上げておきます」

しばらく押し黙っていたケスティングは、困惑気味に口をひらいた。「あなたは保護観察を要請されていた。ですがご存じのとおり、彼の所在は摑《つか》めていないのです」

「そのようなことは、スイスの銀行家にはよくあることなのですか？　行方を……晦《くら》ますのは」

「よくあること？　いいえ。しかしすでに一線を退いたかたです。それに一風変わったことでも有名ですから」

「では、公的な連絡はどのように処理を？」

「外国法人の国内代理人に信託されています。ただその法人自体、存在が定かではありません」

「スイスは透明性に関しては評判がいいとは言えませんからね」

刺々《とげとげ》しい返答に、ケスティングはアンナを訝《いぶか》しげに見た。「どうやらロシニョールは、世間から身を隠すことにしたようです。誰かに付きまとわれているという妄想を抱いたのかもしれません——もう九十を超えていますから、神経衰弱で偏執的な幻想に取り憑《つ》かれることは考えられます」

「それは幻想ではないかもしれませんよ」

ケスティングはきっとアンナを見据えたものの、何も言わなかった。

ゴッドウィンの名前を出した途端、カール・メルカンデッティ教授は相好《そうごう》を崩した。「いやいや、何も謝る必要はありませんよ。図書館に専用の部屋があるんです。午前中にお会いしませんか？　どのみち出なきゃいけませんからね。ゴッドウィンから聞いていないといいんですが——ケンブリッジ大学から出ている雑誌に論文を寄稿する約束だったのが、もう二年も遅れていましてねえ！　わたしの時間感覚はいささか地中海的だと言われてますよ」受話器越しでも轟《とどろ》くような笑い声だ。

会見の目的は曖昧《あいまい》にしておいた。陽気な口調から察するに、メルカンデッティは社交的な訪問ぐらいにしか受け止めていないようだ。

約束の時間まで、ベンはスイスのあらゆる企業名簿をひっくり返し、電話帳のコンピュータ検索まで試みた。だが、シグマＡＧという企業は一件もなく、調べられる範囲では、公的記録も存在していなかった。

カール・メルカンデッティの容貌《ようぼう》は、電話で想像していたより厳格そうだった。推定年齢五十代、細身の体つきに灰色のクルーカット、針金の縁に楕円《だえん》形の眼鏡。ベンが自己紹介するや、その目は活気を帯び、がっちりと握手してきた。

「〝ゴッド〟のお友達ならいつでも大歓迎……」メルカンデッティが口をひらいた。

「あのかたをそう呼ぶのは、プリンストンの学生だけかと思っていました」

メルカンデッティはにやりとして首を振った。「初めて会ったときから、ずっとニックネームでしたよ。ゴッドがいっここに現れて、〝さて、きみの最近の論文にあった脚注四三についてちょっと訊《き》きたいんだが……〟なんて言い出すんじゃないかと思うと、それはもう……」

しばらくして、ベンは本題に入った。第二次世界大戦末期、チューリヒに設立されたと思われるシグマＡＧを探したが見つからない。それ以上は伏せておいた。国際的な金融業者がよくやる、企業の背景調査としか思われないだろう。いずれにしろ、多くは話さないほうがいい。

メルカンデッティは慇懃《いんぎん》に聞いていたが、特別関心をそそられた様子はなかった。シグマの名前に思い当たる節はなさそうだ。

「一九四五年創立ですか？」歴史家は尋ねた。

「そのとおりです」

「ボルドーが最高の年でしたよ」肩をすくめる。「言うまでもなく、半世紀以上も前のことです。戦時中、あるいはその直後に創設された会社の大半が倒産しました。我が国の経済は今ほど確固としたものではなかったのです」

「この会社が現存すると信ずべき根拠がありますか？」ベンは言った。

メルカンデッティは愛想よく顔を向けた。「どういった情報ですか？」

「動かぬ事実とまではいきません。まあ——信頼すべき情報筋と言いましょうか。さる有力者の話です」

メルカンデッティは興味と疑惑のないまぜになった表情をした。「その人たちは、他に何か言ってませんでしたか？　企業名は簡単に変えられますよ」

「しかし、それなら変更記録がどこかにあってもよさそうなものですが？」

歴史家は図書館の丸天井に目を泳がせた。「一つ、いい場所があります。チューリヒ企業登記所です。ここで創立される企業はすべて、そこに書類を提出しなければなりませんから」

「わかりました。それからもう一つお訊きしたいことがあります。このリストです」ベンは、手書きで写したシグマＡＧの役員名簿を重厚な樫《かし》の机に置いた。「この名前のいずれかに見覚えはありませんか？」

メルカンデッティは読書用の眼鏡を掛けた。「ほとんどが――有名な産業人ですね。このプロスペリは地下ビジネスの大立者だ――確か、最近死んだはずです。ブラジルかパラグアイ、どっちだったか忘れましたが。ほとんど死んだか、生きていても高齢です。おお、ガストン・ロシニョールもいるんですか、銀行家ですよ――まだチューリヒで生きているでしょう」

「まだ生きているんですか？」

「死んだとは聞いていません。しかし生きていたとしても、八十か九十です」

「探し出す方法はあるんでしょうか？」

「電話帳はご覧になりましたか？」楽しそうな表情だ。

「ロシニョールという名前はたくさんありましたが、ファーストネームの該当者はいませんでした」

メルカンデッティは肩をすくめた。「ロシニョールは金融界の第一人者でした。戦後、我が国の金融システムの再建と安定に貢献したのです。有力な友人が大勢います。たぶん、アンティーブ岬にでも隠棲《いんせい》して、我々がこうしている間にも、染《し》みだらけの肩にココナッツオイルを塗りたくっているでしょう。さもなければ、なんらかの理由で世間の注意を引かないようにしているのかもしれない。最近スイスの金《きん》と第二次世界大戦の関係を巡る論争が喧《かまびす》しく、論争を煽《あお》っている人間には油断がなりません。いかにスイスの銀行家でも、金庫室で寝泊りするわけにはいきませんからね。それで警戒措置が必要になるのです」

警戒措置。「ありがとうございます」ベンは言った。「非常に参考になりました」今度は、ヘンデルスバンクから持ってきた白黒の写真を見せた。「どれか見覚えのある顔はありますか？」

「あなたは銀行家ですか、それとも歴史マニアでしょうか」メルカンデッティは陽気に言った。「それとも古い写真のディーラーか――最近はいい商売になるそうですからね。蒐集家《しゅうしゅうか》は、十九世紀の鉄板写真に大枚をはたくと聞きますよ。わたしの趣味じゃないですがね。カラーのほうがいいに決まってます」

「これは、バカンスのスナップ写真の類《たぐい》ではありませんので」ベンは控えめな口調で言った。

メルカンデッティは笑みを浮かべたまま、写真を手に取った。「これはサイラス・ウエストンですね――うん、この帽子がトレードマークでした」ずんぐりした指で指し示す。「これはエーヴリー・ヘンダーソンのようですね、相当以前に死んだはずです。これはエミル・メナード、最初のコングロマリット、トリアノン社の創業者です。これはロシニョールでしょうが、定かではありません。毛の一本もないはげ頭が印象的なのですが、まあ当時は若かったんでしょうな。それから後ろの列は……」一分ほど沈黙し、メルカンデッティは写真を取り落とした。笑顔が消え失《う》せている。「何かの冗談ですか？」眼鏡の奥からベンを見つめる。表情に困惑の色がよぎった。

「これはモンタージュか、トリック写真に違いない」不快げな口調だ。

「と仰《おっしゃ》いますと？」

「どうしてそんなことが？ ウエストンとヘンダーソンは知り合いでした」

「ウエストンとヘンダーソン？ 確かにこの二人はそうでした。しかし他の人間は違う。スウェン・ノルキストはノルウェーの海運王、セシル・ベンソンはイギリスの自動車王、ドレーク・パーカーは巨大石油企業のトップ、ヴォルフガング・ズィービングはドイツの産業人で、かつて同族企業は軍需品を生産しており、現在はコーヒーメーカーで有名です。みな、そういった連中ですよ。ライバル同士か、完全に畑違いの企業です。彼らが一堂に会したと仮定すれば——二十世紀の産業史は、根底から覆《くつがえ》されることになります」

「ダボス会議のような経済フォーラムが、この時代に開催された可能性はありませんか？」ベンは思い切って言ってみた。「あるいは、ビルダーバーグ会議（訳注 欧米のエリートグループによる非公式の会合）の先駆的試みとか？ 巨大企業によるなんらかの会合があったとは考えられないでしょうか？」

歴史家はもう一人の人物を指さした。「質《たち》の悪い冗談としか思えません。巧みに改竄《かいざん》されたものです」

「その人物は誰ですか？」

「もちろん、ゲルハルト・レンツ、ウィーン生まれの科学者です」声に硬い響きがあった。

ベンはその名前を漠然とは知っていたが、どこで聞いたのか思い出せなかった。「どんな人物でしょう？」

「だった、と言うべきです。南米で死去しています。頭脳明晰《めいせき》にして、ウィーン最高の医学教育を受けた、まさに西洋文明の精髄。いや失礼、皮肉がすぎましたな。歴史家に相応《ふさわ》しくない態度だ。事実を言いましょう。友人のヨーゼフ・メンゲレ同様、レンツは強制収容所の被収容者、そして子供に人体実験をしたことで悪名高い人物です。終戦当時、すでに四十代後半でした。息子は今もウィーンで暮らしています」

なんということだ。ゲルハルト・レンツは二十世紀の生み出した怪物だった。ベンは頭がくらくらしてきた。明るい目にナチス将校の軍服を着たゲルハルト・レンツは、マックス・ハートマンのすぐ隣に立っている。

メルカンデッティはジャケットのポケットから八倍の拡大鏡を取り出し——資料の調査で日常的に用いるのだろう——写真を精査した。それから、感光乳剤の着いた黄ばんだ堅紙を念入りに調べた。何分か経《た》って、彼はかぶりを振った。「うーん、これは本物ですね。しかし、そんなことはあり得ないのですが。現実であるはずがない」静かだが熱の籠《こ》もったメルカンデッティの口調は、むしろ自分に言い聞かせているようだった。それでも信じられないのか、歴史家は顔面蒼白《そうはく》だった。「教えて下さい」声は鋭く、快活さは影を潜めている。「いったいどこでこれを手に入れたのですか?」

警戒措置。ガストン・ロシニョールは生きていた。これほどの名士の死が見過ごされるはずはない。だが一時間にわたる調査の結果、メルカンデッティとベンに収穫はなかった。「お役に立てず申し訳ない」メルカンデッティは諦《あきら》めたような口調だった。「しかしわたしは歴史家であって、私立探偵ではありません。それにこうしたことは、むしろあなたの得意分野だという気がしますよ。金融業界の様々なノウハウをもってすれば」

学者の言うとおりだった。ベン自身がすでにそう思っていた。メルカンデッティの言う〝金融業界の様々なノウハウ〟とはすなわち、資産保護のことであり、確《くら》かにベンは熟知していた。今度は彼が思考を凝らす番だ。著名人の場合、ただ姿を晦ますわけではない。法律を巧みに利用し、その陰に隠れるのだ。追跡者から所在を晦ますのは、債権者や税務当局から逃れるのと大差ない。ロシニョールは、一見資産を手放したように見せかけて、実権は抜け目なくコントロールしているはずだ。一方、資産のない人間の跡をつけるのは容易なことではない。

ベン・ハートマンは、ハートマン・キャピタルマネジメントのある顧客を思い出した。自らの資産保護に血道を上げていた守銭奴だ。ベンはその男を決して好きになれなかったが、しぶしぶ彼の口座管理に携わっているうちに、〝資産保護〟という名の手練手管が実に重宝なものだと気づかされた。「この地域にはガストン・ロシニョールの身内がいるはずです」ベンは、カール・メルカンデッティに言った。「信用の置ける、従順な人間。命令を素直に聞き入れる年下の身内はいないんでしょうか」いかなる財産贈与の形態を取るにしろ、先に死なれては意味がない。また秘密を守るためには、口を割らない相手を選ぶのが肝要だ。

「それはイブサランのことですね」教授が言った。

「と仰いますと？」

「あなたが言っているのは彼のことです。イブサラン・タイユ、ロシニョールの甥《おい》です。親の七光りで名士扱いされているものの、銀行家としては凡庸だ。お人好《ひとよ》しですが、おつむは弱いというのが衆目の一致した見解です。チューリヒ芸術協会、あるいはその類の団体で会長を務めていました。どこかの銀行の——確か副頭取でしたか——閑職に就いています。探すのは簡単ですよ」

「州内に、自宅以外でタイユ名義の土地はありますか？　土地の所有権にかかわる税務書類はないでしょうか？」

「リマト川沿いの市役所に行けば、行政書類は閲覧できます。過去五ヶ年以内でしたら、オンライン検索もできますよ。もちろん、お探しの税務書類だって。ただ公的書類という建前でして、それ以外の記録はパスワードがないと閲覧できません。スイスは二つのことで世界的に有名でしてね――チョコレートと、秘密保持です。ただ、わたしはユーザーIDとパスワードを持っているんですよ。数年前に市の有力者から、チューリヒのスイス連邦加盟六百五十周年記念のパンフレットに寄稿を依頼されましてね。いつもの仕事よりいささか範囲が狭かったですが、いくらか余分に払って気前よく見せてもらいました」

一時間後、住所が判明した。かつてのロシニョールの住居より人目につかない場所だ。二時間後、驚くほど複雑な税務書類との格闘の末、ここにロシニョールがいることをベンは確信した。タイユ名義だが、自宅ではない。別荘？　同じチューリヒ市内でそれはあり得ない。愛人の隠れ家？　それにしては広すぎる。では、共同所有権を持つ不動産業投資信託業者は？　タイユの一存では土地の処分ができないようになっている。信託業者の許可なしでは、売却も名義の譲渡もできないのだ。信託業者の所在地は？　チャンネル諸島のジャージー島。ベンはにやりとした。うまくやったものだ――タックスヘブンではあるものの、それほど評判の悪い場所ではない。最も悪名高いのはナウルだ。だがジャージーの金融業者はより口が堅く、そう簡単に探りは入れさせない。

殴り書きした住所を、ベンは今一度眺めた。ここからほんの少しドライブすれば、シグマの創設メンバーに会える。信じられない思いだ。シグマから身を隠そうとし、命を落としたピーター。ベンは深呼吸して、心の中の怒りの炎を燃え立たせた。奴《やつ》らの思いどおりにはさせない。シグマが俺から身を隠そうとしても、必ずしっぽを捕まえてやる。

第二十章

ガストン・ロシニョールの家は、急勾配《きゅうこうばい》からチューリヒ市を見下ろす、ホッティンゲンと呼ばれる一角にあった。広い敷地の家々は立ち木に目隠しされている。人目を忍ぶには絶好の場所だ。

ドルダー・グランドホテル――チューリヒ、いや全ヨーロッパでも屈指と言われる――にほど近いハウザー通りにある、その低層で広大な家は、二十世紀初頭を思わせる茶色がかった石造りだった。

隠れ家とは思えないものの、かえってそれがカモフラージュになるのかもしれない。

ロシニョールはチューリヒで生まれ育ち、銀行員としての生活はほとんどベルンで送った。チューリヒにも有力な知り合いはいるだろうが、ハウザー通りに住むのは引きこもりがちな人種だ。隣同士、顔も知らないだろう。庭の手入れをする老人はまず注意を引かない。快適ではあっても、侘《わび》しい生活に違いない。

ベンはレンジローバーを急勾配に停め、サイドブレーキを引いた。グローブボックスを開け、リーズルの拳銃《けんじゅう》を取り出す。弾は四発あった。護身用に使うつもりならどこかで弾薬を買わなくてはなるまい。安全装置を確認して、ジャケットのポケットに滑り込ませる。

呼び鈴を鳴らした。応《こた》えはない。しばらく待ち、もう一度鳴らしてみた。

それでも応えはない。

そういえば、最新型のメルセデスが車寄せに停まっていた。ロシニョールの車かどうかはわからないが。

他のドアを試してみようと、ベンは踵《きびす》を返して家の周りを歩いた。芝刈りされたばかりで、花々もよく手入れされている。裏手は正面よりも広く、境界線に植えられた花にさんさんと陽射《ひざ》しが降り注ぐ。裏口の大きなテラスは真ん中にクーポラ(訳注 小さな丸屋根)があり、デッキチェアが置いてある。

ベンは裏口に近づいた。ガラス入りの防風ドアを引き開け、内側のドアノブを捻《ひね》る。

ノブは回った。

ベンは心臓の高鳴りを抑えてドアを開け、中を窺《うかが》ったが、なんの物音もしない。ロシニョールはここにいるのか？　他に誰か、使用人や家政婦、家族はいないか？

タイル張りの暗い裏口に入る。フックにコートが数着、装飾的な取っ手のついたステッキが何本かあった。そこを抜けると大きな机や本棚が並ぶ、書斎と思《おぼ》しき部屋だった。かつてスイス金融界の柱石と呼ばれたガストン・ロシニョールは、至って質素な好みらしい。

机には緑のスタンプ台、その隣に滑らかな黒いパナソニックの電話があった。最新式の電話だ——会議機能、ナンバーディスプレイ、インターフォン、スピーカーフォン、デジタル留守番電話付き。

電話が鳴り出した。最大音量にセットしてあるのか、耳をつんざくような呼び出し音だ。ベンはぎくっとした。きっとロシニョールが入ってくる、どう言い訳しようか。四回鳴って、電話は切れた。

ベンは待った。

誰も入ってこない。この家には誰もいないのか？　ナンバーディスプレイに目を走らせる。桁《けた》数が長い。明らかに遠距離だ。

さらに奥の部屋まで行ってみることにした。廊下を歩くと、かすかに音楽が聞こえてくる――バッハらしい――だがどこから？

やっぱり誰かいるのか？

突き当たりの部屋から光が漏れている。近づくにつれ、音は大きくなってきた。

そこは食堂だった。中央の長いテーブルにはこざっぱりした白いリネンのテーブルクロスが掛けられ、銀のコーヒーポットがトレイに載っている。卵とソーセージを盛った皿が一枚。朝食を出したのは家政婦か。ではどこに？　壁際《かべぎわ》のカウンターからテープレコーダーでバッハのチェロ組曲が流れている。

テーブルに車椅子《くるまいす》の老人が一人、ベンに背を向けて座っていた。日焼けした禿頭《とくとう》の縁に白髪が残り、首は太く、肩は丸みがある。

老人は、ベンが入ってくるのに気づいていない様子だった。右耳に補聴器が見える。

ともかく、ベンは革ジャケットから拳銃を取り出し、安全装置を解除した。老人は動かない。相当な難聴か、補聴器が作動していないのだろう。

電話の音にベンは飛び上がった。ここにいても書斎と同じくらい大きな音だ。

それでも老人は動かない。

二回、三回。四回目で呼び出し音は切れた。

どこかから男の声が聞こえてきた。取り乱した声だ。留守番電話から流れてくる。だが内容は聞き取れなかった。

ベンは数歩近寄り、銃口を老人の頭に突きつけた。「動くな」

老人の頭が前にのめり、下を向いた。

ベンは片手で車椅子を摑《つか》み、回した。

老人の顎《あご》は胸にくっつかんばかりで、目はひらいたまま床から動かない。死んでいる！

ベンはパニックに襲われた。

皿の料理に手を触れる。まだ温かい。

ロシニョールが死んだのは数分前だ。殺されたのか？

だったら、殺人犯はまだ家にいる！

ベンは廊下を駆け戻った。また電話が鳴り出す。書斎でナンバーディスプレイを見た。さっきと同じ番号、431から始まっている。どこからだ？　見覚えのある数字だ。ヨーロッパのどこかであるのは間違いない。

留守番電話が作動した。

「ガストン？　ガストン？」男の声が叫んでいる。

フランス語だが、話しているのはフランス人ではない。訛《なま》りの激しい言葉使いながら、いくつか単語は聞き取れた。

誰が電話しているのか、その理由は？

違う音がする。呼び鈴だ！

ベンは裏口へ走った。ドアを開けっぱなしにしていたのだ。誰もいなかった。

走れ！

外へ出て家を回り、正面近くで速度を緩める。高い植え込みの陰から、ゆっくり通り過ぎる白い警察の車輛《しゃりょう》が見えた。一帯をパトロールしているのだろう。

ロシニョールの庭は低い金網に囲まれていた。金網を飛び越えて隣の庭へ移る。こちらも劣らぬ広さだが、飾り気のない庭だ。隣家に誰かいれば見つかる怖《おそ》れは大きい。だが呼び止める者はなく、ベンは敷地を駆け抜けハウザー通りへ出た。ローバーまで一〇〇フィート。ベンは飛び乗ってイグニションを捻り、エンジンを掛けた。

素早くUターンし、制限速度ぎりぎりで急な坂道を走り降りた。

誰かがロシニョールに電話した。431で始まる番号から。

わかった。

オーストリア、ウィーンだ。

ウィーンからの電話だった。組織には後継者がいるとリーズルは言っていた。うち一人はウィーンで暮らしている、メルカンデッティはそう言った。怪物ゲルハルト・レンツの息子が。ロシニョールが死んだ今、そこへ行けばなんらかの手掛かりが得られるかもしれない。それが確実かどうかはわからないが、少なくとも可能性はある。他に有力な手掛かりはないのだ。

ほどなく、街の中心部へ出た。バンホーフ通り――ジミー・カバノーフに殺されかけた場所、すべてが始まった場所――の近くだ。

次の列車で、ウィーンへ行こう。

オーストリア、アルプス山脈

ドアを軽くノックされた老人は、苛立《いらだ》たしげに答えた。「なんだ？」

白衣姿の医師が入ってきた。背は低く、丸い肩に太鼓腹の男だ。

「ご気分はいかがですか？」医師は訊《き》いた。「スイートの居心地は？」

「この部屋がスイートだと？」十八号患者が訊き返した。狭いシングルベッドに横たわる老人は、皺《しわ》くちゃのスリーピースを着たままだ。「これじゃ独房だ」

実際、そっけない部屋だった。机、椅子、電気スタンド、テレビしかない。石造りの床は剝《む》き出しだった。

医師はかすかに笑みを浮かべた。「担当医のロフキストと申します」ベッドの傍らの椅子に座る。「歓迎の意を表しますとともに、あらかじめ一つお断りしておきます。これから十日間、過酷な毎日になるでしょう。肉体ならびに精神面の徹底的な検査を受けていただくのです」

十八号患者は体を起こさなかった。「精神面とはどういうことかね？」

「誰にも資格があるわけではないからです」

「わたしが狂人という結果でも出たらどうする？」

「我々の一員に望ましくないかたは、残念ながらお引取りいただくことになります」

患者は無言だった。

「まずは、少し休んでいただきましょう。午後からはきついですよ。CATスキャン、胸部のレントゲン撮影、認識力テストが待っています。ああ、それから鬱病《うつびょう》の検査も」

「わたしは鬱ではない」患者は吐き捨てるように言った。

医師は取り合わなかった。「今晩は食事を取らないで下さい。プラズマコレステロール、トリグリセド、脂蛋白質《たんぱくしつ》などの検査を行ないます」

「なんだと？　絶食？　冗談じゃないぞ！」

「お望みでしたら」医師は立ち上がった。「いつでもお帰りになって構いませんよ。ここにおられて、なおかつ我々の一員になる資格を認められた場合、正直言ってつらい日々が待っています。しかしあなたの長い、長い人生で、その程度のことは何物でもないはずです。この点だけは確約しておきましょう」

数時間後、住所を突き止めて戻ってきたアンナに、ケスティングは驚きを隠さなかった。実はアンナ自身もびっくりしていた。決めていたとおりに動いたのが効を奏したのだ。ロシニョールのファイルに、何度か同じ名前が出てきた。チューリヒの公務員、ダニエル・テイン。複数の文書に登場するこの人物を調べた結果、アンナの直感が裏づけられた。ガストン・ロシニョールはテインの最初の雇い主であり、ある意味で恩師だったのだ。七〇年代、テインとロシニョールは高配当のユーロ債を扱うベンチャー企業の共同経営者だった。テインはロシニョールの紹介で、チューリヒの有力者が顔を揃《そろ》えるキフキントラー協会に加入し、今や地域の名誉職をいくつも兼任している。彼こそ、恩師の意を体して人脈や組織を動かしている人間に違いない。

アンナはテインの自宅をいきなり訪ねて名乗り、身分証をテーブルに出した。メッセージは簡潔明瞭《めいりょう》だった。ガストン・ロシニョールに、身の危険が差し迫っている。テインは見るからにうろたえながらも、予想どおり口を噤《つぐ》んだ。「お役には立てません。彼は転居しています。誰にも居場所はわからず、関心を持つ人もいません」

「殺人犯も？」

「仮にそのような連続殺人があるとしても」テインはあからさまに不審の色を浮かべたものの、すでにアンナの術中にはまっていた。「あなたにさえ見つからないのであれば、誰にもわかりませんよ。相当な情報網をお持ちなんでしょう」

「殺人犯のほうが先行していると信ずべき根拠があるのです」

鋭い一瞥《いちべつ》。「本当ですか？　その根拠は？」

アンナはかぶりを振った。「ガストン・ロシニョール本人にしか話せない事情があるのです」

「そもそも、彼の殺害をくわだてる理由がどこにあるのです？　チューリヒで最も尊敬されている市民ですよ」

「潜伏していること自体、身の危険を感じている証拠じゃありませんか」

「あなたのお話はまるっきりわかりませんな」一拍置いて、テインは言った。

アンナはしばらくテインを見据えた。

あなたは相当な人脈をお持ちのはずです。それから名刺を渡した。「二時間後に戻ります。わたしに悪意のないことがわかるでしょう。わたしの身分を確認してみて下さい。わたしが名乗ったとおりの人間であること、嘘偽《うそ》りを申し上げていないことも」

「どうしてそんなことが、一介のスイス市民にすぎないわたしにできると？」

「あなたにはできます、ミスター・テイン。ご自分でできなくとも、人脈を使えば。お友達を助けたいとお思いでしょう。わたしたちの目的は同じなのです」

二時間後、アンナ・ナヴァロはテインの職場を訪れた。経済省の建物は大理石造りで、十九世紀末期のボザール様式だ。テインの広い執務室は日当たりがよく、本で埋まっていた。アンナはすぐに通された。暗い木目のドアが背後で音もなくしまる。

テインはクルミ材の机の奥に座った。「これはわたしの判断ではありません」彼は強調した。「ムッシュー・ロシニョールの判断です。わたしはいっさい関知しません」

「わたしの身分は確認しましたね」

「ええ、その点は問題ありません」テインは蚊の鳴くような声で言い、名刺を返して寄越した。「ではそういうことで、ミズ・ナヴァロ」

住所は、アンナの名の左側に小さく鉛筆で書かれていた。

アンナは真っ先にバートレットに電話して、進展を報告した。「あなたはいつも驚かせてくれますね、ミズ・ナヴァロ」バートレットの声には、驚きと温かみがあった。

ホッティンゲンの住所を目指して運転しながら、ケスティングがアンナに言った。

「今朝、あなたの要請は受理されました。覆面パトカーが数台動員されます」

「それから、彼の自宅の電話ね」

「ええ、数時間以内に探知できます。州警察の職員が、ムッターハウスで通話を傍受する予定です」

「ムッターハウス？」

「警察本部のことです。我々は〝マザーハウス〟と呼んでいますが」

ホッティンガー通りの急勾配《きゅうこうばい》に差し掛かった。鬱蒼《うっそう》とした樹々《きぎ》の向こうに豪邸が並んでいる。ハウザー通りに、茶色がかった石造りの低い家があった。よく手入れされた庭だ。近辺に覆面パトカーの姿はなかった。

「この住所で間違いないはずです」ケスティングが言った。

アンナはうなずいた。スイスの銀行家ときたら、広いお庭付きのご立派な家にお住まいなのね。

二人は車を降り、正面玄関に向かって歩いた。ケスティングが呼び鈴を鳴らす。「もしよろしければ、わたしから話してみます」

「わかったわ」アンナは答えた。〝国際協力〟とは言っても、郷に入れば郷に従えなのだ。

数分待って、ケスティングが再び鳴らした。「何せ老人ですから。確か車椅子に乗っているはずですよ。家の中を移動するにも時間がかかるのでしょう」

なんとでも口実は作れるわよ。ずいぶん甘いのね。

「ひょっとしたら病気かもしれません」ケスティングは言った。不安げにドアノブを捻《ひね》ると、ロックされている。二人は裏口へ回った。今度は簡単にひらいた。ケスティングが呼びかける。「ドクター・ロシニョール、州検察局のケスティングという者です」〝ドクター〟は単なる敬称らしい。

沈黙。

「ドクター・ロシニョール？」

ケスティングは踏み入り、アンナが続いた。明かりがついており、クラシック音楽が流れている。

「ドクター・ロシニョール？」ケスティングは声を大きくした。彼の先導で廊下を進み、ほどなく食堂に出た。明かりもテープレコーダーもつけっぱなしだ。コーヒー、卵、肉の焼けた匂《にお》いがする。

「ドクター……そ、そんな！」

ケスティングと同じものを見て、アンナはぎょっとした。

テーブルの朝食に向かって、車椅子に老人が座っている。頭を俯《うつむ》け、ひらいたままの目は虚《うつ》ろだ。老人は死んでいた。

奴《やつ》らだ！　それ自体には驚かなかった。怖ろしいのはタイミングだ——二人が到着する寸前だったに違いない。まるで予期していたかのように。

アンナは身震いした。

「またやられたわ」彼女は言った。「救急車を呼んで。それから殺人捜査課を。もう一つ、現場には誰にもいっさい手を触れさせないように」

第二十二章

チューリヒ州警察殺人捜査課の人間は一時間以内に到着し、ビデオや写真を撮った。ロシニョール宅には指紋採取用の粉末が散布され、正面玄関と裏口、一階の三つの窓にはとりわけ念入りに撒《ま》かれた。アンナの要請により、ロシニョールの車椅子《くるまいす》、露出した肌からも指紋が取られることになった。死体安置所に運ぶ前に、ロシニョールの指紋も取られた。

ロシニョールにアメリカ人が深甚《しんじん》な興味を抱き、殺人捜査を依頼していなければ、老人の死が自然死とされたことは間違いない。ガストン・ロシニョールは九十一歳だったのだ。

眼球液の採取にも重点が置かれた。検死はチューリヒ大学法医学部が行なうことになった。当局には検死官がいなかったからである。

アンナはホテルに戻った。疲労困憊《こんぱい》していたので――アティヴァンを飲むまいと決めた結果、飛行機で眠れなかったのだ――カーテンを引き、大きめのTシャツに着替えてベッドに潜り込んだ。

電話で起こされた。一瞬混乱し、アンナは真夜中のワシントンに戻ったように錯覚した。だが腕時計の光る文字盤は、チューリヒ時間で午後二時半を示している。アンナは受話器を取り上げた。

「ミス・ナヴァロですか？」男性の声だ。

「ええ、はい」声がかすれ、咳払《せきばら》いした。「どちら様ですか？」

「州警察刑事のシュミットと申します。殺人捜査課の者です。どうも済みません、起こしてしまいましたか？」

「いいえ、ちょっとうとうとしていたんです。何かわかりましたか？」

「指紋鑑定の結果、興味深い事実が判明しました。警察本部までお越しいただけますか？」

シュミットは人好きのする雰囲気の持ち主だった。四角い顔に、額でまっすぐに切り揃《そろ》えた短髪が滑稽《こっけい》だ。ネービーブルーのワイシャツに、金のネックレスをしている。

すっきりしたオフィスには明るい陽射《ひざ》しが満ちあふれ、薄茶色の机が二つ向かい合っているだけだ。アンナとシュミットは、机越しに向き合って座った。

シュミットは書類のクリップをもてあそんでいた。「指紋は犯罪科学研究所《クリミナルテクニーク》で鑑定されました。ロシニョールの指紋をはじめ、いくつかは除外されています。ほとんどはまだ判別されていません。死亡者は夫人に先立たれたので、家政婦や使用人のものと推定しています。家政婦は今朝まで夜番に就いており、朝食を作ってから帰りました。目撃者はいるものと思われます」

「看護婦は付けていなかったんですか？」

「いませんでした」シュミットはクリップの針金を曲げたり伸ばしたりしている。

「我々にも、お国と同じような指紋のコンピュータ・データベースがありましてね」何百万という人間の指紋が記録されている、自動指紋鑑定システムのことである。「指紋はスキャンされてデジタル化され、ベルンのセンターに送られます。ここですべての記録と照合されるのです。そう長くはかかりませんよ。すでに、結果が一つ出ています」

アンナは腰を浮かせた。「本当に？」

「ええ、それで、わたしがこの件の担当になったのです。指紋は、あるアメリカ人のものでした。数日前、バンホーフ通り一帯で起こった銃撃事件に関連して、身柄を拘束された人間です」

「誰ですか？」

「ベンジャミン・ハートマンという名のアメリカ人です」

アンナにはなんの意味もない名前だ。「あなたは彼を詳しく知っているのですか？」

「ええ、かなり詳しく。取り調べをしたのはこのわたしですから」渡されたフォルダーには、合衆国発行のハートマンのパスポート、運転免許証、クレジットカードのコピーと、スイス警察撮影の顔写真があった。

アンナはコピーをつぶさに眺めた。探していた殺人犯はこの男だろうか？　アメリカ人だったのか？　三十代半ば、ハートマン・キャピタルマネジメントという会社の投資銀行家。たぶん家族経営だろう。ということは金持ちだ。ニューヨーク在住。スイスにはスキーバカンスに来たと供述している。

しかし、嘘《うそ》の可能性もある。

シグマの犠牲者のうち三人は、彼がチューリヒにいる間に殺されている。一人はドイツ、ここから列車で行ける。もう一人はオーストリア、これも可能性はある。

しかしパラグアイは？　ここからは長時間飛行機に乗るしかない。

だが単独犯とは限らない。

「バンホーフ通りで何が起こったのですか？」アンナは訊《き》いた。「この男が誰かを撃ち殺したとか？」

シュミットのもてあそんでいたクリップが、ぽきんと折れた。「路上と地下街で銃撃があったのです。ハートマンがこの件で取り調べを受けました。個人的には、彼が犯人だとは思えません。当人は、何者かに銃撃されたと供述しています」

「死者は？」

「通行人が数名。それに、彼の供述によれば、銃撃してきた男」

「ふうん」アンナには不可解だった。おかしな話だ。どの程度までが真実だろうか？　いったいどんな男だろう？「で、放免したんですか？」

「拘留すべき理由がありませんでしたから。それに、彼の会社からも働きかけがあった。この州から退去するよう勧告しました」

わたしだったらそんなことはしなかったわ。これがチューリヒ流というわけ？　アンナは腑《ふ》に落ちなかった。「それで、今どこにいるんですか？」

「供述によると、サンモリッツに行く予定とのことでした。ホテル・カールトンへ。しかし我々の情報ではチェックインしていません。それが昨日、チューリヒのヘンデルスバンク・スイスに再び現れました。再拘留を試みましたが脱走、またもや銃による事件が発生しました。あの男の行く先々で事件が起こっています」

「驚きましたね」アンナは言った。「ハートマンがチューリヒ市内のホテルに宿泊するか、スイス国内に潜伏を続けた場合、見つけ出す方法はあるんでしょうか？」

シュミットはうなずいた。「各州に問い合わせればわかります。宿泊台帳のコピーはすべて地元の警察に提出することになっています」

「どのくらい正確なんですか？」

「仰《おっしゃ》るとおり、正確に把握できないこともあります」シュミットは認めざるを得なかった。「しかし少なくとも、所在は突き止められます」

「それは本名で泊まった場合の話でしょう」

「正規のホテルでは、外国人にパスポートの提示を求めています」

「パスポートが一種類とは限りませんよ。それから〝正規の〟ホテルに泊まっていると も限らない。スイスに友人がいることも考えられるわ」

シュミットはいささか不安そうだった。「ですが、わたしは本人と会っているのです。わたしが見た限り、偽造のパスポートを所持する人種とは思えませんでした」

「その手の国際的なビジネスマンは、パナマやアイルランド、イスラエルなどからパスポートをもう一種類取り寄せることがあります。簡単にやってのける連中もいますよ」

「なるほど。しかしそうしたパスポートだって、たいがいは本名が記載されているんじゃないですか？」

「偽名だってあります。出国した場合はわかるんですか？」

「国を出るにはいくつも方法があります──飛行機、自動車、鉄道、あるいは徒歩だって出国できる」

「国境警察は監視しないんですか？」

「ええ、国境警察もパスポートの提示を求めることになっていますが」シュミットはまたも認めざるを得なかった。「実際には見ないこともしばしばです。一番確実なのは空路でしょう。その場合、搭乗者全員のパスポートを確認します」

「鉄道の場合はどうです？」

「その場合、跡を追うことはできません。国際列車の指定席を予約していれば別ですがね。しかしその望みは薄いでしょう」

「なるほど」アンナは沈思黙考した。「捜索は始められますか？」

「当然です」シュミットは憤然として言った。「それが通常の手続きです」

「検死結果はいつわかります？　毒物検査の結果に大いに興味があるもので」催促が過ぎるかもしれない。しかしそうするより他になかった。

シュミットは肩をすくめた。「一週間はかかるでしょう。急がせるようにします」

「神経毒が使われたかどうかを知りたいのです」アンナは言った。「その検査に時間はかからないはずです」

「それも指示します」

「お願いします。それから銀行の記録も。過去二年間にわたる、ロシニョールの口座の記録が必要です。スイスの銀行は協力的ですか？　守秘義務とかでごまかされる怖《おそ》れもありそうですけど」

「警察の殺人捜査に協力を惜しむ銀行はありません」シュミットは気分を害したようだった。

「それはうれしいわね。ああ、それからもう一つ。ハートマンのクレジットカードのコピーですが――わたしにもいただけませんか？」

「どうぞどうぞ」

「よかったわ」アンナは言った。実のところ、この刑事には好感を抱きはじめていた。

ブラジル、サンパウロ

ブラジル全土で最高級のクラブ、イピカ・ジャルダンでは結婚式の披露宴が執り行なわれていた。

このクラブの会員の大半はクアトロセントス、すなわち四世紀前ポルトガルから最初に移住してきた人々の末裔《まつえい》から成るブラジルの貴族階級である。大地主、製紙会社、新聞社、出版社、トランプ製造工場などのオーナー、ホテル王――この国の富を一手に握る人々が集い、クラブハウスの前にはベントレーやロールスロイスが長蛇の列をなしていた。

出席者のほとんどはまばゆく白いタイと燕尾服《えんびふく》に身を包み、ブラジル屈指の財閥の主、ドトール・オタービオ・カルバーロ・ピントの娘に祝意を表した。娘のフェルナンダは、同じく大富豪のアルカンタラ・マチャード一家に嫁ぐのだ。

招待客の一人に、九十代になろうかという厳《いか》めしい白髪の男がいた。クアトロセントスの一員ではないものの──実はリスボン生まれで、五〇年代にサンパウロへ移住してきた──巨万の財力を持つ銀行家にして地主であり、花嫁の父とは長年にわたるビジネスパートナーかつ友人だった。

老人の名はジョルジュ・ラマゴ。席について新郎新婦のダンスに見入り、ペリゴール風ソースのかかった子牛のノワゼットには手をつけていなかった。黒い髪の若いウェイトレスが老人におずおずと近づき、ポルトガル語で言った。「セニョール・ラマゴ、お電話が入っております」

ラマゴはゆっくりと振り向いた。「電話？」

「はい、セニョール、緊急とのことです。ご自宅の奥様から」

ラマゴの顔色がたちまち変わった。「どこだ？──どこだ？──」老人は口ごもった。

「ご案内します」ウェイトレスは優しく足元を支えた。二人はゆっくりと宴会場を出た。このリスボン生まれの老人はリューマチに苦しんでいた。だがその点を除けば健康状態は申し分なかった。

ラマゴを古風な電話ブースへ案内したウェイトレスは、きちょうめんに彼のディナージャケットの皺《しわ》を伸ばし、手を貸して中に入れた。

受話器に手を伸ばしたラマゴは、腿《もも》に鋭い刺すような痛みを覚えた。うめき声を上げて振り向いたが、ウェイトレスはもういない。痛みはすぐに引き、老人は受話器を耳に当てた。だが、聞こえてくるのは信号音だけだった。

「誰も出ないじゃないか」ラマゴは誰にともなく口に出し、次の瞬間意識を失った。

ほどなく、電話ブースで息絶えた老人にウェイターの一人が気づき、大慌てで助けを呼んだ。

オーストリア、アルプス山脈

十八号患者は真夜中に起こされた。

看護婦が止血帯を優しく上腕に巻き、血液を採取しはじめる。

「いったいなんの真似《まね》だ?」患者は呟《つぶや》いた。

「申し訳ありません」看護婦は言った。訛《なま》りのひどい英語だ。「午前零時から一日じゅう、四時間おきに静脈血のサンプルを採取するよう指示されておりまして」

「なんのために?」

「血清中のエポ赤血球生成促進因子《エリトロポイエチン》の数値を測るためです」

「やれやれだな」こうした検査のどれにも不安にさせられるが、それがまだ序の口にすぎないことを患者は心得ていた。

「どうぞお休み下さい。明日も長い一日になりますから」

豪華な食堂で、他の患者とともに朝食を取った。セルフサービスで新鮮なフルーツ、焼き立てのパンやバターロール、ソーセージ、卵、ベーコン、ハムがふんだんに並んでいる。

食べ終わると、十八号患者は別棟の検査室に案内された。

看護婦が慎重な手つきで、上腕の筋肉の奥にメスを入れる。

患者はうめいた。

「痛かったらごめんなさい」看護婦は言った。

「体じゅうが痛い。いったい何をしたんだ？」

「網状皮膚の弾性組織の生体検査です」止血帯を締めながら看護婦が答える。

彼女の後ろで、白衣姿の医師が二人、静かにドイツ語で話し合っていた。十八号患者にはすべて理解できた。

「脳の活動は多少衰えているようです」小柄で丸々と太った一人が言った。「しかし、この年齢では当然です。老人性痴呆《ちほう》やアルツハイマーの徴候はありません」

長身で痩軀《そうく》、灰色の顔のもう一人が尋ねた。「心筋組織は?」

「許容範囲内ですね。しかしドップラー超音波で後脛骨《けいこつ》動脈の血圧を計測したところ、末梢《まつしょう》動脈に疾患が発見されました」

「ということは、血圧値は上昇しているんだな」

「ええ、多少は。ですが予測されていたことです」

「変性している血液細胞はどの程度だ?」

「ただいま研究所で計測中です」

「わかった。患者は、候補者としては申し分ないだろう。検査のペースを上げよう」

〝候補者としては申し分ない〟。わたしは選ばれるに違いない。十八号患者は医師のほうを向き、大きく笑顔を見せて感謝を装《よそお》った。

第二十二章

ウィーン

私立探偵は三十分近くも遅れていた。ベンはケルントナー通り沿いのホテルのゆったりしたロビーで、メレンゲには手をつけず、電話帳で探し出した探偵の到着を待っていた。

私立探偵を探すには、ウィーンの電話帳を繰るより気の利《き》いた方法もあった――仕事で付き合いのあるウィーンの人間に紹介してもらえば済むことだ。だが本能が、今は知り合いを避けるべきだと告げていた。

列車に飛び乗り、小さなホテルに予約なしで行ってみたところ運よく空きがあり、弟の偽名、ロバート・サイモン名義で投宿した。パスポートを求められ、厳密なチェックを受けるのかと息を詰めたが、なんら怪しまれなかった。何年も使い古したかのように擦り切れ、スタンプも入っていたからである。

まず最初に電話帳をひらき、広告も参考にしてなるべく信頼できそうな探偵を探した。ベンのホテルがある第一区、すなわち都心部に事務所を構える探偵が何人かいた。その中でひときわ目立つ広告があった。長期間行方不明の近親者の捜索を謳《うた》っている。ベンはその探偵に電話で依頼した。某オーストリア市民の背景調査である。

待ちくたびれたベンは、そもそも探偵が来るのかどうか、危ぶみかけていた。

そのとき、四十代と思《おぼ》しき恰幅《かっぷく》のよい男が、ベンの向かいに腰を下ろした。「ミスター・サイモンですね？」年季の入った書類鞄《かばん》をテーブルに置く。

「そうですが」

「ハンス・ホフマンです」私立探偵は言った。「お金はお持ちですね？」

「こちらこそ、お会いできて光栄です」ベンは皮肉混じりに答えた。財布を取り出し、四百ドル数えてテーブル越しに差し出す。

ホフマンはしばらくそれを眺めた。

「どうかしましたか？」ベンが訊《き》いた。「オーストリアシリングのほうがいいですか？あいにく、まだ両替していないもので」

「追加料金があるんですよ」探偵は言った。

「はい？」

「HNA、つまりオーストリア軍情報部の古い友人に、餞別《せんべつ》がいるというわけで」

「要するに、賄賂《わいろ》ですね」ベンは言った。

ホフマンは肩をすくめた。

「そのお友達とやらは、領収証はくれないでしょうね」

ホフマンはため息をついた。「ここでは、そういうものなんです。お探しのような情報は、いくつものチャンネルを使わないと手に入らないんですよ。この友人は、情報を入手するために自分の身分証を使わなくてはならない。それにはあと二百ドルかかります。ただ、電話番号——電話帳には載っていません——と住所は今すぐ教えて差し上げましょう」

ベンは札を数えた。手持ちの現金はこれで全部だ。

探偵は金額を確かめた。「この人物の電話番号と住所をどうして知りたいのかわかりませんが、何か面白いことでもお考えなんでしょうね」

「どうしてそう思うんです？」

「ウィーンでは大変重要な人物です」ホフマンはウェイトレスを手招きし、メレンゲとマクシミリアン・トルテを注文した。

探偵はブリーフケースからノートパソコンを取り出し、蓋《ふた》を開けて電源を入れた。「最新式のバイオメトリックでしてね」自慢げに言う。「指紋認証センサー付きです。わたしの指紋がパスワードになるんですよ。指紋がなければコンピュータは動きません。ドイツ人でなけりゃこんな装置は考えつきませんよ」

しばらくキーボードを叩《たた》き、ベンにスクリーンを向ける。ユルゲン・レンツの名前と住所以外は空欄だった。

「ご存じのかたですか？」ホフマンは、ノートパソコンの向きを戻しながら訊いた。

「お知り合いで？」

「いえ、それほどでも。どのようなかたですか？」

「ドクター・レンツはですね、ウィーン最高の富豪でして、慈善事業に積極的、芸術活動の援助もしています。レンツ家の財団はまた、恵まれない人たちのための病院を建設しています。それから、ウィーンフィルハーモニーの理事でもあります」

ウェイトレスがホフマンの目の前にコーヒーと菓子を置いた。ウェイトレスが立ち去るのを待たず、探偵はさっそく手を伸ばした。

「ドクター・レンツはなんの医者ですか？」

「内科医ですが、診療は何年も前に止《や》めています」

「年齢は？」

「たぶん五十代だと思います」

「医者の家系なんですね」

ホフマンは大声で笑った。「ゲルハルト・レンツがお父さんなのはご存じのようですね。きわめて興味深いケースです。ある意味では、我が国は非常に保守的だ。醜い過去を忘れたがっている連中も多い。オーストリアではよくこう言われます。ベートーベンはオーストリア人だが、ヒトラーはドイツ人だ。しかしユルゲンはそうした連中とは明らかに違う。父の犯罪の償いに献身する息子ですよ」

「本当ですか？」

「ええ、本当ですとも。ユルゲン・レンツが戦争犯罪の追及にあまりに熱心なので、一部の団体からは非難されています。彼は自分の父親さえも糾弾しているのです。父の行ないを深く恥じているのは疑いありません」こらえかねたようにトルテをじっと眺める。「他の有名なナチス戦犯の子孫とは違って、彼は行動を起こしています。レンツ財団は、ホロコースト研究、歴史学研究、イスラエルの図書館などへの支援事業の分野で、オーストリアでも代表的な存在です。犯罪や人種主義と戦う目的ならば、彼らは支援を惜しみません」ホフマンは菓子に戻り、取られはしないかと心配しているように食らいついた。

レンツの息子が反ナチス運動の先頭に立っている？　ひょっとしたら、思っていたより自分と通じ合うものがあるかもしれない。「わかりました」ベンはウェイトレスに手を挙げて、勘定を頼んだ。万国共通の合図だ。「参考になりました」

「他にお役に立てることは？」探偵は、襟についた菓子屑《くず》を払い落としながら訊いた。

トレバー・グリフィスは宿泊先のインペリアルを出た。オペラ劇場からケルントナーリンクを数ブロック歩いたところだ。インペリアル以外にもウィーンにはいいホテルはあるが、戦時中ナチスがここを本部にしたことで知られている。彼らはここから街を支配したのだ。それはともかく、トレバーはこのホテルが気に入っていた。

マリアヒルファー通りを少し歩いて、ノイバウガッセの小さなバーへ向かう。店の派手なネオンが赤く光っていた。ブロードウェイクラブ。トレバーはほの暗い地下室に入り、待った。誂《あつら》えた灰色の梳毛糸《すきげいと》製のダブルスーツは、大企業の幹部か繁盛《はんじょう》している弁護士のようで、この場所ではいささか浮いて見える。

店内はタバコの煙で息が詰まりそうだった。服や髪に臭《にお》いがつくのがトレバーには我慢ならなかった。オーデマ・ピゲの腕時計に目をやる。彼の数少ない贅沢《ぜいたく》だ。最高級のスーツと腕時計と奔放なセックス。料理や芸術、音楽に興味のない人間に、必要なものなど他にあろうか？

トレバーは苛立《いらだ》ってきた。オーストリア人のコンタクトは遅刻している。時間を守れない人間は許せない。

三十分も遅れてようやくオーストリア人が現れた。どこか野暮ったい、オットーというすのろである。ブースに入ってきたオットーは、使い古した赤いフェルトバッグをトレバーの前に置いた。

「イギリスのかたですね？」

トレバーはうなずくと、バッグのファスナーを開けた。大きな金属の塊が二つ、九ミリのマカロフ——サイレンサー仕様の細い銃身——と、長く穴の空いたサイレンサーが見えた。「弾は？」トレバーが訊いた。

「ここです」とオットー。「九×一八です。どっさりありますよ」

マカロフにしたのは正解だ。九ミリのパラベラムと違って、弾速が速い。「製造元は？」トレバーは訊いた。「ハンガリーか？　中国か？」

「ロシアですが、ものはいいです」

「いくらだ？」

「三千シリング」

トレバーは顔をしかめた。金は惜しくない。だがおとなしくぼったくりに甘んじるわけにはいかない。彼はドイツ語で言った。オットーに英語はほとんど理解できないだろう。「マカロフなんぞ、掃いて捨てるほど出回ってるぞ」

　オットーは身を固くした。

「一ダースまとめて投売りしている代物《しろもの》だ」トレバーはドイツ語で続けた。「どこででも作っているし、簡単に手に入る。千シリングやろう、それだけでも感謝するんだな」

　オットーは尊敬の色を浮かべた。「ドイツのかたでしたか？」呆気《あっけ》に取られている。オットーの耳が良ければ、トレバーのドイツ語からドレスデン地方の訛《なま》りを聞き取ったことだろう。

　トレバーは何年もドイツ語を話していなかった。使う機会がなかったのだ。だが思い出すのは簡単だった。

　やはり母国語だ。

アンナはホテルから数ブロック離れたメーヴェンピックのレストランで、一人きりの夕食を取った。メニューに興味をそそられるものは何一つなく、スイスの料理は自分には向いていないと思った。

普段なら、外国の街で一人夕食を取ると侘《わび》しくなるところだが、今晩はあれこれ考えるのに忙しく、それどころではなかった。一人用のカウンターは窓際《まどぎわ》に並んでおり、客のほとんどは新聞や本を読み耽《ふけ》っている。

アメリカ領事館でアンナは盗聴防止回線のファックスを使い、クレジットカード番号を含むハートマンの情報をすべて内政遵法《じゅんぽう》監視局に流した。そしてカード会社に照会し、それらの番号のカードが使われたら直ちに追跡を開始し、報告するよう要請した。また、ハートマンについてあらゆる情報を集め、何かわかりしだい盗聴防止回線の携帯電話に掛けるよう指示した。

結果は大当たりだった。

ハートマンの会社によると、スイスへ休暇に出かけたきり、ここ数日連絡がないらしい。本社では彼の旅程を把握していなかった。日程表そのものが渡されていなかったからだ。したがって連絡を取る方法はなかった。

だが調査課が興味深い情報を知らせてきた。四年前、ハートマンの双子の兄弟がスイスの飛行機事故で死んでいたのだ。死の直前、義憤に駆られてスイスの銀行と争っていたらしい。アンナにはそれをどう捕えてよいのかわからなかったものの、新たなおびただしい疑問が湧《わ》いてきた。

また調査課によると、ベンジャミン・ハートマンはかなり裕福な男だった。彼の会社、ハートマン・キャピタルマネジメントは、ハートマンの父が創業した投資銀行である。父は著名な博愛主義者であり、ホロコーストの生き残りだった。

憶測が憶測を呼ぶ。ホロコーストの生き残りを父に持った、金持ちのお坊ちゃま。スイスの銀行家はホロコーストの犠牲者に当然なすべきことをしていないと、双子の片割れは勝手に思い込んだ。その遺志を継いだもう一方の双子が、スイスの銀行の大立者に見当違いの復讐《ふくしゅう》を挑んだ。頭に血が昇った金持ちのぼんぼんの復讐劇。

あるいはもっと深い背景があるかもしれない――シグマの息のかかった連中に踊らされているとか。その理由は窺《うかが》い知れないが。

疑問はまだある。この男は、潜伏している老人たちの名前と住所をどうやって調べたのか？

それから、弟の死とどういうかかわりがあるのか――そもそもかかわり自体があるのかどうか？

九時ちょっと過ぎにホテルへ戻ったアンナは、係員から伝言メモを受け取った。殺人捜査課のトーマス・シュミット刑事からの電話だった。

アンナはすぐさま部屋へ戻り、電話した。シュミットはまだオフィスにいた。

「検死の結果が戻ってきました」彼は言った。「あなたが毒物学者に検出を依頼された成分ですが」

「はい」

「眼球液からその神経毒が見つかったのです。ロシニョールはやはり毒殺されていました」

アンナは電話の横の椅子《いす》に座り込んだ。進展があった。突破口が見つかるといつもこみ上げてくる、あのぞくぞくした快感が全身を貫いた。「体に注射の跡は見つかったのですか？」

「いえ、まだですが、そうした痕跡《こんせき》を見つけるのは非常に困難だそうです。ただ、鋭意努力するとは言ってました」

「殺されたのはいつでしょうか？」

「今朝だと思われます、我々が到着する直前でしょう」

「だとすれば、ハートマンはまだチューリヒにいるかもしれませんね。この件の最高責任者は、あなたですか？」

やや間があって、シュミットは硬い口調で答えた。「わたしが最高責任者です」

「銀行記録のほうは？」

「銀行はみな協力しますが、時間はかかります。それなりの手続きがあるものですから」

「ええ、それはそうでしょう」

「明日には、ロシニョールの口座の記録が――」

話の途中で、アンナの回線にビーという信号音が割り込んできた。「ちょっと失礼、他の電話が入ったようです」アンナは切り替えボタンを押した。ホテルの交換手が、ワシントンからですと言った。

「ミス・ナヴァロ、こちら調査課のロバート・ポロッツィです」

「お電話ありがとう。何かわかった？」

「マスターカードのセキュリティから連絡がありました。ハートマンが数分前にカードを使ったそうです。ウィーンのレストランで勘定を支払っています」

イギリス、ケント州

ケント州ウエスターハムの別荘に引退している元首相エドワード・ダウニー卿《きょう》は、薔《ば》薇《ら》の咲き匂《にお》う庭で孫とチェスに興じていた。そのとき、電話が鳴った。

「また電話？」八歳になるクリストファーが口を尖《とが》らせた。

「ホースを取られんようにしなさい」エドワード卿は陽気に言った。

「サー・エドワード、こちらホランドです」受話器の向こうから声がした。

「ミスター・ホランド、そちらは順調ですか?」エドワード卿はにわかに口調を変えた。「会議は予定どおりということで?」

「ええ、予定どおりです。ただ、一つ小さな問題が起こりまして、ご助力をいただけないものかと」

受話器に耳を澄ませながら、エドワード卿は脅かすようなしかめ面《つら》をし、いつものようにクリストファーを笑わせた。「わかりました、ミスター・ホランド。わたしのほうから何本か電話を入れてみます。お役に立てれば幸いです」

ウィーン

ユルゲン・レンツの自宅はウィーンの南端、鬱蒼《うっそう》とした森に囲まれたヒーツィングにあった。ウィーンでも最高級の住宅街である。レンツの家――屋敷と言ったほうが正確だ――は、ティロル地方の趣とフランク・ロイド様式がうまく調和した、広壮で現代的な建築物だった。

レンツと対峙《たいじ》するには、何か格別な仕掛けが必要だ。それがベンの死命を制するだろう。本来、ピーターを殺した連中に、ウィーンにいることを知られたくはなかった。ホフマンの情報で疑念は兆《きざ》しているものの、レンツがその一人である可能性は依然として高い。

レンツの家の玄関先にのこのこ出かけていって、いきなり取り次いでもらえるはずはない。もっと賢い近づきかたがあるはずだ。有名で影響力があり、レンツの関心を引きそうな知り合いがいないか、記憶を手繰ってみた。場合によっては嘘《うそ》も必要になる。

アメリカの有名な慈善団体の会長がいた。何度か寄付金の依頼にベンを訪ねたことがある。ハートマン家も会社も、そうした依頼にはいつも快く応じてきた。

借りを返してもらう番だ。

ウィンストン・ロックウェル会長は重い肝炎を患《わずら》い、入院しているため、今は誰であれ連絡が取れないはずである。ロックウェルには気の毒だが、ベンには好都合だった。

レンツの自宅に電話を掛け、ユルゲン・レンツと会いたいと切り出した。電話に出た女性――夫人か？――に、ウィンストン・ロックウェルの友人としてレンツ財団に興味があると伝えた。実質的な寄付の申し出である。いかに貧しい財団でも、寄付金を断ることはまずない。

レンツ夫人は流暢《りゅうちょう》な英語で、「ミスター・ロバート・サイモン、夫は五時には帰宅しますが、お茶でも飲みにいらしてはいかがですか？　ウィンストン・ロックウェルのお友達でしたら、ユルゲンも大歓迎でしょう」と言った。
ドアを開けたのは、五十代前半と思われる上品で華奢《きゃしゃ》な女性だった。灰色のセーター
ドレスに真珠のネックレス、それと合わせた真珠のイアリングをしている。
「どうぞお入り下さい」女性が言った。「ミスター・サイモンですね？　イルス・レン
ツと申します。お会いできて嬉《うれ》しゅうございますわ！」
「こちらこそ」ベンは言った。「快くお会いいただけて光栄です。突然のお電話で済み
ませんでした」
「いいえ、とんでもない。ウィンストンのお友達ですから。ええと――どちらからい
らっしゃいました？」
「ロサンゼルスです」ベンは言った。
「三年前に行きましたわ。悪趣味なテクノロジーの会議でした。ユルゲンはすぐに――
ああ、参りました！」
猟犬のようにほっそりした筋肉質の男が、軽快な足取りで階段を下りてきた。「やあ、
こんにちは！」ユルゲン・レンツが呼びかけた。青のブレザーに灰色のフランネルのス
ラックス、レップのタイ姿は、アメリカの大企業の経営者、あるいはアイビーリーグの
学長と言っても通用しそうだ。艶《つや》のいい健康そうな顔に晴れやかな微笑が浮かんでいる。

ベンは肩透かしを食らったような気がした。スポーツコートの内側、肩のホルスターに忍ばせたリーズルの拳銃《けんじゅう》――弾薬はケルントナー通りのスポーツ用品店で購入した――が、不意に邪魔に思えてきた。

レンツはベンの手を取り、がっちりと握手した。「ウィンストン・ロックウェルの友人はわたしの友人です！」それから声を和らげて、「ロックウェルは元気にしていますか？」

「それが、芳《かんば》しくないのです」ベンは言った。「ジョージ・ワシントン大学のメディカルセンターに数週間前から入院しております。医者によると、最低あと二週間は安静が必要だとか」

「そうですか、それはお気の毒です」レンツは言いながら、妻のほっそりした腰に腕を回した。「とてもいい友人なのですが。ところで、立ち話もなんでしょう。何かお飲みになりませんか？　アメリカではなんと言うのでしょうか――〝六時だ、そろそろ飲《や》るか〟、でしたっけ？」

トレバーは、盗んだプジョーをレンツの家の向かいに停め、エンジンを切って待っていた。標的が家から現れた瞬間、車を降りて通りを渡り、接近するのだ。失敗はあり得なかった。

第二十三章

時間がなかった。

アンナに通常のチャンネルを通す暇はなかった。

たった今、ハートマンがウィーン第一区のホテルで勘定を支払った。金額は十五ドル程度。ということは、コーヒーか遅い昼食に立ち寄っただけか？ だったらもうとっくにいないだろう。だがそこに宿泊していたら、まだ間に合う。

ウィーンのＦＢＩ支局員に要請する手もあったが、そうすればオーストリア司法省経由で地元の警察と接触することになる。ベンジャミン・ハートマンはその間に他の都市へ逃れてしまうかもしれない。

アンナはチューリヒのクローテン空港へ急ぎ、ウィーン行きオーストリア航空便のチケットを買って、公衆電話を探した。

最初に掛けたのはウィーン市警だった。相手は保安局《ズイッヒャーハイツビューロ》——暴力事件の捜査が専門――のフリッツ・ウェーバー主任だ。必ずしも目的に適《かな》う部局ではないものの、ウェーバーなら喜んで協力してくれる。

ウェーバーとは数年前に一度会っていた。アメリカ大使館の文化担当アタッシェが少女売春組織にかかわっていた事件で、アンナがウィーンに派遣されたときのことである。人当たりがよく政治的手腕も備えるウェーバーは、外交問題に発展しかねなかったこの事件の解決に向けて助力を惜しまず、表沙汰《おもてざた》にならないよう手を打ち――なおかつ、アンナの帰国前に夕食に連れ出して楽しませてくれた。今回も、エージェント・ナヴァロの声を嬉《うれ》しそうに聞き、すぐに部下を捜査に当たらせると約束した。

次は、ウィーンのFBI支局員、トム・マーフィーに掛けた。直接面識はないものの、評判のいい男だ。ウィーンへ向かう理由についてはごく簡潔に、都合の悪い部分を省いて説明した。マーフィーはウィーン市警からの連絡係が必要かと尋ね、アンナは独自のルートを持っているのでと断った。融通の利《き》かないマーフィーは不満そうだったが、何も言わなかった。

ウィーン・シュベヒャート国際空港に到着するや、アンナはフリッツ・ウェーバーに再び電話を入れ、この件の担当者の名前と電話番号を訊《き》いた。

ウォルター・ハイスラー巡査部長の英語は決して流暢《りゅうちょう》とは言えなかったものの、なんとかやり取りできた。

「ハートマンがクレジットカードを使ったホテルに行ってきました」ハイスラーは説明した。「そのホテルが彼の宿泊先です」

対応が早い。頼りになりそうだ。「素晴らしいわ」アンナは言った。「車は見つかりそう？」

アンナの賛辞に、ハイスラーは気をよくした様子だった。捜査の対象がアメリカ人である以上、通常であれば面倒な書類や法的手続きの心配をしなくてはならないが、合衆国政府の代理人の存在でそれらは不要になる。その点も彼は承知していた。

「我々はすでに、ええと……尾行を始めています」ハイスラーは言葉に力を込めた。

「冗談でしょ。どうやって？」

「ホテルでハートマンの姿を見かけたので、ホテル正面のニューススタンドに警官を二人付けました。彼はレンタカーに乗りました、オペル・ヴェクトラです。尾行したところ、ヒーツィングという場所に行きました」

「そこで何をしているの？」

「誰かの家を訪ねているんでしょう。自宅です。それが誰の家か、調べています」

「凄《すご》いわ。素晴らしいじゃない」アンナは心から言った。

「ありがとうございます」ハイスラーは元気よく答えた。「空港まで迎えに行きましょうか？」

そのあと、ベンは苦しい嘘《うそ》をつくことになった。きちんと練り上げた話ではなかったからである。ロサンゼルスで成功した金融マネジメント企業主〝ロバート・サイモン〟をでっち上げ――本業に近いし、ぼろは出さないだろう――映画俳優や不動産業者、シリコンバレーのハイテク企業株で荒稼ぎした連中の資産を運用していることにした。守秘義務により名前を明かせない顧客もいるとは言ったものの、彼らが知らないだろう俳優の名前は何人か並べ立てた。

ベンには不思議だった。この男はどんな人間なのか? ゲルハルト・レンツ――悪名高い科学者にして、シグマと呼ばれる団体の頭目――の一人息子?

歓談しながら、三人はアルマニャックを嗜《たしな》んだ。ベンはさりげなく部屋を観察した。イギリスやフランスのアンティーク家具が並び、すこぶる居心地がいい。金縁の額に飾られた名画がライトアップされている。ソファの傍らのテーブルには、家族と思われる写真が銀縁のフレームに入っていた。どの写真からも、レンツの父親だけは抜けている。

「まあ、ぼくの仕事についてはこれぐらいにしておきましょう」ベンは言った。「今度は、レンツ財団についてお聞かせ下さい。財団の主な目的は、ホロコースト研究の促進と伺いましたが」

「ええ、歴史学の研究やイスラエルの図書館にも援助をしています」ユルゲン・レンツは説明した。「我々は、憎悪《ぞうお》との戦いに多額の支援をしているのです。オーストリアの学童にナチの犯罪を学ばせることが、とりわけ重要だと考えております。オーストリア人の多くが、諸手を挙げてナチスを歓迎したことを忘れてはいけません。一九三〇年代、ヒトラーがここに現れてインペリアルホテルのバルコニーから演説したとき、大勢の群衆が集まり、感激のあまり泣き出す女性も出る始末でした」レンツはため息をついた。「忌《い》まわしいことです」

「しかし、あなたの父親は……失礼はお許しいただきたいのですが……」ベンは切り出した。

「父が残虐《ざんぎゃく》な人間だったことは、歴史が証明しています」レンツは言った。「それは事実でした。アウシュビッツの被収容者や子供たちに、怖《おそ》ろしい人体実験をしたのです――」

「失礼していいかしら?」イルス・レンツが立ち上がった。「その話は聞きたくないの」と呟《つぶや》き、部屋を出た。

「ダーリン、済まない」レンツが背後から呼びかけた。ベンに向き直った表情は苦悶《くもん》に歪《ゆが》んでいた。「妻を責めることはできません。そんな重荷を背負わせるわけにはいかない。妻は幼い頃、父親を戦争で亡《な》くしているのです」

「過去を蒸し返してしまって、申し訳ありません」

「いえいえ、気になさらないで下さい。疑問に思われるのは当然のことです。悪名高きゲルハルト・レンツの息子が、父の犯罪を暴《あば》くことに献身している。アメリカのかたがたはさぞかし奇妙に思われることでしょう。しかし我々のような、ナチスの重要人物の子供たちは、深い苦悩に苛《さいな》まれているのです。その結果は人によってまちまちですが。たとえば、ルドルフ・ヘスの息子、ヴォルフのように、父の無罪を勝ち取ろうと一生を費やした者もいます。彼らは混乱したまま成人し、事実を受け入れられずにもがき苦しむのです。わたしには父親の記憶がほとんどありませんが、中には家庭での父親しか見ておらず、ヒトラーの手先だったとは信じられない人もいます」

話が進むにつれて、ユルゲン・レンツの口調は熱を帯びてきた。「我々子供たちは、裕福な家庭で生まれ育った。リムジンの後部座席に乗ってワルシャワのゲットーを通り抜け、表を歩く子供たちがなぜあんなに悲しそうな顔をしているのか知らずにいた。メリークリスマスとヒトラーから直々に呼びかけられ、父の目が輝いたのを見ていました。物心ついて振り返ってみると、父親が許せず、ナチスそのものを憎む人間もいます。全身全霊を挙げて」

驚くほど若々しいレンツの表情が赤みを帯びた。「わたしは、父を父と思っていません。他人同然です。終戦直後、父はアルゼンチンに亡命しました。偽造の旅券でこっそりドイツを逃げ出したのです。軍の捕虜収容所で生活していた母とわたしを、文無しのまま見捨てて」間があった。「ですから、わたしのナチスに対する姿勢にはなんの疑問も葛藤《かっとう》もありません。この財団を創設しただけでは足りないぐらいです」

部屋は静まり返った。

「オーストリアに来たのは、医学の研究のためです」レンツは続けた。「ある意味、ドイツを離れたことでほっとしました。わたしはこの国での生活を愛し――わたしが生まれた国でもあるのです――医者として、ひっそりと暮らしてきました。しかし一生の伴《はん》侶《りょ》、イルスと会ってから、わたしたちにできることを話し合いました。妻の相続した遺産で――父親が宗教書や讃《さん》美《び》歌《か》集の出版で財を築いていました――わたしは医者を止《や》め、父親やナチスとの戦いに生涯を捧《さ》げることを決断したのです。何物をもってしても第三帝国の闇《やみ》を拭《ぬぐ》い去ることはできませんが、わたしなりに、人道発展のためにできることをしようと」レンツの話し振りはいささか洗練されすぎ、よどみなく、何度となく繰り返してきたようだった。それは間違いない。しかしながら、そこに嘘の影は窺《うかが》えなかった。レンツは、深い苦悩の末に静かな確信へ到達したのだろう。

「その後、お父さんには一度も会っていないんですか？」

「いいえ。父が死ぬまでに二、三度あります。アルゼンチンからドイツに来たことがあったのです。名前も経歴も変えていました。母は決して会おうとしませんでしたが、わたしは会いました。しかし何も感じなかった。赤の他人と同じでした」

「お母さんは、きっぱり縁を切られたのですか？」

「父の葬儀に、アルゼンチンには行きました。父の死をその目で確かめたかったようです。しかし奇妙なことに、母はアルゼンチンを気に入りました。結局そこで暮らすことにしたのです」

再び訪れた沈黙を破ったのはベンだった。静かな、だがきっぱりとした口調だった。

「父親の負の遺産に光を当てるご努力には、感動したと言わねばなりません。これに関連して、〝シグマ〟という名の団体についてお聞かせいただければうれしいのですが」

その名を口にしながら、ベンはレンツの顔をじっと見ていた。

レンツは、かなり長い間ベンを見つめていた。ベンには自分の心臓の鼓動が聞こえるようだった。

ついにレンツが口をひらいた。「何気なくシグマと仰《おつしや》いましたが、それこそあなたがここへ来た目的じゃないんですか」レンツは言った。「あなたは、なぜここにいるのですか、ミスター・サイモン？」

ベンは寒気を感じた。自らを窮地に追いやったのだ。道は二つに分かれている。嘘にしがみつくか、本当のことを話すか。

ここはありのままを話すしかない。真実を引き出したければ。

「ミスター・レンツ、シグマとあなたとのかかわりについて、明らかにして下さい」

レンツは眉《まゆ》をひそめた。「どうしてここにいるんですか、ミスター・サイモン？　なぜわたしの家に上がり込んで、ぬけぬけと嘘をついたのですか？」奇妙な笑みを浮かべたレンツの声は静かだった。「あなたはＣＩＡの人間だ、〝ミスター・サイモン〟、違いますか？」

「どうしてそんなことを？」ベンは困惑し、恐怖感に襲われた。

「あなたは誰なんだ、ミスター・サイモン？」レンツは囁《ささや》いた。

「いい家ね」アンナが言った。「誰が住んでるの？」

タバコの煙が籠《こ》もる青いＢＭＷ、覆面パトカーの助手席に彼女はいた。がっしりして気のよさそうな三十代後半のウォルター・ハイスラー巡査部長が、運転席でカサブランカを咥《くわ》えている。温かみのある警官だった。

「ウィーンの、ええと……有名人です」ハイスラーは煙を深々と吸い込んだ。「ユルゲン・レンツです」

「どんな人？」

二人が話しているのは、アドルフストールガッセの百ヤードほど先にある美しい邸宅のことである。辺りに駐車している車のほとんどは、白い文字の書かれた黒いナンバープレートだった。ハイスラーによると、このプレートは特別に購入しなければならず、どうやら上流階級向けらしい。

ハイスラーはもうもうと煙を吐き出した。「レンツ夫妻は、オペラ劇場の支援など、社会活動に意欲的です。ええと、なんて言いましたっけ、はくあ……博愛主義者ですね？　レンツは自分の財団を運営しています。二十年ぐらい前にドイツから移り住んだのです」

「ふうん」アンナの目に煙が染《し》みる。だが止《や》めてくれと言うつもりはなかった。ハイスラーはよくやってくれている。タバコぐらい好きにさせてもいいじゃない。

「年齢は？」

「確か五十七歳だったと思います」

「有名人なのね」

「ええ、とても」

通りには覆面パトカーがあと三台待機している。一台はBMWの近くに、二台はレンツの屋敷の反対側に。ハートマンが裏口から逃走する場合に備えての、おなじみの挟撃《きょうげき》態勢だ。警官は全員、高度の訓練を積んだ監視班のメンバーで、武装し、無線を携帯している。

アンナは武器を持っていなかった。ハートマンが抵抗を試みる可能性はきわめて低い。履歴によれば、ベンは武器を所持したことも、ライセンスを申請したこともなかった。

老人たちはみな毒薬を注射されている。銃器は持っていないだろう。

ただ、アンナはハートマンについてほとんど知らなかった。しかしウィーン当局にも情報はなかった。フリッツ・ウェーバーには、このアメリカ人がチューリヒの銃撃事件に関与していることしか伝えておらず、ハイスラーもまた、ロシニョール殺害で手配されているとしか聞いていない。だが、地元の警察としてはそれだけでハートマン逮捕の要件は成立しており、ウィーンのFBI支局からの公式要請にも応じることができる。

アンナは、地元の警察がどの程度信用できるのか訝《いぶか》っていた。

漠然たる疑問でしかない。だが、ここでハートマンが会っている相手というのは……。

アンナはひらめいた。「このレンツという人」タバコの煙で目がやられそうだ。「変なことを訊《き》くようだけど、ナチスと何か関係はあったの?」

ハイスラーは溢《あふ》れそうな灰皿にタバコを押しつけた。「確かに奇妙な質問ですね」彼は言った。「レンツの父親は——ゲルハルト・レンツという名前はご存じですか?」

「いいえ。知らなきゃまずい?」

ハイスラーは肩をすくめた。無邪気なアメリカ人だ。「最悪の人間です。強制収容所であありとあらゆる残酷な実験をした、ヨーゼフ・メンゲレの同僚だったのです」

「そうなの」別の考えがひらめいた。ホロコーストの生き残りの息子、復讐《ふくしゅう》の念に取りつかれたハートマンは、子孫を狙《ねら》っているのかもしれない。

「しかし息子は、父親と違って善人です。父親の悪行を償おうと献身的に活動しています」

アンナはハイスラーを、続いてレンツの豪壮な屋敷を眺めた。息子は反ナチス？　それは驚きだわ。ハートマンは知っているのかしら？　もしかしたら、ゲルハルトの息子もまた邪悪だと決めつけているかもしれない。狂信的な人間だったら、レンツの息子が何をやっていようと意に介さないこともあり得る。

だとすれば、ハートマンはすでにユルゲン・レンツを毒殺してしまったかもしれない。なんてこと——ハイスラーはカサブランカにまた火をつけた——ここでぐずぐずしちゃいられないわ。

「あれは、あなたがたのですか？」不意にハイスラーが訊いた。

「何が？」

「あの車です」ハイスラーは、レンツの屋敷の向かいに停めてあるプジョーを指さした。

「我々が到着してから、ずっとあそこにいます」

「違うわ。お仲間じゃないの？」

「いいえ。ナンバープレートでわかります」

「じゃあ近所の人か、そのお友達かも？」

「もしかしたら、誰かアメリカのかたがこの件にかかわって、あなたを監視しているんじゃないですか？」ハイスラーは激した口調になった。「だとしたら、我々はこの件から直ちに手を引きます！」

訳がわからないまま、アンナは説明した。「そんなはずはないわ。トム・マーフィーが誰か寄越すなら、事前に連絡してくるわよ」当然だろう？「トムに電話はしたけど、この件にはほとんど関心がなさそうだったし」

しかし、アンナを監視していることはあり得るだろうか？ そんな可能性が？

「じゃあ、いったい誰なんですか？」ハイスラーは詰問《きつもん》した。

「あなたは誰なんだ？」ユルゲン・レンツは繰り返した。その表情に恐怖の念が浮かんでいる。「ウィンストン・ロックウェルの友人ではないはずだ」

「面識はありますがね」ベンは認めた。「つまり、仕事の関係で知り合いなのです。ぼくはベンジャミン・ハートマン。マックス・ハートマンの息子です」もう一度レンツの反応を見定める。

一瞬たじろいだレンツは、表情を和らげた。「なんということだ」囁き声だ。「どうりでよく似ています。弟さんの件は、お気の毒でした」

ベンは腹を殴られたような気がした。「どうしてそれを？」彼はほとんど叫んでいた。

パトカーの無線が流れた。

「コーポラル、ヴェアア　イスト　ダス？」

「カイネ　アーヌング」

「カイナア　フォン　ウンス、オーダア？」

「リッヒティヒ」

他の警官からプジョーの持ち主を訊いてきたのだ。ハイスラーはわからないと答えた。

彼は後部座席から暗視単眼鏡を取り出し、片目に装着した。通りは真っ暗で、正体不明の車はライトを消している。近くに街灯もなく、運転手の顔も見えなかった。

「新聞紙を顔の前に広げています」ハイスラーは言った。「タブロイド紙です。クローネン・ツァイトゥングだな——ここから見えますよ」

「こんな真っ暗闇じゃ新聞を読むのも難しいわよねえ？」アンナは言った。レンツの息子はもう死んでいるかもしれない、それなのにわたしたちはここで手をこまねいている。

「読み耽《ふけ》っているとは思えませんね」ハイスラーにもアンナの皮肉が伝わったようだ。

「ちょっと覗《のぞ》いてもいいかしら？」

ハイスラーはアンナに単眼鏡を渡した。新聞紙しか見えない。「明らかに顔を隠しているわね」FBIの人間の線は本当にないだろうか？「何かあるわ。確かめてみるわね。携帯電話、お借りしてもいい？」

「ええ、どうぞ」ごつごつしたエリクソンの電話を渡され、アンナはアメリカ大使館の番号を押した。

「トム」マーフィーが出ると、アンナは言った。「こちらアンナ・ナヴァロです。あなた、ヒーツィングに人を寄越してないわよね？」

「ヒーツィング？　ウィーン市内ですか？」

「わたしの件で」

間があって、「いいえ、あなたは必要ないと言っていたでしょう？」

「ええ、でも誰かが張り込み区域に入っているの。そちらの職員で、あなたの了承を得ずにわたしを監視している人はいないでしょうね？」

「いないはずです。こちらに報告を義務づけていますから」

「どうもありがとう」アンナは電話を切り、ハイスラーに返した。「おかしいわ」

「じゃあ、あの車に乗ってるのは誰でしょうか？」ハイスラーが訊いた。

「一つお尋ねします、どうしてぼくがCIAの人間だと思ったのですか？」

「あの機関の古株には、わたしに敵意を持つ人間がいるのです」レンツは肩をすくめた。

「ペーパークリップ作戦なるものをご存じですか？」二人はウォッカに移っていた。イルス・レンツは唐突に部屋を出てから一時間以上も戻ってこない。「名称は違っているかもしれません。戦争直後、合衆国政府が――つまりCIAの前身、OSSが――ナチスで最優秀の科学者たちを密《ひそ》かにアメリカへ連れてきたのはご存じでしょう？　ペーパークリップはその計画のコードネームでした。アメリカ人はドイツ人科学者の経歴を作り変えた。彼らが大量殺戮《さつりく》者だという事実を隠したのです。というのは、大戦終結と同時に、アメリカは新たな戦争に直面したからです――つまり冷戦に。突如として、ソ連と戦うことが何よりも重要になった。四年の歳月と幾多の人命を犠牲にしてナチスと戦ってきたアメリカが、今度は彼らと手を結んだのです――共産主義者にともに立ち向かうため、ナチスは新兵器の研究に手を貸した。科学者はいずれもきわめて優秀で、第三帝国の科学技術の開発に貢献した人材でした」

「そして戦争犯罪者」

「仰るとおりです。強制収容所の被収容者に対する拷問《ごうもん》や虐殺《ぎゃくさつ》の責任者もいました。フォン・ブラウンやシュトルークホルトのような、ナチスの新兵器の大半を考案した人間もいます。しかも、ノルドハウゼンで二万人の罪なき人々の殺戮に手を貸したアーサー・ルドルフは、NASAで最高の栄誉を与えられたのです！」

日が暮れてきた。レンツは立ち上がり、居間の明かりをつけた。「アメリカは、ポーランドの収容所の虐殺に関与した人間も受け入れた。また、ダッハウで低体温実験を指揮したナチの科学者もアメリカへ逃げた――彼はサン・アントニオのランドルフ空軍基地に落ち着き、宇宙医学の第一人者になった。これらを手配したCIAの数少ない生き残りは、彼らの過去を明るみに出そうとするわたしの試みを快く思わないわけです」

「あなたの？」

「ええ、わたしの財団を挙げた取り組みです。我々が支援している研究活動でも、少なからぬ意義を持つ部分です」

「しかし、いったいCIAがどんな脅しを掛けてくるのですか？」

「わたしの知る限り、CIAが発足したのは終戦後数年経《た》ってからで、それもOSSエージェントの作戦指揮権を受け継いだものです。CIAの古狸《ふるだぬき》の中には、こうした歴史を知られないままにしておきたい連中もいるのですよ。彼らはあらゆる手段を使って、我々を妨害してきます」

「申し訳ないのですが、ぼくには信じかねます。CIAはやたらに人を殺して回りはしません」

「ええ、そうでしょうね」レンツは認めたものの、その声には皮肉が混じっていた。「ですが、かつてチリではアジェンデを、ベルギー領コンゴではルムンバを暗殺し、カストロの暗殺までたくらみました。今は法律で禁じられています。そこで、あなたがたアメリカ人ビジネスマンが言うところの〝アウトソーシング〟をするのです。隠れ蓑《みの》の組織を通じてフリーランサーや傭兵《ようへい》を雇い、合衆国政府が関与していないように見せかけるのですよ」レンツは言葉を止めた。「あなたが考えているより、この世界は複雑怪奇なのです」

「しかし、そんな昔の話を持ち出すのは筋違いでしょう！」

「関与していた老人たちにとっては、決して筋違いではないのです」レンツは言いつのった。「年老いた政治家、一線を退いた外交官、若い頃OSSの任務に携わっていた高官たちのことです。彼らが書斎で回顧録を書きはじめると、どうしても都合の悪いエピソードにぶつかります」レンツはグラスの透明な液体を眺め、そこに何かを見出《みいだ》そうとしているかのようだった。「彼らは権力を握り、敬意を払われるのに慣れきっています。自分たちの黄金時代を汚《けが》しかねない事実の暴露を決して望んでいません。当然のことながら、それは国家のため、アメリカ合衆国の名誉のためだったと自己弁護するでしょう。人間の悪行の多くは、公共の利益という美名の下に行なわれるのです。ミスター・ハートマン、わたしはこのことをよく知っています。老いさらばえた人間ほど危険なものはありません。彼らは人脈と影響力を持ち、彼らを恩師と慕う子分も大勢います。旧悪に怯《おび》える老人は、自らの名声を傷つけないで死にたいと願うものです。わたし自身、この考えが大げさだったらと思わずにはいられません。しかし、彼らがどんな人間か、わたしはよく知っています。人間性とはどういうものか、わたしはいやというほど見てきましたから」

イルスが、小さな革表紙の本を抱えて戻ってきた。背表紙に金文字でヘルダーリンと書かれてある。「あら、まだそのお話をなさっていたのね」

「我々が不安になるのもおわかりでしょう」レンツは滑らかな口調で続けた。「敵が多いんですよ」

「夫は何度も脅迫されてきました」イルスが言った。「極右のグループからは、父を裏切った変節者と見られています」彼女は冷たい笑みを浮かべ、隣の部屋へ戻った。

「率直に言えば、極右など取るに足りません。理性の仮面をかぶった我利我利亡者《もうじゃ》、寝た子を起こしたくない人たちに比べれば」レンツの目に警戒の色が浮かんだ。「彼らは、名声を守るためにあらゆる手段を行使します。しかしわたしは止《や》めない。それが、戦後期にまつわるあなたの疑問に答えることにもなるのです」

ユルゲン・レンツは、写真を両手で握っていた。表情が強張《こわば》っている。「これは父です」彼は言った。「間違いありません」

「よく似ていますね」ベンは言った。

「これも遺産でしょうか」レンツは悲しそうだった。人好きのする、魅力的な雰囲気は影を潜めている。レンツは写真の男たちに熱心な眼差《まなざ》しを注いだ。「なんということだ。そんなはずはない」真っ青な表情で椅子《いす》に体を沈める。

「何がですか？」ベンは畳みかけた。「ご存じのことがあれば教えて下さい」

「これは本物ですか？」歴史家カール・メルカンデッティと同じ反応である。

「はい」ベンは深呼吸し、神経を研ぎ澄ませていた。「間違いありません」ピーター、リーズル、それに名も知れぬ多くの人の命に賭《か》けてそれは本物だった。

「しかし、シグマは神話だったはずです！　あれは作り話だ！　我々はそのように理解していましたが」

「では、存在自体は知っているのですね？」

レンツは身を乗り出した。「戦後の混乱期には、ありとあらゆる荒唐無稽《こうとうむけい》な噂《うわさ》が流布《るふ》したのです。シグマも、曖昧模糊《あいまいもこ》として謎《なぞ》に包まれた伝説の一つだった。世界各国の名だたる産業人が、裏で繋《つな》がっていたとかいうやつでしょう」レンツは写真の人物を二人、指さした。「アルフォード・キトリッジ卿《きょう》やヴォルフガング・ズィービングのような人間は——前者は崇《あが》められ、後者は非難の的でしたが——共通の利害がありました。彼らは秘密裏に会い、協定を結んでいたのです」

「それはどんな協定だったのです？」

レンツはかぶりを振った。「わたしも知りたいところですが、ミスター・ハートマン——ベンとお呼びしてもいいですか？　申し訳ない。わたしはこれまでそうした話を真剣に受け取ってこなかったのです」

「お父上も関与していたのでは？」

レンツは再び、ゆっくりとかぶりを振った。「あなたのほうが多くを知っているはずだ。ヤコブ・ゾンネンフェルドなら、きっと何か知っているでしょう」

ゾンネンフェルドと言えば、現存する最も有名なナチハンターだ。「助けになってくれるでしょうか？」

「彼の事務所の後援者として言わせていただければ」レンツは答えた。「できるだけのことはしてくれるはずです」自分のグラスに強いアルコールを注ぐ。「ところで、お話が堂々巡りしているようですね？　どうしてこの問題に巻き込まれたのか、まだお聞きしていませんが」

「お父上の隣の男が誰かわかりますか？」

「いいえ」レンツは目を細くした。「少し似ているような……いや、そんなことはあり得ない」

「ご明察です。お父上の隣は、ぼくの父です」ベンは抑揚のない声で、明確に言った。

「そんなはずはない」レンツは声を高くした。「お父上は、世界的に有名なかただ。博愛主義者として名高いではありませんか。正しい行ないをされているかたです。それにもちろん、ホロコーストの生き残りとして。確かに、弟さん——それからあなたにも、よく似ている。しかし繰り返しますが、そんなはずはありません」

ベンは苦々しげに笑った。「ぼくも残念です。しかし、バンホーフ通りで大学時代の友人に殺されかけて以来、あるはずのないことばかり起こっているのです」

レンツの目が悲しみを帯びた。「この写真を見つけた経緯《いきさつ》を教えて下さい」

ベンはレンツに、この数日間に起こったことを努めて冷静に話した。

「では、あなたも危険に脅《おびや》かされているのですね」レンツは厳かに言った。「この写真には、多くの死と結びつく見えない糸があるのでしょう」

レンツと話している間、ベンの中で欲求不満が高まった。断片的な話の内容を首尾一貫させるのは一苦労だった。それでも明確な像を結ぶどころか、かえってこんがらかり、泥沼に足を取られたような気がしてならない。

香水の匂《にお》いで初めて、イルスが戻ってきたことに気づいた。

「このお若いかたは危険ですわ」イルスは夫に刺々《とげとげ》しい口調で言った。それからベンを向いた。「ご無礼はお許し下さい、でもこれ以上黙っていられません。あなたはこの家に死を招き寄せている。正義のために戦っている夫は、その故《ゆえ》に長年にわたって過激派から脅迫を受けてきたのです。あなたもつらい目に遭ってきたようで、それはお気の毒に思います。けれどもあなたは無頓着《むとんちゃく》すぎるわ、たいがいのアメリカのかたはそうですが。身分を偽って、手前勝手な復讐《ふくしゅう》のために夫に会いに来るなんて」

「イルス、いいんだ」レンツが割って入ろうとした。

「あなたは死を呼び寄せる、招かれざる客だわ。お引取り願えれば幸いです。夫は常にその危険と隣合せに生きてきたのです。あなたのために、夫が死んだらどうするの？」

「イルスは取り乱しています」レンツは申し訳なさそうに言った。「これまで妻にも怖い思いをさせてしまったものですから」

「いいんです」ベンは言った。「きっと奥さんの仰《おっしゃ》るとおりでしょう。ぼくはすでに多くの人命を巻き添えにしてしまいました」虚《うつ》ろな声だった。

イルスは仮面のような表情だった。恐怖のあまり、麻痺《まひ》してしまったかのようだ。

「おやすみなさい《グート・ナハット》」彼女は静かに別れを告げた。

玄関までいっしょに歩きながら、レンツは張り詰めた声で囁《ささや》いた。「もしよろしければ、是非お力になりたい。できることはなんでもします。手掛かりを探し、有力な情報源があれば紹介しましょう。しかし、イルスの言うこともわかるのです。あなたの敵は得体の知れない存在だ。どうかくれぐれもお気をつけて」レンツの苦しみに満ちた表情は、どこか見慣れたものだった。それはピーターの表情とよく似ていたのだ。二人を突き動かしている、止《や》むに止《や》まれぬ正義への情熱は見まがいようがなかった。

ベンは呆然《ぼうぜん》としたままレンツの家を出た。相手は自分の力をはるかに超えている。どうして今まで気づかなかったのか？　弟を死なせた敵に対して、自分は絶望的なまでに無力であり、無防備なのだ。今やその事実は、足元の雑草のように深く、ベンの心に根を下ろしていた。博愛主義者、ホロコーストの生き残り、人道主義者であるマックス・ハートマン――だが実は、ゲルハルト・レンツのように残虐な人間だったのだろうか？考えるだけでもおぞましい。もしかしたらマックスがピーターの殺害をたくらんだのか？　父が息子の死を？

そのために、突如姿を消したのか？　自らの真相を晒《さら》したくないばかりに？　それに、CIAとの共謀関係は？　ヒトラーの親衛隊中尉《ちゅうい》だった男が、合衆国政府の手を借りずに米国へ移住できるものだろうか？　一連の怖《おそ》ろしい出来事の背後には、マックスの古い顔なじみが絡《から》んでいるのか？　父親の代わりに、彼らが――父と自分たちを守るために――父に無断で手を下している可能性はあるだろうか？

〈おまえは、どう考えたところで理解できないことを話している〉――親父《おやじ》は言っていた。まるで虚空《こくう》に話しかけているかのように。

ベンは相反する感情に捕われていた。忠実な息子としての自分は、ピーターと話して以来、そうであってほしくないと願っていた。自分の父親が、そうではないと信じる根拠を捜し求めていた……では、何でないのか？　怪物《モンスター》だ。ベンは、死の床での母の声を聞いていた。父を理解し、仲直りし、会社に戻るよう母は懇願していた。マックス・ハートマンという複雑で気難しい人間を愛するようにと。

一方、明確な説明を求める自分もいた。

俺は、なんとか理解しようと全力を尽くしたんだ、このくそ親父！　ベンは内心叫んでいた。俺は親父を愛そうと努めてきた。でもこんなたくらみに出くわし、醜い正体を見てしまったら——憎しみに捕えられるのが当然だろう。

ベンは、レンツの家から離れたところに車を停めていた。ナンバープレートをレンツに見られたくなかったのだ。ここに来る前は、レンツも敵の一人だと考えていた。

レンツの家の前の小道を歩いた。通りに出るところで、視界の隅に光がよぎった。

数ヤード向こうの車内灯だった。

誰かがその車から降り、こちらに向かって歩いている。

トレバーは、通りの向こうの光に目を向けた。正面玄関がひらいていた。標的は、レンツと思《おぼ》しき年上の紳士と話している。二人が握手し、標的が小道を歩きはじめたところで、彼は車を降りた。

第二十四章

「ナンバープレートを確認してくれ」ハイスラーは無線に呼びかけ、それからアンナに顔を向けた。「あなたがたでもない、我々でもない、だったら誰でしょう？　何か思い当たる節はありませんか？」

「誰か、わたしたちと同じように家を見張っている人間がいる」アンナは言った。「気に入らないわね」

　わたしたち以外の誰かがここを見張っている。ハートマンの容疑をハイスラーに話すべきだろうか？　だが容疑が固まっているわけではない——結局のところ、ハートマンはレンツから情報を訊《き》き出すために、父親の昔なじみがどこかに生きていないか確かめるためにここを訪れただけで——レンツを殺してはいないかもしれない。だとしても……屋敷に踏み込むだけの法的根拠は揃《そろ》っている。万が一、彼らがここで見張っている間に、ウィーン随一の名士がその家で殺害されたら？　許される失態ではなかった。国際問題に発展するのは必定であり、全責任はアンナにのしかかってくるだろう。

ハイスラーの言葉で我に返った。「車のそばを歩いて男の顔を確認してほしいんですが」彼は言った。それは要請ではなく、命令のように響いた。「気づかれないよう、くれぐれも注意して下さい」

アンナは承知した。彼女自身、確かめてみたかったからだ。

「武器がいるわ」

ハイスラーが自分の銃を渡した。「あなたは車の床からこれを拾った。きっとわたしが落としたんでしょう。お渡ししてはいませんよ」

アンナは車を降り、レンツの屋敷に向かって歩き出した。

レンツの家の正面玄関がひらいた。

二人の男が立ち話をしている。一人は年配で、もう一人は若い。

レンツとハートマンだ。

レンツは生きていた、アンナはそれを見て安堵《あんど》した。

二人は親しげに握手している。それからハートマンは、通りへ向かう小道を歩きはじめた。

とそのとき、プジョーの車内灯がついて、運転席から男が降りてきた。右腕からトレンチコートが垂れ下がっている。

アンナはそのとき初めて、男の顔を見た。


あの顔!

どこかで見覚えがあった。

だがどこで?

トレンチコートを腕から垂らした男は、ハートマンが通りに出ると同時に車のドアを閉めた。距離五ヤード足らず。

その瞬間、男の横顔が見えた。

記憶が甦《よみがえ》る。

顔写真の記憶。アンナはこの男の顔写真を見ていた。正面と横から撮ったものだ。頭に警戒信号が灯《とも》る。危険人物だ。

上半身の写真。指名手配中。正面と横からの、写りの悪い顔写真。危険人物。

そうだった。毎週の定例ミーティングで一、二回、見たことがある。

だが厳密に言えば上半身像ではなかった。遠くの監視カメラから写されたものを、粒子が粗くなるぐらい拡大した写真だった。

間違いない。

言うまでもなく、ありふれた犯罪者ではない。

暗殺者だ。

この男は、世界を股《また》にかけ、重要人物を殺してきた暗殺者である。だが知られていることはほとんどない――断片的な情報しかなかった。誰に雇われているのか、フリーランサーなのか、そうした情報は皆無だった。だが情況証拠によれば、この男は抜群の能力、射撃の腕前を備えている。アンナの脳裏に、次々と写真がひらめいた。バルセロナの労働運動リーダーの死体。他殺と推定されている。その写真は鮮烈に焼きついていた。犠牲者のワイシャツから、おびただしい血がネクタイのように滴《したた》っていたからだろう。もう一枚、南イタリアで国政改革の旗手と目され、絶大な支持を受けていた立候補者の写真。彼の死は当初マフィアによるものとされていたが、断片的な情報から、アーキテクトと呼ばれる男が浮かび上がってきた。すでに犯罪組織からの脅迫を受けていた候補者には、充分な護衛が付いていたはずだ。射撃技術もさることながら、政治的にも見事な暗殺だった。犯行現場はソマリアからの不法移民を働かせる売春宿、これでは支持者も彼を殉教者に祭り上げるわけにはいかない。

アーキテクト。最重要国際指名手配を受けた暗殺者。

標的はハートマン。

アンナは頭を整理しようとした。復讐《ふくしゅう》をたくらんでいるのはハートマンのはず。それが別の男から狙《ねら》われている？　どういうこと？　どうすればいいの？　捕まえるのはどっち？

アンナは発信機を口元に当て、通話ボタンを押した。

「この男を知っているわ」ハイスラーに言った。「プロの暗殺者よ。こっちはわたしがやる。あなたはハートマンを守って」

「ちょっと済みません」男は足早に近づきながらベンに呼びかけた。

この男はどこかおかしい、とベンは思った。何か隠している。

右腕にコートが掛かっている。

近づくペースが速い。

その顔──見たことがある。絶対に忘れない顔だ。

ジャケットの左の折り返しに滑らせた右手が、銃の冷たい鉄に触れる。ベンは戦慄《せんりつ》を覚えた。

ハートマンに死なれては困る。アンナにとって、なんら得るところはなかった。

暗殺者がハートマンを狙っているのは間違いない。一瞬にして状況は複雑になった。

容疑者のハートマンにしても、殺されるよりは逃げ延びたほうがいいに決まっている。

だがいずれにしろ、ハートマンの追跡は他の警官に委《ゆだ》ねるしかない。

アンナはハイスラーのグロックを掲げた。

暗殺者はこちらに気づいていない。ハートマンに集中している。訓練でアンナは、プロの陥る最大の弱点を教えられた。標的に気を取られることだ。その瞬間、周囲の状況は見えなくなる。獲物に飛び掛かろうとする猛獣は、ハンターにたやすく仕留められる。

それがアンナの味方になるかもしれない。

まず、暗殺者の集中力を妨げ、意識をこちらに向けさせる。

「動くな！」アンナは叫んだ。「そこで止まりなさい！」

ハートマンがこちらを振り返った。

だが暗殺者は頭をわずかに左に傾けただけで、アンナのほうを向かなかった。猛獣のような視線はハートマンに釘《くぎ》づけにされている。

アンナは暗殺者の胸の中央にまっすぐ狙いを定めた。反射的な動作だった。彼女は相手を殺す訓練を受けてきた。

だが相手は？　暗殺者はハートマンを向いて銃を出した。

アーキテクトは標的を視野に収めている。叫んだのが何者だろうと差し迫った脅威とはみなさず、彼なりに計算をしているのだろうか？　向き直って降参するのは——アンナが何者であれ——標的を取り逃がすことであり、暗殺者にそうするつもりはないようだ。

と、暗殺者がいきなり向きを変え——

アンナの予測は誤っていた。

バレエダンサーのような動きだった。銃を突き出した男は、片足の付け根を中心に一八〇度回転し、一秒間に何発も正確な間隔で発射した。強靭《きょうじん》な握力で銃の反動を抑えている。周りを見て初めて、アンナは何が起こったかを知った。なんということだ！　ほんの一秒前、男は四人の武装したウィーンの警官に銃を向けられていた。それが全員撃たれている！　一発も外れていなかった。警官は四人とも撃ち倒されている！

神業だった。なんという手練《てだれ》。アンナは恐怖に襲われた。

辺りはパニックに陥っている。負傷者のうめき声が聞こえてくる。

まさにプロだ。最初から、標的にかかる前に邪魔者を消すつもりだったのだ——そしてアンナが最後の邪魔者だった。

だが、アンナはすでに狙いを定めていた。ハートマンが叫ぶ。アンナは注意を暗殺者に集中し、引鉄《ひきがね》を絞った。

一発必中！

暗殺者は地面に転がり、銃を落とした。

やった。

死んだのか？

周囲は混乱していた。容疑者のハートマンが通りを駆け出す。

だが、どの方向も警官が塞《ふさ》いでいる。アンナは倒れた男に駆け寄り、銃を取り上げ、ハートマンを追って走った。

負傷者の声を縫って、意味のわからないドイツ語の叫び声が聞こえてきた。

「エアシュテートアウフ！」

「エアレープト、エアシュテート！」

「ナイン、ニンムデンフェアディーヒティゲン！」

一ブロック走った。ハートマンが警官隊目掛けて突進していく。全員武装しており、銃をハートマンに向けていた。ドイツ語の叫び声が聞こえる。

「ハルト！　カイネン　シュリット　ヴェイタア！」

「ポリツァイ！　ズィーズィント　フェアハフテット！」

だが背後からの、暗殺者の倒れた辺りからの物音に振り返ると、暗殺者がプジョーに這《は》い戻り、ドアを閉めるところだった。

あいつは重傷を負ったはずだ。なのに生きて、逃走しようとしている！

「誰か！」アンナは全員に叫んだ。「あいつを止めて！　プジョーよ！　逃がさないで！」

ハートマンは拘束された。五人の警官に取り囲まれている。ハートマンは彼らに任せておけばいい。アンナはプジョーに突進した。エンジンがかかり、真っ直《す》ぐこちらへ向かってくる。

ハリファックスでリンカーン・タウンカーに襲われたときのことを思い出す度、銃があれば運転手に発砲してやったのにと歯軋《はぎし》りせずにいられなかった。今度こそやってやる。アンナは立て続けに撃った。だがフロントガラスは銃弾をはじき飛ばし、かすかにひびが入っただけだ。車が突っ込んでくる。轢《ひ》かれる寸前で横に飛び退いた。プジョーはタイヤを軋らせ、無人のパトカー二台をやり過ごして――警官は全員通りに出ていた――視界から消えた。

逃した。

「畜生！」アンナは叫び、両手を挙げているハートマンを振り返った。

身震いしながら、アンナは拘束された容疑者へと駆け出した。

シグマ最終指令《さいしゅうしれい》（上）

新潮文庫 ラ - 5 - 14

Published 2002 in Japan
by Shinchosha Company

平成十四年十一月一日発行

訳者 山《やま》本《もと》光《みつ》伸《のぶ》
発行者 佐藤隆信
発行所 株式会社 新潮社

郵便番号 一六二―八七一一
東京都新宿区矢来町七一
電話 編集部（〇三）三二六六―五四四〇
　　 読者係（〇三）三二六六―五一一一

価格はカバーに表示してあります。

乱丁・落丁本は、ご面倒ですが小社読者係宛ご送付ください。送料小社負担にてお取替えいたします。

印刷・株式会社三秀舎　製本・加藤製本株式会社

ISBN4-10-220414-8 C0197